JUST NOVEL

史黛拉不说，谁也不知道
red clay , blue cadillac

（美）迈克尔·马隆 著
王春 芦莹 译

新星出版社 NEW STAR PRESS

目 录

- 史黛拉不说，谁也不知道 1
- 玛丽把遗物送给猫王 24
- "俏妞儿"伤了心 45
- 夏曼的丈夫彻底消失 64
- 露西杀人于无形 90
- 弗洛尼也有脾气 111
- 帕蒂的第四任丈夫死得离奇 124
- 梅瑞狄斯跑进婚姻 177
- 安吉实在太迷人 192
- 莫娜喝退劫匪 228
- 贝蒂恨极了那只鹿 242
- 玛蒂杀夫致富 252

史黛拉不说，谁也不知道

在短短的斜坡顶上，立有圆柱的法院大楼在八月的阳光下打过蜡一般地泛着光，仿佛整个楼都浸在湖水里。枫叶低垂着，北卡罗来纳州州旗耷拉着，贴在金属旗杆上。高温带来的湿热天气罩住了整个郡，一周又是一周。人们把这样的天气叫"狗都不理的天儿"，说是根据"天狼星"命名的。我们可不知道什么"天狼星"，只是觉着这种说法可能是因为这种天气连狗都烦得慌，懒得离开阴凉地儿，除非它疯了，否则才不会到街上溜达呢。当时，正值一九五九年八月下旬，我刚好十岁。那个夏天一直留在我的记忆里，不仅因为那绵长不尽的滚滚热浪，更是因为一个名叫"史黛拉·多伊尔"的女人。

我们等了很久，法院的门终于被一扇扇推开，警察和律师匆匆跨步出来，又突然驻足在门口，仿佛被灼伤了一样，举起胳膊遮挡骄阳。最后出来的就是史黛拉·多伊尔。两个代理人一左一右，陪同她走到巡逻警车旁。橘红色的警车有如万圣节的蜡烛，等候着陪审团将两个月前发生在"红山"的一桩案子敲定后,就把她带走。"红山"是这个郡上唯一一座大得拥有自家名号的房子,大概就是在那里,史黛拉·多伊尔涉嫌枪杀了她的丈夫休·多伊尔。

多伊尔谋杀案在镇子里头激起了轩然大波,打破了小镇居民死寂的生活。恐怕在肯尼迪总统遇刺前,没有哪一件事情比这个案子更令人兴奋的了。在法院大楼外的人行道上,人们纵然感到脚底直冒热气,仍急不可待地等着听到多伊尔夫人被判有罪的消息。新闻媒体也在等待着,不只是因为她是谋害巨富的杀人犯,更重要的是她是史黛拉·多伊尔,电影明星啊!

爸爸嘴角紧绷,粗壮的手臂重重地挤压了一下我的肩膀,拉着我挤进人群。"巴迪,听着,等你长大后,如果有人问,'你这辈子见过天生丽质的绝色美女么?'儿子,你就告诉他,'当然见过,我可是三生有幸,见过史黛拉·朵拉·多伊尔啊!'"他那忽然高了八度的嗓门人人都听得见,"你就告诉他们,她美得让人窒息,那些想让她背黑锅的人也要难为情,怕是到头来引火上身呢。"

爸爸用奇怪的大嗓门说着那些奇怪的话,眼睛盯着正由代理人扶着走下台阶的黑衣女人。他的双臂交叉着放在胸前,手指也紧抓着衬衫袖子。周围的人回过头来盯着我们看,还有人窃笑。

我替他感到难为情,低声说:"老爸,她不就是个老杀人犯么。谁不知道她喝醉后拿枪打中了多伊尔先生的脑袋?"

爸爸皱了皱眉:"你知道什么?!"

我接着说:"大伙都说她是个坏女人,老是喝酒,不让多伊尔先生家人跟她一起住,还逼着他把他的爸妈赶了出去。"

父亲对我摇摇头:"我不准这样丑恶的流言飞语从你的嘴里说出来,听见了吗,巴迪?"

"是，爸爸。"

"她没杀休·多伊尔。"

"是的，她没杀。"

爸爸紧皱的眉头让我害怕。这可是少有的事。我凑近他，抓住他的手，在众目睽睽之下表明了跟他一致的立场。也许对于爸爸眼里的美人，我倒不必跟着一起崇拜或是倾倒，但爸爸的想法已是根深蒂固，我没法眼睁睁的跟他在这件事情上划清界线。也就是从那个瞬间开始，我对史黛拉·多伊尔的看法有了倾斜，也因此跟爸爸有了更多的相通之感。也许到头来她对我来说并不重要，但却多了更多的象征意义。爸爸一辈子都不曾像我这样只注重象征意义。

法院大楼前的台阶很宽，是由凸凹不平的石板铺成的。多伊尔夫人走下来，唧唧喳喳的人群一下没了声音。人们好像训练有素的舞蹈演员一样齐刷刷地退后，在橘红色的巡逻车外让出了个半圈。新闻记者们赶忙把相机推向前面。她步子太急，一下子被绊倒，一只鞋跟卡在了碎裂的石板缝儿里，身子也倒向了旁边的一个代理人。

"她喝多了！"我近旁的一个女人爆出大笑。那是个乡下女人，穿着一件花裙子，腰间系着一条带颜色的细带。她和肩上摇晃的孩子都是胖乎乎的一副穷相。

"瞅瞅她，"乡下女人指指点点地说着，"瞅瞅那身衣服。还以为自己在好莱坞呢！"她旁边的女人点点头，从帽檐下面眯着眼睛看着说："要是我把我老头子杀了，那帮有钱的律师们才不会连跑带颠儿地来帮我脱了干系呢！"她边说边挥手打跑嗡嗡叫的苍蝇。

随后她们不做声了，其他人也静了下来。人们被太阳灼伤的眼睛全都落在了这个黑衣女人身上，注视着她：这个曾经高高在上、盛气凌人的多伊尔夫人也会落到今天这步田地！

多伊尔夫人抓住那个年轻的代理人僵硬而黝黑的胳膊，俯下身子检查她的鞋跟。黑色的鞋子、黑色的套裙、黑色的手袋、黑色的宽边帽子——这些时髦的衣饰闪着财富与死亡的双重光芒，刺痛了我们的眼睛。就在挥之不去的热浪里，在那个稍纵即逝的瞬间，停住不动的多伊尔夫人吸引了在场所有人的眼球。随后她匆匆离去，带动身边那两个大块头的代理人也加快了脚步，朝着橘红色巡逻车打开的车门走去。爸爸一个箭步跨过去，我还没有来得及跟上，人潮就又涌了过来。我用胳膊肘推推搡搡地挤过去，看见他一只手握着白色的草帽，另一只手伸向杀人凶手。"史黛拉，你好么？我是克莱顿·海斯啊。"

就在多伊尔夫人回眸摘下墨镜的瞬间，我看到了她帽子底下泛着草莓色的一头秀发，看到了她戴着一只硕大耀眼钻戒的玉手。我一下子领悟了爸爸的话：她实在是美极了。她有着紫丁香色的双眸，幽深迷人。她的肌肤有着贝壳内里的光泽。她的美卓尔不群，与其他女人的美迥然不同。我这一生从没见过这样美的女人。

"哦，克莱顿！上帝啊，都过了这么多年啦！"

"是啊，过了这么久了！"他边说边握住了她的手。

她双手握住了爸爸的手。"你还是老样子。这是你的儿子？"她那紫丁香色的眼睛转向我。

"是啊，他叫巴迪。我和埃达有六个孩子了，三个男孩儿，三个女孩儿。"

"六个？我们有这么老了？"她笑了，"听说你娶了埃达·哈克尼？"

一个代理人清了清喉咙。"真不好意思，克莱顿，我们得走了。"

"马上就好，朗尼。史黛拉，听我说，我只想让你知道，你失去了休，我和你一样难过。"

她一下子泪水盈眶，说："克莱顿，他是自杀的。"

"我都知道。我知道不是你干的。"爸爸一再地慢慢点头,他听人说话时常常是这副神情,"我都知道。祝你好运。"

她抹了抹眼泪。"谢谢你。"

"我跟所有人说,你是清白的,我敢保证。"

"克莱顿,谢谢你。"

爸爸再一次点点头,然后侧过脸来,朝着她露出和缓而平静的笑容。"有什么我和埃达能帮得上你的,尽管打电话过来,好么?"她亲了亲爸爸的脸颊,然后坐进警车,我和爸爸退回到脸上写满恶意和贪婪的人群里。警车缓缓地从围观的人群中开走。一架架相机推到车窗近旁。

一个面黄肌瘦,叼着烟斗的男人跳下台阶,加入到我们身旁的一些记者堆里,"陪审团派人订饭去了。"他告诉那些记者,"别跟这帮乡巴佬搭腔。自杀还是他杀,还是没准儿的事呢!"他扯下夹克衫,团成一团夹到胳膊底下。"老天,真够热的。"

一个头发少得可怜、浑身是汗的年轻记者抗议道:"在大家的眼里,好莱坞是个花花世界,她不过是那儿的一个婊子。休·多伊尔是当地的钻石王老五,他老爸在年头不好的时候还能撑着好几家工厂,养着镇子上一半的乡下佬呢。警察准会给她动电刑。即使不为别的,为她那顶帽子,也不是没可能。"

"那可说不准,"叼烟斗的男人咧嘴笑道,"她生在离这六英里的贫民窟里,戴不戴帽子都一样是乡巴佬出身。再说,就算她开枪把她丈夫打死了又怎样?他得了癌症,本来就没几天了。她才不会为了屁大的事儿弄这么大动静呢。不过她可真他妈的好看。"

史黛拉·多伊尔被带走后,人们才重新感觉到热浪灼烤有多难受,于是重回到阴凉的地方坐着,一直坐到傍晚凉风吹来。他们在等待着陪审团的宣判,而我跟着爸爸一起沿着主街向我们自己家开的家具店走去。爸爸还开了一家肉店，可他既没多大兴趣，也没什么策略，于是我大哥就把生意接了过去。红木装潢的卧室和红枫装潢的餐厅中间有个宽敞的摇椅，老爸每天就坐在摇椅上看书，朋友来坐坐他就跟他们聊天。其实那个摇椅本来是要在家具店卖的，可是他在那儿坐的时间长了，椅子也就成了他的了。头上的三部吊扇搅扰着静默而阴凉的空气，爸爸回答着我提出的关于史黛拉·多伊尔的问题。

爸爸说，史黛拉·多拉·希布在第十九路那边长大，她家的小房子有三个房间，锡制屋顶。这座房子被那些混凝土大楼托衬着，高高坐落在红色粘土上，让人想起那种门廊下陷，小得寒酸的松木房子。那种房子常常被主人就那么扔在脏兮兮的泥巴院子里，像一堆了无生气的雕塑，又如同他们旧日那些破碎的理想和无法修复的生活的残骸：缺了门的冰箱，生了锈的汽车，成堆的破铜烂铁和塑料，这一切都向公路上来来往往的汽车司机昭示着一个事实："美梦早晚是要醒的。"

可史黛拉的母亲——多拉·希布——却偏偏是个爱做梦的人。她也曾是个漂亮姑娘，后来嫁给了一个农场主，不顾自己的身体没日没夜地干活儿。可即便她这么辛苦，也只能勉强养家糊口。不过到了晚上，朵拉就抱着电影杂志，看了又看，翻了再翻。她坚信那里头有令她神往的浪漫生活，她这辈子过不上了，可她的孩子要替她实现。不幸的是，她在二十七岁第五次分娩时就撒手离开了人世。史黛拉从卧室的门缝里看见人们用一张薄毯子蒙住妈妈的脸，当时她只有八岁。当她十四岁时，多伊尔先生工厂里的一台机器出了事故，她爸爸也因此而死去了。十六岁的时候，跟她同岁的休·多伊尔爱上了她。（我爸爸当时也跟他们一般大。）

"爸爸，你也爱过她么？"

"是啊。镇子里头哪个男孩子不为史黛拉·多伊尔着迷发疯呢？陷进去是迟早的事儿。我也跟别的孩子一样，不能自拔。七年级的时候我俩相恋了。情人节那天我给她买了一大盒'惠特曼'①巧克力呢。我记得当时把身上仅有的几个子儿都花光了。"

"你们怎么对她那么着迷啊？"

"我猜大家都觉着要是对史黛拉没那种感觉，恐怕自个儿就白活了一回吧。"

一种可怕的情感涌上心头，后来我才知道那叫嫉妒。

"可难道你不爱我妈妈么？"

"嗯……这些都是我有幸认识你妈妈之前的事儿了。"

"后来她沿着铁轨来到镇子上，你遇到她以后，就跟你所有的哥们儿说，'这就是我的女孩儿，我要娶她。'对么？"

"没错，这两条一点儿不假。"爸爸躺回到宽大的摇椅里，双手安详地放在扶手上。

"你遇到妈妈后，史黛拉·多伊尔对你还么着迷么？"

爸爸几乎喷出的大笑使他的脸上堆满皱纹。"不是这样，先生，不是这样的。她看到休·多伊尔第一眼就爱上他了，休对她也是一见倾心。可是，史黛拉当时一心想着出去闯荡，盼着将来能在电影界出人头地，休也拦不住她。到底是什么力量扯着她非出去不可，我猜她也无法跟休说个明白。"

"到底是什么扯着她呢？"

爸爸朝我笑笑说："儿子，这个我也不知道。是什么扯着你一心往外跑呢？你不也总说要去这儿去那儿的吗？你说你要跑遍世界，还要飞到天上去。我看你倒不像我，更像史黛拉呢！"

---

①惠特曼：美国最大的老字号巧克力生产公司之一，始建于一八四〇年。

"你觉得她想在电影圈混出个名堂错了么?"

"没错。"

"你不相信多伊尔先生是她杀的?"

"对,我不信,先生。"

"可总有个人杀了他的吧。"

"这个么,巴迪,有时候人的确会心灰意冷,觉着自己再也撑不住了。"

"哦,我明白了,是自杀。"

摇椅吱吱嘎嘎地前后摇晃,爸爸的鞋子拍打着地板。"对。现在你跟我说说,你在这儿坐着干吗?怎么不骑车到球场那儿去,看看谁在那儿玩呢。"

"可我还想听听史黛拉·多伊尔的故事。"

"你想听?行,咱们再来罐儿可乐。这大热的天,谁还非得来买个五斗橱拖回家去不可呢?"

"爸,你该卖空调赚钱。大伙肯定愿意买空调。"

"你这么想?嗯,没准儿,你说得对。"

于是爸爸给我讲了他所知道的关于史黛拉的故事。他说休和史黛拉简直是天造地设的一对儿。从一开始,镇上的居民就表现出很能接受的态度,认为金钱和美貌的结合就像春种秋收一样再自然不过了,是天经地义的事情。多拉·希布拥有倾国倾城的美貌,只有那个身材修长,走起路来闲散从容的休·多伊尔足够财大气粗,才可以配得上她。可即便是多金的休·多伊尔也驾驭不了她。当时休在州立大学刚刚念到一半,他老爸教导他说,要想把史黛拉娶回家,得先把书念完。当时史黛拉辞了在一家名叫"冷溪美容院"里的工作,坐上公车去了加利福尼亚。她在那里待了六年之久,休在她惊人美貌的诱惑下终于缴枪投降，随即开始对她展开攻势。

与此同时，史黛拉家乡的女孩子们开始剪她在电影杂志上的张张玉照，读关于她的不断翻新的花边新闻——她如何幸运地一步登天，如何嫁给知名导演，跟他分道扬镳后，如何另嫁一男明星，随后又惊鸿一闪地弃他而去。还有摄影师竟然沿途追到希腊的塞莫皮莱，去捕捉她出生地的踪迹。当地人告诉他们，史黛拉当年的房子早就倒塌，给人当柴火用了，哪有什么踪迹了？无奈之下这些摄影师只好对着巴勒斯特牧师的房子胡拍一气，然后伪称那就是史黛拉的出生地。不久以后，即便是当地的姑娘们也跑到那幢房子前，来一番顶礼膜拜，有时候甚至还从院子里顺手牵羊，偷摘几朵花回去。史黛拉的成名电影《水深火热佳人劫》在主街的"大剧院"首映，同年，休·多伊尔乘飞机到了洛杉矶，终于赢得了她的芳心。他带着她南下墨西哥，敦促她跟她当时的商人丈夫（继那个明星前夫之后的丈夫）离了婚，然后自己抱得美人归，带着她乘坐豪华游轮周游世界。随后休追随史黛拉一同回到了好莱坞，他打他的网球，玩他的纸牌，而史黛拉继续拍她的电影。两年后，二人回到塞莫皮莱。史黛拉老家的人们都说，那两年对休来说，可真是天堂般的日子。不过老多伊尔先生却跟几个朋友坦白说，他对儿子的生活方式反感透顶。

多伊尔夫妇二人回到美国定居后，休竟大刀阔斧地开起了几间磨坊，很快就大赚了一笔。他老爸告诉他帮朋友说，休竟有这样的本事，让他吃惊不小。可一等到老多伊尔先生归了西，休就开始酗酒，而史黛拉不在好莱坞拍戏时，就跟他一起喝得烂醉。又过了几年，她不再像从前一样频繁拍戏了，于是"红山"里夜夜笙歌，一发难收，两人也开始大动干戈，而且愈演愈烈了。一时间满城风雨，流言四起：有人说休养了若干情妇，而史黛拉也不是省油的灯；也有人说史黛拉被关在治疗酗酒者的疗养院里；还有人说多伊尔夫妇的婚姻怕是要走到头儿了。

随后六月的一天，为了避开上午的热浪，"红山"里的一个女仆赶早去上班，在去马厩的小路上被横着的什么东西绊倒了。原来正是一身骑装的休，他头的一侧有个血肉模糊的洞。在他戴着手套的手边不远处，警察发现了史黛拉的手枪。枪已经被太阳晒得滚烫，热得碰不得。厨子作证说，多伊尔夫妇头一天的整个晚上吵得天翻地覆。休的母亲也作证说，休想跟史黛拉离婚，可史黛拉曾扬言不用等到那个时候就会亲手杀了他。据此史黛拉被逮捕了。她跟警察说她是无辜的，可枪总归是她的，她又是休的财产继承人，也拿不出不在杀人现场的证据。对她的审讯拖得极其漫长，跟这一年八月的滚滚热浪一样无休无止。

天色已近黄昏，空气仍旧燥热难耐，我们坐在游廊里等着热气消散。一个邻居溜溜达达地走来说："陪审团还在忙活着。"妈妈朝他摆摆手。游廊上方垂下一个宽大的绿色木秋千，我和妈妈坐到上面去，我问她史黛拉·多伊尔的事情。她说："没错，大伙都说史黛拉是个漂亮姑娘。我对她一直都不太熟悉，也说不好她到底怎样。"

"可要是爸爸那么喜欢她，她为什么不请你们去家里做客呢？"

"她和你爸不过是同学，仅此而已。都是些陈年旧事了。像多伊尔家那样的有钱人怎么会请咱们这样的人去'红山'呢？"

"为什么不能呢？以前爸爸家里也有钱哪。是妈妈你自己说的。今天在法院大楼，爸爸当着所有人的面走到她眼前说，'有什么我们能帮得上的，你就告诉我们！'"

妈妈轻声笑笑，让人想到鸽子做窝时发出的那种低低的声音。她对爸爸一贯这个态度。也许是因为我们不得不长时间呆坐着吧,妈妈有些恼火,"你不了解你爸,他要是觉得谁有麻烦了,就想拉人家一把,不管是黑人还是白人。他就是这样,跟是不是史黛拉·朵拉·多伊尔没关系。你爸爸只不过是个心肠好的人,巴迪,这点你可要记着。"

爸爸没有花不完的金钱,也没有比天高的志向,他有的只是一副仁爱心肠。妈妈时常提醒我们这一点。她小心翼翼地呵护爸爸身上的全部爱心,尽管觉着自己永远也比不上他。妈妈既不识字,也不会写字,从八岁起就整天站在烟厂里,一直站到爸爸娶她的那个早晨。她从不是个认命的人,一心指望着自己的孩子比他们老两口更有出息。爸爸去世后的许多年里,她会从阁楼上把一个个发霉变黄的账本搬下来。那里面记录着别人欠下的一笔笔账目,加起来能有十万美元,这些就是爸爸的人生价值。对他来说,别人走背运的时候还逼他们还债,未免太难以启齿。妈妈常常看着那些个一碰就碎的名字,看着他们欠下的一笔笔钱,还用自己晒痕斑斑的手指摩挲着。每到这个时候,她就会发出混杂着骄傲和恼火的叹息,然后冲着自己仗义得冒傻气的丈夫连连摇头。

那个晚上,透过客厅的前窗,我听见两个妹妹在弹奏钢琴,练着《桃色公寓》①里的主题曲。街对过儿一家的灯倏地亮了,接着人行道上传来爸爸比往常急促得多的脚步声。他在树篱处转过身来,手里拿着个包裹(那种肉商每天用的油乎乎的包裹纸)。"陪审团的裁决下来了!"他兴奋地喊道,"史黛拉无罪!陪审团四十分钟前回来了!他们已经把她带回家了!"

妈妈把包裹放在椅子上,让爸爸在她旁边的摇椅上坐下。"行,行。"

---

① 《桃色公寓》:又译《公寓春光》,美国第三十三届奥斯卡最佳影片。

她说,"人家不追究她就好。"

"她根本就不需要出庭的,埃达,我从来就这么跟大伙儿说。就像她的律师出示的证明一样。休去亚特兰大看了大夫,发现自己得了癌症,就自己了断了生命。史黛拉根本不知道他的病。"

妈妈拍拍他的膝盖。"没罪就好。对,对。"

爸爸发出了厌恶的声音。"你们信吗?史黛拉躲过了这次劫难,晚上有些人在大街上竟然气得蹦高儿!阿黛尔·辛普森肺都要气炸了!"

妈妈说:"你还为这个吃惊么?"看着这么头脑简单的爸爸,妈妈冲着我摇了摇头。

他们二人谈论着审讯的事,身影投在走廊的木门上。屋里妹妹们没完没了地弹着肖邦的各类曲子,作曲者早已魂归天国,可他留下的音韵却仍在流传不息,日日绕梁。

判决书下来几个星期后的一天,爸爸被邀请到"红山"去做客,他让我跟着一同去。我们带去了妈妈特意为多伊尔夫人做的几坛子果酱作为礼物。

爸爸开车驶过宽宽的白色大门那一瞬,我马上就意识到:财大气粗的人简直可以呼风唤雨。"红山"的天气似乎比别处凉爽,草也比镇上任何地方的都要葱绿。一个黑人,身着白色西装引领我们进了这所房子,沿着木制的暗黄色走廊迈入了一个宽敞的房间。房间里面装了百叶窗来抵挡炎热,还有一排排摆满书籍的白色书架。史黛拉坐在扶手椅里,椅子也是紫丁香色,和她眼睛一样颜色。她穿着散腿的裤子和宽松的衬衫。衬衫有些脏了,皱了,遮住了她试图遮掩的腰身。她正向杯子里倒着威士忌。

"克莱顿,谢谢你过来。小巴迪,你好啊!我没耽误你的生意吧?"

爸爸大笑,说:"史黛拉,我一整天不在,都不会少来一个顾客的。"

听到爸爸对她这样坦白自己的窘境，我真替他脸红。

史黛拉回之以大笑，然后对我说，她看得出来我喜欢读书，那么我是否介意自己看会儿书，她想借用一小会儿我老爸。我说没关系，心里可不是这么想的。我既不想让她把老爸带走，也不想失去好好看看她的机会。即便她的脸因为炎热、喝酒，加上近来的悲伤有些浮肿，你也会渴望长久地注视着她。

他们走了，留下我一个人。我随意地走走看看：白色的钢琴上放着史黛拉·多伊尔的照片，有好多张，镶着银框。壁炉架上还有一幅巨大的画像，画像里的她目光意味深长，好像追随着我的脚步。我开始在那幅画前停下，久久凝视着，直到室内光线暗淡下去，直到爸爸和史黛拉走出屋来。她一手拿着纸巾擦拭着鼻子，一手拿着新注满的酒杯。"真不好意思，巴迪，"她说，"你爸爸真好，一直听着我絮絮叨叨。我只不过需要有个人，听我说说自己的事儿罢了。"说着她亲了亲我的头顶，我一下子感觉到了她嘴唇的温暖。

我们跟着史黛拉出了宽敞的大厅，进了走廊。"克莱顿，像我这样一个酒鬼，又老又胖，在你耳边喋喋不休，像个傻瓜似的哭天抹泪，你能原谅我吗？"

"史黛拉，哪有这样的事？"

"而且从一开始听说这桩事，你就不相信是我杀了他。老天，谢谢你。"

爸爸再次握住她的手，说："你现在要多保重啊。"

这时她突然抱紧自己，左右摇晃起来。各种字眼一股脑儿地从她嘴里蹦出来，像一扇门猛地被风吹开一样："我恨不得朝他屁股踢一脚，这个狗杂种！他为什么不跟我说？说他不想活了，说他活腻了，然后一声不吭地把我绑在毒气室里，用姑奶奶我的枪结果了自己？这个天杀的杂种！"她满口的污言秽语让我惊讶不已，我猜爸爸也有一样的感受。这种话他一辈子都没说过，更没从妈妈嘴里听过。

可爸爸只是缓缓点头，说："哦，史黛拉，那么就再见了。也许咱们谁都再也见不着谁了。"

"上帝，克莱顿，我会回来的。这个该死的世界这么小。"

她站在走廊尽头，泪水浸湿了她那双被电影杂志津津乐道的紫丁香色的眼睛。脸颊上有一处被蚊子咬过，好像被谁打了一巴掌似的红肿着。她扶着白色的廊柱，挥动着手，目送我们在灰尘和暑气中驱车远去，手中玻璃杯里的冰块远远望去如钻石般熠熠发光。

爸爸一语成谶：他们日后再未见面。他患了糖尿病，并因此失去了双腿，哪儿也去不成了，不过这以前他也从没去过太多的地方。之后他不是留在家就是待在店里。在店里时他就坐在自己那把宽大的木椅上，双手安详地放在扶手上，有人路过就聊上几句闲话。

我却不止一次再见过史黛拉·多伊尔，第一次是在十二年后的比利时。我走的路可比爸爸远得多了。

比利时的布鲁日有一些小餐馆，坐落在运河岸边，它们如同美人儿倚窗而望，漫不经心地瞟着往来的游船。一天傍晚，就在其中的一家餐馆，我见到了独自一人的史黛拉·多伊尔。她正坐在餐桌旁，餐桌靠着铁围栏，水中映照出围栏弯曲的倒影。这时她忽然站起身，俯身在围栏上，把玻璃杯里的冰块滑进运河水里。这个举动一下子打开了我记忆的闸门。当时的我正在一艘机动游艇里，游艇满载游客，从下面经过。她微笑着向船上的我们招手，我们也同样回应她。我和史黛拉上次见面的情景早已时过境迁，过去多年，她也许是出于习惯才挥手致意吧。对于在旅途的游客而言，史黛拉一身素白，在暗淡的餐馆映衬下，如同布鲁日的又一道风景，对我来说，她却浓缩了家的内涵，让我起了思乡之念。我极力地回望着她，并在最近的一站跳上岸来。

我找到了那家餐馆，看到了史黛拉，她正冲着一个衣冠整洁的年轻人大喊大叫。他靠在餐桌对面，操着法语极力平息她的怒气。他们好像在为他的迟到而争吵不休。突然一瞬间，史黛拉冲着那个年轻人打过来，手上的钻石在他脸上一闪而过。他怒气冲冲地比画着，然后转身离开，脸上还捂着雪白的餐布。眼前的一切让我感到窘迫不堪——那个小伙子几乎不比我年纪大。阳台上没有旁人，我立在那里，一时不知所措，直到她注意到了我的目光，我才硬着头皮走上前去。我说："多伊尔夫人，我是巴迪·克莱顿。我曾经和父亲克莱顿·海斯去'红山'拜访过您。您还让我看您的书来着。"

史黛拉坐了回去，给自己倒了一杯酒。"你就是当年那个小男孩儿？天啊，我多高寿啊？！有一百岁了吧？"出于多年喝酒的缘故，她的朗声大笑几乎是放纵的。"啊，看来你跟我一样，也是从红色粘土房出来的流浪儿。来吧，坐一会儿。你到这儿来做什么？"

我尽可能摆出一副漠然的神态，告诉她我明天飞往巴黎转道回家。我的大学给了我一笔新闻奖金，我就到世界各地旅行。那笔奖金是因为写了一篇关于谋杀案审判的稿子而获得的。

"是我的案子么？"她笑着问道。

一名臃肿、红脸、身穿整洁的黑色西装的服务生快步走到她身边，看着盘子里碰都没碰的食物，他摇了摇头。"夫人，这么说您的朋友走了？"

史黛拉说："先生，是我把他打发走的，他可不是什么朋友。"

服务生目光转向盘子里的鳟鱼，一脸遗憾和责备的神情。史黛拉拍拍他的手说:"菜很美味,不过再来一瓶那种葡萄酒,加上一大桶冰块,怎么样?"

服务生迅速地用他的胖手拍拍头,恳请我们到里面去。"Ici? Les moustiques, madame?"(法语:"在这不好吧?不怕蚊子吗,夫人?")

她说:"就让它们咬好了。"服务生一脸失落地走了。

现在的史黛拉身材修长,衣着优雅。她的玉手和脖颈已不复娇嫩,可那双明眸和一头金发却丝毫未变。她依旧是那个女人——我一生中见过的最倾国倾城的女人,爸爸口里的"对她没动过心思就白活一回"的女人,爸爸为维护她的名誉可以冒全城之大不韪的女人。正是由于爸爸的缘故,我幻想着为史黛拉·多伊尔的荣誉而纵横驰骋,开始了自己年少轻狂的岁月。我幻想着跟她一起上演几出好戏:我要让陪审团对她头晕目眩,要治好她丈夫的病,还要继续藏起我对她光明正大的爱。而此时此刻她这个大明星就在我面前,在布鲁日的游廊里跟我共坐对饮,真是连想都不敢想。我还是我们海斯家族第一个在大学里获奖出国的。

她抽完雪茄,将烟头旋转着扔进混浊的运河水里。"他得了糖尿病,我真替他难过。要是换了我天天坐在轮椅上,真不知道能不能受得了。你长得真像你爸爸。"

"我不觉得。"我直言不讳。

她把酒瓶倒扣在桶里。"你是心怀天下的人,去奋斗吧,亲爱的。"

"这正是我爸爸不能理解的地方。"

"你爸爸是个好人。"她告诉我,然后缓缓地站起身,"他肯定希望我能亲自把你送回酒店去。"

我注意到史黛拉开的"梅塞德斯"车上的挡泥板都已坏掉。她解释说:"每当我喝了几杯酒,就想开辆结实的车,在这个愚不可及的世界里横冲直撞。"

这部大轿车颠簸着驶过月色中的街道。"知道吗,巴迪,是休·多伊尔送了我第一台'梅塞德斯',还告诉我不要再开别的车了。那时是在巴黎的一个早晨,我们吃早饭时,他忽然拿出一把车钥匙,就像从院子里摘朵水仙花似的。他还给了我这么个该死的玩意儿。"说着,她挥了挥闪动着大颗钻石的手。"这该死的玩意儿在个圣诞节的早晨套到了我的大脚趾头上。"

史黛拉仰头冲着头顶的星星笑了笑,好像休·多伊尔正在上面往星星上挂钻石。"他笑的时候很迷人,巴迪。不过,他是个狗娘养的杂种!"

车颠簸着停在路边,停在我落脚的小旅店门前。"听我说,"她说,"明天别回家了,去罗马吧。"

"我时间不够了。"

她看看我。"从容点儿,别着急,也别怕,亲爱的。"

随后史黛拉把一只手插到我的衣兜里,我看到月光里的她一头秀发,有些心慌气短,心也在衣服里面怦怦直跳。我以为她要诱惑我拜倒在她的石榴裙下,叵她只是亲了一下我的额头,然后挪开了手,跟我说了下面的话:"回家后替我问候克莱顿,好么?即使你爸爸两条腿没了,他还是幸运的,你能明白我的意思么?"

我说:"我不明白。"

"我也是比你稍大点儿了才明白的。他家那帮该死的亲戚们恨不得把我扔进毒气室里。回去休息吧。再见了,家乡的红土。"

史黛拉银色的车子在苍白暗淡的街道上飘然远去。我在衣兜里发现一大沓法国钞票,足够一次去罗马的行程。我还摸到了一个系着丝带的小盒子,显然里面的东西是打算给那个西装革履的年轻人的。他迟到不说，还跟她发火，于是她就决定不送他礼物了。盒子里装的是一块男士腕表，平放在黑色天鹅绒上，金灿灿的有些发红。

这块表酷极了，到现在还走得分秒不差。

只有举行葬礼的时候我才会回到塞莫皮莱的家乡。那是一个最酷热难耐的三伏天，父亲在医院的病床上离开了我们，病床旁边是爸爸妈妈卧室里的那张大海报。在父亲的坟墓四周，红色粘土已经干燥结块，变成单调的尘土色。家人和朋友轮流走过去，一锹一锹地填土，埋葬了他。玫瑰花瓣无力地飘落到红土上，枯萎凋零，如同伫立在坟墓旁吊唁的人们一样无精打采。巴利斯特牧师跟我们诉说着父亲克莱顿·海斯是如何"宅心仁厚"的一个人。我忽然在家人后面瞥见一个一身黑色的女人转过身去，沿着长满青草的斜坡走向一辆"梅塞德斯"车。

招待会后我开车离去，但在德沃克斯郡，我跨越的范围怎么也不可能胜过父亲。在加油站，人们一边为我清洗挡风玻璃，一边细数父亲的种种善德善行。卖波旁威士忌酒的女人告诉我，她从父亲那儿借的二百一十五美元拖欠了三十年之久，而当她如数返还的时候，父亲早记不得这回事了。

我沿着公路向前疾驰，曾经立在公路旁的那些锡制屋顶的小木屋荡然无存，取而代之的是一家小型商场的停车场。沥青路面下的某个地方恐怕就是史黛拉的出生地了——史黛拉·多拉·希布，父亲念念不忘的初恋对象。

我的车子来到"红山"的白色大门前，现在那里的草坪和郡里其他的地方别无两样，干燥枯黄。白色柱子依然巨大，可油漆已是斑驳剥落。我等了很久,那个二十年前曾经谋面,如今已是一把年纪的黑人才走出来,一脸不悦地把门打开。

我听到史黛拉的嗓音从幽暗的大厅深处传出来:"乔纳斯,让他进来。"

那个白色书架,架上的书籍依旧是往日的模样,照片仍旧摆放在钢琴上,里面的玉人看上去永远那么风华正茂。我进屋的时候,看到史黛拉正皱着眉头。我猜想她等候的一定是另有其人,所以没有认出来访的客人竟然是我。

"我是巴迪·海斯。克莱顿的——"

"我知道你是谁。"

"我看到您离开了墓地。"

"这我也知道。"

我拿起酒瓶,我们一起喝着波旁酒,缅怀逝去的父亲。百叶窗挡住了阳光,遮蔽了那几扇投影在地板上的脏兮兮的玻璃窗,也隐藏了坐在淡紫色扶手椅里的史黛拉·多伊尔。她的头发剪短了,变成了灰白色。椅子的扶手被雪茄烫得伤痕累累,橡木地板也因此印痕斑斑。她身后的巨幅个人肖像风采依旧,让人不由得感叹时光是多么无情无义!史黛拉变了,可她的那双眼睛却一如往昔,即便在肿起的脸庞上,也依旧令人过目难忘。

我说:"我带了样东西给您。"

她向我举了一下酒杯,"多谢。"

"不,是别的东西。"我把一个看上去一文不值,旧得泛黄的薄信封拿出来。那是在父亲书桌的抽屉里找到的,跟那些他极其珍视、特别归类的信件和信纸搁在一起。信封上面用利落的草体铅笔字写着"给克莱顿",里面装着一张傻里傻气的情人节贺卡。贺卡的画面上,贝蒂·布普撅着小嘴咂着棒棒糖,嚷着:"哦——我看上你了!"既幼稚得可爱而又放荡得可以。卡上印着一抹口红的印痕,由于年深日久,已经色泽尽褪,成了褐色。卡上还签着史黛拉的名字,圈在一颗心形图案里面。

我说:"父亲从上七年级起,就一直保存着这张贺卡。"

史黛拉点点头。"克莱顿是个好人。"她的雪茄烟从烟灰缸边掉落到地板上。我走过去把烟拾起来。她说:"有一颗好心和有钱、有好相貌一样,是一种福气。克莱顿是个幸运的人。我以前就想告诉你这个。"我记起来二十年前我们在布鲁日的那次谈话,史黛拉又旧话重提。

"是,您说得没错,他是个幸运的人。"我说,"可您才是事事都幸运的人啊!"

史黛拉走到钢琴旁,从桶里又拿出一个冰块,摩挲着后脖颈,然后把它扔进酒杯里。她转过身,眼睛湿润了,如同淡紫色的星星。"你知道好莱坞的人们怎么说吗?'希博?哪来这么土气的姓氏?我们可不能用!'于是我当时脱口而出,说道,'我姓多伊尔'。我借他的姓用了六年,那时我见都没有见过他。我知道他一定会来找我。我离开塞莫皮莱那天,他一直对我吼着,'不许你同时用两个姓!'汽车开出站时,他一直吼个不停:'不准我的姓和你的姓一起用!'我要走,非走不可,他恨不得把我的心撕烂。"

我点点头,"这又有什么不可以呢?"

史黛拉沿着白色钢琴的曲线,走到一张照片的前面。那是休·多伊尔的照片,穿着敞开的白衬衫,迎着阳光咧嘴微笑。她说:"在这个小小的世界上,有两样东西必须归我所有——一个是电影《水深火热佳人劫》里的女一号,另一个就是休·多伊尔。"她小心翼翼地放下照片。"审判进行中我的律师发现他曾去过亚特兰大,看过大夫,否则我怎么也不知道他患上了癌症。这样一来,陪审团判他是自杀身亡,也就易如反掌了。"她盯着我看了好一会儿。"嗯,也没那么易如反掌。不过我们还是使得他们扭转局势了。我想你父亲是镇上唯一不认为我有罪的人。"

我听了史黛拉的话,过了好一会儿才回过味儿来。事情推敲起来的确蹊跷,可我却从没起过疑心。我笑了。呵呵,显然是父亲把我说服了。

她也冲我笑笑,"他说服了很多人。他的口碑实在太好了。"

我倒了最后一杯酒。"你杀了你丈夫。"我们彼此对望,我摇了摇头,问道,"可到底为什么?"

史黛拉迅速扫视了一下房间,好像答案就藏在某个角落,然后耸了耸肩,回答道:"我们俩都喝醉了,打了起来。他竟然跟我那该死的女佣搞在一起。我跟疯了似的,就杀了他。有很多原因,或者说根本没有原因。我并没有处心积虑地策划过。"

"可你也没有认过罪。"

她抽出一根雪茄烟。"认罪又有什么用?休又不能死而复生。我可不想让他那个趾高气扬的混账母亲把我推到毒气室里,自个儿把钱私吞了。"

"天啊!"我一口喝完了杯中的酒,"你竟然连一天都没有感到内疚过?!"

史黛拉向后仰了仰头,舒缓一下脖颈。百叶窗遮挡着的太阳已经西沉,余晖移动着透过窗棂投在地板上。暮色让这出戏渐渐收场,眼前的史黛拉·多伊尔渐渐朦胧,变成了身后画像里的明星。她静静地说:"唉,孩子,你可别这么想。"

房间里寂静无声,我起身把空瓶子丢到废纸篓里,说:"父亲曾告诉过我他非常爱你。"

如尘的薄暮中传来她暖意融融的笑声。

"是啊，我想我也曾经爱过他。"

"我十岁时父亲跟我说，要是哪个男人没有对您一见钟情，就得承认自己这辈子白活了。我只是想告诉您，我现在悟出这话的意思了。"我抬手开门，向她告别。

她说："你到这儿来一下。"我走到她的椅子那里，她伸手把我的头扳过来，给了我一个长久而饱满的吻。"再见，巴迪。"她的手缓缓地从我的脸颊移开，指间那颗硕大的钻石烁烁地闪着光芒。

关于史黛拉死亡的消息通过电报发到了我的报社。随后的几天里，几家小报在娱乐版面将此事大大渲染了一番。他们除了手头的一些照片外，还把休·多伊尔一案的照片倒腾出来，跟以往的电影杂志一起配发出来。一位过气的电影明星离奇地死去，这样的事情足以让媒体扛着摄像机，一路追到北卡州的塞莫皮莱镇。如今的"红山"已成了黑黢黢的一片废墟，记者们来到那里，对着废墟、殡仪馆和棺材上的鲜花，"咔嚓咔嚓"地拍个不停。

我的一个妹妹打来电话，告诉我法院大楼里聚满了关注此事的人。验尸官的审理结果如下：一支燃着的雪茄烟掉落，意外地把史黛拉·多伊尔的床点着了，她就在睡梦之中死去了。对此众人有不同的说法。有的说她的尸体是在楼梯底下找到的，看样子是她在火中逃命时失足跌下去的；也有的说她喝得烂醉，哪里知道逃命呢；还有人说，她亡夫的兄弟为了谋取钱财干掉了她。人们把史黛拉葬在最奢华的家族墓地中休·多伊尔的旁边，葬在离我父母合葬的地方很远的一个山上。

史黛拉死后不久，一家有线电视网制作了一期专题节目，对她从影生涯进行了盘点和回顾。我熬夜等待着把《水深火热佳人劫》再重温一遍。

我妻子对我说:"巴迪,很抱歉地说,这是我看过的最煽情的烂片了。剧中的妓女为了使别人熬过瘟疫,卖掉了自己的珠宝买药,却为了自己的过去搭上了性命。全城的人这才把她当成圣人顶礼膜拜。真够煽情的!我说得没错吧?"

"没错。"

妻子坐下来陪我看了一会儿这部电影。"你知道,她的演技到底是好是坏,我说不好,不过有些不可思议。"

我说:"其实,我觉得她是个出色的女演员,比任何人评价的都好。"

妻子去睡了,我却看了个通宵。我坐在父亲的旧摇椅里(他去世后我把摇椅带回了北方)。最后天色渐亮,我关上电视,史黛拉的脸庞也随之隐去,化成了天上的一颗星星,消逝了光芒。葬礼招待会糟糕透顶,电视的屏幕也小得可怜,我看不清史黛拉的眼睛,可那双眼睛却始终萦绕在我的脑海里,挥之不去:在法院大楼台阶下她的第一次回眸;那个灼热八月里的十岁的我;父亲挤出人群去牵她手的瞬间;她紫罗兰色的眼睛向父亲投来的一瞥;还有父亲那顶草帽,如同骑士的头盔,在夏日里熠熠生辉。

玛丽把遗物送给猫王

老布①驾着那辆红白相间的"野马",一窜出纳什维尔镇,就向西来了个急转弯,动作之生猛,直把身体里那些沉淀的记忆给晃得到处乱溢,往事哗地一下涌到眼前。这个不经意的瞬间,让他感到飘飘欲仙,甜美而畅快。柏油路上的极速运动,犹如滑翔,毫无羁绊。待"野马"慢慢有些颠簸了,老布便甩掉人字拖,伸展一下光脚板,然后踹住了油门。霎时,铜盘般的太阳和歌谣里的月亮在眼前活蹦乱跳,在同一片蓝天之中,它们竟然都那么丰盈饱满。

"我靠,真他娘的美啊!"老布被烫着似的吼了出来。

老布在一家高科技产品公司做销售员。此刻正一路奔驰在回孟菲斯老家的老路上,赶着去跟他老妈共进感恩节的晚餐。他老婆把他甩了,随后就嫁给了一个巴西的石油商。老布的老婆以前是个空姐,一年前认识了个巴西石油商,很快就把老布甩掉改嫁了过去。按那女

---

①老布:"布莱克斯顿·考克斯"的简称。

人的说法,这卖石油的家伙床上功夫实在了得。这些不过是一年来的事儿。

老布此刻正飞速地穿越一片莽莽林区。这片林区是一个名叫"纳齐兹"的印第安部落的旧址,四十号州际公路从中穿过。那些被称作祖先的开拓者或逃犯正是从这里穿越到达图皮杜后,才踏上纳什维尔这片土地的。老布驶近了一家叫做"研磨机"的客栈。这里据称是当年刘易斯①开枪自杀的地方,如今在这荒野茫茫之中显得颓败不堪。松林遍布山野,一眼不见边际。看到此番景象有谁能想到这里曾是上帝的国度,是神的家乡啊?!

此情此景非得来段背景音乐不可。老布伸出右手,抓了几盘磁带扔在旁边的座位上,随后翻出了"猫王全球金奖热销曲目"的第一集和第二集。他记得自己当时心里正感到郁闷伤感,碰上这些磁带减价销售,就买了下来。现在他又被一模一样的情绪一把抓住,动弹不得。

猫王艾尔维斯的嗓音猛地大声响起,充满了痛苦不堪的情绪:"无论你要我怎样,那都是我的未来模样。"

老布听着听着,突然心里一阵发慌,先是左手来了个马蹄形的急转弯,然后又猛地踩下刹车。车身旋转着,飞一般冲到了路边的地面上。路前方不远的地方,一辆时速顶多不过四十英里的车正缓慢地挪动着,从远处让人觉着动都不动的样子。

老布双目圆睁,拼命地按下喇叭,呼啸着从那辆车旁擦身而过。那辆车真是太不可思议了——一辆淡蓝色折篷卡迪拉克,宽大的鳍状挡泥板散发着特有的奢华气派。老布觉得猫王的歌声仿佛是阿拉丁的魔法一般,把这样一辆绝世佳车从过去的岁月里召唤了出来,与他此

---

①刘易斯:这里指的是一八○五年横跨美国大陆的考察的梅里韦瑟·刘易斯。

时的心境如此吻合。

老布死命地按着喇叭,一脚把刹车踩到底,绕过拐角儿,沿笔直的马路狂奔而下。他从后视镜里瞥见了那个漂亮帅气的大家伙正慢悠悠地攀上山顶,沿路飘移过来。于是老布摇下车窗,拼命地打着方向盘,调转头往回开去。

磁带里传出猫王声嘶力竭的嗓音,冲到窗外:"我坠入爱河,我不知所措……"

老布听到了比猫王嗓门儿更响的"噢哈!噢哈!噢哈!"声,抬头看见了那辆蓝色折篷车,它正像海啸掀起的海浪一样涌过来。他探出脑袋,张开嘴巴,刚想问一声,"喂,你那车从哪儿弄来的?"就猛地被灌了一大口凉气。

就在这个瞬间,他看见一个姿色亮丽的女孩儿,金色的长发如火焰般飘扬在空中。她一只手握在白色的方向盘上,另一只手在两车交错的一刹那,突然把那件袒肩露背的蓝色紧身衫向下拽去。衣服的松紧带砰地一声卡在女孩儿的双乳下面,她的胸脯立刻弹了出来,好像她忽然心血来潮,想透透风似的。然后女孩儿抬起一只赤裸的胳膊,朝着老布竖起中指,像迪斯尼动画片里的花忽然伸出花蕊一样。女孩儿随后加大油门,驾着那辆蓝色折篷卡迪拉克,绝尘而去。这一下子怕是要耗掉两加仑的汽油吧。

老布今年三十四了,六十年代上的大学。那个年代里的人们完全是一种狂放不羁的做派,连密西西比大学那样的地方都不例外。大学时代的老布到处胡闹,想干吗就干吗,连为科帕斯·克里斯蒂[①]的海军开直升机的事情都做过。得克萨斯港口更不是什么羞羞答答的地方,

---

[①] 科帕斯·克里斯蒂:南得克萨斯州城市,墨西哥战争地点,美国内战小规模战斗地点。

什么世面他没见过啊。不过他发誓,刚才途经田纳西州时看到的那副阵势,他还从未见过!这时一辆大卡车从相反的方向呼啸而来,差点儿把老布的"野马"挤下公路。卡车司机把头探出窗外,盯着后视镜,嘴里像是在吐着烟圈。

十分钟后,老布看见那辆蓝色卡迪拉克在一个路边的停车场里泊了车,那里面有个火车机车改成的餐厅,叫"凯西·琼斯[①]酒吧餐厅"。老布把猫王兴致正浓的曲子关掉,把他的车缓缓滑进停车场后,脚丫子套上人字拖,一个骨碌从车里钻出来。下了车,老布像亚瑟王寻觅湖畔夫人一样把身子探到那辆卡迪拉克里。"这辆车真是爱死人了。"老布啧啧赞叹。他轻拂着车里白色的仪表板,白色的坐垫套,还有浅蓝色的油管。车里纤尘不染,空无一人,除了——除了一条粉色比基尼内裤,像一朵兰花盛开在白色的座椅上。老布情不自禁地低声哼起猫王的歌词来。

老布利索地把身上的苏格兰花呢裤子拍打干净,把V字领的黄色毛衣抚摸平整,又按了按钱包,捋了捋拉链。他想起在家看录像时倒带的情景:录像里的小孩儿被一把拎出水池,重新放回到跳板上。他忽地也有了回归过去的感觉。于是他走进餐馆,没有料到开蓝色卡迪拉克的那个姑娘也在里面,她抬起头,看到了老布。

收银台处立着一张巨幅照片,里面有个清教徒小男孩儿正在祈祷,上面写着这样的促销词:"感恩节家庭豪华套餐,仅售七点九五美元。"老布点了一个双份"野火鸡肉",还有加拿大威士忌和一瓶"喜力"

[①] 凯西·琼斯:火车司机,一九〇〇年驾驶的火车与另一辆列车相撞,为保护全车乘客英勇牺牲。

啤酒，又到售货机那里抽出一盒绿万宝路。其实他早就不抽烟了。去年他的伴郎酒喝多了，一下子把车撞到了地下通道口的栏杆上，那事之后，他就把烟酒都戒了。当时的"波旁威士忌"酒和"温斯顿"酒都还不贵，可现在价格都已经涨了。老布戒酒的时候对自己说，以后他再也不喝得东倒西歪、酒气熏天了，那样也许自己的老婆就会回心转意，离开那个巴西人，重新回到自己身边。

老布在收银台旁的长凳上坐下，正对着那个金发女孩儿。他看见女孩儿拥有浅蓝色的双眸，似乎那辆蓝车就是为陪衬这双眼睛而存在的。她的蓝色紧身衫显然有些短，冷得她起了一身鸡皮疙瘩。现在已经是十一月末了，可老布不知怎么，觉得她下面穿的该是条短裤。女孩儿下身穿的其实是一条有斜纹的粗布裙子，紧箍在身上，脚上一双紧巴巴的靴子，鞋跟后面垂着一条细细的金链。女孩儿一只手拿着一杯柠檬威士忌，正吮吸着里面的橘子粒，另一只手伸进印有"东部航空公司"字样的蓝色背包里，摸出几支"维珍妮"香烟来。

老布从柜台处向前探出身子。"冒昧地问一下，那辆车子是从哪弄来的？"他一边问，一边给自己倒满一杯啤酒，瞟都不瞟一下。这个功夫是他在科帕斯克里斯蒂的两年里练出来的，"我还从没见过这么帅气的车呢！"

女孩儿吐出一个奇特的烟圈儿，说道："你能不能别老跟着我？"她一开口，老布就听出自己老家田纳西州的味道。

"我没跟着你，不过是碰巧经过。不过——"老布的嘴角上挤出一丝微笑，"我觉着你在车座上给我留了个信息。"

"什么信息？"

老布没有作答，他可不想提到什么内裤的事儿惹得她不快。"车子是你自己买的吗？"

"不，是我妈留给我的。"

女孩儿吃完了酒里的橘子肉，开始咬起了橘子皮。"你为什么老在我后面按喇叭？"

"你在吃橘子皮啊。"老布提醒道。

女孩儿把橘子皮也吃了下去，说道："你从我旁边掠过，那么狠命地按喇叭，差点儿把我吓死。"

老布的嘴角向上一扬，温柔地笑笑。"那我也告诉你一个秘密吧。你从后面追上来时的小动作，也差点儿要了我的命呢。"

"那可太好啦。"女孩儿听到老布这么说，竟然咯咯地笑起来，"有时候我就是想疯疯癫癫地胡闹一场。我的朋友都这么说。谁也猜不出来我下一分钟会干吗！"

"这个我信。"老布嘴里答着，心里却在想：这个女孩儿刚才在车里到底干什么呢，非要脱掉裤子不可？

女孩儿抬起赤裸的胳膊把头发束起成一个马尾辫。她的手腕上套着一个橡皮筋。"我听到你的收音机在播放猫王的歌，"她说，"我的收音机怎么接收不到？"

"我放的是磁带。"老布拿着酒瓶走到她的桌边，"很多人说我长得像猫王艾尔维斯。"

"我可没看出来。"

老布忙为自己辩护，可又尽量不露痕迹。"嗯，起码别人是这么觉得的。"

"我还是不觉着。"

"那我这样像不像猫王？"老布上嘴唇往下一抿盖住牙齿，垂下眼睑，又拉下一绺儿头发盖住前额。

女孩儿总算有些认可地说："嗯，这还有那么一点儿意思。"

"那这样呢？"老布一跃跳了起来，前前后后地踢着一条腿，同时一只胳膊在空中猛敲猛打。"这样呢？"老布又原地打着转，用空手道的姿势，双手劈上劈下，双脚踢来踢去，仿佛这样就可以踢走岁月似的。他这副模样连他自己都吓了一跳。餐厅里的其他六位顾客也很吃惊（他们有的不愿在家待着，有的正要回家过节）。其中四个有些被吓到了，另外两个目光呆滞。

女孩儿哈哈笑个不停，老布感觉自己耳膜在打着鼓，呼吸也吃力起来，于是他回到女孩儿的餐桌旁。一名女服务员走过来让他们点菜。她乌黑的头发向上盘成鸟翅膀的形状，上面顶着铁路工人常戴的那种帽子。老布喘着粗气，咧着嘴笑，点了一份特色套餐，金发女孩儿要了华夫饼作为晚饭。

女孩儿名叫玛丽，年方十九，在田纳西州代顿市出生长大。老布打开了话匣子："代顿啊？《向上帝挑战》[①]那部电影就是在那拍的。我认识一个人，他的母亲在里面跑龙套，跟斯潘塞·屈塞合作呢。你知道吗？"女孩儿哪里知道这些，那个时候她还没出生呢。即便那个尽人皆知的"猴子审讯案"[②]，恐怕她也只能是一头雾水。

女孩儿朝着老布凑过来，她的双眸有如明信片上的环礁湖水般湛蓝清澈。"你喜欢艾尔维斯？"

老布立刻像出庭作证似的举起一只手："他可是猫王啊。"

女孩儿说："因为我妈妈的原因，我的生活里到处都是艾尔维斯的印记。拿我的名字来说吧。妈妈告诉我，'艾尔维斯的宝贝女儿就叫玛丽'，于是就给我也起了这个名字。"

[①]《向上帝挑战》：一九六〇年美国电影，根据一九二五年"猴子审判案"的真人真事改编。
[②] 猴子审讯案：一九二五年一位乡村教师因在课堂上讲授进化论而被拘捕，两位顶尖律师克莱伦斯·丹诺和威廉·詹宁斯·布赖恩就此展开抗辩。

老布说:"哎,我说玛丽,你小小年纪,烟就抽得这么厉害!"

"我只抽薄荷烟。"

"你抽得太厉害。我以前一天抽两包,不过现在戒了。"他忽然注意到自己烟灰缸里有支燃着的雪茄,于是改口说:"我很少抽烟了。我有个堂兄,一天要抽四包,结果得了肺气肿,把小命儿丢了。"

"肺气肿是什么病?"

"就是说你的肺被堵住了。"

女孩儿使劲地吸了口气,她的弹力衫也随之鼓了起来。

老布看见自己的火鸡肉上浇着越橘汁,立刻心烦意乱起来,就像父母老是让孩子心烦意乱一样。他觉得自己该马上启程回家,跟妈妈共进感恩节晚餐,要是他争分夺秒赶路的话,七点前到家应该不成问题。这个时候妈妈肯定在厨房里进进出出,一会儿看看微波炉,一会儿又看看表。不过等他到家时,妈妈准保又会拉长嘴角。她老早就提醒过儿子:"可别回来晚了!"好像早就料到他会说话不算数似的。想到这儿,老布开始闷闷不乐,他又点了些饮料,好像这就能驱走他心底的负罪感。

老布说:"我猜你妈妈一定特别喜欢艾尔维斯。"

玛丽从自己的饮料里又舀了一勺橘子皮。"妈妈要听到你这么说,准会笑掉大牙。岂止是特别喜欢,简直是痴迷、疯狂!她还在上学的时候就在左胸脯上文了字母'E',右胸脯文了个'F'。"她演示给他看。"喏,就像这样,一边一个。"

"我的老天!……对不起。"

玛丽凝视着老布的眼睛,幽幽地说:"妈妈在临终前告诉我,她这

---

① 格雷斯兰:又称"优雅园",猫王故居,位于田纳西州孟菲斯。

辈子只爱过一个男人,就是艾尔维斯。"

"呃,你妈妈不在了,我真为你难过。"

"噢,没关系。"

"是不久前的事么?"老布放下酒杯,表明自己愿闻其详。

"五天前。"

老布吃了一惊。"真是太遗憾了。"

"她得了糖尿病,已经很长时间了。"

"真糟糕,听到这些,我真为你难过。"

老布的嗓音里充满了同情,女孩儿的声音也深沉了许多。她咳嗽了一声,身体朝他倾过来。"不管怎么说,我现在正为妈妈做件事。不然的话,我不会坐在这儿,早不知道上哪儿疯去了!她让我为她完成最后一件事:开车到孟菲斯的格雷斯兰①,告诉他,妈妈不在人世了,然后把妈妈珍藏的纪念品和一辈子从没有剪过的头发交给他。"女孩儿一边慢慢说着,一边轻轻摩挲着那个"东方航空公司"的蓝色手袋,仿佛袋子里面装着个小动物,而她在抚摸它一样。

"你说要告诉谁?"

"艾尔维斯啊。"

老布一时不知该说些什么好,忙低下头,吃起土豆泥来。

"人们到公墓吊唁时发生了暴乱,他就被安葬在自己的故居。你想象得到吧?"说着,玛丽从手袋里拿出一个软塌塌、皱巴巴的纸包。她从纸包里抽出来一绺束成马尾辫的灰白头发,发丝又细又长,足有几英尺,局部还变成了褐色。老布看着那个带着人气的东西,吓了一跳,嚼东西时竟然咬到了舌头。

玛丽边摩挲着那绺头发边说:"这是我妈妈的头发。她对艾尔维斯发过誓,一辈子不剪头发。长吧?"

老布点点头,把女孩儿刚点的饮料端给她。

女孩儿湖水般的眼睛里滚出了泪珠,一颗,两颗,簌簌地连成一串。最后的一滴晶莹饱满,停在脸颊上。老布看着她,心里忽然泛起一阵感动,情不自禁地拍了拍她的手。他感觉到了女孩儿手里那绺没有生命的头发传来的力量。

玛丽神情庄重地说:"妈妈临终前的那个晚上,把我拉到床前,让我凑近她的脸,跟我喃喃低语:'他是我的全部,是我拥有的一切。你们不会明白。'"

老布的神情也变得严肃起来。"玛丽,虽说我们素不相识,可请你相信我的真诚,我对你所失去的真的很难过,我是说,一个母亲——唉!"

女孩儿点着头,开始把蓝色手袋里的东西一样一样地掏出来:别针、纽扣、护身符、照片……她像个卢尔德市场上的小商贩一样,把东西翻出来,放得满桌子都是。

老布伸出食指在自己和玛丽的头顶画着圈,那手势在女服务员看来,好像是说他们俩是罩着光环的天使,或者是脑子短路的疯子。女服务员领会了他的意图,又给他们端来两份饮料。餐桌上没有多余的地方了,于是服务员先清理起用过的酒杯来。老布瞟了一眼她的手表,天还不算晚,于是不慌不忙地听着玛丽跟他聊起那些纪念品的来龙去脉,边听边不住地点头。

"你看,这是一张门票,是去孟菲斯'奥弗顿公园'的,妈妈就是从这儿开始迷上艾尔维斯的。无论他在哪儿出现,游乐场也罢,别的地方也罢,妈妈的眼里只有他一个人。不过那个时候,艾尔维斯还是无名之辈呢。这足以证明妈妈对他的确是一往情深,而不是什么一时冲动。妈妈收藏了两千多张艾尔维斯的照片,还有他出的所有唱片,样样不少。你再看看这个。"

玛丽翻出一张照片来。里面是个十来岁的小姑娘,坐在一个简陋的白色梳妆台旁边,身体还没有完全发育,可眼神里却充满狂热和执著。她褐色的头发梳成了一根马尾辫——现在已经变得花白难看,放在玛丽手袋里。不一会儿,桌上已经高高地堆满了各式各样的东西,样样都跟艾尔维斯·普雷斯利有着不解之缘:一摞新款的帽子,一堆小巧的饰物。梳妆镜上满满地贴着艾尔维斯的照片,他的笑脸从小姑娘的衬衫和斗牛士长裤后面展露出来。

"你再看看这个。"玛丽说着,从一个天鹅绒小盒子里取出一块带有污渍的手帕,拿给老布看,"看到这个污渍么?还有这个?这可是艾尔维斯的汗渍。一次音乐会上,他不小心跌倒了,正好跪在妈妈跟前,妈妈忙递给他一块手帕,他就用这块手帕擦了擦脸上的汗。"玛丽把那块脏布放到桌上,又拿起了一个塑料压模的东西。"看到这一绺一绺的么?这是艾尔维斯的头发。妈妈碰过他的头发,有些大概是挂在妈妈的戒指上了。那是在迪克斯堡陆军基地的事儿了。"

老布认真地说:"玛丽,你的纪念品可真不少。你可能不太了解,这些东西绝对能卖个好价钱。听我这个陌生人一句劝,你该找个懂行的人,让他给你鉴定一下。"

玛丽大度地笑了笑,点点头,好像在说自己可比老布想得远。"艾尔维斯出的四十五张唱片,妈妈全都有。我把家里跟他有关的东西统统锁在车库里,多得数不清,都够开个博物馆的了。"

"我就是这个意思。"

"我将它们锁好,就离开家门了。妈妈过去常说,她把这些东西给猫王的女儿丽莎·玛丽寄去,好让她留作纪念,来怀念她的爸爸。"

老布抬眼看看拐角儿处的彩色电视屏幕。两支足球队的队员们爬起来,又倒下去,已经较劲较了好一会儿了。窗外早已夜色浓重。老布知道自己又一次伤了妈妈的心。

玛丽开始把妈妈的遗物一件件捡起来,放回到手袋。"我想我还是喝点儿咖啡吧。"说着便咯咯地笑了起来,"我觉得自己现在简直快垮掉了。上初中那阵子,我有时候把自己灌得烂醉如泥,又呕又吐的,啥也不知道。妈妈一看到我酗酒,就哭了。哦,你叫什么来着?"

"布拉克斯顿。"

"布拉克斯顿?这名字不错。很久以前,我跟妈妈在拉斯维加斯的时候遇到三个家伙。他们竟然要把自己的名字全改成'艾尔维斯',其中还有个黑人呢。有一个人还把自己未婚妻的名字改成了'普丽西拉',然后他们特地从底特律坐公交车,来到艾尔维斯和普丽西拉结婚的地方,举行了婚礼。不过这中途出了点儿乱子,我记不得怎么回事了。"

老布的一条腿都麻了,站起身来,跟玛丽说:"好,那你坐在这儿等一会儿。"他喊来女服务员,给玛丽点了一杯咖啡,然后百米冲刺似的绕过拐角儿,冲进洗手间。他已经憋了半个小时的尿了。他站在滑溜溜的小便池旁,一边方便,一边担心玛丽会不管他自己走掉。他看到附近有一台安全套售货机,也不知道多少钱一个。可当老布回到桌旁时,发现女孩儿原地不动地坐在那儿。她正在转着一个钥匙链自娱自乐呢。钥匙链上也是小小的艾尔维斯,在疯狂地弹着小小的吉他。链子靠在咖啡杯边缘,上上下下地抖动着,起落在玛丽妈妈干枯的头发上,像是猫王在跳舞一样。玛丽裸露的双肩和脊背呈现出极美的金色弧线,让老布感到一阵迷乱。他忽然意识到,自己老婆的肤色太过苍白了，当然这并未影响他心里对她的浓浓爱意。

玛丽仍然在讲述着自己的故事，老布想大概他出去的那会儿，她也在自说自话吧。"我把家里的门窗都关了。我住的是那种两家合住的房子。我跟邻居说，'喂，你能帮我把房子租出去么？我以后再来拿我的东西。'我得离开家门了。这个秋天我原本要去念初级学院的，可是妈妈病得太厉害了。我们两个得相依为命。"

老布的心一沉，像被灌上了水泥一样。他同情地问道："你没有爸爸？"

"我出生之前他们就离婚啦。妈妈说爸爸可能去了加利福尼亚，他一向不喜欢住在田纳西州。"

"你要去那儿看望他？"

"真是好笑！我都不知道他是谁！"

老布摇摇头。"我爸爸也走了，不在人世了。"

女孩儿刚才一直把她妈妈的那绺头发缠在手腕上，她把头发解下来，放回了手袋里。

老布接过账单准备付账。他的钱包鼓溜溜地装着回家的路费。他有点儿走神，把两张五十元的现金放在账单上，被玛丽纠正后，换上了两张二十元的钞票。然后，他跟女孩儿要了一支"维珍妮"。今晚他竟然抽掉了整整一包绿万宝路，真是莫名其妙！他告诉女孩儿："加利福尼亚可有看头了，得克萨斯也不错。我以前就住在得州的科帕斯克里斯蒂。现在住在哥伦比亚特区。"

"我会在亚特兰大住住看。得克萨斯么，我不太可能喜欢。"

老布说："那你也不会喜欢华盛顿的。"他注视着玛丽，温柔地一笑。他看见自己的笑脸在女孩儿湖水般的眼睛里荡漾流转，忽然感到心跳加快。他走出座位，单膝跪下，对玛丽说："我们俩离开这儿，到孟菲斯去,怎么样?我在那儿长大的,一切都不成问题。今晚咱们就去完成你妈妈的心愿,开车到格雷斯兰去,站在山崖上,对着天堂里的人们高喊,'嘿,听着,我们想念你们!嗨,爸爸,玛丽的妈妈,艾尔维斯,我们想念你们!'然后明早咱们马上就做一件事——去结婚!怎么样?你和我!为什么不呢?想么?我现在可是自由得像小鸟儿一样!"

女孩儿把腿从老布的腿旁挪开,皱起眉,摇摇头。"不,谢谢了。我不像我的朋友那样怀疑婚姻,我只是觉着婚姻——"她使劲想了一下,"应该就像邂逅猫王那样。不能随便说说。"

老布拖起身子回到了自己的座位上,掸了掸花呢裤腿上的灰,说:"我真该死!结婚当然要顺其自然了。"他的心被突如其来的哀伤淹没。他早该开车离开,可他觉得自己已经身心俱疲,动弹不得。他朝后仰过身子,闭上了眼睛。

"老布,你知道么?"老布听到玛丽难过的声音,呼地睁开了一只眼睛。女孩儿缓缓地点燃打火机,送到雪茄烟前。火苗呼啦一闪,吓得她也猛地向后闪了下身子。"我给你讲件事,绝对是真事,行么?"刚才她拒绝了老布的求婚,现在主动示好,来弥补刚才对他的伤害。"有一次,我妈妈被邀请去格雷斯兰。那是一九六八年的事儿。当时艾尔维斯的朋友们在一起玩乐打闹,想再找些女孩子,妈妈没料到自己居然会被请去。她和她的朋友们没事总在他们的大门外转悠,终于有个晚上,一个朋友进了门里,把妈妈也带了进去。在我小时候,我妈妈老是讲这个故事哄我睡觉。妈妈说,那天晚上在格雷斯兰,艾尔维斯家里的天花板仿佛缀满了无数颗星星、亮晶晶的镜子,还有光闪闪的金子。半夜了,艾尔维斯和他的哥们儿还有那些女孩子们从外面回来,围坐在游泳池旁。他们手里都拿着打火机。"说着,玛丽又把自己的打火机点着。"他们把打火机的盖子拔掉,火苗就直接喷了出来,然后互相对着屁股喷来射去,跑着闹着,乱成一团。"

"艾尔维斯也加入了么?"

"没有,打闹的是他的那些朋友,他只是在一旁看着。后来大家的打火机用完了,他们就把成百上千的崭新的镁光灯扔到水池里,再用铅蛋气枪瞄准射击,将灯打爆。艾尔维斯也跟着玩了。"

"那些女孩子们……她们干什么了?"

"她们坐在四周,盯着艾尔维斯看。我妈妈本想和身边的两个女孩子聊聊天,可发现她们把她当做不存在一样。她们脑子里想着怎么才能把艾尔维斯勾引过来,跟她们做爱。"

老布坐直身子,盯着玛丽,这个姑娘竟然把那些粗俗的场面描述得这么真切。过了好一会儿,老布问到:"艾尔维斯长得什么样?"

玛丽在自己的咖啡里又加了几包糖,说:"妈妈说他帅极了,超乎人的想象,可他的神情却像下雨天一样,让人感到忧伤。"

老布和玛丽静静地坐在座位上,彼此对视。女服务员仍旧在跑前跑后,电视上的足球队员们也还在跑个不停。老布忽然感到和猫王一样哀伤。这种情绪穿过他喝下的酒和吸进的烟,渗入了他的骨髓,消解了身上的全部力气。他生活的一幕幕像电影短片一样快速倒回,穿过压在身上数年他企图挣脱的日子,被抛到跳板上。紧接着他又跌进扎得人生疼的蓝色水池里,漫无目的地游着,然后又一点点下沉,下沉……

蓝色的卡迪拉克立在"凯西·琼斯酒吧餐厅"外的停车场,把洒下的月光和路边的碎石都涂上了蓝色。老布看了看车前面的牌子,只见上面写着:"猫王永在,"而车后面则是田纳西州的车牌,写着"美国的黄金时代"。

卡迪拉克行李箱里的灯光倾泻下来,照亮了里面的手提箱、盒子和床上用品。玛丽在薄薄的露背衫外面又套上一件仿鹿皮夹克衫,然后慢慢地演戏一般转过身来,面对着老布。她柔声细语地对他说:"这辆车是艾尔维斯送给我妈妈的。"

老布心里一颤,也低低地问:"艾尔维斯送的?真的么?"

女孩儿把车钥匙扔给老布,绕到另外一侧上了车。老布握着方向盘,方向盘上凝结着凉凉的露珠。他们坐在车里,两个人的脸笼罩在令人忧伤的月光里,涂上了一层乳白色。

"他为什么送车给你妈妈?"老布问女孩儿。

女孩儿缓缓地抚摸着仪表板上闪动着的数字和字母。"就在我刚刚提到的那个晚上,妈妈在游泳池边哭了。艾尔维斯的朋友们怕他生气,就要把妈妈拉走,可艾尔维斯却叫住他们,问:'等一下,那个女孩儿怎么了?'"

老布摩挲着车里浅蓝色的仪表盘,铬合金隐约的光泽,白色的皮革,又上上下下地抚摸着方向盘。"她为什么哭了?"

"妈妈看到艾尔维斯忧伤的神情,自己就掉下眼泪来。她听到他的询问,心里害怕,就更不敢大声说话了。艾尔维斯没办法,自己走到妈妈面前,想听个清楚。妈妈说:'因为你很难过。'妈妈这么想,是因为当时艾尔维斯自己的妈妈去世了,他一个人在家里,一定感到很孤独。现在你听明白了吧?"

老布将车的座位向后调了一下,正了正反光镜,摸索着找到打火器,把手放在打火器的钥匙上,静静地坐着,听着玛丽讲述关于她妈妈和艾尔维斯的故事。

"艾尔维斯看到妈妈心里难过,就让人把她送回了家。几天后,一个推销员就把这辆卡迪拉克开到了我家门前。我外公看到后大发雷霆。他认为妈妈一定是跟艾尔维斯那个了——你明白我的意思吧——人家才会送了她这辆车。可妈妈连吻他一下的事情都没做过。车上留了一张卡片,是艾尔维斯写的,只有几个字:'不要忧伤。'就这几个字。可他送给妈妈的却是一辆忧伤的蓝车。"

"他在卡上签名了么?"

"没有,但卡的确是他送的。"

老布摇了摇头,感叹道:"真不可思议,太不可思议了!这样的事我听过好多次,他老是这样,摩托车啊,钻戒啊,说送人就送人。不过这次可是卡迪拉克啊!"

玛丽把自己的一只手搭在老布的手上,说:"朝前开。"她扭动了一下老布的手腕,车被发动起来。

老布开着折篷车向前滑行,如同湖水荡漾一般轻巧自然。他只用一根手指动了动方向盘,车就滑出了停车场。

"朝前开。"她又说了一遍。

老布的脚慢慢地踩在脚踏板上,向下,再向下加足马力。卡迪拉克轻松顺畅地飘浮在夜色笼罩的路面上。

他们的头发轻拂过脸颊,风也从脸旁掠过。老布喊出声来。

玛丽大声说道:"想开多快就开多快吧!"

过了一会儿,她又喊道:"别送命了就行!"

孟菲斯市的山崖高耸着,高得几乎够到了月亮。很久很久以前,镇子里的恋人总愿意把车停在山上,在车里男欢女爱。还听说心灰意冷的恋人就从山崖上跳进密西西比河里，了结一生。契卡索部落的恋人们曾经成群结队地伸展四肢，躺在山崖上，直到拉萨尔①站在那儿宣布发现了密西西比河，直到镇子里的印第安人站在那儿，看着美国佬的炮舰炸沉自己的小船，直到老布自己站在那儿，在朋友们的簇拥下，把他的空姐太太娶回家。那个晚上老布把一瓶"野火鸡"酒抛向天空，好像要把月亮也邀请下来，跟他们一起纵情狂欢，加入他心中这场永不散场的筵席。

老布把脚从踏板上挪开，说："咱们最好转回去吧。"说着手指一滑，轻松地掉转车头，这个动作像用手划过湖水一般悠然。

"停一下。"玛丽说。老布等待着。"我们到那下面去吧。"玛丽指着一条树影浓重的路说。

树林里几乎寂静无声。老布看到了打火机红光一闪，闻到了烟纸的味道。

"要是你想做的话，就来吧，"她说，"做爱吧。"

老布看着在香烟里变得朦胧的女孩儿，说："知道我小时候我们怎么做这事儿的么？我指的不是六十年代末，比那时候还要早。我们先要搂着脖子，拥抱好久，才会进入主题。你听说过么？很少有女孩子会像你刚才那么说话。"

玛丽耸了耸肩，说："我想从那以后，世界大变样了。"

老布把脖子靠在了凉爽的白色座位上，看着繁星满天的夜空："变得我都吃不消了。"

女孩儿把烟掐灭，挪到老布身边。老布用手托住她的脸庞，给了她一个长长的吻，然后又把女孩儿的紧身衫滑下，开始亲吻她的酥胸。

---

①拉萨尔：法国探险家，一六八二年来到密西西比流域，宣布其为法国所有。

后来他们从前面下车，躺到车后面的座椅上。真皮的座椅此时像露水一样清爽，像雪地一样洁白，又宽又长，足可以让老布伸开两腿。女孩儿的短裙卷曲在老布的小腹下面，她靴子上的细链在他的小腿肚上摩擦着。他们结束时，女孩儿说："我看到了一颗星滑过天空，真美。"

回到"凯西·琼斯酒吧餐厅"停车场后，老布问女孩儿，"你要去亚特兰大，对吗？"

"我想是吧。"她说。

"刚才的感觉真好，真的。我希望你明白我的话。"

女孩儿点点头。"是很好。"说着又从行李箱一堆香烟中取出一盒香烟，打开它，说："我想问你点儿事情，行吗？"

老布紧张起来。"当然可以。想问什么？"

"我妈妈对艾尔维斯那么迷恋，你觉得她很怪，对么？"

"没有啊，我没那么想。"老布准备下车，可看见玛丽想要说下去，于是又回到车里，坐到方向盘后面。

"在我很小的时候，妈妈带我去了孟菲斯，去了艾尔维斯妈妈的墓地。那里立着一个巨大的雕像，耶稣向外伸出双臂，两个天使陪伴在他身旁。妈妈当时非常希望艾尔维斯这时能来到墓地，能看到他送的那辆卡迪拉克，能回忆起当年那个为他流泪的女孩儿，回想起来他曾经告诉妈妈的话：'不要忧伤。'可是他没有来，而且仅仅一年后他自己也死了。当时我还太小，还以为那个伸开两臂的雕像就是艾尔维斯呢。我真是那么想的。又觉得我发疯了吧？"

老布不打算再听下去了。他现在觉得又冷又累，对一切都变得兴味索然。酒后的宿醉忽然袭来，他恨不得马上回到家里，洗个热水澡。

他早在六小时前就该回到家中,给妈妈解释到底为什么老婆跟那个巴西人跑了。他突然感觉内心深处的某个地方开始发紧,发痛。"是啊,是有点儿疯癫,"老布随声附和地说着,又补充道,"不过这和小孩子贪玩也没什么两样。"他下了车,女孩儿也随着下来,绕到他的这面。

女孩儿说:"你见过密苏里州的耶稣雕像吗?就是麦格奈特山上的那个?"老布摇摇头。女孩儿说:"啊,那个雕像可真大啊!他两臂伸开的距离起码有七十英尺呢!你知道吗?我把那个雕像也当成了艾尔维斯!一个商店里卖纪念品的女士跟我和妈妈说,那个耶稣雕像特别结实,一只胳膊上吊上六辆卡迪拉克都经得住。"

"是吗。"老布说着,把车钥匙放回到女孩儿的手里。

"我那时真的以为那就是艾尔维斯,他两臂一伸,有七十英尺宽,挂上好几辆卡迪拉克都行,所以,当他看见妈妈那么难过,就取下一辆送给了她。我小不点儿的时候,真的就这么想的。"

"哇哦……"老布简直不知道如何应对了。

女孩儿走过来,跟老布拥抱着告别,然后钻进车里,关上车门。

老布走过去,把她的车锁上。"深更半夜,我们去不了格雷斯兰。我们还是先找家宾馆,等到早上再出发吧。要不玛丽,你跟我回我妈妈家休息一下吧,她那儿离格雷斯兰只有两里远。"

女孩儿又点着打火机,说:"不要紧,你别想太多。我不过喜欢独来独往罢了。不过还是谢谢你,再见,祝你感恩节快乐!"

那辆卡迪拉克在老布的面前倒着车。

"你真不想结婚吗?"老布还是在后面追问了一句。

"你说什么?"女孩儿喊道。

"我真的不像艾尔维斯吗?"他大喊。

女孩儿挥动着手臂,从他面前飘然驶过。老布也朝她挥挥手,望着那辆蓝色的卡迪拉克渐行渐远,车上载着那个女孩儿,那个仿佛被施了魔法的女孩子,奔向她的主人——格雷斯兰的猫王。

老布后来才发现自己的钱夹不见了,他的四百美元现金和赖以生存的全部银行卡都在里面。到底钱包是丢在"凯西酒吧",还是当他脱衣服时掉在了那辆卡迪拉克的后座上,他不能肯定。也许被玛丽偷去了。总之老布走到母亲的家门才意识到钱夹丢了。家里的门锁着,灯也暗着,漆黑一片。他一边按着门铃,一边翻着他也已经遗失的钥匙。

"俏妞儿"伤了心

"俏妞儿"是我的妻子。她常在我耳边絮叨儿子伯斯特难成大器。她以前老说:"你爸爸当年才叫青年才俊呢。你要是见到他在卡罗来纳念大一时的风采,你才知道真正'穆奇'家族的人什么样!"每每听到这话,伯斯特就会竖起一只眉毛,盯着他妈妈,他妈妈也这么瞧着他,两人好像在打哑语一样。然后伯斯特拖着脚步回自己房间去了。作为他父亲,我很想告诉儿子:人生的赛场上注定有得意者和失意者,一旦跑进了一个地盘,就别想再换回来。可他好像从来不肯赏脸听听。

这阵子我的这个独生子都是回家来度周末,可进了房间就不肯再出来。一次我使劲地砸着他的房门,吼道:"你在里面搞什么名堂呢?"猜猜他说什么?"等死!"你相信么?他才十七岁啊!

说到我自己,我早在念大学前就已经崭露头角。高中时代的意气风发,每分钟都在旋转,都在狂奔,周身沸腾着青春的血液。即便是我现在跑出去跟人家拍胸脯说这些，也毫不羞愧。我周身的每个细胞都在颤动、膨胀，跃跃欲试，每块肌肉都在按捺不住地屈伸张弛。我大步流星地走在人行道上，不会踩碎一块饼干，也不会像轮胎一样爆裂。我周身像充足了气儿一样，几乎快小跑起来。我觉得要是不让肌肉全都开足马力，整个人就会得上破伤风。

那个时候的我，要么仰躺着举杠铃健身，要么趴在汽车底下倒腾，要么把一个女孩儿压到身子底下折腾。我的青春岁月就是那样度过的。我告诉伯斯特，最起码我是在"度过"日子，而我这个儿子是在无所事事地"打发"日子。当年，我妈常常被我逼急了，老是伸出胳膊拉住我，问这问那："穆奇，听着，你姑妈的周年纪念你去不去？你回不回来吃晚饭？礼拜六你要不要跟爸爸出去干活？"唉，我觉得她把我这辈子都一手安排好了，可我却偏偏拗着她的意思行事。妈妈说我是匹脱缰野马，这话一点儿不假。她跟我妻子"俏妞儿"唠叨说："穆奇这孩子，简直是裤子里头爬蚂蚁，一会儿都不消停。"其实我裤子里头爬的不是蚂蚁，说是食蚁兽还差不多。这个家伙一辈子都驱使着我，它想去哪儿就非得马上去不可。我常说，即使把它拴在铁链子上，它也会挣脱开，逃出去。

可是一路走着走着，不知是谁（也许是上帝吧）朝着我火力十足的马达倒满了时间的沙粒。我知道这不是冲着我一个人来的。多数人会想：这是上帝在和他的宠儿们（我们人类）开着拙劣的玩笑：眨眼之间我们就年华不再，像一部机器一样，锈迹斑斑。可我自认为上帝待我不薄，我不闹情绪，乐而受之。我简直是在自诩是上帝最眷顾的宠儿。在我最意气风发的青春岁月里，上帝把五彩缤纷的纸屑撒向我的头顶。霎时间，我听到仙乐合奏齐鸣，我看见旭日在暗夜攀升。那时的我真是春风得意，斗志昂扬，连"俏妞儿"都这么评价。诸君看看：

我个子高，长得帅，皮肤白，住在美国希望谷，在学校里是如鱼得水。当我穿着48号运动衫，在运动场上驰骋飞奔，所有认识我的人都起立欢呼，一派欢腾。别人脸上开始冒出青春痘时，我的脸上却只有青春没有痘。其实我的家人也好得没的说。我妹妹科蒂是公认的"最靓女生"和"全能女生"。有一次在更衣室里，比利·韦瑟斯庞居然跟我说："你妹妹的两个门环儿简直让我——发——疯！像两个顶着两颗樱桃的圣代，真想一口吃了啊！"这小子这么说我妹妹，当然免不了吃我一通拳头，不过他的话确实没错。要我说的话，科蒂简直是女神下凡！

我甚至可以直言不讳地告诉大家，我曾在自己衣柜后面钻了个洞，偷看过科蒂洗澡，听起来有点儿像个变态狂吧？我曾经把这事告诉了"俏妞儿"，现在想起来，有点儿后悔。"俏妞儿"说，要是伯斯特也那样偷窥他妹妹阿什利，被我逮个正着，我非把他屋里的灯砸烂不可。我觉得她说得没错。可我们都是人，不是神啊。妈的，迪基·穆尔在一个"免下车电影院"里都跟自己的妹妹曼迪搞上了，最后有什么可怕的后果吗？我是说，曼迪还不是照样结婚生子？我最离谱的行为也不过就是干了点儿木匠活，偷看我妹妹洗澡罢了。我看到她把腿上和腋下的毛一点点剃下来，还用小镊了摆弄乳头，真的吃惊得不得了。

我的爸妈甭提多为我俩自豪了。科蒂是学校里的拉拉队长，学校年鉴的编辑，而我是"希望谷高中"每年的"下流家伙"。每次选举"共和党少年"，无论是全州还是全国范围的，我都会榜上有名。我当年的辉煌业绩在学校年鉴上一一列出来，有六英寸那么高。我高中时代的照片下面写了罗伯特·弗洛斯特的一行诗句（妈妈帮我找到的）："幸福以其强度弥补其缺乏的持久度。"说真的，我的照片确实给这句诗做了不错的注脚呢。我的狐朋狗友们在年鉴上丑化我的话，我可不想重复。我本想仿效其他人，写点儿"美好的回忆"之类的文字，可惜我们这帮人整天东打西闹，没做什么正经事儿。

  我在最年少轻狂的时候，从来没想过自己有一天也会离开这个世界。老爸送了我一辆福特 Fairlane56，车身雪白，座椅赤红。我开着它，想干吗就干吗。我会把自己的车驶进相向开来的联合货车和运油卡车中间，"唰"地一下擦身而过。我会把车驶上小道，翻过山头，再慢吞吞地开进逆行的车道里。我会一路迂回行进，追上一辆拖拉机，然后在一串怕死鬼们中间来回穿梭。我会把车子侧立过来，就凭着一侧轱辘着地，一溜烟超过五六个笨蛋。车上的空酒瓶子滚来滚去，几个姑娘也被车甩得东摇西晃，不时撞到我肩上，兴奋惊恐，尖叫不已。要是伯斯特也这么玩惊险、找刺激，被我逮着，那他这辈子就甭想再开车了。（可他哪儿都不去，怎么可能会有让他罢手的那一天呢？）

  我爱死我那辆宝贝车了。我给它起了个雅号，叫"白衣骑士"，每隔一天给它冲洗一番。好多人喜欢在自己的车上粘上赛车的彩带，或是在后视镜前挂上毛乎乎的破烂儿。比利·韦瑟斯庞就把他那辆"考威尔"车身上印满了蓝色的小脚丫。我可不像他们。我的"白衣骑士"永远白衣飘飘，清清爽爽。我妈妈老跟我唠叨："穆奇，你的卧室要能有你那辆车的十分之一干净，我就死而瞑目了。"妈妈的话可没说到点子上。对我来说，卧室不过是塞这装那，打盹睡觉的地方罢了。只有窝囊废才会猫在自己房间里不出来呢。我浑身有使不完的劲儿，只有带轱辘，能到处跑的卧室才能满足我。我的爱车"白衣骑士"，它才是我。在认识"俏妞儿"以前，我要么跟某个女孩儿在红色的后座上亲热，要么就开动"白衣骑士"，拉上我的那群哥们儿，在街上横冲直撞。那个年龄谁没几个狐朋狗友呢？真搞不懂伯斯特少了哪根筋。有一次我问他："你没有什么哥们儿吗？他们都在哪儿？"回敬我的只是"砰"的关门声。

那个时候我们玩的花样可多了。我们会跑到莎奥妮①店，点了十个"大男孩儿"后，掉头开车逃掉，惹得女招待追出来，把她托盘里的可乐都弄洒了。我们会跑到"沙果购物中心"停车场，冲着来往的女人们突然亮出屁股，拿她们寻开心。我们会跑到基督福音传道者的礼拜堂里，射击灯泡玩。也许我们这帮人有点儿玩过了头，我觉着这一切都无伤大雅，没什么可大惊小怪的。我脑子里从没有闪过仇恨美国的念头。

有一次伯斯特问我："这个世界简直糟糕透顶，你怎么能爱得起来？"我告诉他，因为只有这一个世界可以让我去爱。这小子振振有词地还击我说，就是我们这号人"把世界搞得一塌糊涂"，然后一走了之。我讨厌他的这番话，讨厌他说话时的态度。于是我说："伯斯特，你小子真混。你不能说'看看这个讨厌的世界，我混一天算一天得了！'"我这话听起来好像是为这个世界说情，不过随你怎么说好了。我和我的朋友们是真心爱着这个世界的。它就像个香喷喷的食品，让你忍不住想要咬上一口。在地球上这个黄金般的国家上落地扎根，在"希望谷"里生老病死，在飞转的汽车里尽享人生，我们还能有什么怨言？闭上眼睛回味一下，日子过得很惬意啊！

还有，我并不觉着世界是被我们搞糟的。我们的确没做什么惊天动地的事，鲸鱼大援助、同性恋维权那样的举动没我们的份儿。有时候我们确实有些吊儿郎当，胡打乱闹——飙车、玩枪、跟女孩子胡来，可能是有点儿过分，可我们从没觉得自己苦大仇深，全世界都欠我们的。谁要是指责我们把社会搞糟了，可真冤枉了我们。

我妻子"俏妞儿"听说了我跟曼迪（迪基·穆尔的妹妹）的事儿，

---

①莎奥妮：美国领先的家族式餐饮连锁店，总部位于田纳西州纳什维尔。

就开始给我脸色看了（至少我是这么想的）。从那以后，她看我就像看外星人似的。这可真让我气不过。 我是说，一来，这事儿是二十年前的陈芝麻烂谷子了，二来，是曼迪自己钻到我车里来的。

请容我解释一下当时的情况：迪基跟我们透露了他和他妹妹在"免下车电影院"里搞的名堂。于是一个周六晚上足球比赛后，我们一帮朋友就带他妹妹到了高尔夫球场，让她给我们几个口交。这事儿听起来有点儿令人恶心，但我想我们大半夜地带曼迪出来，她总不会幼稚地认为是请她打几杆高尔夫球吧。她那晚的话我现在还记忆犹新："这事儿你们最好都忘了，难道还真觉着我像夏洛特①来的妓女不成？"一个叫比利的哥们儿回答："说的没错，宝贝儿，我就是达拉斯②来的'菲勒斯'③。"大伙儿早就知道曼迪从九年级后的所作所为了，包括跟她哥哥那点儿事。我们甚至还听说在"低年级才艺表演"的那天晚上，她就跟那个伊斯顿先生（教公民学的老师）用嘴做过那个。于是曼迪就由着我们把她衣服一层层脱掉，然后先跟比利那样搞在一起了。

那个年龄的我第一眼看到曼迪胀鼓鼓的酥胸，就像在卡纳维拉尔角④看到火箭升空一样，血脉贲张。对我而言，女孩子的胴体简直是上帝最美轮美奂的作品。摩挲着有些扎人的毛衣下藏着的曼妙身躯，轻抚着那丝般爽滑的完美肌肤，我禁不住神魂颠倒。你别给我扣上"色情狂"的帽子。能让我这辆车一天到晚狂奔不已的，绝不只是活色生香的女孩子们。每当晚上电视节目临近尾声，国歌奏响的瞬间，我注视着屏幕上云端的架架飞机，地上的滚滚麦浪，心里就会涌起一阵窒息般的激动。当我看到中场进球时，也是这般感受。当我看到朝阳在

---

① 夏洛特：北卡罗来纳州一城市。
② 达拉斯：美国南部工业城市，位于得克萨斯州。
③ 菲勒斯：阳具。
④ 卡纳维拉尔角：美国火箭发射场。

海浪上喷薄而出,或是我的宝贝女儿阿什利张开小手,迈开小脚,摇摇摆摆向我奔来,也是如此心情。对了,还有跳舞!乐队在上面演奏,我就在下面情不自禁地舞动身体。那个时候,我觉得自己仿佛已经冲到萨克斯风里,爬到一面面鼓里,自由驰骋在音符流淌的空气里。我还记得"俏妞儿"带我去她祖父的农场。那里黄澄澄的胡萝卜、红通通的小萝卜从土里跳到我的掌心,那种熟悉的激荡之情就又涌遍全身。这一切炽烈的情感,比起一睹曼迪月亮般完美的酥胸,顶针一样紧绷的乳头时的感受,毫不逊色。当年那个我,涨满了生命的活力,让现在的我羞得无地自容。

话虽这么说,我还是承认,当年我们几个跟曼迪真有些过火了。她并没有指控我们什么,但我并不觉得心安理得。其实这二十年来,曼迪一直守口如瓶,直到一天不知怎么,她开始待在该死的俱乐部里,见到谁就跟谁大倒当年的苦水(这也包括我妻子在内)。我真搞不懂到底是怎么回事,也不想对即将离世的人恶语相向。也许曼迪得知自己的化疗已无力回天了,就想把过去的事情都宣泄出来。我不怨恨她,反倒很同情她。但是我也想说,要是曼迪心有怨气,饱受过去阴影的折磨,尽可以杀上门来跟我发泄,出口恶气。根本用不着跑到我妻子那里,把陈年旧账翻个底儿朝天,把我好端端的婚姻毁了。

回顾往事时,我清楚地记得当晚的情景。曼迪从高尔夫球场回家时,哭得昏天黑地。"哪天你们这帮家伙有了自己的女儿,一伙畜生也这么对待她们,看你们会有什么感觉!"唉,我觉得"俏妞儿"说得有道理:要是这么卑鄙的事情降临到女儿阿什利头上,我一定会气得发疯。不过阿什利可不会让自己吃这样的亏。她绝不会像个白痴似的,一头扎进窝着五个臭小子的车里,也不会天真地认为这帮小子慢悠悠地开着车就是想兜兜风而已。他们个个都恶俗无比,名叫"威尔逊·哈伯德"的家伙更是遭人烦，在车后座上把饼干抛得到处都是。可现在已经时过境迁了，曼迪对这事儿似乎也不再耿耿于怀了。她嫁给了南派恩斯的某个男人，后来大家还时常在俱乐部见上几面，寒暄几句。我做梦也没有想到曼迪在这件事儿上会一直结着疙瘩，以至于后来竟抑郁而终，真是苦命的孩子。在曼迪的葬礼上，她的哥哥迪基悲痛得难以自持，最后他妻子叫我把他扶出了教堂。我心里还嘲笑着迪基的失态，可回到了家，却发现我的爱妻"俏妞儿"早已打好包裹，打算弃我而去。

我妻子当然不叫"俏妞儿"，可她家人都这么叫她，我也就这么叫她了。她要是想让我叫她的真名"卡伦"，她会亲口告诉我。谁知道呢，我又不能钻到她心里去。我们是在卡罗来纳大学一次交友聚会上认识的，当时是大一学年末了。那年的秋天，我就赢得了她的芳心，开始出双入对。到了星期五，不是我驾着"白衣骑士"一路狂奔到德尔塔女子学院去找她，就是她跟自己的死党们开车过来找我。第二年的时候，她转学到我们学校，从此我们俩便形影不离，黏在一起。

"俏妞儿"是那么甜美可人，我常常觉得自己是在天堂里畅游。只要我望一望她的双眸，就如同初次见到女孩儿的酥胸一样，陷了进去，不能自拔。不同的是，这种感觉同时又是宁静平和的——我不过是深情一望，绝不敢有其他非分之想。我俩常常肌肤相亲，直到天亮，可她从不让我得寸进尺。我是说，卡罗来纳大学有很多女孩子就在女舍监的眼皮底下，一把将男孩子拽到杜鹃花丛里乱来。我的"俏妞儿"从不与她们为伍。我就那么憋着，难受得要命，但也无可奈何，慢慢也就习以为常了。在整整三个小时的法式亲吻后，我就把她送回女子学院，我再一路开车回到卡罗来纳大学去。送她到门口时我的两条腿都快站不直了。直到大三时，我们才发展到可以解下她胸罩的亲昵程度。现在回想起来,我们当年的恋爱绝对圣洁,绝对纯情,现在也一样。

大学时光棒极了。我、比利·韦瑟斯庞还有迪基·穆尔结伴宣誓加入卡罗来纳大学的男生联合会,跟一群不错的小伙子们玩得天翻地覆。我们哥儿几个也照例喝酒,但我们绝对不干纵火杀人那样的事儿(几年前,有帮希腊人就在街道拐角的屋子里杀过人呢)。我们中没有一个因为考试挂科而惨遭退学的,反而为学校做了些贡献而成了功臣呢。临毕业那个季节对我来说真是无限风光,我不止一次在橄榄球比赛中大显身手,比如在跟公爵队对阵的那次比赛中,我就赢了个84码触地得分。这并不是说我所有功课都一帆风顺,到底还是挂了几科。卡罗来纳大学的教授们可不像高中时的老师那么宽厚仁慈。事实上,有几个教授竟然声称我的大名他们都没听说过,我可是在报纸上频频露脸的名人呢。不过我也懒得跟他们计较。就像西纳特拉在歌里唱的那样:"生活就这样儿",就是难以捉摸,出乎意料。可我儿子伯斯特却总觉得这世界欠他的,可事实并非如此。上帝开的课我们凡人都得上,没商量的份儿,有情绪也没用。伯斯特真得把这一点想明白。我教育他说:"世界比你小子大多了,你以为你能玩儿得转?"更何况他整天门一关,哪儿也不去,还想出人头地?他老是觉得人应该如何如何,但万能的上帝可不听他的。

"俏妞儿"总是说,儿子伯斯特继承了她的聪明头脑,所以一门心思地劝儿子好好开发自己的脑子。我一谈到大学时代多么美好,她就跟疯了似的跟我来劲儿。因为她自己中途被学校开除了,学业也就此半途而废了。大四那年秋天,我们一帮朋友跑到海边去疯,看到一个锁着门的避暑凉棚,就从窗户爬了进去。冰箱里头有好多罐儿百威啤酒。我和"俏妞儿"整晚都躺在阳台上,她第一次敞开了自己的身体,任由我爱抚亲昵。那一晚真是星辉斑斓，夜色无限。周六早上，我担心训练迟到，所以中途先下了车，让"俏妞儿"自己开着"白衣骑士"回校。她可能啤酒喝多了，结果超速驾驶，被警察扣了驾照。警察开罚单时她又呕又吐，又被扯到了警察局。头天晚上她忘记事先向学校请假，结果事情一发而不可收拾。校方不管"俏妞儿"怎么哭天抹泪，还是把她开除了。我宽慰她说："那个破烂学校有什么好留恋的？你跟我结婚，不就完了？怎么样？"

"俏妞儿"的家人当然希望她读完大学，听说她竟然半途而废，勃然大怒，可无奈之下，还是接受了现实，在报纸上宣布了我们订婚的消息。我的家人对我也不依不饶，弄得我们不得不把婚期推迟到我毕业以后。婚没有马上结成，"俏妞儿"又误了整个学期的学业（她是班上的头头儿，还是系主任眼里的红人），自然又哭得稀里哗啦。我们一顿大吵，然后黯然分手。分手后的第一个月，我魂不守舍，糊里糊涂地跟她在女子学院的一个女友上了床，这事她可能并不知情。"俏妞儿"的老爸跟校方搞行政的某某有点儿交情，于是疏通了关系，第二年她又重返校园，我们俩也重归于好了。"俏妞儿"送了我纯金的袖扣，我至今还佩戴着。她还给了我一个肚子吃得溜鼓的胖熊猫，现在应该丢在康乐室里，跟阿什利的破烂玩具堆在一起吧。

圣诞节那天晚上，"俏妞儿"任由我想怎样就怎样。我们第一次做爱是在她祖父的谷仓里。她的家人带着我俩跑到农场去吃圣诞大餐，我俩架上梯子爬进阁楼里。听起来够浪漫吧？我的"俏妞儿"躺在窸窣作响却美妙无比的草堆上，破旧得有些扎人的毛毯下，如同天上的云片一样洁白无瑕。孩子们在附近的院子里轻轻哼唱着"平安夜"。当时的分分秒秒都是那么妙不可言，令人销魂。也许我讲的这些也没什么稀奇，可却是我人生里最真实的一个片段。那个时候其实是我人生里最绚丽的华彩乐章,可我现在才真切地体会到这一点。

一个星期天我终于修完了学业,第二个周末就举行了婚礼。那天有二百五十位宾客来到教堂,静静地坐着,聆着神父宣布我们结为夫妻。那是怎样难忘的一天啊!香槟好几箱,啤酒十几桶,大家喝了个痛快。每个人都说,这是他们人生最尽兴的一天。比利抢到了蓝色吊袜带,迪基夺过乐队手的小号,演奏起"军营熄灯号"来。随着迪基吹奏的"冲锋"曲,"白衣骑士"从婚礼招待会疾驰而去,直奔海边。车行驶在柏油路上,喝光的酒瓶叮当作响。到了海边,"俏妞儿"拿出了妈妈送她的纸笔(上面刻着"兰德尔·莱昂内尔·赖森夫人第三"),开始一封一封地写信,向亲朋好友逐一致谢。

那个秋天,"俏妞儿"本打算把最后一学期读完,可她又开车肇事,"白衣骑士"也彻底报废了,我人生的一个时代就这么走到头了。"俏妞儿"撞断了腿,但我们的孩子却奇迹般地保住了。可是她的腿伤得很厉害,是复合性骨折,开始了漫长难挨的牵引治疗。这以后她就再也没有回到学校去,学业最终还是荒废了。像我说的一样,这么多年来,"俏妞儿"老是跟我唠叨,说她多么想拿到学士学位。可我不会想到她为这事竟然这么想不开,竟然不计后果地走掉,把后半辈子丢给我一个人。那个破学位证书也不过就挂在房间里,时不时瞅上两眼,除此之外,还能有什么用?我也用不着她出去奔走打拼,养家糊口。再说,我们的日子过得很不赖嘛。毕业后我在我老爸开办的绝缘材料公司里任职,结婚不到一年,我就晋升做了经营主管,又把我俩的家迁回"希望谷"(离我长大的地方只有三个街)。我们的公司名叫"安全地带",生意红火得不得了。即便在石油危机的时候,公司生意也是一路飙升,在三个州都有办事处。我们的财源滚滚而来,我的家人过得也是冬暖夏凉,衣食不愁。我挣的每一分钱都交给"俏妞儿"和孩子。家里面有游泳池,有三部车,请了乡下厨子和家庭教师,孩子们上私立学校,这还不够吗?我不像有些男人(懒得提及他们的名字),整晚在外头花天酒地,胡吃海喝。

我自认日子过得挺惬意,可也不是没有难过的时候。伯斯特出生两周前,我听说比利·韦瑟斯庞在越战中战死了。那个地方远在天边,他妈妈连名儿都念不出来。我儿子伯斯特出生后,本来该叫"兰德尔·莱昂内尔·赖森第四",可我给他起了"威廉姆·韦瑟斯庞·赖森"。"俏妞儿"本想起名叫"瑟里尔",来纪念她爷爷,可是这名字听起来怪怪的。得知比利死亡的那天晚上,我和迪基喝得酩酊大醉。比利那部"考威尔"旧车一直停在他父母的车库里,等待他安然归来。我们把车开到奥卡河边,浇上汽油,然后从河岸推了下去。当车子的蓝色残骸慢慢地沉入水底,迪基拿起高中乐队时的那把小号,又吹起"军营熄灯号"来。我说不清我们当时中了什么邪,后来也没有被投到监狱里,算是挺幸运的了。比利的老爸老妈对我们把车毁了的事大为光火,可后来也没有控告我们或是再指责什么。

我这一路上当然还有别的沟沟坎坎。我妹妹科蒂没过三十就离了两次婚。老实说,她的第三次婚姻我看也不会好到哪儿去。还有,曼迪去世以后,迪基开始服用抗抑郁药剂。威尔逊·哈伯德也染上了酗酒的习气,从此潦倒不堪,在四十一岁时就犯了心脏病,没了小命。不过那时候大家不大跟他来往了。像威尔逊·哈伯德这号丈夫让妻子厌烦,应该是理所当然吧?他妻子温迪也确实烦透他了。可我倒是要问问,我他妈的到底哪里做错了?那帮该死的大夫们就不用说了,连"俏妞儿"在我还喘气儿的最后两年也这样待我?

儿子伯斯特出生后第二年,在美国橄榄球超级杯赛开赛的那个星期天,女儿阿什利来到了这个世界。女儿从降生那天就是个招人疼、惹人爱的小东西，从不像伯斯特那样，让我磨破了嘴，操碎了心。阿什利聪明、漂亮，又像天使一样甜美。她是学习尖子、班级骨干，还是州际体操比赛决赛选手。她不在家的日子，我常会冲动地跑到她空荡荡的房间里，木呆呆地站在那里，眼里蓄满了泪水。我太过多愁善感了吧？但我敢对上天发誓，要不是"俏妞儿"对阿什利吹什么女权主义的风，我的乖女儿会一天二十四小时陪在我身边。儿子伯斯特连周末都不愿意待在家中，而女儿阿什利会一溜烟地奔来，拥抱住她的老爸。一个星期刚过一半，她就会打来电话，嘘寒问暖。该死的癌症已经在我这土埋半截的身体里扩散、肆虐，可我没有告诉女儿。她什么忙都帮不上，何苦让她担惊受怕呢？我对谁都没说出真相。我不想让"俏妞儿"为我揪心，更不想让伯斯特找到嘲讽我的理由，说什么这都是我跟他爷爷卖绝缘材料种下的祸根。

阿什利要是知道我病情的真相，一定会难过得心碎，不过她是坚强的孩子，很快就会接受，会挺过去的。让我一直放心不下的倒是我儿子，妻子总说我是杞人忧天。伯斯特老是这样房门紧闭，孤家寡人地待着。他在里面到底搞些什么名堂，只有天知道。他要是像他崇拜的偶像一样被投进了监狱，那倒好了。起码狱警们会逼着他做几个仰卧起坐什么的，他还能多活动活动。我给儿子买了一辆崭新的"切诺基"吉普车，可他回家度周末时，根本就是不理不睬，要不是我开着出去遛遛，该死的蓄电池全都会废掉。伯斯特对内燃机深恶痛绝。我十七岁时从不对着一堆矿物燃料痴痴地发呆，可为什么我儿子眼中的世界会如此灰暗忧伤呢？为什么他会把自己的青春往水里扔，轻易打发掉呢？我对上帝发誓，他对于我亲如骨肉，我对他的爱深入骨髓，可我还是要面对冷冰冰的现实：伯斯特一眉一眼，一言一行，简直是个"异类"。现在的人是不是用这个字眼儿我不知道，可我敢肯定别人就是这么看他的,真让我心痛不已。有一次我跟阿什利求援:"宝贝儿,你大哥怎么从不和女孩子出去玩呢?你从你的朋友堆儿里给他物色一个!"阿什利却回答我说:"爸,死了这条心吧,行不通。"

我对儿子如此用心良苦,并不是指望他能像他老爸当年那样风光(在"俏妞儿"心中我就是这样)。我只是觉得他过得不开心。天哪,他怎么能把房门一锁,把自己一关,把全世界的艰难苦恨都窝在心里?!难道他就没有谈得来的好哥们儿,没有相得中的女孩儿?我恨不得伯斯特把自己锁在屋里,是在偷偷摸摸地看《皮条客》之类的烂书,或者对自己做点儿什么!一个当爸爸的这么说话,也许不太中听,可我希望阿什利可别告诉我这个:伯斯特连"性趣"都丧失了。

我觉得人生在世难免一死,只有性爱会将我们从中解脱。当然这是我的一孔之见。在我看来,性爱不过是上帝给予我们的最弱智的赏赐罢了。可不要认为我这么说是在亵渎神灵。我觉得性爱不会天长地久。即便在"俏妞儿"让我产生性趣之前,我们对这方面也似乎不太热衷(我想是跟曼迪的那段在作祟吧)。最近这五年里,我们这方面也不太起劲了。可我还是要说,我们一样有过激情燃烧的时候啊。生活哪能一成不变,游戏必定会有始有终。有一次(大概是我们结婚十五周年那次吧),我跟"俏妞儿"说,我俩就像婚礼蛋糕上那支新郎新娘形状的蜡烛,燃着燃着,就慢慢地下垂了。我壮壮的胸肌,她鼓鼓的胸脯,都在往下使劲了。我还试图调侃地说,即使我俩的确快烧到尽头了,可起码也燃烧过了。我当时还觉着自己的话挺逗乐儿,连"俏妞儿"也跟着大笑起来。可现在,我忽然觉得好像孤零零地坐在婚礼蛋糕上,融化了,快燃尽了,只剩下一小块儿了。

今天我的感觉比以往好些,心情也不赖。我和女儿阿什利从教堂回到家,吃了几块香甜的三明治。电视上在播放杜克大学对卡罗来纳大学篮球赛前的短片——《回顾光辉岁月》。我知道这段短片里一定会有我当年赛场上的英姿,所以我让阿什利告诉伯斯特,把他的那种音乐关掉。那是种垃圾音乐,你根本听不懂,听懂的部分还是些污言秽语,你又根本不想听,伯斯特竟然说"这可是首好歌"!我让阿什利把伯斯特叫出来,跟我们一起分享一下。她还真把她哥哥请出来了,真让我惊诧不已。他拖着脚步,来到休息室,从头到脚一身黑,可我注意到他的头发却是粉色的,皮肤白得像桌布,脸上又多出了几个讨人厌的环环。他一屁股靠着墙板坐下,问道:"怎么了?又到了粉身碎骨的时候?"

我一点儿都没有生气,我不想让儿子起身就走。不出所料,电视节目上放的正是我当年对抗杜克大学时的精彩瞬间。那个意气风发的我在球场上闪展腾挪,所有人的目光都被我锁定。没想到伯斯特脸上露出嘲弄的微笑,跟他妈妈的表情一个样儿,说:"那是老穆奇·赖森啊!上帝快来欣赏一下他那时的风采吧!"

阿什利跟往常一样乖巧甜美,夸赞道:"老爸,你好棒啊!"

伯斯特用手指头戳了一下喉咙,又摆出一副嘲弄的神情。随后他问我:"读过那首诗吗?名叫'致弥留之际的一个年轻运动员'的那首?"我说没有,即使大学读过,现在也记不清了。他冲我背道:"即使难堪的沉默取代昔日的喝彩/耳朵也无法听到——因为大地已将它们阻隔。"①

我问他:"这是什么意思?"

"意思就是你们已经吃完了荣誉、名利的老本儿,爸爸。这样的荣耀比女孩儿的青春美貌还短暂。你就该当场倒地死去,就在球场上,

---

① "即使"一句:美国诗人 A.H. 豪斯曼的成名诗作《致弥留之际的一个年轻运动员》中的一句。

在大伙鼓掌欢呼的时候死去。就像希腊人冲着奥林匹克的胜利者们喊的那样：就这么死去吧，就这么死去吧。"

阿什利一边给我梳头，一边抗议道："他们心眼儿也太坏了。"真是我的乖女儿。"他们干吗要那么做？"

伯斯特身子又堆了下去，低声咕哝着："为了给那些胜利者提个醒。提醒你们辉煌已过了，再也不会赢得这样的掌声，听明白了吗？提醒你们光荣是短暂的，比女孩儿的青春美貌还短暂。要是你们当时就死去，就不会知道掌声已经停止，明白了吗？你们应该选择当场死去，而不是现在翻着旧照片恋恋不舍，明白了吗？"

我说："嗯，不管怎么说还是谢谢你，伯斯特。不过我当时没死，还是挺高兴的。要是那样，起码就不会有你了。"

伯斯特回敬我说："我不在乎。"

阿什利安慰我说："老爸，你可别听哥哥胡说八道。"

伯斯特却打开了话匣子，一发而不可收。他在半个小时里说的话比我离婚后这两年里说得都多。他说他在杂志上看到一篇文章，里面说世界上到最后混得最好的往往是那些高中时代混得最差的人。换句话说，要是你在年轻时就厉害得呼风唤雨（怎么说都行），到最后很可能一事无成。比如说你成了被社会冷眼相待的倒霉蛋，靠着修理破旧的洗衣机赚两个小钱儿，而当年不入你眼的那些窝囊废很可能会今非昔比，功成名就，成为大圣人、大影星或是大富豪。我得坦白承认，我可没想在这个世界上当什么惊天动地的人物，这都是我儿子伯斯特的话。我跟他说，随你怎么想，儿子，只要你高兴，老爸再高兴不过了，是不会跟你计较的。可是为什么伯斯特看到这篇文章便如获至宝，原因显而易见：要是说到高中里谁是窝囊废，那肯定非他伯斯特·赖森莫属。我的老天！

我跟伯斯特说，这篇文章实在是荒唐。我可认识不少高中时候的窝囊废，他们当年混得就不咋样，现在的日子也不会称心如意。我敢把家里压箱底儿的钱拿出来打赌。就算他们得了诺贝尔奖，也不会幸福到哪儿去。这是因为他们自认"窝囊废"的心态老在给他们消极暗示："开什么玩笑？你可不算什么赢家。"事情就是这样，我敢打包票。

我告诉伯斯特，事实上在高中时代，他老爸我就是班上的头儿，现在也是"安全地带"的总裁。如果非要锱铢必较的话，我的房子比别人家的都大，我家的游泳池是"希望谷"唯一的高台跳水游泳池。说到哥们儿弟兄，过去有一大帮，现在也往来不断。每隔一礼拜，我和迪基·穆尔就聚会一次。我也不在考试挂科的差生之列。我想让儿子知道，我从未哭哭啼啼地追问"往日玫瑰哪儿去了"，也没有怨天尤人地感叹"花无百日红，人无千日好"。人生一世，有谁能摆脱掉时光残忍的磨蚀呢？我也没想摆脱。我只想不被淘汰出局。我说，看看电视机上那一架子战利品，件件都是他老爸冲出这该死的房间，打拼厮杀后打回来的！我还跟儿子说，一个个打击我都挺过来了，自己的路也闯出来了。就像西纳特拉①歌里唱的那样。那歌真不错，哪像现在这个家里被儿子推崇备至的那些破歌。

我说："你老爸我过去和现在都是英雄好汉，你可以不信，但这是事实。"

伯斯特像他妈妈"俏妞儿"一样，扬起一只眼眉，说："爸，你说的没错，所以妈妈才跟别人订了婚，结了婚。"

我的天！这个噩耗重重地击倒了我。那滋味就像当年佐治亚队的那些家伙想把我从赛场上弄走一样，我浑身冰冷，站在场外有一个小

---

①西纳特拉（1915—1998）：美国歌手、电影演员。

时之久。

紧接着我听到阿什利对着伯斯特大喊大叫，说什么他不该把妈妈订婚的事告诉我，还跑过去把他揍了一顿。

伯斯特涨红了脸，大声还口说："我不说，他这辈子就不会发现吗？"说罢，就"咚咚咚"地跑回楼上，把门一摔。那重重的摔门声让整个房子都在发抖。

我安慰阿什利，叫她不必担心。我假装已经知道了真相，谎称在俱乐部里听说了他们的妈妈打算另嫁他人的消息。其实我对此毫不知情，也毫无防备。阿什利跟我透露了那个人的名字，我根本不认识。她说那人住在诺克斯维尔，她和她妈妈恐怕得搬到那个鬼地方了。然后阿什利开始哭着说，她这辈子都给毁了，她不想离开现在的学校，好朋友，还有老爸。我安慰她说，这一切都不会发生。我抱住她，夸奖她是这世上最出色、最漂亮、最乖巧的女孩儿，告诉她这一生一世都会幸福度过。也许这些话听起来像是遥远的梦想，但为了实现女儿的梦想，即便是赴汤蹈火，我也会坦然微笑。

我肯定是在看电视的时候睡着了。最近我特别容易疲倦。醒来的时候，电视里在演着另一个节目，屋子里已经漆黑一片。孩子们已经走了，只有一张阿什利留在桌台上的纸条："老爸我爱你！"她走前还特意为我做了些核仁巧克力饼，用玻璃纸包着，还系了彩带。

我拿着巧克力饼，回到坐卧两用的椅子上，坐到了电视前。但无论什么节目都不能让我打起精神来。于是我又翻出了家里的旧影集。也许伯斯特说的有道理吧。原来现在的我活在对过去的回忆里。最近我老在翻看那些旧照片：年轻时候的家人、我的妹妹科蒂、我高中的朋友、大学的朋友，还有我婚礼时候的照片，我翻啊翻，看啊看。大多数时候我看的还是"俏妞儿"，我回忆起跟"俏妞儿"厮守过的那么多时光。也许在她眼里，或是在目空一切的伯斯特眼里，生活本身并没有什么。我想起了在公爵对加州的比赛中奔跑的自己。当时那个我跑啊跑，连想都不用想方向，就像跳舞时只管挪动脚步一样。我记起当年的我是那么自信，相信自己一定能拿到那个"84分触地得分"，就像一匹赛马深知自己的本事一样。

可现在那个身体已经离我而去了，那个真真切切的我也被带走了，只留下瘫在躺椅里的这把老骨头，旁边放着几十个吃了也白吃的药瓶药罐儿。即便是这般晚景，我也不忘好汉也有当年勇啊。

在过去的岁月里，我是个金牌选手，世界在我的眼里也是光灿灿、亮闪闪的。我把足球紧紧夹在胳膊下面，晃眼的铜管乐器里飘出了音乐，从球场的另一端钻入我的耳中，迪基·穆尔忽然从乐队中间钻出，向我跑来，头戴高高的白色帽子，帽子上金色的羽毛在阳光里熠熠生辉。他举起喇叭，吹着"冲锋"的号子。体育场里人声鼎沸，欢声雷动，而我眼中却只有一个人亲切的脸庞。

往事一幕幕地在我眼前浮现，让我痛心，让我汗颜。我不知道是否有天堂，假如天堂真的存在，也许我会冲向那里的比利·韦瑟斯庞，和他一起走到曼迪·穆尔面前，忏悔我们当年的荒唐蠢事，这么多年后，我们情愿弥补我们的过失。

我又记起了孩提时代，记起了圣诞清早我妹妹科蒂的脸庞，记起了我的两个孩子在游泳池蓝色的水里嬉笑，他们的笑脸像阳光一样绚烂。

最重要的是，我记起了我的第一次。金黄色的草堆令人心醉，我妻子的脸庞美得像天堂，她的呼吸像天堂里飘浮的白云。我记起了卡伦，我视为"俏妞儿"的妻子。

夏曼的丈夫彻底消失

　　陪审团团长罗斯曼博士忽然提出暂时休庭，要与法官商谈。当她走过被告席的瞬间，她把目光投向我，直视着我的眼睛，我向她微微点头，表示回应。她的脸上饱含着各种情感，意味深长，我琢磨不透她的所思所想。姆姆坐在我身后，朝她微鞠一躬。法官和陪审团也一一起身离席，聚集在审判室里。我们只好留在这里，静静地等待着。这时我的律师俯身过来："夏曼，你必须改变主意，到证人席上为自己辩护。"我回敬道："不必了，谢谢。"

　　斯诺先生接着游说道："夏曼，你的案子可属于一级谋杀。在这个州，丈夫是'全国大学生体育协会'的，那可杀不得。"

　　我回敬说："我是夏曼·卢比·马克尔，我绝不会在法庭上跟一帮陌生人透露自己的隐私，让他们借题发挥，污蔑我和我的家人。"

　　我搞不懂自己怎么请了这么个律师？！他很年轻，不过大我两岁。虽然比我大，可我在狱中跟他没聊多久，就看出来他涉世不深。而我本人,说实话,已经经历了太多的人生沧桑。

我的律师名叫蒂尔登·斯诺,确切地说是蒂尔登·斯诺第三。可供挑选的好名字有的是,他们家却偏偏把同一个名字一气儿用在三代人身上,真是懒得可以。

在超市的结账口,诸如《宝宝姓名指南》那类书籍多的是,随便翻。我儿子的名字就是这么起的。我在书上翻到了"贾拉德"这个名字,于是我的小儿子就叫"贾拉德·托德·马克尔"了。不过他的出生证上写的是"小凯尔·路易斯·马克尔",我的婆婆连自己儿子凯尔脚下踩过的泥巴都要顶礼膜拜。确切点儿说,是他过去踩过的泥巴,现在他已经被我开枪打死了。

斯诺先生极力怂恿我到证人席上,讲出实情。我自己开枪打烂丈夫的脑袋,又在自家院子里把尸体付之一炬,肯定是有理由的,他就是想让我道出背后的隐情。

他咬着那一塌糊涂的指甲,深深地叹口气,又冲我摇摇头。"夏曼,帮我个忙行么?"

"帮我个忙行么?"我和蒂尔登·斯诺第三两个到底是谁要挨那支致命针啊?这话说的真是莫名其妙。于是我说:"斯诺先生——"

他像个巡逻人员似的举起手来。"叫我蒂尔登。我跟您一再重申,请叫我蒂尔登。斯诺是我父亲的名字。"我觉得他是想调侃一下,就说:"没问题,悉听尊便。不过不要指望我到什么证人席上,去老实交代打死凯尔的前因后果。"

"我的老天!那你就指望你那位罗斯曼博士朋友让陪审团休庭吧!"

我问:"休庭是什么意思?"蒂尔登揪着自己的耳朵,好像希望耳朵一长再长似的。随后,他和其他律师跟在罗斯曼博士和法官后面,离开了法庭,把我一个人留在那儿,呆坐着,傻等着。自从我开枪打死凯尔后,我差不多一直这么呆坐着、傻等着。我朝他开枪后,他就当场死了。我不撒谎。

现在我对法庭的一切都已习以为常了。可他们第一次把我拽到这个审判室的时候,我大哭大喊,死死地抱着姆姆的脖子。他们费了好大劲儿才把我的手指掰开,然后把我的两手都捆在一条锁链上。我看得出姆姆心里多么心疼我,可她柔声慢语地说:"我的乖孙女,别哭啊,可不能让那帮家伙看见咱们在掉眼泪。"于是我使劲地把眼泪咽了回去。在这之后我一直挺着不哭,只有一次熬不住的时候。那是姆姆把贾拉德带到审判室后面,举起儿子,想让我好好看看。(儿子现在两岁半了,可之前见到他时,他才十九个月。)他的小手抱着一个小小的玩具篮球,看到我一下就哭了起来,小脸儿发紫,跟他爸爸一个样。他爸爸一生气,脸就发紫。

第一天出庭时,陪审团的所有成员都一直死死地盯着我,好像那天早上他们是在现场考试一样。我马上注意到了前排的一名女士。她看上去温柔妩媚,小巧玲珑,可她的脸上却写着犀利与智慧。从第一天起,她就一直凝视着我。她像一只小鹰似的把头扬起来,转向一侧,一脸迷惑不解、欲探究竟的神情。人们说她是"尼娜·戈尔德·罗斯曼夫人",可还是以"博士"头衔来称呼她。虽说她是一介女流,却照样可以坐到陪审团团长的位置。在州法院审理此案的整整两周里,她始终目不转睛、若有所思地盯着我。

在审判刚开始时,我对罗斯曼博士并没什么好感。她那么紧盯着人看,实在是太失礼了。过了一段时间,我觉得我们开始真心交流了。她开始谈到自己进进出出陪审团的经历,大多出于工作或孩子或其他什么原因。据说她是研究中心大名鼎鼎的博士。她告诉大家:她一直在做"基因"方面的研究（我们所有人的身体都是由基因组成的），了解了一个人的基因构成，就能基本判断出将来他们会以怎样的方式死去。我可不需要什么"研究中心"给我做什么研究，因为我知道等待我的将是一支致命针。要是检察官古迪纳夫先生得了势，恐怕还不止是一支致命针。

不管怎样，这位陪审团团长研究基因的工作听起来艰涩难懂，却也相当有趣，我从她侃侃而谈的神情就能看出来。一开始，我朝她笑笑不过是出于礼貌。后来得知她离了婚，一个儿子在上大学，我开始发自内心地对她微笑。我竟有种"同病相怜"的感觉——我现在也没了丈夫，只剩了儿子。在开庭后的许多日子里，我和罗斯曼博士就这样彼此对视。我心里想，要是她哪天光顾我的"俏佳人"美容店，我可以在美容方面给她支支招。瞧，她的三套衣服都不能凸显她的优势。她的衣服袖子有点儿长，她就那么一挽了事。只有她的双手生得十分美丽，指甲打理得也很漂亮，不过不是在我们店里做的。她从没有来过"俏佳人"，我可是那里的美甲师。

过了一阵子我终于完全消除了戒心。罗斯曼博士的目光里毫无恶意，她只是一直在冥思苦想，不像陪审团有些家伙眯着两眼睡大觉。其实我也不是谴责他们。州立法院拉出了一条条证据，连我自己听着都厌烦极了，何况这些不过关系到我一个人的身家性命而已。可罗斯曼博士不然，她一直在坚守着，不退缩。那个又老又胖的古迪纳夫先生一连四个小时喋喋不休，张口闭口弹道学这个、弹道学那个的，连我自己都听不下去了，可罗斯曼博士一直在极有耐心地撑着。真是了不起！

大约一周之后，罗斯曼博士出现在我小小的牢房里，成为漆黑的长夜中我吐露心声的对象。我跟她诉说纷乱的往事，它们憋在我心中，像困在废旧抽屉里的弹簧一样纠缠在一起,杂乱无章。这些弹簧如果理出了头绪,会是怎样一番局面,我想她有足够的智慧告诉我。注视着陪审团座席里的罗斯曼博士,我相信她一定会明察秋毫。我也曾试图让律师蒂尔登·斯诺了解我的感受,可他却说:"我可不信任罗斯曼。"他觉着检察官一定是得知了什么内幕,否则他不会同意罗斯曼加入陪审团的。按斯诺的话说,这些博士对待罪犯总是心慈手软,州立法院也因此把他们视如洪水猛兽,唯恐避之不及。

昨天在会客室,我跟斯诺先生说,那位团长女士其实心地很好,没想到他竟对此嗤之以鼻。"好?是啊,她就像一坛子黄秋葵泡菜那么好。"我回击他说,没想到像他这样阔气的人也吃黄秋葵泡菜。斯诺说:"夏曼,我跟你一样,也有个奶奶,她就爱吃这种泡菜。"

我说:"这事我知道。我奶奶以前曾在你奶奶和妈妈家做过清洁工。"

他说:"这我也知道。你奶奶可是'白旋风'。"

"没错,过去是,现在也没变。她还把你妈妈炒了。"

斯诺并没有觉得吃惊,反倒一副很好奇的样子。

我解释说:"因为你妈妈把我奶奶当用人使唤,居然命令她给你爸爸熨拳击短裤。我奶奶说,'斯诺夫人,谢谢,不必了。我不是你的用人,我不会把手伸进一个陌生男人的内裤里。'"

斯诺先生(真不好意思,蒂尔登我叫不出口)大笑起来。他说:"这些我还真不知道。我跟你说点事儿,管保你听着新鲜。我到现在还记得你。那次你奶奶来打扫房间,把你也带来了——"

我点点头。"她带我去过好多人家,我帮她扫这儿扫那儿,一直到后来我自己开了'俏佳人'美容店。"

我接着说:"嗯,有一次我去看我奶奶,我那时大概有六七岁吧。我问你愿不愿意跟我荡秋千,你却反问我愿不愿意嫁给你。你记得这事吧?"

"不记得了。"

"真不记得了?"

"很抱歉。"

斯诺先生若无其事地摇摇头,然后摞好他所有的文件,站起身就要走。他说:"我奶奶可是个女强人,你那个心地善良的尼娜·罗斯曼博士恐怕也是这类女人。"

人们都说善良和智慧不可兼得,我可不这么认为。姆姆以前老教育我和我哥哥坦纳:"我并不指望一个孩子门门功课拿优,只要他脾气好,心眼儿好就行。"可她为什么不喜欢一个品学兼优的孩子呢?我十年级时几何考试得过优,姆姆之后就再没见到过我取得好成绩了。这不怪我,应该怪凯尔。他那年念大四,是学校里的篮球明星。蒂尔登·斯诺也一样阔气,可论人缘就赶不上凯尔了。我差不多天天晚上跟凯尔出去瞎混,成绩也从此一落千丈。我的哥哥坦纳就更糟了。要不是他的那些老师放他一马,一路揪着他,恐怕他得在一年级一直蹲下去。我敢说,第一个连小学都念不下来的人非我哥哥莫属。

我爸爸妈妈早就去世了。他们当年在父义路口处跟一辆"雄狮"食品送货车较劲儿,结果赔上了性命。是奶奶把我和坦纳一手拉扯大的。她说我爸妈既吸毒,又酗酒,还老在外面飙车,哪里配为人父母?他们俩活着的时候,几乎每个晚上都把我和哥哥丢在奶奶那里。奶奶说,我爸酷爱极速运动(结果就是因为这个送了命),我妈是唯一能跟他较量速度的人。他出去飙车,把我妈也带上了,结果一块儿出了事。当时他们俩只有二十四岁,跟我现在一样大。看来二十四岁是卢比家族不祥的年岁。三年前,我哥哥坦纳在假释期间去劫持美籍华人开的商店,也是二十四岁。

姆姆真是令人心生怜悯。她老是跟我说，我哥哥整个就是我爸爸的翻版，唯一不同的就是哥哥更没出息、更是个败家子儿。爸爸是姆姆的独生子，这一个就够她受的了，现在又来了个坦纳，她真的力不从心了。即使是这样，姆姆也从不肯低头认输。三十五年来，她出去给人家打扫房间，哪怕到了现在这把年纪，也还在奔波忙碌。在她的悉心呵护下，我从没挨过饿、没受过冻，没觉得低人一等。我心里明白，在我儿子贾拉德抚养权问题上，只要姆姆能胜诉，击败凯尔的母亲，贾拉德也会像我一样享受到她的慈爱。凯尔的母亲把魔掌伸向贾拉德的样子，在我看来简直比致命针还令我心惊肉跳。我是说，瞧瞧她的儿子凯尔混成了什么样儿？！简直是糟糕透顶，最后竟落得被自己的妻子要了小命儿的下场。

姆姆回顾往事说，我爸爸十四岁就抢了她的钱包，偷了她的汽车，开到新奥尔良，一直闹到了快到忏悔节①的时候。姆姆跑到启田浸信会②的牧师那里，询问他是不是魔鬼趁着自己深夜熟睡之时闯进来，让她怀了孕。爸爸在她眼里简直就是魔鬼撒旦的儿子。可牧师说现在这个世界哪有什么魔鬼。哼，那是因为他从没见过我丈夫凯尔·马克尔，否则会跟姆姆说出同样的话来。我喝药以后被送到医院，大夫们把我的胃肠里外翻洗了个遍。姆姆赶到医院，跟我说，无论是谁，只要见过凯尔，早晚都会生出杀了他的念头。她说这话的时候肯定不会想到真把凯尔杀了的人竟然是我。我从未显现过任何暴力倾向，从不大喊大叫，从不咒爹骂娘，一见到血就会晕厥过去，连生物课上解剖一只小青蛙都下不了手。记得凯尔念大一时，一个叫克莱姆森的门卫抬起一只胳膊肘，朝着他抡过去。凯尔立刻鼻血直流，怎么也止不住，我

---

① 忏悔节：基督教大斋期的前一天。
② 启田浸信会：意为"开启心田"之意。

在看台上当时就昏死过去了。类似的事情还不止这些。还有一次，凯尔因为我的小狗"朱莉亚·罗伯茨"犯了心脏病（它长着朱莉亚·罗伯茨一样的眼睛），就开着货车从它身上碾了过去。可他事后死不认账，但我心里清楚得很。我从来都不忍心去伤害世界上任何东西，直到有一天到了实在忍无可忍的地步：我朝着凯尔举起枪，命令他放下篮球，闭上臭嘴。

　　斯诺先生给我出具了一系列物证，告诉我检察官有可能一一问到。我还是不愿出庭为自己辩护。即使在弥留之际，我也不会把那种事情跟姆姆说的，更别说什么手按《圣经》在自己家乡的男女老少面前起誓了。凯尔从网上得知了一些恶心变态的事儿，就一个劲儿地逼着我在床上这样那样，我死也不从。斯诺警告我说那些物证可有颠倒黑白的魔力，会让谎言变成真话，真话变成谎言。于是我跟律师一再重申"不，谢谢"，这句话是我跟凯尔生前最常说的。他这回真生气了，我是说我的律师。老实说，他跟我发火，跟凯尔对我大发雷霆比起来，简直是小儿科一般。凯尔现在再不会那样了，这当然是因为我的缘故。我的律师一味地在那里抱怨，说我的所作所为简直是在束缚住他的手脚，让他无计可施。可一天清早，刚一出庭，斯诺就夸我心眼儿好使，年轻漂亮，又那么娇小可爱。他说这话的时候，目光在眼镜后面闪烁游移，明显是在讨好我，而且自己还没意识到。想想真是荒唐，他选错了时间，做错了表情，而且这样的嘴脸我早就在别人身上领教过了。我心里清楚斯诺的小算盘：我上去为自己辩护时挤几滴眼泪，陪审团没准儿就心慈手软，对我从轻发落。即便是凯尔是"甜蜜十六强"①大名鼎鼎的明星，又能怎样？

---

① "甜蜜十六强"：全美大学生篮球联盟甲级锦标赛中最后十六支球队。

三个星期前，也就是出庭前的晚上，我的律师说："夏曼，我不想吓唬你——"（他哪会吓唬我呢？）他跟我详细分析了利害关系和我的处境：我要是能站出来为自己辩护，然后他再抛出一连串证据，诸如吸大烟、性变态、拨打911报警等等，来反击原告那方，事情也许就会有转机，否则我就是死路一条了。

我当时好像这么回答的："嗯，那就听天由命吧，死路就死路。但我不会出庭为自己辩护。"

斯诺好像说："那好。可你知道这会让谁痛快吗？检察官。知道为什么吗？因为是你——夏曼——自己心甘情愿地躺在死刑室里，把针管亲手交给他，跟他说：'来吧，动手吧。'"他把一摞文件在我面前晃来晃去。"这些你看看，看看，看看吧！"

我回道："你的话我第一遍就听清了。"

"这是州法院的证据，法院会让陪审团一一过目，你觉着这还不足以置你于万劫不复么？"

我不明白什么叫做"万劫不复"，可看他咬牙切齿的样子，我想应该不是什么好词。我看了那些文件，上面列举了如下物件：

州法院7号证物：一支"沙漠之鹰"第七代"马路南"手枪，44口径，黑色粗糙外观，6英寸枪管。上有被告手握指纹。

州法院13号证物：子弹夹内8发44口径"马路南"子弹，2发已射出。

州法院28号证物：倒空的汽油桶一只。上有被告指纹。

州法院51号证物：两枚44口径"马路南"子弹，在死者头盖骨中找到。

州法院85号证物："万豪酒店①文具店枪杀案"供认信5页，

被告已签字。

州法院97号证物:"全国大学生体育协会"联赛篮球一只,上有子弹洞眼。

州法院103号证物:死者尸体部分被焚照片若干张。

我说看样子证物是不少。蒂尔登·斯诺只是一味点头,好像脑袋拴在弹簧上似的。看来法院为了搜罗证据是费尽心机,斯诺在这一点上的看法无疑是正确的。一连两周,无论晨昏,检察官古迪纳夫先生都是一副扬扬自得的神情。他举着一个个装着证物的塑料袋,在陪审团的眼前晃来晃去。在他嘴里,我简直成了最恶毒的"黑寡妇"蜘蛛。最不堪忍受的还是那些凯尔尸体的照片,连我都看不下去。当古迪纳夫先生把照片猛地摔到罗斯曼博士面前,她这位陪审团团长也吓得面色惨白得像一块破抹布,而且赶忙别过脸去。她到底看到了多少,我不知道。

我却宁愿自己已经死掉了。我是说,我曾经试过了结生命,可在这件事上我也是一败涂地,就跟当年学几何一样。那时我每晚都跟凯尔出去。我真觉得丢人,我指的是几何不及格这事。其实那门课真的挺有意思。不过,让我羞于承认的是,当时让我更感兴趣的不是几何,而是凯尔。他那时是克里克赛德高中的篮球高手,篮球场上闪展腾挪,身手不凡,几乎周周新闻的焦点都是他。我们那个高中那么多女孩儿,凯尔随便挑。结果他选中了我,我当时别提多得意了,现在想起来,我真是傻透了。

不管怎么说,我把凯尔杀了以后,自己也试图一死了之,可还是

---

①万豪酒店:与香格里拉酒店、希尔顿酒店齐名的酒店巨子,总部位于美国。

没死成。我在加护病房里活了过来，耳边却仿佛听到凯尔跟往常一样，抽着鼻子，讥笑我说："夏曼·卢比，你这辈子简直是一事无成！"可我的确发了狠心，不想活了。我把沃尔玛超市架子上每种药都买了一片，然后去了万豪酒店，猛灌了一瓶的伏特加，把一把药片都吞了下去。我平日里不大喝酒，那瓶伏特加下肚后，真让我遭罪极了。我把写给姆姆的信放到冰桶旁，再把宝贝儿子贾拉德（出生证上是马克尔夫人起的"小凯尔"）镶着银框的照片翻出来，抱在怀里，躺倒在床上，流着眼泪慢慢昏睡过去。我以为自己这样就会顺利地离开这个世界。事后别人告诉我，要不是公路巡警恰好过来敲门发现了我，把我送往急诊病房，我真的就死定了。

把警察引来的是我哥哥那辆"默丘利美洲豹"。我把车停到万豪酒店前面"89"号老路上时，根本没有想到这车竟会是坦纳偷来的。他什么事都做得出，我一点儿都不吃惊。警察用了一种谁知道叫什么的设备搜查到了这辆车。车身是抢眼的浅色宝石蓝，车前一个天线上飘着迪斯尼世界的"加勒比海盗"旗帜，后面还挂着佛罗里达州的车牌，这副模样的车被人家逮着，真是毫不奇怪。警察那个时候还没开始搜捕我，所以他们先是救了我的命，然后才把我推上了断头台。

我一直想待在万豪酒店那个地方，或者说任何别的地方。即使是当时和凯尔在海边六号汽车旅馆度蜜月的时候，也这么想。"不就是晚上睡个觉吗？我可不会把好端端的钞票花在这上头。"他也从不肯在体面的餐馆里好好享受一番。"什么好吃的三小时后都会变成大粪，我才不会把好端端的钞票花在那上头。"凯尔嘴里老是念叨着"好端端的钞票"，真不知道它到底好在哪里，反正他从没在我身上花过。他把大把的钞票都挥霍掉了，不是用来吸毒，就是买什么"老爷车"。那些破烂不堪的摩托、汽车、卡车，还有所有曾经四处跑而现如今却一个轱辘也不转的破玩意儿,他统统都弄回家来。他口口声声地说什么那些宝贝早晚有一天会"升值"得一发不可收拾,到时候他就把它们拾掇拾掇,拿到网上一卖,大发一笔横财。可哪儿有什么"横财"的影儿啊?凯尔把他的一件件"宝贝"往那一撇,就再也不管不问,由着它们变得锈迹斑斑,杂草丛生,我想拔都拔不动。我的院子全被他的"老爷车"和篮球场霸占了,连种点儿菜都成了奢望。他还开着一九五二年的"福特"卡车碾碎了我的牡丹花,踩在我的郁金香球茎上练发球。凯尔手里的"好端端的钞票"大多花到了自己的头上,我得到了什么?不过是在六号汽车旅馆里熬了一夜。

其实我做梦都想去的地方是"迪斯尼世界"的"波利尼西亚胜地"。可事情已经闹到了现在这个地步,我不用拨打什么"迷惘者热线",让人家开导我,我知道那是白日做梦。即使最终我不被推上断头台,也不过就是在世上苟延残喘地度日罢了。

我哥哥坦纳去过"迪斯尼世界"。他抢了美籍华人开的商店后,就开车直奔奥兰多。他那时要是捎带上我,该有多好!起码我可以亲眼看看"魔幻王国";或者他要是没开着那辆"默丘利美洲豹"回来,该有多好!那样我就不会去万豪酒店自杀;或者他要是没有回来,该有多好!那样我不就走近他的拖车,也就不会发现打死凯尔的那支"沙漠之鹰"第七代44口径"马路南"手枪了。(古迪纳夫先生一连几个礼拜咬住那支手枪不放,好像它是我的身家性命,我对它了如指掌似的。我刚从坦纳那里拿来那支枪时,除了知道枪是黑黢黢沉甸甸的,扳机一扣就会冒出一颗子弹之外,就啥也不知道了。)可要是我当年压根就没有跟凯尔私奔,那就再好不过了……

我选择了万豪酒店这个地方,一来是因为我喜欢那里,二来我知道那儿的汽车旅馆。机不可失,失不再来。等到那些药片开始起作用,我也准备好去见我的"造物主"了。(要是还有什么人可以见的话。我真不希望姆姆听到我说这样造孽的话,知道我竟然有这种念头。)你知道最可笑的(也不是可笑,而是很诡异的)是什么吗?我首先想到的是凯尔拿到这张信用卡时的表情。他一定会气得脸色发紫。我选了万豪酒店最豪华的房间,一晚上花掉一百二十九美元。我还在沃尔玛狂刷了一通卡,和凯尔吸毒前花在篮球场上的钱有得一拼。我把药片全都装好,又给姆姆买了高级"胡佛自动吸尘器"(她做工时老是自己拿着家什),然后又买了总计三百六十二点五九美元的玩具。等到明年,姆姆就可以把它们放到圣诞树下,留给贾拉德。我花了好长时间挑选那些玩具,完全忘了自己即将不久于人世了。说来也怪,之前我朝着凯尔的脑门开枪把他打死,又把尸体拖到院子里的篮球架下,再用一大堆树枝和一加仑汽油将尸体点着,这一系列事情我一时间好像全都抛在脑后了。

我躺在万豪酒店旅馆的大床上,把药片吞到肚里,大脑中忽然闪过这样的念头:

凯尔再也不会把他的信用卡或是其他成千上万桩事情的过错都算到我的头上了,不会跟我闹个地覆天翻了。跟他这一辈子,我一直把所有的过错揽到自己身上,真是个大白痴!我忽然又想到,那张巨额信用卡可能会让我的姆姆百口莫辩,让我的贾拉德在朋友面前抬不起头,因为他的亲妈竟杀了亲爸。想到这些,我真是心如刀搅。我在学校时曾因为自己的名字遭到人家欺侮,那时的感觉真是糟糕透了。可现在这滋味比起当初来,更是百倍的煎熬。那时别人管我叫"卫生纸",说什么"小心夏曼,请勿触摸"。这还不算,他们还嘲笑我的父母,说他俩是人渣,在大马路上就把小命儿丢了。我想到了要给贾拉德留下一封信,待他长大成人以后就会明白我的苦衷。这是我当时唯一记得的事儿了。

按照我律师的分析，我寻短见这一事实对我来说是利弊兼有。说有利，是因为人家会觉得我被悔恨和糊涂冲昏了头脑，才会一时"意气用事"，而并非畏罪自杀。说有弊，是因为我事后竟给姆姆留了口信，让她替我跟马克尔夫妇道歉，希望他们原谅我杀了他们的儿子，却只字不提此事起因纯属意外，或出于自卫，或头脑发热，或酒后误事，抑或是任何构不成"一级谋杀"的理由。还有，按我律师的说法，我往凯尔身上倒汽油把他点着，这就有毁尸灭迹之嫌。

"毁尸灭迹"？也许是吧，可又不全是。但起码有一点千真万确：一想到在姆姆和贾拉德（等他长大懂事时）眼里，我是个谋害亲夫、亲父的杀人犯，我就受不了，所以才想到要把尸体销毁的。我想要是凯尔消失得无影无踪，大伙会以为他跑到夏威夷之类的地方去了。那样姆姆的生活就不会一团糟，贾拉德也会有出人头地的一天，至少我是这么想的，谁说得准呢。当我在医院里向姆姆倾诉苦衷时，她说，我爸我妈是一对笨蛋，可我却挺有头脑，只可惜把自己的头脑白白地交了出去，让凯尔肆意践踏。姆姆说，我当年的所作所为简直是糊涂之至。我也承认自己一时头脑发热，失去理智，才会落到今天这步田地。

但我敢手按《圣经》起誓，我做梦也没想到，马克尔夫妇那天下午会从天而降，闯进我家（他们从不登我家的门，凯尔也从没告诉我那天请他们来吃晚饭），结果正好撞上凯尔在火堆里烧到一半的场面。我以为灌木堆一着火就要烧上整个周末，这附近又一向没多少人烟。更何况凯尔老是点燃一堆垃圾，烧上半天，这样他抽了大麻，人家就闻不出来了。我盘算着事后爱谁来谁来吧，反正那时我早就上了天堂或者下了地狱。我也不必担心贾拉德，有了姆姆，他就不会有事。要是碰上凯尔同事来，发现他不在，也无可厚非，因为他周一休息，周二也不在克里克赛德"福特"公司。可我万万没有料到的是,星期天下午四点钟后,马克尔夫妇会摸进我家的厨房,看到外边浓烟滚滚,又奔出屋子跑向那堆灌木,结果发现后院里烧着的竟是自己的儿子。那种场面真不该让做父母的撞见,对此我真得跟他们赔礼道歉。

另一件对我不利的事就是在枪杀凯尔之前,我把哥哥坦纳的枪借来,还保存了整整三天。我的律师管这枪叫"厨房里的大象"。在蒂尔登·斯诺担任我的律师以前,我在陈述中就已经承认那枪是我从坦纳冰箱里拿出来,带回家的。"夏曼,那支枪说明你这是早有预谋,所以古迪纳夫才会咬住不放,把案子定为一级谋杀。"他想让我就此事编个谎话,可我做不到。"夏曼,回想一下当时的情景,没准儿我就能在某个时候捕捉到你的作案动机,我希望你让我知道真相。"他说起话来就是这副德行,我不骗你,有时连法官都像看个疯子似的看着他。

可蒂尔登·斯诺还是执意坚持:"好,现在就回到过去。"我说,我哪儿也不想回。可无论我说什么话他都听不进去,这个犟脾气跟凯尔一个样。"你之所以把枪拿走,也许是担心你哥哥坦纳拿枪再惹出什么乱子。"

我说:"不是那样的。"

"你这么做或许是因为你住在乡下,怕碰上坏人。凯尔出去,把你一个人留在家里,你觉得害怕。"

我说:"我恨不得他出去,把我一个人留在家里。"

斯诺又见缝插针地说:"那就是因为凯尔一在家里你就害怕,所以就想拿枪自卫。"

我又摇摇头。

他叹了口气。"或许你当时拿枪的时候,根本不知道自己在干什么。"

我说:"行了,斯诺先生——"

"蒂尔登。"

"我拿枪的时候怎么可能不知道？那个东西沉得要死。"

斯诺再也没有追问我拿枪的动机。可从一开始他就跟我约法三章。我们一见面时，他就说："夏曼，我没问你的问题，你就不要坦白。我不想知道的事，你也不要乱讲。明白么？"

我耸耸肩说："没问题。"这就是我们俩的坦诚相待。两年前，我的婚姻顾问指点我，说什么"坦诚相待"是美满婚姻的基础。那个顾问真是个大笨蛋。每次凯尔上厕所，我就能撞见那家伙。凯尔老上厕所，我们的钱都让他一个人在里面吸毒花掉了。要是那个傻瓜顾问的婚姻咨询所彻底完蛋了，我肯定乐得不得了。他的顾客打烂了丈夫的后脑勺又把尸体烧掉，这对他的生意还有什么好处？我离开那个婚姻顾问，回来跟姆姆说："那家伙和凯尔一个德行，根本就不尊重我。"

那个时候姆姆跟我说了一番话，那番话一直在我脑子里挥之不去，直到一年后的一天我朝凯尔扣动了扳机。我记得她拉着我的手，把它放在自己的手里。她的双手粗糙得像树皮一样，我给她买了石蜡护手霜，可也毫不管用。姆姆跟我说："夏曼，听我说。我从十一岁起就给人家清理卫生间。这没什么，但有一样，他们必须得尊重我，我才会长干下去，否则我就立刻不干了。听我说，你必须值得人家尊重。这一点你做到了，可你还得让他们表现出尊重来，绝不能让他们想怎样就怎样。我的宝贝，这功课你得慢慢学。你是我唯一的希望，三十五年来，我跪在地上拿着板刷可不是仅仅在清洁落了一周的唾沫。这功课你一定要学会啊。"

我回答说："姆姆，我在努力。"

她说："宝贝，我知道。我全部的希望都在你身上了。你哥哥坦纳简直就是你爸爸复活来折磨我的，老天都看得清楚。"

在我哥哥这件事上，我的律师跟姆姆想法如出一辙。他说坦纳最大的本事就是给我们家添乱。首先，他有犯罪前科，结果被古迪纳夫先生抓住，企图证明我们家教不良，天生就不是什么好人。其次，坦纳亲口跟警察说过"杀了凯尔吧，你不想干我就亲自出马"的胡话。他在警察局一通儿胡说八道（坦纳一向这样，就是为了被人关注），结果警察信以为真了，认为凯尔的死亡是坦纳干的。他们一个劲儿地逼着我承认，我是为了替哥哥坦纳顶罪才谎称自己杀了人。他们还指控我袒护坦纳，因为他有前科而我还是良民一个。警察长得知我自杀未遂后，立刻赶到医院，质问我这件事。

我老老实实地说："对不起，我不是骗子，这样的事儿我不会为我哥哥瞒天过海。"

那个警察长脸上挤出一丝嘲弄人生的笑容，说："马克尔夫人，您难道不会为了袒护他而撒谎么？你们卢比家族不是向来有此种美德么？我还记着您哥哥在'露西尔牛排店'的停车场跟一个女孩儿争吵，然后朝您堂兄克劳德·卢比胸部开了一枪，有这回事儿吧？"

我回答说："坦纳没有因为这事儿受到指控。"

"说得没错。坦纳把克劳德送到了皮德蒙特的医院，把他撂在急诊室门口就跑掉了。我们盘问您堂兄克劳德时，他却口口声声说，他没看见是谁开的枪。坦纳要杀堂兄，而堂兄反倒包庇他，我们还怎么指控他谋杀？夏曼，我看您们卢比家族向来就是互相袒护、瞒天过海，我说得不对吗？"

"也许是吧，但我不会这样。"我回答道。

很快他们就不得不相信我的话了。原来我枪杀凯尔那天，坦纳跟克劳德出去了。他们跑到赖茨维尔深海捕鱼去了，结果用光了汽油，被海边的保安救了回来。因为要去捕鱼，坦纳事先把他的"默丘利美洲豹"车交给我看管，我以为车是他的。现在我才知道那是他窝藏的赃物。

现在警察相信是我枪杀了凯尔，却不知道其中的缘由。是谋财害命还是移情别恋？就是在那时候，姆姆请来了蒂尔登·斯诺做我的辩护律师。每次我要开口，斯诺就告诫我："夏曼，别回答那个问题。"当年姆姆在斯诺家号称"白旋风"，知道他们祖孙三代都是律师，才请他出面帮忙。而蒂尔登·斯诺是出于"发发慈悲，救济穷人"的动机才出马的。

我的堂兄克劳德说，报社和电视台对我的案子早就瞪大了眼珠，而蒂尔登·斯诺接这桩案子不过是为沽名钓誉，巴望有一天能成为像他老爸一样的大牌律师。这里还有另一层次要的理由。人家都说我看上去不像那种典型的杀人犯，何况又与任何宗教都挂不上钩。镇子里有头有脸的人物把我们家贬低成"白色垃圾"，马克尔夫人也觉得我根本配不上他们家的凯尔少爷。人家在高中时代就已是赫赫有名的篮球明星，又凭借着这个优势直接升入大学，在"全国大学生体育协会"锦标赛的"甜蜜十六强"场中又拿下了十一分。要不是沾染上了吸毒的恶习，凯尔的篮球生涯会一直延续下去的。

斯诺接我这桩案子其实还有另一层缘故。在克里克赛德镇，除了我的案子之外，还发生了两起杀人案，搅得镇里人心惶惶，我们这个弹丸之地现在也就远近闻名了。第一起案子是一个墨西哥人用老鼠药毒死了自己的妻子。起初家人们还以为是意外中毒事件。因为镇里那个地方的确鼠多成患，对付它们得用大锤和干草叉。家人在死去妻子的"抗酸剂"（用于缓解胃灼热）里头发现了鼠药。一波未平，一波又起。在一次"耶和华见证会"上，镇里一个尽人皆知的疯子（名叫卢卡斯·毕比）用电锯杀死了一位女子，并且把她的脚趾头和耳朵摆成花的形状，放在了他母亲的餐桌上。受害者的一个朋友到毕比家过复活节，吃自助餐时认出了这个女人的耳坠，火速把情况报告给警察。于是凯尔谋杀案就成了今年的第三起案子。人们不再叫我们镇的真名"北卡罗来纳州克里克赛德镇"，而是戏称为"美国杀人镇"。

检察官古迪纳夫先生声称要拿我开刀，杀一儆百。他还真是说到做到了。他在克里克赛德这个地方做检察官已经有二十年之久，大伙说他的名字起得好。我仍记得小时候看到他参加竞选时的标语：他会对大家"足够好"①！

在我这桩案子的审理过程中，检察官对我严加控诉：我当初在教堂里发誓，今生对凯尔尊敬珍爱不离不弃，直至生命终结，现在却中途反悔，完全践踏辱没了"妻子"这个无上圣洁的称号。只要逮到机会，检察官就跟陪审团反复强调，说什么凯尔为"全国大学生体育协会"效力，可是炙手可热的篮坛明星。他举着凯尔参加"甜蜜十六强"比赛的篮球（被我射了个洞）四处张扬，让人觉得我射烂了那个该死的篮球，比打中凯尔脑袋更令人发指。他还称，当时凯尔在加时赛的最后两秒投进三分球，用的就是那个篮球。这时我注意到罗斯曼博士开始坐立不安，似乎想告诉法官不要再让检察官就一个破篮球没完没了。可他还是继续声色俱厉地指责我，说这个年轻人如此前景光明，我居然忍心断送了他的职业篮球生涯，实在是恶毒之至。哼，连新闻记者都知道断送凯尔前程的不是我，而是毒品。因为吸毒，他读到大二就被撵出校门，之后就再也没有任何职业篮球队给他东山再起的机会。凯尔的叔叔在克里克赛德福特公司当老板，否则凯尔在那儿的饭碗都得砸了。这时我注意到罗斯曼博士仰起脸来，眼望天花板。

---

① "足够好"：古迪纳夫英文为"Goodenough"，与"good enough"音同，意思是"足够好"。

我哥哥坦纳居然生出个愚不可及的念头：他想跟警察说，凯尔总是打我，我怕得要死，所以他才肯让我把枪带回家。他以为这样我就会有转机。其实我清楚得很，那天我从冰箱里拿走坦纳的手枪，他根本不知情。

何况，凯尔没有打过我。他倒是经常嚷嚷，说要给我一顿胖揍，可他才没那胆儿呢。他的胆量顶多也就是趁我没留神，踢我的小狗"朱莉亚·罗伯茨"一脚，或是背地里把指甲油倒在我冬天的新外套上，然后赖到儿子贾拉德身上（我的小儿子连爬都不会呢），或者在克里克赛德福特公司的那帮浑蛋哥们儿面前嘲笑我，再就是给襁褓里的小贾拉德一巴掌。我当时使出了浑身的力气，想还凯尔一巴掌（这可是我平生头一遭打人），手却只够到了他的肩膀，然后又遭到他的一阵耻笑。

蒂尔登·斯诺也想搬出"家庭暴力综合征"来做借口，可我帮不了他。我们家只拨打过一次911，还是因为我给凯尔叫救护车。他吸可卡因过度，撞翻了放他战利品的架子，结果被碎玻璃扎得鲜血直流，差点儿丢了小命。当然，要是那个时候我在一旁袖手旁观，不管他的死活，也许我和贾拉德现在早就到了"迪斯尼乐园"，在波利尼西亚胜地尽情玩乐了。

我说这话，并不是说我向往锦衣玉食的生活。要是我能和罗斯曼博士谈谈，我一定要把这点澄清。要是有个人爱我，哪怕是喜欢我，我就算一无所有，都不会有半句怨言，甚至连眉头都不会皱一皱。可这么长时间以来，凯尔是怎样对我的？他手都不用抬，就能把我打个跟头。我脑子里一直回想着姆姆说的那番话：我是她唯一的指望，我一定得拼了命赢得别人的尊重。于是我告诉凯尔要懂得尊重我，不要让我感到自己一无是处。可他却嗤之以鼻，说："嗯，行啊，你要能拿把枪指着我的鼻子,没准儿我就能尊重你。"

他的话没白说。在我向坦纳的拖车里俯下身时,一下看到了冰箱里那把黑色手枪,顿时心生一念,好,我就让凯尔如愿:下回他再敢耻笑我,我就拿这枪指着他的鼻子。

那个星期五,坦纳领着贾拉德去池塘边和鸭子玩,我就把他的枪拿了出来,藏在了手提包里。星期六,姆姆替我照看贾拉德,我整天都在"俏佳人"美容店里忙碌着。那天晚上简直是不堪回首。凯尔非逼着我在床上这样那样,我不顺从,结果星期天一大早,他就对我大动肝火。他穿着大学时那件"56"号篮球衫和一条短裤,坐在沙发上,拿着剃须刀片"噼里啪啦"地摆弄着可卡因。我正忙着把自个儿和贾拉德穿戴利索,好接姆姆一起去教堂,时间都快来不及了。这时凯尔吩咐我给他现磨一杯咖啡,我忘了把微波炉"解冻"键关掉,他就开始耻笑,说我是"脑袋少根弦"。过了一会儿,凯尔拿起当年"甜蜜十六强"的纪念篮球,对着客厅的墙拍来撞去。这哪里还是客厅?简直成了体操房!

然后凯尔又说到自己的信用卡,开始数落我,说什么"那个小崽子"笨得连走路还成问题呢,我就给他买鞋穿,等长大了非学我乱花钱不可。看到凯尔对着墙掼篮球,我傻傻地站在那儿,不知所措,只是哗哗地流眼泪。贾拉德看见我哭,也哭了起来。我在责问自己:十六岁的我为什么会那样傻?姆姆劝我起码读完高中,而我却铁了心要嫁给这个男人!我为什么那么傻,竟然不知道他虽然上了大学,还是篮球明星,可实际上却是个不折不扣的浑蛋?原谅我这么说。我当时抱着贾拉德,站在客厅里。凯尔还在为信用卡的事儿吵吵嚷嚷。当时只有一个念头在我身体里狂奔:这辈子日复一日,年复一年,凯尔都会这么卑鄙恶劣地对待我,他现在对我都不尊重,今后贾拉德也不会有好日子过。这是我在拿到坦纳的枪后,第一次生出这样的念头。我走回卧室,把贾拉德放在婴儿床里。他开始扯着嗓门,大声哭闹。这时凯尔在客厅里大声喝道:"让那个小杂种闭嘴!"我把藏在五斗橱最下面抽屉里的手枪拿了出来,冲进客厅,指着他的鼻子,说:"你这个杂种闭嘴!"

凯尔吃了一惊,嘴巴咧到一边,可根本没有被我吓着。他反而大笑起来,指着我的枪问:"嘿,你从哪儿弄到那玩意儿的?你打算杀谁啊?"我一言不发,直盯着他。他说:"嘿,'没头脑',你要真打算开枪,也得把保险栓拿下呀。"随后他从我手里一把夺过手枪,在我面前晃着,嘲笑着说:"来,我教教你,你看好。"他"啪"的一声把控制杆拽到枪柄一端。"这个就是保险栓。"他把枪还了我,说:"朝你自己脑门来一枪吧。"

卧室里贾拉德的奶瓶从小床上滚了下来,他哭得更厉害了。

突然凯尔拿着篮球,朝我身边的墙壁使劲掼过来,球砰地一下砸碎了台灯。楼下的贾拉德哭得声嘶力竭了,好像整个世界都乱了套。凯尔脸色开始发紫,吼道:"我不是告诉你让那个愚蠢的小杂种闭嘴么?"

我还口道:"你吓着他了!"

凯尔嚷嚷道:"我吓不死他!"举起篮球直奔我砸过来,球一下子击中了我的脑袋。他把球抓了回去,转身向楼下跑去。就是在那个瞬间,我扣动了扳机。枪响了,巨大的声响把我的手腕震得生疼。我看到凯尔大半个后脑勺飞了出去,可他的身子还在打转。枪又响了一声,随后从我手里滑了出去。凯尔的膝盖弯了下去,像是在罚球区投篮的样子,可他手里的球早滚了出去。接着他的膝盖软了下去,好像地板在他脚下陷了一样。那只篮球也被我打中了,瘪了一大圈。凯尔的身子猛地朝旁边一歪，随即重重摔倒在地，整个房间都被震得发颤。

楼下的贾拉德还在大声哭闹。我脑子里唯一的念头就是希望他没看到这一幕，可很明显，他被巨大的枪声吓坏了。我赶紧飞奔过去，抱起我的小宝贝，遮住他的眼睛，以免他看到躺在地上的凯尔，然后抱着他跑出了房子。我开车把贾拉德送到姆姆那里，告诉她我不能去做礼拜了。我说我跟凯尔打架了，现在无心多谈，然后就跑回了家。凯尔还在地上躺着，头部和肚子旁边还在汩汩地流着鲜血。我恶心极了，一下子冲进卫生间里，不知如何是好。我心里想：要是再也看不到他的尸体，那就好了。过了一会儿，我拿来一条毛毯把凯尔的尸体裹在里头。他的身体已经变冷，我小心翼翼地让自己不要碰着。后来我可能是昏死过去了，以后的事我什么都记不得了，我应该是把他拖到院子里，倒上汽油，然后把他点着了。

以上就是事情的真相。要是我愿意出庭作证，向罗斯曼博士说明一切，没有半字谎言，这些就是我要说的一切。

可古迪纳夫先生却一个劲儿地污蔑我，说我如何处心积虑，精心策划谋杀凯尔，好把他的保险弄到手，我又是怎样鬼鬼祟祟地溜过去，朝他的后脑勺开枪。贾拉德被巨大的枪声吓坏，难道这我也会去策划？不仅如此，这位检察官还说我如何把家里弄得一塌糊涂，亲手炮制出一副假象，让人觉得我不在现场，是小偷闯入家门，烧死了我丈夫。可我用了我弟弟的手枪，还把自己的指纹留在枪上和汽油桶上，并把那两样东西丢在现场，这些又该作何解释？我会愚蠢到这种地步吗？可在检察官的嘴里，我在万豪酒店所谓的"自杀未遂"，不过是在"耍滑头"罢了。

古迪纳夫先生不厌其烦地跟陪审团说："各位设想一下，马克尔夫妇看到在灌木堆里冒着黑烟的竟是自己唯一的儿子，会是怎样惊愕，怎样痛心!"他随后又举起那些犯罪现场的照片,在陪审团成员面前挥动着,喊道:"陪审团诸位,请设想一下!"我的律师曾提出反对,可被法官宣布反对无效。

而马克尔夫妇对我不依不饶,更是可想而知。他们是州法院最后请来的证人。马克尔先生一到场就昏倒了,不省人事。马克尔夫人对我恨之入骨,在证人席上也站立不稳。其实在此之前她也憎恶我,我也讨厌她。瞧瞧她把凯尔娇惯成了什么样子!凯尔亲口告诉我,他在小时候就敢踢他妈,打他妈耳光,在公共场合他妈妈要对他百依百顺。在证人席上,马克尔夫人说我杀了她儿子,她一点儿都不吃惊;可要是我不血债血偿,她这辈子都不会饶了我。她的情绪极其失控,以至于法院不得不把她从椅子上拉起来拽了出去。她出去时仍旧朝我大喊大叫,那张脸上的表情跟她儿子凯尔一模一样。

普丽西拉·马克尔(就是马克尔夫人)企图从姆姆手里夺走我的宝贝儿子,可最终并没有得逞。我当时要是知道这个,哪怕把我绑在死刑室里,我也可以瞑目了。我一想到她会对我的孩子大嚷大叫,最后把我的孩子也逼得恶语相向,我真是心如刀割。蒂尔登·斯诺曾答应过我,如果我被处以极刑,他会保护我的孩子不受到那样的待遇。他说,品德担保人和急诊室的大夫从我胃里的残留物断定我确实曾自杀未遂,可如果我这一方仅有这么点儿证据,我很可能会被判以极刑。

对有些事情我不能容忍。比如古迪纳夫先生阴阳怪气儿地盘问我的私生活,然后把我的回答扭曲成一派谎言,嘲弄取笑我,说我根本不配做贾拉德的母亲。我绝不会让他这么污蔑我。

时至今天上午,我的案子就进展到这个程度。罗斯曼博士忽然叫过来一名法警,递给他一张纸条。法官在座席上拿着那张纸条审视了一会儿,然后宣布休庭,说:"古迪纳夫议员、斯诺议员,请到办公室里来一下。"他们全都出去了,把我们留在法庭上,呆呆地坐等着。

　　大约一个小时后,蒂尔登·斯诺回来了,面露吃惊,却一副扬扬得意的神色。他冲姆姆打了个手势,示意她靠前,并小声对在场的所有人透露,古迪纳夫先生已经收回前言,放弃"一级谋杀案"的罪名,否则就会落得"陪审团多数成员否定"的结局。斯诺告诉我,如果我愿意承认我的确枪杀了凯尔,但并非早有预谋,他们会想出一个妥善解决的办法。我该不该承认自己并非蓄意谋杀,而是差点儿神经崩溃这一事实呢?我看了看姆姆,她拍拍我的手。我告诉斯诺,我愿意说出真相。斯诺说,多亏了他把罗斯曼博士请到陪审团,我真该谢天谢地!我敢发誓,斯诺曾警告过我,信任罗斯曼博士是个绝对错误,之后他一直觉得这个案子的进展都是托了他的福。斯诺跑回法官的会议室,趾高气昂的模样活像一只穿上皮鞋的小公鸡。

　　我们继续等待着。过了一会儿,姆姆从后排侧过身来,轻拍着我的后背。隔着衬衫我依然能感受到她手指的僵硬,觉察出手心的个个老茧和块块硬结,每一处都包含着无尽的回忆,像电火花一样触动我的神经。我仿佛看到了姆姆奔波的身影,在这家厨房拖着地板,到那家卧室铺着床铺,我在她左右当着小帮手。我们两人从别人家中出来,在路上随手丢掉垃圾袋,冒着纷飞的雨奔向汽车站。我仿佛看到了姆姆带我去蒂尔登·斯诺家那天的情景:她的手指麻利地帮我打着裙子上的领结,我们一会儿要去一幢叫"天堂山"的大房子。就是在那天,一个小男孩儿从前门跑出来,对我喊道:"那是我的秋千。快给我下来!"他的奶奶跟姆姆一起走出来,告诉他:我是这位清洁工女士带来的,要对我友好才是。在这之后,那个男孩儿对我说:"我叫蒂尔登·斯诺。你愿意嫁给我么?"

　　我回答说:"我不愿意。"然后我看着姆姆,唯恐她因为这句话而生我的气。可是我看到她在对我微笑,似乎是在说我做得没错。

姆姆摩挲着我的后背,我的脑海里浮想联翩。陪审团和法官等人回到了法庭上。罗斯曼博士在我面前停了一下,注视着我。我对她点点头,身后的姆姆起身向她鞠了浅浅一躬。

法官陈述了半天后告诉我起立。我站起来,承认自己犯下了罪过。我被判处十五年徒刑。那一瞬间,我脑子里最先闪过的念头是那时贾拉德高中毕业了,我也可以出狱重获自由了。我的律师说,如果可以得到假释,也许服刑期会缩短到十年以下。凯尔的母亲简直气疯了,狠命地捶打着她丈夫的胳膊。法院的人过来要把我带走。我转过身来,紧握住姆姆的两只手,亲吻着。我说:"对不起,姆姆,真的真的对不起。"

姆姆说:"宝贝,你要挺住。"

我真的挺住了。

露西杀人于无形

普鲁伊特·罗兹——露西·罗兹的丈夫,三个星期前突发心脏病去世了。露西穿着亡夫的浴袍,端着一个印有盈盈笑脸的黄色咖啡杯,注视着面前的两张照片。她刚刚在近期亡故的配偶身上发现了一个令她惊诧不已的事实。她的丈夫生前满口"乐享天伦"的陈词,满脑子"积极乐观"的滥调,一辈子奉行"一夫一妻"的制度,露西一直对他笃信不疑。没想到的是,这么一个丈夫竟然跟住在两个街区以外某个小区里的漂亮寡妇偷偷摸摸,男欢女爱已达数年之久。那个小区位于阿拉巴马州痛顿镇。丈夫生前曾一门心思,想要搬到那里去,露西直到这时才对其中的缘由恍然大悟。她丈夫生前在安妮·沙利文①商场经营一家"乐乐屋",出售各种各样的礼品,贺卡和开派对用的东西。他每次回家都要给妻子带这样那样的礼物:要么是聚酯薄膜的气球,大肆张扬着"我爱你";要么是胖乎乎的白色小熊,在情人节里撒着同样

---

① 安妮·沙利文:海伦·凯勒的老师。

的谎言；再不就是印着笑脸的咖啡杯，没完没了，毫无新意。其实这些礼物不过是露西的丈夫从店里随手给她捎回来的。哪怕露西说些最轻微的愤世嫉俗的话，她丈夫立刻表现出不屑一顾的态度，进而规劝她说："露西，你的眼睛老是盯着石头下面到处爬的虫子，真得改改。"如今背叛她的竟是同一个男人！

瞧，露西眼下就被这样一块石头绊得跟跟跄跄。她揭开石头，豁然入目的是这样一副场面：自己的合法丈夫普鲁伊特·罗兹竟然跟阿莫雷特·斯图兰德无耻地搞到了一起，在露出的泥坑里，一圈一圈跑得正欢，而且已有十五年之久了！阿莫雷特是个寡妇，还是露西的邻居兼"栀子花俱乐部"的牌友。这个女人早在痛顿镇念高中时，就曾是普鲁伊特花前月下的对象。她一辈子都生活在阿拉巴马州的这个地方，不曾远走。露西忽然认识到了一点：阿莫雷特像"黑寡妇"蜘蛛一样也成了孤家寡人以后，许多年来，她也许都在等待着普鲁伊特重回自己的怀抱。可她的旧情人却在探头探脑，闯荡阿拉巴马州痛顿镇以外的世界，后来在夏洛特市娶妻（也就是露西），在亚特兰大生子，然后又回到家乡，开了乐乐礼品屋。不过这些对于阿莫雷特·斯图兰德并没有构成障碍，一丝一毫都没有。

露西往朝着她怪笑的杯子里倒入清咖啡。很快阿莫雷特就要开着车来找她了："滴——滴——滴——"三声喇叭，再"滴——滴——"两声，这是她的一贯做法。她要带着露西去附近塔斯坎比亚的一家剧院，一起去看《海伦·凯勒》①这部影片。露西本来在痛顿市政厅做职员，她丈夫新近亡故了，单位怕她伤心过度，非让她休假不可。现在露西可以享有充分的自由了。阿莫雷特在电话里三番五次地劝说她：

---

① 《海伦·凯勒》：又名《奇迹缔造者》或《热泪心声》，一九六二年美国影片。

罗兹先生心脏病突发去了,您一定悲痛欲绝,正好可以借着《海伦·凯勒》这部片子给自己鼓鼓劲儿。她还顾影自怜地说:"我还以为遭此横祸的只会是我呢。"阿莫雷特年仅二十岁时就从阿格尼丝·斯科特女子学院辍学了,因为她被发现心跳伴有杂音。从此以后,无论是出去上班,还是回来持家,都免了。可阿莫雷特跟普鲁伊特私通这么多年,露西可一点儿没看出这对她的心脏有什么不良影响。

事实上,露西对《海伦·凯勒》没什么兴趣。塔斯坎比亚是妇孺皆知的盲聋哑人海伦·凯勒的故居。每年夏天,那儿的剧院里都要播放这部片子,露西已经看过好几次了。但要说到塔斯坎比亚附近的痛顿镇,它的历史可够悠远的,不过说起来仿佛无聊得让人哈欠连天,没有什么名人显贵,也没有哪些奇闻轶事。作为一个南方小镇,它连北方佬杀进村来将之付之一炬的事情都没有发生过(当然要是此事真的降临到头上,恐怕连阿莫雷特的老祖宗在内的联邦妇女都会坐等他们来袭,再把他们一一射杀)。痛顿镇就是这样一个典型的老式南方小区:印第安人走掉了,黑奴们进来了,于是镇子依靠棉花生意富了起来,可内战之后便开始沉沉昏睡,一睡就是一百余年。在这期间,镇子偶然也有愤然苏醒的瞬间,比如烧个十字架啦,派个学生跟马丁·路德·金上街游行啦,但最常做的其实是集结起来,对可能破坏"典型的美国生活方式"的任何事情表示抗议。

经历了漫长的历史,痛顿镇可以引以为豪的恐怕只有三位卑微的名人了。第一位是阿莫雷特·斯图兰德的曾曾祖母,这个老太太当年曾立下如此豪言壮语:如果北方佬胆敢进犯本镇,她就枪毙了他们。这位老祖宗还有幸在杰斐逊·戴维斯①的婚礼上担当伴娘,并且出席过

---

①杰斐逊·戴维斯:美国内战期间美利坚联盟国首任也是唯一一任总统。

联邦总统在蒙哥马利的就职庆典。五十年后,这儿又出了一位施洗礼的传教士,去刚果传教,结果在那儿献了身,也不知是被河马吃了还是得了肝炎而致命。他妻子曾从非洲寄来书信,可他的亲戚们难以辨认信上的字迹,内情也就没人清楚。三十年后,在阿拉巴马州还爆出了一位"橙碗锦标赛"[①]上的后卫球员,尽管锁骨已经断裂,仍然拼命打了整个四分之一场的比赛。

可毋庸置疑,这些所谓的名人没法跟海伦·凯勒同日而语。阿莫雷特的确有个与杰斐逊·戴维斯有些瓜葛的老祖宗,她在人前可从不谦虚。要论谁对《海伦·凯勒》中的海伦·凯勒最为狂热,那更非她莫属。斯图兰德夫人今天电话里头怂恿露西去看这部片子,简直是连哄带骗。她说:"露西,正面的东西我们接受多少都不为过,在我们遭遇低谷的时候,尤为如此。"接着又补充道:"看看《海伦·凯勒》,我们就会明白:即使咱们是又盲又聋又哑的小可怜儿,也一样能征服阴暗的命运。"

电话那头的邻居在甜言蜜语,而这头手执听筒的露西·罗兹却握着拳头,紧紧捏着一把钥匙。这把钥匙打开了她丈夫的神秘小匣,里面装着的正是这个无耻阿莫雷特写来的情书。可露西只是淡淡地回答:"好吧,阿莫雷特,过来吧,我今天正在家里待得没劲呢。"

露西虽然口里这么说,却并没有做好见客的准备。她穿着亡夫的浴袍,喝着清咖啡,盯着从小匣子里找到的那些照片。这时,她忽然听收音机里传出这样的消息:敬告痛顿镇的公众们,今天请勿上街,远离可能发生的危险。痛顿镇一向乐于粉饰太平,连镇里广告牌上的标语都用红、白、蓝三色向外界宣扬说:"痛顿小镇,无痛小镇,阿拉

[①] "橙碗锦标赛":美国一年一度的大学足球赛,在迈阿密举行。

巴马第一阳光小镇。"其实在这样的广告牌后面，总是有巡逻车秘密隐身，瞄着测速仪，随时一把揪住时速仅有三十六英里的清白之人，狠狠地敲上一大笔罚款。代理治安官休斯·帕德斯顿就听到一个倒霉蛋司机调侃："我还以为'痛顿'镇没有痛苦呢。"其实这样的腔调休斯已经听过成千上万遍，早就习以为常了。

这里广告牌的措辞和收音机里的"敬告公众"如出一辙，这让露西经常愤愤不平。生活是"阳光灿烂的"，街道是永远安全的，毗邻海伦·凯勒故居的镇子竟然好意思说出这种话来？！这时收音机里的记者在大肆渲染着一个消息：镇里郊区的安妮·沙利文商场冒出了个疯子，正在四处乱窜。这个疯子是个年轻人，忽然精神失常了，企图杀死自己的妻子。收音机里正在播送现场报道：那个发疯的男人手持一把九毫米自动冲锋枪，打碎了商场一家花店的玻璃，接着站在窗外，夸耀他的枪法，一时没人敢上前阻拦。其实商场当时正在举办一个活动：为"美洲豹"高中足球队进入州立半决赛加油，商家超节能家电夏季大减价。一名记者正在正厅里一辆卖水晶和白蜡制品的花车后面，做现场报道。但疯子杀妻的事件显然更吸引人们的眼球，于是那名记者兴奋不已，一边回应着疯子，大喊着"没问题"，一边催促着警察们快速行动。

露西一边收听着"城市治安扫描"的广播，一边四处寻找普鲁伊特生前东掖西藏的半盒香烟。他体内的胆固醇已经严重超标，可还是本性难改，烟不离手。可惜他藏烟的手段可不像在外拈花惹草的技术那么高明，那么不露痕迹。露西时不时就会瞥见丈夫的某条漏网之鱼，可她自己从不吸烟。栀子花俱乐部的成员们经常没完没了地交流各自的戒烟窍门，听得她不胜其烦。今天，她要破自己的戒了。抽烟的念头上来了，何必要墨守成规呢？于是露西打开火柴盒，点燃一支烟，猛吸了一口。一种突如其来的不适感立刻袭来，呛得她连连咳嗽，神经也跟着疼痛起来。可这种刺激正应和了自己此时的心情，反倒让露西觉得很受用。

露西从"城市治安扫描"里听到，事发现场的调度喇叭正向商场紧急支派巡逻车。她忽然对这个疯子产生了兴趣，于是回到收音机旁，细听记者的现场报道。那个年轻人向记者怒气冲冲地说了事情的前因后果：他得知妻子跟别人私奔，就冲到商场，正碰到他妻子在商场大肆刷着他的信用卡。他一路追到"汉克·威廉斯"大厅，他妻子正打算跟那个男人跑掉，于是拿着账单朝发疯的丈夫摔去。接着妻子沿着大厅跑到商场东端的花店，花店老板正是那个男人。丈夫手持刚从自己跑车里拿出的手枪，在花店再次追上了他妻子。他确实朝着这两个人开了枪，可为了不伤及无辜，只打中了花店主人的一条腿，打烂了他妻子的一个购物袋而已。他还打坏了商场里一只驮着千年蕉的黑色石膏天鹅，飞溅的石膏碎片把妻子的下巴打出了一个窟窿。疯子让其他顾客跑出了商场，却扣押住那对男女不肯让步。

露西听到收音机里巡逻车逼近时的警笛声。当警察们带着家伙冲入正厅时，那个花店老板正捂着流血的腿，一瘸一拐地跳出门来，告诉他们那个丈夫已从后门夺路逃跑了。警察追了出去，那名记者也一路追着撵着，不住地点评，那场面简直像一出热闹的广播剧。花店老板被抬上救护车，嘴里还不依不饶，跟记者告状说，那个疯子简直是个"终结者"，把他的店铺弄得"一片狼藉"。他的话听上去竟有些兴冲冲的，真令人费解。那个女人也被带了出来，下巴缠着绷带，余怒未消，甚至有些歇斯底里。记者立刻上前采访了她。她恨恨地说，她那丈夫纯粹是精神错乱，要是警察把他就地正法，他可怨不着别人。说罢她和那个花店老板一起被送到医院去了。

记者被暂时召回了电台。电台里正做着一档柔美的音乐节目——"岁月留声",此时正播放着莱斯·布朗①的"名望乐队"演唱的"人生好似红樱桃"。露西"啪"地关掉了收音机。她现在已不再相信什么"人生像一碗红樱桃"之类的鬼话,其实她从来就没信过。在露西眼中,人活在世上,就是光着脚丫在破碎的玻璃上奔跑,而在这个时候,她对这一点尤其有着切肤之痛。她本人其实并没有过心惊胆战的日子,所以才会被轻易地蒙骗欺瞒,才会轻信人生在世真的像一碗水果般甘美醉人。她丈夫普鲁伊特生前不就是这样不厌其烦地灌输给她这样的思想吗?那个疯子在商场闹事,他的邻居和家人对此事居然那么震惊,真让露西心头火起。为什么这些人从未对他的生活产生过疑团?不过话说回来,不是连露西自己也从未怀疑过普鲁伊特和阿莫雷特会背信弃义吗?起码这个疯子还没有被蒙在鼓里。他妻子用他的张张信用卡偷着攒钱,同时还暗地盘算着跟那个花店老板逃之夭夭。可这个如意算盘还是被丈夫看穿了,而露西自己呢?她却是个天大的傻瓜。早在好多年前露西就打算离开普鲁伊特,开始自己的新生活,而普鲁伊特却搬出"忠贞奉献、家庭伦理和孩子们的幸福"等一套套的说辞来,劝她回心转意了,可他却背地里跟阿莫雷特·斯图兰德寻欢作乐。

　　露西把带着笑脸的杯子狠命地朝灶台边上摔去。杯子碎了,可黄色比尔把手还在自己的手里紧紧地捏着,好像钩住了一个行李传送带的铜环一样。这是最后一只杯子了。今天早晨露西把所有这样的杯子都痛快地摔了个稀巴烂,可心里还是想喊,想叫。这又有什么不妥?她再也不必担心给这个"家"添乱了。

　　那个背信弃义的普鲁伊特去世已经二十一天了。儿女们匆匆赶回

---

① 莱斯·布朗:美国大乐队时代排名三十三的艺人,四十年代最负盛名的爵士乐队领军人物。

家,安葬父亲抚慰母亲后,上个周日又各自回到了亚特兰大,一如往常地生活了。普鲁伊特给自己这两个孩子分别取名为朗尼(以里根命名)和朱莉(以安德鲁斯命名)。他们跟自己的父亲抱着同样的价值观,也把人生看做是一碗鲜美的樱桃,或者起码是一杯醇美的玛格丽特鸡尾酒[1]。他们在葬礼上谈笑风生,跟阿莫雷特·斯图兰德一起对亲朋好友们问长问短,谈着这人另谋高就了,那人乔迁新居了。两个孩子对阿莫雷特亲昵有加。(要不是露西清楚地记得这两个孩子是自己生的,都会指天发誓,阿莫雷特才是他们的生身母亲。他们那副乏味狡黠的嘴脸,简直跟阿莫雷特一模一样。)朗尼和朱莉活得可谓有滋有味,心满意足。他们这套生活模式是从时尚杂志上亦步亦趋地学来的,可这些杂志没有教会他们在父亲葬礼上应该如何言谈举止。也许正是因为这样,在葬礼上和随后的招待会上,他们对上一辈人是一副谈笑中夹杂着嘲讽的宽容态度,这种态度显现在所有他们参加的家庭仪式之中。阿莫雷特事后跟露西大加夸奖这两个孩子,她觉得"他们俩真是大方得体"。

儿子和女儿天生就不会多愁善感,露西对此毫不惊讶。他们的老爸要不是躺在棺材里头,他在葬礼上会是一样的做派。每当听到妻子提及诸如打仗、地震、集体大屠杀这类生活中的小小瑕疵,普鲁伊特就会这样标榜自己:"我和孩子们都是生活在阳光里的人,而露西,你却非得把自己囚禁在黑暗里。这就是你的问题。"露西觉得这话没错,看来她就应该生在北方,长在北方才更合乎情理。那儿的天黑得早,那儿的地冻得结实,那儿的风景黑糊糊,灰蒙蒙,那儿没有南方的阳光普照,热气逼人。可在露西眼中,生活压根就不是什么阳光灿

---

[1] 玛格丽特鸡尾酒:由龙舌兰酒、橘香酒以及柠檬汁混合而制成的鸡尾酒。

烂的日子。相反,生活就是囚禁在茫茫黑夜之中的,那灼灼白昼不过逼真如影院里的片刻间歇罢了。每当她听到"城市治安扫描"报道家庭暴力、公路杀人、火灾、投毒、电刑、窒息而死或"安妮·沙利文"商场疯人逃逸等种种事端,警方提醒公众时,她的脑海里就会立刻闪现出生活真实的面孔。露西一下子想到她拨打911的时候,警方一定也这样发出了类似的急信。露西发现丈夫躺在厨房地板上,旁边的冰箱敞着门,他身边一个装满烤鸡翅的碗打碎了。报道的警示一定是如下字眼:一位白种男人猝死,从外观上判断为心脏病突发身亡,卒年四十八岁。

普鲁伊特临死时并没有注意到他在做些什么,就像那两个活在阳光下的孩子毫不顾忌地卷走老爸的家当,没有注意到他们的老爸已经撒手人寰,永远不会再活过来了。(朗尼拿走了他的几支高尔夫球棒和几件粉黄色开士米V领毛衫,朱莉则开走了他的丰田车。)普鲁伊特要是知道自己几个小时后即将告别人世,他应该会把与阿莫雷特·斯图兰德私通的所有蛛丝马迹统统销毁。对他而言,婚姻的海誓山盟和全心投入太重要了。不过很显然,他这辈子到死都把人生看成一个永不会退色的塑料樱桃。毫无疑问,他从未预料到死神正偷偷地临近,他的鬼魂就在他的眼前欢跳狞笑。所以死亡来临之时,他的确吃惊不小,双眼圆睁着,露出疑惑的神情,似乎在询问露西:"我这是怎么了?"

第二天清早,阿莫雷特·斯图兰德从格洛丽亚·彼得斯("栀子花"俱乐部主席)那里得知了普鲁伊特突然亡故的消息。她也一样瞠目结舌,吃惊不小。她踏着草坪径直朝露西跑过来,尖叫着说:"我在美甲店从格洛丽亚·彼得斯那里听说这事了。"听起来好像通过这种渠道得知这一噩耗,更令人心悸似的。当然,当时露西对自己丈夫和这个女人多年的私情还一无所知。这个事实想必让阿莫雷特更难以承受吧。格洛丽亚·彼得斯从未邀请她去参加自己的晚餐派对,那里玛莎·斯图尔特①设计的菜单可是讲究得不得了。从格洛丽亚那得知自己情人的死讯,一定不好接受。其实普鲁伊特死后的次日清早,阿莫雷特跑来找露西,露西还因为没有早些打电话告知而心怀歉意。她一把抓住露西,抽泣着说:"现在我们都成寡妇了。"露西那时当然以为她指的是她自己的丈夫查理·斯图兰德,其实她指的没准是情人普鲁伊特。

"滴——滴——滴——"三声喇叭,又是"滴——滴——"两声。"滴——滴——滴——","滴——滴——"。

已经是下午两点了,露西却吃惊地发现自己仍旧站在厨房中间,手中还在拿着晃悠悠的黄色咖啡杯把手。这时阿莫雷特轻轻敲开门,口中念着"哎哟",没等主人同意就擅自进来。这对她来说已经是家常便饭了。

"露西?露西,啊哟哟,我的老天,你还没准备好啊?什么时候了,你还穿着睡袍?没听到我按喇叭么?"斯图兰德夫人是个小家子气的女人,唧唧喳喳的,像只扑着翅膀,四处觅食的小鸟。她一身夏装,鞋子和提包也很搭调。她一边绕着餐桌打转,一边轻拍着胸脯,好像在提醒人们她还在受着心脏颤音的苦。"我被那个在逃的疯子吓得魂儿都飞了。你听收音机了么?"

露西回答说听到了,她为这个小伙子感到难过。

"为他难过?唉,你真是天底下最莫名其妙的怪人!快点儿换好衣服,我们看电影要来不及了。我敢说,你一看到那个可怜的小女孩儿,

---

① 玛莎·斯图尔特:于一九四一年生于新泽西。家政领域女皇,主妇界的偶像,事件管理的创新领袖。

又聋又哑又盲,在舞台上跑来跑去,费力地拼着'w-a-t-e-r',就能把自己的烦心事彻底想通了,我就是这么解脱自己的呢。"

"你真这么想?"露西一边兴味索然地问她,一边穿过房间,走进自己和普鲁伊特曾经同床共枕的卧室。阿莫雷特紧随其后,甚至替露西从衣柜里拿出几件裙子,帮她设计今天的穿着。

阿莫雷特一边将裙子抛到床上,一边开导着露西:"露西,没错,安妮·沙利文商场是出了个神经错乱的疯子,可你别因为这个就觉得整个世界都乱了套。信我的话,大多数人还是心地好的老实人。你要老是这么消极,又没了普鲁伊特这个精神支柱,情绪会更沮丧的,也许都不能自拔了。我真是不敢想象。过来,看看这件芥末色的丝绸裙配这件米黄色夹克,效果怎么样?"

露西把手伸进亡夫浴袍的衣兜里,摸到了那些照片,又使劲捏着那把开启装着秘密情书的小匣儿的钥匙,把钥匙都捏进了手掌的肉里。她是在地下室的方形小屋里发现的那个绿色锡制小匣儿。普鲁伊特把这个镶着松板、摆着格子花呢沙发的小屋看成是自己的私人空间,称之为"书房"。每到晚上,他就乐颠颠儿地躲到小屋里,要么修修台灯,要么听听某乐队的唱片,或者忙忙网上股市投资的函授课作业。现在露西醒悟过来了:他到那个小屋去,只是为了给阿莫雷特·斯图兰德写那些肉麻得恶心的情书。

露西从未潜入普鲁伊特的私人空间。这么多年来,露西在黑暗笼罩的厨房里默默坐着,喝着咖啡,凝视着窗外的夜色,偶尔会心血来潮地对普鲁伊特做一番想象。他偷偷摸摸地躲在书房里,或许在显微镜下探索生命的起源,或许在埋头创作一部歌剧,抑或在策划着什么计谋。可当孩子们奔丧后回到亚特兰大的第二天,露西打开了"书房"的门。哪有什么稀奇古怪的试管?什么墨迹斑斑的乐谱?什么炸飞诺克斯城堡的炸药?可她眼前的发现并不让她感到吃惊。

露西在书房里发现了一辆辆玩具火车和一封封情书。很显然,普鲁伊特夜夜不睡,原来是在用塑料建造一个完美的世界,让几辆电动火车自由穿梭。这个完美世界是在一张八平方英尺的板子上搭建起来的,板子上铺了塑胶地板,绿色人工草皮上面依次排列着小小的房子、商店和树木。小房子前面有小爸爸,小妈妈,小男孩儿和小女孩儿,他们一起站在车道旁,注视着火车驶过。那个小妈妈一头金发,一袭粉衣,看起来就像阿莫雷特·斯图兰德。

露西在那里还发现了他们的情书。在火车站底下的那块板子下面,她瞥见了一个秘密抽屉,里面有一个绿色锡制的小匣子,匣子中装的便是那些情书。那几十封情书写在正式的便笺纸上、粉色印花的便条纸上或是在信封背面,既有阿莫雷特给普鲁伊特亲手送递的信件,也有几封普鲁伊特写的信件底稿。一封封书信都倾泻着二人之间的私情。可露西并没有发现任何迹象,表明这对通奸者激情如火,最后像"安娜·卡列尼娜"或者"英国病人"那样,要做出惊世骇俗的举动来。他们俩没有痛苦的挣扎,更没有轻生的行为。这些情书无非就像普鲁伊特礼品店里的情人节礼物,上面要么是心形图案镶着蕾丝,要么是肉墩墩的小孩儿抱在一起,或是胖乎乎的鸽子在咕咕叫。阿莫雷特在信中写到:"我最亲爱的小爱人,告诉露西你整个周六早晨得在'乐乐屋'做存货清单。查理十点钟出去打高尔夫。吻你的脖子,千遍万遍。"普鲁伊特回信说:"我的甜心,你昨天那么美丽可人('好看'二字被划去了),那么温柔似水。你是我的阳光,没有了你,我就活不下去。"

在小匣儿底部,情书下面,露西还发现了两张宝丽来照片,此刻就放在她浴袍的衣兜里。一张照片是阿莫雷特穿着短小精致的睡衣,坐在露西的床上，把一只小猫搂在脖子旁摩挲着。（露西认出了这只小猫，它叫"甜甜"，是普鲁伊特给朱莉带回来的。后来长成了一只圆滚滚、鼓溜溜的斑猫，可五年前被一辆路过的汽车轧死了。）另一张照片是阿莫雷特坐在自家卧室里的嫁妆箱子上，上身全裸，两手托着没有晒黑的乳房，极尽挑逗之态。露西读完情书，看过照片，把它们放回小匣儿里。随后她把普鲁伊特的电动车全都开动起来，让它们不断地加速运转，直到脱离轨道，冲向塑料建成的村庄和农场，最后重重地撞倒在地板上，摔了个稀巴烂。

此时此刻，阿莫雷特还在她极其熟悉的卧室里翻箱倒柜，露西一边在浴室里听着她的动静，一边把钥匙和照片从浴袍衣兜里拿出来，放到手提包里，然后回到卧室。露西问到："你很怀念普鲁伊特吧？"

斯图兰德夫人给露西选出了一条裙子，又跪在衣柜旁翻找着合适的鞋子。"大伙不都怀念他么？不过，还是让时间来冲淡我们的思念吧，露西。我的心脏有颤音的毛病，我只能活在当下，《圣经》上就是这么说的。其实谁都能做到这一点。咱们还是祈祷那个疯子只朝着他的熟人开枪，饶过咱们这些陌生人吧。"阿莫雷特觉得自己的话很可乐，居然笑出声来。她手里拿着一双米色高跟浅帮鞋，从衣柜里退着爬出来。"总有一些人脑袋有病，不分时候、地点，胡乱开枪。今天晚上我们还要看《海伦·凯勒》呢，居然发生这种事儿，真是讨厌！来吧，把裙子穿上吧。"

露西穿上裙子，问："阿莫雷特，你去过普鲁伊特的地下书房么？"

"唔。"这个小巧玲珑的女人模棱两可地摇了摇头，轻抚着她精心修饰过的金发。

"你想现在看看么？"露西问到。

阿莫雷特一脸疑惑。"亲爱的，现在哪有时间看什么书房啊？咱们早已经迟到了。别穿那件夹克,一点儿都不配。有时候露西……这件,对。瞧瞧,你稍稍上点儿心,就能这么光彩照人。"

露西跟着她亡夫的情妇出了家门,向这个女人的车子走去。阿莫雷特招呼着她赶紧上车,"麻利点儿,要是真撞见那个商场开枪的,你就赶紧弯下腰。"她笑得满面春风。

两个女人驱车穿过痛顿镇那鲜花装点却似乎危机四伏的街道,沿着州际公路开往塔斯坎比亚。露西坐在她邻居的丰田车里,靠在绿色天鹅绒座位上,闭上了眼睛,心里想到:是不是阿莫雷特和普鲁伊特捡了便宜,一下儿就买了两辆车?一路上,阿莫雷特喋喋不休地批判着社会上的事儿:一个健全人不缺胳膊不少腿的,竟然在温·迪克斯①超市抢占了残疾人的停车位。今天,商场里又冒出个开枪的疯子。现在的南方简直都快沦落到北方的地步了。她接着絮叨说,自己开始养成了插销锁门的习惯,天黑要是听到了什么动静,就会疑神疑鬼,以为来了盗窃犯或是强奸犯,担心自己被吓得倒地而死。露西忽然打断她的话,问道:"阿莫雷特,你和普鲁伊特是从什么时候开始上床的?"

阿莫雷特小巧的轿车正在行驶,忽然猛地向前颠了一下,然后放慢速度,几乎停了下来。她的脸颊变成粉色,又渐渐转红,成了她外衣的颜色,可她的鼻子却苍白如纸。最后她手摸胸口,低声问道:"谁告诉你的?是不是格洛丽亚·彼得斯?"

露西耸了耸肩:"是不是她有什么分别么?"

"肯定是她,没错。她一向讨厌我。"

露西从手提包里拿出一支普鲁伊特左掖右藏的香烟,点着了。"行了行了,冷静点儿。没人到我这来告密,是我自己发现了你们的蛛丝

---

① 温·迪克斯:美国超市巨擘。

马迹。"

"什么蛛丝马迹？露西，你这是在说些什么？你肯定是搞错了——"

露西吐着烟圈，伸进手提包里，拿出那张宝丽来照片，扔到阿莫雷特的面前。上面的阿莫雷特比现在要年轻几岁，手托双乳，两眼放电。

车子一下子冲向了路边，撞到了邮筒，然后停了下来。

车停在住宅区的林荫道上，两个寡妇呆坐在里面。人行道两旁，夹竹桃刚刚微微绽出花蕾，忍冬也散发出糖浆般香甜的味道，四处弥漫在空气中。道上空旷寂静，只有一个十几岁的女孩儿，身着泳衣和旱冰鞋，百无聊赖地滑来滑去。每次当她经过车边时，就毫无顾忌地朝车窗里张望。

露西吸着烟，说："我在普鲁伊特的书房里发现了你们所有的情书。"她又补充道："你们两个就没担心过我会发现么？"

阿莫雷特的胸脯开始起伏，然后终于哭了出来。她别开脸去，背对方向盘，带着哭腔说道："噢，露西，这事说来真是难以启齿。普鲁伊特是个很好的男人，别误解他。我们从没有存心伤害你。我需要人呵护，需要人疼爱，只有普鲁伊特懂得这一点。查理老是泡在律师事务所里，不管我的死活。他想我做的，我做不了，他根本不体谅我心脏的毛病。"

"阿莫雷特，这些我不感兴趣。"

可是阿莫雷特照说不误。"普鲁伊特和我一样闷闷不乐，我们只是需要在一起高兴高兴。一切就这么发生了，我们也身不由己。我们真的不是故意要伤害你，请相信我！"

露西拨开烟雾，想了想，问道："我只想知道你们这样多久了。"

"嗯，什么，什么多久了？"她的邻居抽泣着说。

"你跟我丈夫在一块儿鬼混有多久了？五年，十年，还是一直到普鲁伊特去世的那天?"

"噢,露西,不是这样!"阿莫雷特泣不成声,又是喘气,又是打嗝,发出"呃咳"的声音。"不是这样。查理去世后我们再也没有……这么说对我们不公平。呃咳,呃咳。"

"查理刚死一年。我们在痛顿了住十五年。"露西把烟头按到再也没人用的烟灰缸里。她的脑海里忽然闪现出一个画面:那个疯子把购物中心对面的铺面玻璃砸得粉碎。"公平,我看你他妈的根本不知道什么叫公平!"她又点燃一支香烟。

阿莫雷特身子向后一缩,吓了一跳,急促地呼吸起来。"露西·罗兹,你别这么对我说话。我可不允许有人在我的车里污言秽语。"她重又摆出一副道貌岸然的面孔,狠命地挥手赶走浓烟,"把烟掐了,你又不抽烟!"

露西盯着她,反唇相讥:"我不抽烟,那我现在干吗呢?就像你当初跟我的丈夫鬼混一样,是真的!你和普鲁伊特是一对撒谎的浑蛋!"

阿莫雷特摇下车窗,大口吸着外面的空气。"好,看来你非要对我们来个道德裁判。"

露西嘲弄似的大笑起来,把嗓子都弄疼了,说:"我当然要做道德裁判。"

"行,那我跟你交个底。"阿莫雷特一个劲儿地点头,活像一只弹簧脖子的玩具狗在摇头晃脑,"我就实话实说,露西,你的人生观老是那么消极、阴郁,实在让普鲁伊特看着讨厌。有时候,他需要有个人跟他积极面对生活。"

露西又哼了一下鼻子,"是,一起放声浪笑。"

"我觉得你这是存心不厚道。"阿莫雷特呜咽着说,"大夫说,我经不起这样的刺激。"

露西瞪着自己这个多年牌友褐色蜜饯般的圆眼睛。难道这个女人真的这么愚笨,真像木板上的塑料小女人那么平庸,真的这么低能白痴,到了以为她的所作所为都情有可原,只有她露西才是十恶不赦的?露西直视着她这个芳邻的眼睛。在那双眼泪汪汪,眨动不已的眼睛后面,她看到了沾沾自喜的神情一闪而过。这种神情跟阿拉巴马州痛顿镇的历史一样,乏味之至,愚蠢之极。

露西突然萌生出一阵不可遏制的想要打人的冲动。她仿佛看到商场里的那个疯子沿着这条街道跑来,把自己的枪顺着车窗扔给露西。露西似乎感觉到枪的一端正砸在自己的腹部,一阵疼痛。她想象着自己一把拿起枪,朝着阿莫雷特自鸣得意的眼睛里射去。可哪儿有什么枪啊?而且那个疯子现在没准儿已经被警察抓起来了,枪对他还有什么好处呢?露西突然不假思索地说:"阿莫雷特,你知道么?普鲁伊特不光跟你睡觉,他同时还跟格洛丽亚·彼得斯上床。你们俩完了之后,他就跑去跟她在一起。"

"你说什么?"

"普鲁伊特装信的那个小匣子里还锁着格洛丽亚的照片,全都是裸照,你知道这些么?"

斯图兰德夫人脸色大变,变成了青苹果一样的颜色。普鲁伊特心脏病发作后,被抬上救护车担架时,脸色也是一反常态,青得吓人。阿莫雷特都快要窒息了。一会儿她慢慢缓过来,一边艰难地喘息着,一边催促露西:"我的上帝啊,别这样对我,跟我说实话吧。"

露西一脸歉意地说:"我说的就是实话。格洛丽亚的事儿你也蒙在鼓里吧?哼,普鲁伊特把我俩都耍了。我在他的书房里头还发现了一些不堪入目的照片和一些器具,专门用来跟裸体女人做恶心事的。他那里还有各种杂志、影碟。影碟里都是些什么,我想你根本都不想听。"（其实关于那些照片、杂志、影碟以及跟格洛丽亚·彼得斯有染的话，全部是露西编出来的。普鲁伊特不过给阿莫雷特拍了张半裸照片，这已经是在他所想到的最寡廉鲜耻的事情了。他每一次柔情似水的表达不过是店里的气球或是贺卡给他的灵感罢了。）

"你跟我说，格洛丽亚的事儿不是真的。"阿莫雷特哀求着，面如草色。

露西没有理会，打开车门，走了出去。"普鲁伊特常说，我的毛病就是心里头搁不住事儿，确实就是这样。照片里的格洛丽亚不但一丝不挂，还特意模仿你的姿势来摆造型。她在一封信里还拿这事儿取乐呢，说普鲁伊特给她看了你的照片，她就来了个如法炮制。"

"露西，别说了。我觉得恶心，有点儿不对劲儿。快把后面车座上的手提包递给我。"

露西对她的请求毫不理会，自顾自地说道："阿莫雷特，其实我还看到好多格洛丽亚写给普鲁伊特的信，在信里拿你的愚蠢开心。她嘴皮子多厉害你不会不知道。这两个人把你好一番取笑。"

阿莫雷特已经不能呼吸，身子深陷到座椅里面，低声恳求着露西给她叫大夫。她觉着大事不妙。

"嗨，尽管活在当下吧，看到生活光明的那一面。"露西这样指点她的芳邻。

"露西，露西，别扔下我不管！"

露西"砰"地摔上车门，沿着夹竹桃的树篱急速离去。她一边走，一边大把大把地捋下树篱上的花瓣，扬到前面的人行道上。那个滑旱冰的女孩儿倏的一下从旁边经过，离露西只有几寸远。女孩儿忽然瞥见露西涨红的脸颊，立刻张大了嘴巴，瞪圆了眼睛。女孩儿又从轿车旁疾驰而过，车里的阿莫雷特·斯图兰德已经俯身瘫倒在车前座上，可女孩儿并没有注意到。

露西继续向前走着，走过一个又一个街区，一直走到夹竹桃篱笆的尽头，走到草坪伸展的尽头，来到一座座有着白色柱子的砖房门口。她的一只米色高跟浅帮鞋有些松动了，她索性把两只鞋全都踢了出去，随后又甩掉身上的夹克，猛地扯开裙子，把纽扣都扯掉了。她把裙子摔到马路边上。那个瞬间，露西仿佛感到那个在逃的疯子就在身旁。一个正在割草的男子看到她的疯狂举动，手中的割草机都忘了，致使机器轰鸣着滑了出去。露西"啪"地一声拽下胸罩，丢在那男人脚下剪过的绿宝石般的草坪上。她并没有正眼看他，是他闯进了她的视线。一个男孩儿开着送披萨的货车，忽然调头朝露西驶来，挑衅地大声叫嚷。露西只是偏了偏头，又随即脱下连裤袜，朝着这个男孩儿扔了过去。

若不是还留着底裤，露西几乎是全身赤裸了。她拎着手提包，大步地走啊走，直到太阳使尽了全部解数，黑夜重新降临。她一路走啊走，走到了海伦·凯勒家乡的近郊。

这时警车向她身边驶来，她听得到车里的无线电中传出了熟悉的嗓音。随后一支手电筒朝着她眼前直照过来。代理治安官休斯·帕德斯顿把自己的外衣披在了露西的身上。他认出来这是在痛顿镇市政厅做职员的露西·罗兹女士。"哎，我说，"他说，"罗兹夫人，公共场合这个样子走来走去可不成。"随后又仔细地看看她，问道："您还好吧？"

"不太好。"露西示弱地回答。

"你喝了什么东西，还是吃了什么药？"

"帕德斯顿先生，没有。我只是为普鲁伊特的事儿感到难过，只是，只是……"

"嘘，没关系。"

在痛顿镇的警察局里，一个还算年轻的秃顶男人双手被铐在一个橘黄色的塑料椅子上。露西挣脱警察的手，走了过去。"你是购物中心的那个人吗？"

被铐着的男人回答："你说什么？"

"你就是那个朝妻子开枪的人吧？我完全理解你的感受。"

这个男人把铐着的两只手抬向身旁的两个警察，疑惑地问，"这个女人疯了吧？"

"没有，她刚刚失去了丈夫，不过是悲伤过度罢了。"伏案工作的警官解释道。

由于普鲁伊特的律师出面，不出一个小时，露西就被释放了。又一个小时后，阿莫雷特·斯图兰德在医院里由于心脏问题离开了人世。以前格洛丽亚·彼得斯常常以此讽刺阿莫雷特，说她就拿这个做借口，逃避家务。

三个月后，关于露西的事情召开了一次听证会。她被指控在美国"第一快乐"小镇痛顿镇赤身行走，扰乱了公共秩序。听证会在审判室里进行，"商场疯人"事件的审理在大厅的对面，于是露西最终见到了那个年轻人。他比她想象的年轻，其貌不扬，眼神迷惑而伤感。露西朝他笑笑，他也冲着露西挤出一丝微笑，就立刻掉头去看提出离婚申请的妻子。那个妻子的下巴上还留着在花店被石膏天鹅划过的伤疤。那个花店老板坐在她身边，握着她的手。

年轻人的律师辩护说，他的确企图杀害他的妻子及其情人，但毕竟杀人未遂。这个年轻人认了罪，露西也一样。她承认自己当时是蓄意制造公共骚乱。但不同于前面案子的是，对露西的宣判被一拖再拖，乃至后来整桩案子的记录都被删除得一干二净。原来,是普鲁伊特的律师靠着这样一套说辞,成功地说服了法官(法官也认识露西):丈夫撒手而去,露西已经伤心欲绝;好友又心脏病突发,在汽车里去世,如此祸不单行的遭遇使得罗兹夫人在人行道上走路时"暂时失去了理性"。律师还声明说,她当时把头撞到某辆车上,都有可能,她对自己"当众脱衣"肯定毫无察觉。不管怎么说,露西·罗兹都是市政厅的雇员,是个诚实公民,也是个正派女人。即便是暂时情绪失控,在一个体面的社区里赤裸身体,那也是受到身心双重刺激所致。普鲁伊特的律师替她保证下不为例。露西果真再也没出类似的状况。

几个月后,露西到阿拉巴马州监狱探视了那个疯人,并给他带去了一大箱子礼物("乐乐屋"倒闭了,东西也大甩卖了)。他们聊了一会儿,可谈话并不太轻松畅快。露西意识到他们有很多同病相怜的地方。还有,露西本可以向他传授既杀人又可以逍遥法外的秘诀,可一切为时已晚。

弗洛尼也有脾气

弗洛尼·罗杰斯与我祖母可谓不离不弃、生死相依。按弗洛尼的说法,她这辈子全靠自个儿,没指望过什么人。活到这把年岁,帮一把拽一把的人没有一个,背地里说三道四的倒是不少。她大半辈子都跟我祖母及我母亲的十个兄弟姐妹朝夕相处。现如今轮到了我们这些孙子孙女辈。在她眼里,我们可不及上辈人出落得像样,可她并没有离开我们,依旧在这个家里操劳家务。弗洛尼身高五尺,体重大约有九十磅吧。

弗洛尼把她的故事讲给我们听。内战前,她在一个规模庞大的糖料种植园做工。那儿的园主简直是凶神恶煞,在他手底下干活的奴隶不是被饿死,就是被打死。弗洛尼常拿这个吓唬我们,说要是我们搅得她心烦,她会毫不怜悯地把我们送到那个凶恶的园主那儿去,由着他不给我们吃饭,只吃鞭子。她还常跟我们说起另一个故事。当她还是个瘦骨嶙峋的小丫头的时候,她就有胆量操起斧头劈那个园主的后脑勺。那家伙的身子被一劈两半,那两半身子居然还硬撑着,各自往前走,最后倒在她的脚下,死翘翘了。弗洛尼说,自己对那个卑劣的家伙实在是忍无可忍,迫不得已才把他杀了,接着她还不忘吓唬我们这些小字辈儿,让我们一言一行都要老实。

每当弗洛尼在祖母家宽敞的后院里张罗晚饭的时候,都会津津有味地回忆起自己对旧主子刀斧相向的英雄气概。她擎起当年对付恶霸主子的那把斧头,朝着几只母鸡一顿挥舞,任由鸡毛在她头顶翻飞,然后把母鸡拍到案板上,剁下一个个鸡头。

后来我才得知,在北卡州皮德蒙特县,从来就没有什么规模庞大的糖料种植园(弗洛尼说自己这辈子没离开过这个县半步,连念头都没动过,实在是夸大其词)。再说,以弗洛尼现在的岁数,在内战打响时,她不可能是个十二岁大的奴隶。难道她是世界上年龄最大的寿星不成?也许吧。

我祖母回忆说,当初弗洛尼到我们家来,仿佛从天而降似的,进了门就开始干活。她拎着一只锡制行李箱,两个牛皮纸购物袋,搬来后就再没离开过这个家。从那以后,她就开始对家里的人吆五喝六起来。后来我祖父过世了,他的十个儿女也都长大成人,相继离开了家门。家里就剩下弗洛尼和祖母,俩人你守着我、我守着你,在老屋继续住了二十五年左右。

我们这些孙子孙女们有时回来探望她们,想待多久就待多久。我家在这一带曾富甲一方,可如今却已衰败颓唐。塞莫皮莱县别的地方都已改换了时空,可这里的人们还在按照老一套的方式活着。他们仍旧在后院养鸡,在床底下放夜壶,在自家园子里种菜,在房前的门廊拴上一条锁链当秋千,美滋滋地摇来荡去。长夜漫漫,大家依旧在人行道上来回溜达,互相打着招呼:"你咋样?这晚上真不赖。好,回见!"

家里的房子空间很大,有地下室,有阁楼,里面堆满了落满灰尘的宝贝玩意儿,可弗洛尼却看不出什么门道来。家里最大的房间要数餐厅了,餐桌大得足够二十人一齐用餐。我一个人吃饭时,就坐在餐桌一头,将双脚高高地搭在那把深色藤椅的扶手上,从色泽黯淡、刻着我祖父姓名首字母的银圈里抽出餐巾。我的午餐盘子里摆了一圈菜,切片甜瓜、香肠馅饼、硬火腿、冻饼干、棉豆、玉米、黄秋葵、凉炸鸡以及胖四季豆,应有尽有。这些菜一般都是昨晚和今早没有吃完的。尽管家人都搬离了这里,可弗洛尼和我祖母做饭时总是带出全家的份儿来。

祖母睡在祖父去世的那个房间里,而弗洛尼睡在楼上客厅最里边的屋子里。她把两床被子搭在一根粗绳上做成帘子,隔出一个自己的小天地来。其实那时候,楼上的五个卧室都是空着的,可弗洛尼哪个都不肯住。我们这些孩子们住在其中的一间。到了夜里,要是哪个孩子被黑漆漆的夜晚吓怕了,或是被冷森森的空气冻醒了,就会跑到她的小屋里。虽说她不大情愿,可还是把我们收进她的床里,跟她一起睡,可我们必须保证不能哭哭啼啼,或是扭来扭去。谁要是在床上骨碌,就会被撵到门外,那里可是有妖魔鬼怪等着呢。

弗洛尼睡的床弹簧已经松松垮垮了。她那只锡制的手提箱就搁在床底下,上了锁,里面藏满了秘密。她一点儿也不跟我们透露箱子里的秘密,只是吓唬我们,不是说里面装了响尾蛇,就是藏了吓人的鬼。她的床单和长得拖地的睡衣都是棉质的,又浆又洗的,露出清晰、冰冷而又雪白的折痕来。她把紧箍住头发的手帕(缝有祖父姓名首字母)拿下来,又把她的几十个小辫逐一解开。于是她雪白的头发便向四周僵直地伸展开去,像一个个泛着光的冰锥。我们每看到这一幕时,都禁不住感到胆战心惊。

让我们胆战心惊的还不止这些。我们还亲眼看到这样的场面：弗洛尼龇牙咧嘴，把手伸到嘴里，把满口牙都摘了下来，然后随手扔进床边盛满水的杯子里。

每到夜里十点钟，弗洛尼都要向上帝祈祷。她一个人跪下祈祷也就罢了。可她硬是伸手紧紧抓住我们其中一个的脖领，要大家都像她那样跪下。"对神可要尊敬。上帝可不喜欢扭来扭去、哭哭啼啼的孩子。"随后她唱起儿歌，听得我们更加毛骨悚然。

"遥远的地方有片草地，一个可怜的小孩儿躺在那里。苍蝇蚊子叮着双眼，可怜的小孩儿在哭喊妈咪。"

"他的妈咪来救他了么？"

"没有，根本就没来。妈咪把自己的小宝贝丢在那里，他的眼睛被蚊虫叮了，脚丫被山猫咬了，妈咪也不去管他。你们知道为什么吗？"

我们既想知道，又害怕知道。

"因为那天妈咪刚把地板拖好，那孩子就在上面踩来踩去。"我们暗想，也许是因为那孩子对他妈咪出言不逊，或是把他妈咪的面筛子弄得一塌糊涂。没准儿弗洛尼跟谁说这话，谁就是犯下这样过错的罪魁祸首呢。

晚上睡觉时，只要我们在床上弄出一丁点儿动静，弗洛尼就会一把拽过被单，喝道："别出声！"要是我们再扭来扭去，她就说我们该去大小便了，然后把我们撵到卫生间去。弗洛尼常诬陷我们半夜尿床，把她的床单弄得一塌糊涂。我们都五六岁了，听到这些话觉得特别屈辱。要走到卫生间，得在黑咕隆咚的夜里走上十万八千里：首先要走下楼去，再沿着漆黑的走廊，穿过厨房，走到房子的另一端，才能到达。走廊上的油毡纸又破旧又寒冷，像冻硬了的冰雪。我们就那么光着小脚丫,踩在那上头。也许山猫正埋伏在暗处,盯着我们的小脚丫呢。

弗洛尼称我祖母"海斯女士",而我祖母则直呼其名——"弗洛尼"。在五十五年的岁月里,这两个女人生活在同一个屋檐下,抚养着同一群孩子,一日三餐做着同样的饭菜。(家里有两个炉子,一个黑色的,烧木头,另一个白色的,烧瓦斯。)一起走到最后,俩人比任何人都亲密无间,老是互相折磨,却谁也离不开谁。

弗洛尼能识文断字,而祖母却目不识丁。没人教过祖母识字,其中的缘由我们都很清楚。祖母从八岁起就开始在烟草厂干活。直到有那么一天,祖父看到祖母沿着铁路线往家走,就跟他哥哥说:"我打算娶这个女孩儿。"我们都知道这段往事。为了不让祖母感到难堪,我们从不提及她没有机会上学的事情。弗洛尼居然能读能写,我们真不知道她是怎么学来的,询问她时,她老是让我们少管闲事。

每当夜幕降临,这两个女人就搬来各自的椅子,在客厅墙角处的火炉旁坐下来。墙上糊着蓝花墙纸,炉筒子从墙纸穿到屋外。每天晚上,弗洛尼都会慢悠悠地拿起袖珍的金边眼镜(她裙子上有根细细的塑料带,眼镜就拴在那根带子上),再慢悠悠地展开《塞莫皮莱明星晚报》,自己念给自己听。她常常会故意抬高嗓门,喃喃自语。"瞧瞧,瞧瞧,瞧瞧,"随后摇头叹息,"如今这世道是怎么了?"

这个时候,我们这些孩子通常是趴在地板上玩儿着中国棋子,听着金属表盘上"滴答、滴答"的钟声。祖母把一个纸袋搁在腿上,一只盘子放在摇椅旁,然后一颗一颗地剥着棉豆。夜晚时光就这样分分秒秒地溜走了。这时忽然听到弗洛尼莫名其妙地激动起来。她把手里的几页报纸摔得"啪、啪"直响,喘着粗气说:"乖乖我的老天!"那语气就好像她刚刚读到什么骇人听闻的消息，比如明天一早，火星就要撞到塞莫皮莱镇一类的事情。

"出了啥事儿了？"我忍不住问道。弗洛尼仍旧摇摇头，照例埋下头去读她的报纸，几分钟后，又开始笑出声来。那种笑声是一种低低抽鼻子的声音，好像是一不留神自己溜出来的。

"到底啥事儿这么好笑啊？"我的堂兄也忍不住问她。

"没啥。"她就这么回敬我们，白眼仁流露出刻意而为的无辜眼神。

我祖母自有招术来对付弗洛尼。招术之一是从不让弗洛尼逮到机会，对自己不理不睬。弗洛尼知道祖母的目不识丁，就特意当着她的面，把一张既煽情逗乐，又耸人听闻的报纸翻得"哗啦、哗啦"直响。祖母就装着看不见、听不着，然后不动声色地使出另一招来。收音机里正播放着棒球比赛，弗洛尼刚听到一半，祖母就站起身，走到红木家具那里，"啪"地一声关掉了收音机，弗洛尼从没亲临过什么比赛现场，也根本没想去亲眼看看比赛。可不知出于什么原因，也许就是为了气气我祖母，她装出一副喜欢听冗长乏味的比赛解说词的样子。"这个远球踢到了左外场。靠近，靠近，靠近，卡波罗又杀了回来！他成功了！这名新手年纪轻轻，就这样出手不凡，真是令人惊叹！"可听到这里，收音机突然被关掉了。弗洛尼没法把收音机重新打开，因为这样一来就等于承认她被祖母惹火了。这时弗洛尼常常憋憋屈屈地回屋睡了，可心里还在琢磨着卡波罗到底有没有成功的事。

每当我和我堂兄回去看望她们时，弗洛尼总是支使我们做这做那，说是省得我们在她跟前碍手碍脚。她自己则用手绢把头发一绑，再扣顶棒球帽，不是到菜园子里去锄地，就是转来转去，清洗破旧的门廊。有时她会在厨房里大忙特忙，也不管家里有多少张嘴。她做饼干的时候，满厨房的空气里都飞着面粉，她把面粉揉成团，再做成饼干，摆到餐桌上。赶上她情绪不错的时候,她会把剩下来的又细又长的面赏给我们玩儿。我们就把面团揉成结结实实的面球。白面球一会儿就变成了黑面球,我们要么毫不顾忌地吃掉,要么就到处乱扔。

每次弗洛尼一喊"亲爱的"或是"亲爱的小羊羔",我们就知道,她要支使我们干活儿了。别的时候,她管我们叫"孩子"或是"小东西",或者怎么顺口怎么叫,堂兄弟、堂姐妹之间,常常被她一通张冠李戴。总有人抗议:"我不是吉米,我是菲利普。"

"我管你们都叫啥呢!赶紧把那条狗给我从厨房里拽出去,不然眨眼的工夫我就把它丢到炉子里,烤了吃肉!"

弗洛尼最常差遣我们干的是这桩事:"亲爱的小羊羔,上墙角儿那给你们年迈的弗洛尼拿罐晚香玉来。她的那两条腿今儿个又在折磨她了。两边的坐骨神经都得用晚香玉。"("坐骨神经"是什么人,或是什么东西,她从来都懒得跟我们解释。)

除此以外,弗洛尼会派我们出去买鼻烟和其他杂货。她把要买的东西都写在一张纸单上,字迹小里小气,跟蜘蛛爬的似的。或者,她会把一大堆空瓶子撂到车上,差遣我们去换成一罐罐可口可乐,还有押金票。弗洛尼爱喝可乐,简直都上了瘾。谁要是把她冰箱里的最后一瓶冰镇可乐偷喝了,那可要吃不了兜着走了。

我们出了家门,到街拐角儿的商店给她跑腿。她就站在门前的台阶上大喊大叫,不是警告就是吓唬。她说,探长先生就蹲在玩具柜台的后面,专门抓那些看玩具看个没够的小孩儿们。她还吓唬我们说,卖冰淇淋的冷藏箱后面躲着"儿童贩子",他们在那儿虎视眈眈地等着小姑娘、小小子送上门,好把他们拐卖到什么中国的工厂去。

我们还常跑到街对过儿,替弗洛尼把十五分的埋葬保险费交给奥弗希尔先生。"你们可不能把钱弄丢了,还得保证奥弗希尔先生记在本上的是我的全名——'弗洛尼·罗杰斯'。你们可要给我瞅准了！"

有时，弗洛尼喊我们还可能是这样的事儿：她让我们跑到考索恩太太家，向她通风报信，让她赶快出来，因为埃尔伍德又在偷她家晾衣绳上的东西了。弗洛尼告诉我们：埃尔伍德跟别人不太一样，"他脑子里的想法只有鬼才知道"。埃尔伍德大概不到四十岁，留着平头，豁牙露齿。一张大宽脸老是病恹恹，疯癫癫的。他总是身穿一件印有"艾森豪威尔"头像的夹克衫，脚踏鲜艳的橘黄色网球鞋，四处招摇。考索恩夫人是个寡妇，跟我祖母一样年纪。埃尔伍德对她晒在后院晾衣绳上的各种内衣垂涎三尺。他到底为啥这样，我们也说不清楚，可却暗地里觉着好玩儿。每当埃尔伍德把考索恩太太的粉色紧太太身衣从晾衣绳上拽下来，把它钩到自个儿松松垮垮的牛仔裤上，考索恩太太就会从门口飞奔出来，挥舞着一把苍蝇拍（殡仪馆打广告，没少赠给她苍蝇拍），一溜沿街撵着他。有时我们躲在树篱后面偷看，看到埃尔伍德晃悠着伸手拽那件镶嵌蕾丝，肥肥大大的衬裙。可要是弗洛尼撞见了这一幕，准会对我们喊道："你们大伙快去告诉考索恩太，埃尔伍德在偷东西！"要是那个什么"坐骨神经"没有折磨她双腿的话，她会亲自出马，拿着笤帚疙瘩在后面撵着埃尔伍德追打。

"你小子别跟个傻蛋似的，赶紧把考索恩太太的短衬裤放回到晾衣绳上去。瞧你那副傻样儿，真让人替你脸红！"这个大孩子一下子被弗洛尼的这副架势吓着了（就连我们在旁边也被吓傻了），突然抽抽搭搭地哭了起来，把手里的内衣交了出来，磕磕绊绊地绕过房子跑掉了。

不仅如此，弗洛尼一样令我们家庭之外的人望而生畏。第一次和她坐公交车的时候，我就领教了她这个能耐。她说要带我去看望她的妹妹。我可从没想到她还会有什么七大姑、八大姨。听到她的生活里除了我们还有别人时，我真是吃惊得不得了。

"你可从没说过你有个妹妹的。"我得理不饶人地指责她。

"我没跟你们说的事儿多着呢。我也没打算跟你们说。"

"你又要说'这不关你们的事儿',我敢跟你赌一百万。"

"上帝可不喜欢动不动就打赌的小孩儿。要是他还敢跟大人顶嘴,上帝就更不喜欢。"

弗洛尼还有个妹妹,这个发现可让我们吃惊不小。它一下子打开了以前从未仔细推敲过的种种可能,于是我不依不饶地追问下去。

"弗洛尼,你怎么没结过婚,没有自己的孩子呢?"

"嘘——"

"到底是怎么回事啊?"

"我可不打算嫁给一个蠢蛋,把自己的一辈子轻易打发掉了。以前我遇到的那些喘气的男人都是让人讨厌的蠢蛋,今后也不会有什么两样。男人有一个是一个,从小就是傻瓜,招人烦,长大后更是想咋样就咋样。只要不给他们的脖子套上绳索,他们会一直堕落下去。"

"为什么要往他脖子上套绳索?"

"为了把他勒死,让舌头又肿又大,垂下来,让眼睛又胀又鼓,凸出来。"

"可为什么要那样对待他呢?"

"因为他老是缠着人。"

公交车上弗洛尼从不跟我坐在一起,也从不让我到车后面去陪她。要是有黑人小伙在车前面坐下(五十年代末,已经开始有胆大的人敢冒天下之大不韪了),她绝对不会视而不见。人家块头比她大,年纪比她小,也不认识她,她全都不管,劈头盖脸地冲着人家喊:"赶紧从那个座位上起来,到后面坐着去!不然我可要抓你头发,赏你耳光,把你打成斗鸡眼!"我当时吓得心惊肉跳,生怕哪天有人一把将她拎起来，像折断一根树枝一样，轻而易举地要了她的命，或者惹烦了司机，把她逮起来，丢到本州的疯人院去。弗洛尼说，埃尔伍德就被扔到那地方去了，如果别人也像他一样，众目睽睽之下胡打烂闹，就会落得同样下场。她说疯人院那种地方，人被活活锁在高墙上，永远也不会被松绑，重获自由之身，到头来除了墙上一堆白惨惨的骨头外，就啥也剩不下了。那里面的人们拼了老命企图逃出去。他们的手指甲都抠进了石头里，在墙上留下一道道抓痕，让人触目惊心。

事实证明我不过是杞人忧天。那些年轻人大多朝着弗洛尼挤出一丝微笑，一边安抚她，"好了，好了，奶奶。"一边摇着头站起身，跟她一起坐到后面去。当然也有人不买账，就是坐在前面动也不动。弗洛尼变得气急败坏，使劲儿地把我推到前面的一个空座上，然后不理不睬。我使劲儿伸长了脖子，担心弗洛尼趁停车时偷着下了车，把我孤零零地丢在一个人生地不熟的街区里。

弗洛尼是个政治上的保皇派，道德上的贵族阶层。她声称，自己绝不跟任何社会渣滓（无论黑人还是白人）有丝毫瓜葛。不过在她眼里，这世上（白人黑人都算在内）没有几个人不是社会渣滓。我第一次陪弗洛尼去看望她妹妹时，她说她妹妹的丈夫也不是什么好东西，弄得她妹妹眼泪汪汪。一次，我的一个叔叔把自己的媳妇丢下不管，一个人跑到北方去了。这事儿到了弗洛尼嘴里，他便成了不折不扣的社会渣滓。在弗洛尼眼里，这类人举不胜举：小镇镇长、电影导演、我的两个堂兄、她死去的父亲、拐角儿处杂货店老板娘、理查德·尼克松、林登·约翰逊[1]、赫鲁晓夫、杰恩·曼斯菲尔德[2]、查克·贝瑞[3]以

---

[1] 林登·约翰逊：第三十六任美国总统。
[2] 杰恩·曼斯菲尔德（1932—1967）：五六十年代美国影坛红人，以敢于脱衣而著称。
[3] 查克·贝瑞：五十年代著名黑人摇滚歌手。

及西班牙的弗朗哥,无一不是社会渣滓。弗洛尼对人如此区别看待,并非出于她的意识形态,而是来自她所处的社会阶层。要是生活在一七八九年的法国,她没准儿会跟随波旁王朝的人一起挺着胸脯奔赴断头台。

弗洛尼不仅把人划分成三六九等,好多事情在她眼里也是不屑一提的。比如嘲讽穷苦的人、歧视精神失常的人、大声吐泡泡糖、不兑现诺言、举止不得体、贪图吃喝、时常迷路、吹大牛以及乱放屁等行为,统统会遭到她的鄙夷,而其中最让她不能容忍的要数怠慢神灵了。一到礼拜天,她就会警告我们:"你们谁要是对上帝不敬,小心被我逮着!"同时收起平日里的围巾和鼻烟,然后戴上红色草帽,穿上黑色漆皮鞋。弗洛尼走在我祖母的后面,拿着手里大大的黑色漆皮钱包,没轻没重地顶着我们的后背,让我们赶紧爬进某个亲戚的车,去白人教堂。礼拜结束后,她让我们自个儿走到公交车站。她从不让我们跟她去属于他们黑人的教堂。

在孩提时代的我们看来,弗洛尼对很多人与事拒不接受的做法不过是她的个人作风罢了。这就像大人们说"不"时,原因可能千奇百怪,可实际上不过是他们各自定的条条框框。随着时间的流逝,我渐渐悟出来,我对弗洛尼的理解是错的。那些条条框框不只属于一个镇子,还属于整个南方,甚至属于整个国家。弗洛尼绝不让人家逮着机会,逼迫她承认她除了遵从规矩以外别无选择。她就是这样来维护自己尊严的。比如收音机突然不响了,她全当没听见,就是出于这样的心理。

这一点我是渐渐领悟到的。我在学校里听说了我们南方在"内战"中一败涂地,在报纸上看到在同一国度竟然有"白种人"和"有色人种"之分。我心中曾经一度对南方满怀怨恨:在南方,我陪着弗洛尼坐车去看她的妹妹,却不能跟她坐到一起;在南方,弗洛尼走过"女士专用"的卫生间,却不能进入,只能用"妇女专用"的卫生间。在赛莫皮莱镇,要说谁是真正的"女士",那是非弗洛尼·罗杰斯莫属。

我迫不及待地离开了南方,远走高飞。弗洛尼认为我背叛了自己的家乡,把我也列入了"社会渣滓"。

祖母去世了,我回到家乡来参加葬礼。家里有两个房间,严严实实地挡着帘幕,我们从没进去过。弗洛尼常常清扫这两个房间,并警告我们:谁要敢把漂亮的地毯踩脏了,弄乱了,她就活剥了那个人的皮,然后把剩下的卖给杀猪的。她特地从衣柜里挑出一件衣服,连浆带洗,又熨又烫,为的是让祖母在灵堂里穿戴一新。她念叨着:"海斯女士可不是什么社会渣滓,这身衣服就能说明问题。等她上了天,到了天堂门口,上帝也会一眼看出来的。"

我父母的兄弟姐妹们告诉弗洛尼,他们很快就要把房子卖掉,得把弗洛尼请出去了。其实,弗洛尼在这个房子里生活了五六十年,比他们任何人都长久。可到头来,这房子却根本没有她的份儿。他们中有人请弗洛尼搬到他们那儿去,跟他们同住,可她说自己有家可归,全部回绝。

葬礼结束了,大家也该离开了。祖母的儿孙们、朋友们都在接待室里听候丧葬经办人的安排,各自开车离去。弗洛尼走了进来。她头戴自己那顶镶嵌着黑色人造钻石的红色草帽,身穿一件双排扣,饰有狐狸毛领,闪着亮光的黑色外衣。

"克莱顿,我要走了。"她对我最年长的伯伯说。

"那是当然,弗洛尼。"他说,"你跟哈克尼夫人和孩子们一起坐他们的车回去。"

"不必了,"弗洛尼回答说,"我自己雇车了。"

弗洛尼自己雇了辆崭新的黑色豪华轿车，行驶在灵车的后面，真是气派十足。她的车开在送葬队伍的前头，朝着不属于她的教堂驶去。我的车紧随其后。在车上，我清清楚楚地看到弗洛尼一个人端坐在宽大的座位的正中央。她的红色帽尖在后窗摇曳，如同一面革命的旗帜，鲜艳夺目，熊熊燃烧。

帕蒂的第四任丈夫死得离奇

圣贤先哲们想必不在乎自己的声名吧。可既然我们听说过他们的大名，这就说明他们已经让自己永垂青史了。可我们这些普通人哪能免俗？谁都巴望世人眼里的自己有这般或那般闪光之处。人们觉得自己或是心如赤子，或是慷慨大方，抑或是性感十足。一旦旁人难以苟同，他们就会跳得老高，毫不让步。说到自己，本人以聪明绝顶引以为豪。大言不惭地说，我觉得自己的头脑比大多数人都要灵光。《黑尔斯顿明星报》常常盛赞我是皮德蒙特这个小城里迄今为止最年轻有为的警察长，这里人均犯罪率创美国东南部最低。每到这时候，我觉得自己的确功不可没，当然最劳苦功高的还是我的头脑了。不过话说回来：这里要是爆出杀人案，我就觉得自己面上无光，难辞其咎。一些家伙企图杀人越货，要是想到本警察长将亲自出马，就该收了自己卑劣的冲动，死了在黑尔斯顿作案的念头。

但谈到其他方面，本人可就自惭形秽了。这里的人们十分看重社会知名度,我在这一点上就矮人半截了。我不住在城里的黄金地段,也不像住在那里的人们一样可以在"黑尔斯顿俱乐部"来去自由,再说,也没人邀请本人跻身其中。今晚可非比寻常——帕蒂·雷福特第五次结婚,大宴宾客,居然把我也请了来,真是令我大惑不解。我和人家可谈不上什么故交密友。后来我才发现婚宴上来捧场的很多客人也跟我一样。我想:"既来之则安之吧,何必太较真儿呢?"帕蒂给我发来的请帖是这样写的:"诚邀卡德门大厦黑尔斯顿警察局的卡思伯特·曼格姆警察长大驾光临。"其实我不叫"卡思伯特"。这也许得怪我母亲,她可能是把"卡德伯思"误认为是"卡思伯特了。凡是认识我的人都知道我住在里弗赛德,我们城的男女老少都叫我"卡迪"。

今晚天公很是成全帕蒂。此时正值北卡州的盛夏,虽说空气有些闷热,可夜空格外晴朗。一轮皓月饱满光洁,如同一只熟透的桃子。溶溶月色仿佛直接从"黑尔斯顿俱乐部"门口倾泻进来。抬眼望去,月亮仿佛是上帝恭贺帕蒂新婚之喜而特意送来的一只气球。

天空中月华如水,而婚宴上花团锦簇,真是相得益彰的美。毫无疑问,这位新娘一副强盗式贵族的做派,一开宴会,就非要雇来乐队,摆上美酒,请到索不相识的客人,即使要斥资数十万,她也心甘情愿。到底为了什么?说起来理由实在不堪一击:她再一次披上婚纱,戴上婚戒。

说到烧银子,那对于帕蒂来说简直是小菜一碟。她原本就出身豪门,而一旦自己千金散尽,就从一个接一个的丈夫们那里搜刮钱财,然后在诸如此类的盛宴上挥霍一空。不过要是少了帕蒂的笙歌宴乐,那黑尔斯顿可就黯然减色,这是大家的共识,也许这些盛宴原本就是为了大家而举行的。帕蒂是《黑尔斯顿明星报》众星捧月般的宠儿。报纸的头条从来就是直呼她的芳名,让人觉得她都可以跟一代"猫王"并驾齐驱。对于她的这次婚礼,《明星报》可是大肆渲染。他们不仅刊登了帕蒂戴着一顶蕾丝软帽的巨幅照片,还印上了如下字样——帕蒂五度披婚纱,海鲜大亨娶娇妻。

为他们主婚的是"第一长老会"的老牧师。其实他已经退休了,帕蒂特意请求他老人家出山,为自己主持这第五次婚礼。老牧师在仪式上长篇大论,颇有警戒之意。看来连他本人也置疑这次婚姻能否天长地久。(不过,想想他为帕蒂主持过前四次婚礼,这一回他这样的态度也就不足为奇了。)

这时请来的乐队高声演奏起汉德尔[①]的曲子,帕蒂随着音乐从教堂里款款走出。老牧师被小号里传出的音乐吓了一跳,手里的《圣经》都甩到了乐队架子上。也许他不是偶然失手吧。帕蒂还雇了公交车队,一字长蛇停在外面,等着把宾客们从教堂拉到黑尔斯顿俱乐部去。按计划将有大约两百人在俱乐部里继续玩乐,直至半夜。可世事难料啊!"庆祝活动原本喜气洋洋,突然在一个可怕的瞬间骤然演变成一出悲剧"——这是第二天《黑尔斯顿明星报》上报道的措辞。

那天晚上宾客们仍然沉醉在庆祝活动喜气洋洋日气氛当中,我却在舞厅里四处溜达,寻找着一个同僚——警官贾斯廷·萨维尔。能赴这样的盛宴,我的朋友圈里恐怕只有他是最佳人选了。可我的希望落空了。我想跳跳舞,却找不到一个合适的舞伴。乡下俱乐部的那帮成员想当然地跟我这个警察长攀谈起来,彬彬有礼地让我分析犯罪率,弄得我不胜其烦。于是我拿了一瓶香槟走到阳台上。头顶上一轮皓月为帕蒂的大喜之时助兴,舞池里吉米·道格拉斯管弦乐队款款弹奏着曲子,想让宾客们随着音乐翩翩起舞。可乐队的努力没能奏效:灼人

[①]汉德尔(1685—1759):生于德国的英国作曲家。

的夜晚，空调居然坏掉了。除了坠入爱河的人们，谁会在闷热的空气里踏着《难忘今宵》的曲子翩然起舞呢？大多数客人都挤在倚墙摆放的大桌子旁，喝着美酒，抽着香烟，侃着大山。

这时我忽听得有人躲到阳台和游泳池中间的灌木丛里。再转身时，我看到了一个跟我年龄相仿的男人，朝着楼梯走上来。此人身材高挑，一头金发，皮肤黝黑，身穿绿色马球衬衫，可他的骨架躲在衬衫里面，一副瘦骨伶仃的样子。他礼貌地道了一声歉，从我旁边走过。这时从舞厅中忽然传来一阵敲鼓声，客人都被引到玻璃门那里，目光齐刷刷地落在聚光灯下的帕蒂身上。原来她正倚在正厅尽头上方的二楼阳台上。一条横幅横贯阳台扶手的两端，上面用金色大字写着"乔与帕蒂百年好合"的祝词。我和那个金发男人都看到了下面的这样一幕：新娘把一条蓝色蕾丝吊袜带高高举过头顶，盘旋摇晃着，然后朝楼下那群身着礼服翘首以待的男人们投掷过去。他们立刻伸手争抢起来。那条吊袜带落到了一座庞大的冰雕附近。一时间大家打在一处，扭成一团。

穿着马球衫的那个男人咕哝道："真像篮球赛的最后五秒钟啊。"他的语调轻柔而含糊，是富庶南方的典型语调。

我友好地点点头，随声附和道："而且是第四场决赛。"

我们看见一个年轻男人抢到了那件吊袜带，并且举起来，好像得到了一张头皮，然后拿着它跑开了。站在阳台上的帕蒂为他鼓掌叫好，然后宣布说她和新郎几分钟之后就要回去换衣服，驱车到卡罗来纳州海滩去度蜜月。看到这里，那个穿绿色马球衫的男人恨得咬牙切齿，然后朝着游廊快步走去。忽然一个商务信封从他的卡其布裤子的后兜里掉了出来。

"喂，你东西掉了。"我从后面叫住他。

他把信封捡起来，向我道了谢，然后离开了。当时我并不知道他的身份，否则我一定会把他拦住。

几年前，我第一次遇到帕蒂·雷福特。当时她在卡托巴路那的自家豪宅里举行什么"离婚派对"，贾斯廷·萨维尔非扯着我去参加不可。不知道为什么，无论帕蒂嫁给什么人，大家都始终用她的娘家姓"雷福特"来称呼她。我想既然她老是走马灯似的更换丈夫，这种叫法倒是省了不少麻烦，也少了几分糊涂。帕蒂一离婚，在没有再嫁之前，总是要搬回到自己的老房子那儿去住（那房子是她和她弟弟帕斯卡尔从上一辈那儿继承下来的）。除了这样的时候，她弟弟通常是独自住在那里。

帕蒂把那次离婚派对戏称为"怀旧之夜"。她的第三任丈夫即将成为过眼云烟，于是她要求大伙都盛装出场，穿成童年时代最喜欢的电视节目里的模样。帕蒂摇身一变，成了"雪儿"。贾斯廷穿着尼赫鲁式的夹克衫。我不想扮成任何人，于是就穿着警察长的夏季制服去了。后来帕蒂的第三任丈夫开着一辆小货车闯进来，叫嚣说那些各式家具都是他本人的，非要装到车上搬回去。大伙可能看到我的那身衣服，于是纷纷跑过来，请我出面摆平。第三任丈夫正在把一把椅子拖出门口，帕蒂的弟弟硬是坐到上面去，大喊其他人给他解围。见状我忙勒令那位前任丈夫把所有东西都放回去。结果赢家还是帕蒂，笑到了最后，笑得最好。她把一个塞满女士内裤的抽屉顺着二楼的窗户朝他头上扔去，嘴里乌七八糟地说，这些玩意儿对他可有种种好处（我想帕蒂一定是故意寻开心的）。这位前任丈夫想必是血压陡升吧，脸都变成了黑紫色，咚咚咚地大步离开了，边走还边扬言说，他非把派对上的人个个都收拾一顿不可。

我不得不承认帕蒂看起来根本不像"雪儿",可她绝对是倾国倾城的美人。我请她吃过几次饭,可都无功而返。她看上去老是身心疲惫,却总忙得不可开交。紧接着我听说她第四次出嫁了。据贾斯廷说,她和第四任好像就是在那次"怀旧派对"上一拍即合的。可没过几年,她又跟第四任分道扬镳了,随后和一个名叫乔·罗莱特的海鲜大亨订了婚。举行婚礼时我还成了代表警察署的座上宾。

对于帕蒂来说,选择这第五任丈夫可算得上是改弦更张。以前历任丈夫都是根正苗红。头两任都是南方名门望族出身,前者是明星队的四分卫,可老是一副酒气熏天的样子;后者是新奥尔良市的一名肖像画家(也就是帕蒂孪生儿子的父亲),有着不菲的灰色收入(后来因为他所有的肖像画看上去都像他母亲,所以再无人问津了)。第三任丈夫就是开小货车的那个,是心脏方面的外科大夫,身价百万,还是个网球迷。第四任是威尔逊·小特德沃斯,在他老爸开的银行里做副总裁。显然这个男人是帕蒂所有丈夫中最讨人喜欢的一位。而第五任丈夫——"海鲜大亨"乔·罗莱特却完全是白手起家。根据他自曝家底说,他刚刚创业时绝对是"一穷二白",可一直很拼命,如今战果辉煌:北卡州的一系列气派的蓝色连锁餐馆——"海王星美食城"全部在他的名下。各个连锁店菜单上清一色地写着这样的广告语:本店全部美食均以"佐治亚百分之百纯橄榄油"精心烹制(他在电视上打出的巨幅蓝色广告就是这样宣传的)。

今晚婚宴上龙虾尾成堆,螃蟹爪成山,毫无疑问就是出于上述原因。在天花板吊得高高的舞厅里,就在帕蒂扔吊袜带的小阳台下,矗立着一尊海神雕像。雕像高七英尺,是由蓝色冰块雕刻而成的,耸立在公共澡盆般大小的桶里,下面堆满了干冰,冒着腾腾水气。雕像头顶戴着尖尖的冰雕王冠,右手擎着一支硕大的冰雕三叉戟,指向天空。

雕像底下围了一圈大小不等的冰锥，象征着泛着泡沫的海浪。海神赤身露体，从海浪中巍然屹立，他的私处被雕塑家巧妙地缩到了最小程度。整个晚上我都听得见喝得醉醺醺的客人们在插科打诨，说这座海神像没准儿是"海鲜大亨"本人事先摆出造型，雕刻而成的。实际上他们当中真正认识乔·罗莱特的寥寥无几。他自己家的几个亲属全都挤在一个角落里，边喝着冰茶，边琢磨着路远天黑，该怎么开车回家。

发给我的结婚请柬上写着如下字样：欢迎光临"帕蒂第五次（最后一次）婚礼"。我猜她上次的婚礼也是这类措辞，巨大的横幅上写的该是"祝愿帕蒂与威尔逊·小特德沃斯百年好合"。据贾斯廷透露，帕蒂从来就是男人不断。不少男人甚至因为她不得善终，连她自己的老爸都算在内。帕蒂八年级时去参加舞会，她老爸开车去接她，结果超速肇事，送了老命。等她上了大学后，两个学生为了她争风吃醋，居然闹到了决斗的地步。这二人一个是西点军校的学员，另一个是哈佛大学名叫德凯的学生。他们在周六晚上的派对上发现帕蒂竟同时跟他们两个人订了婚，于是第二天早上便双双跑到了足球场后面的公墓里，真枪实弹地展开了一场老式决斗。结果那个西点学员被送到医院后一命呜呼了，而另外那名学生也差点儿小命不保。这一事件不胫而走，帕蒂一下子蜚声全州。打那以后，只要男人们卷入这个美人的旋涡，就难免要有性命之忧。

帕蒂离席去换礼服已经有好一会儿了。那个抢到她的蓝色吊袜带的客人把它像桂冠一样绑在头上，满屋子乱跑，躲着另外两个争风的客人。当初我请帕蒂出去吃饭，她拒绝了，我该暗自庆幸才是。显而易见，跟帕蒂拍拖实在是风险巨大，无异于从一群饥肠辘辘的德国猎犬嘴里抢牛排。想冒这个风险，你得有保险，而且是巨额保险。当然，随便从帕蒂和贾斯廷所谓的"他们圈里的人"叫出一个追求者来，人家根本不怕交什么人身保险。而到了卡托巴路的"黑尔斯顿俱乐部",你就走到了死胡同。这个圈子里的人白天打高尔夫,一身臭汗;晚上开派对,烂醉如泥。这帮会员可是赫赫有名,你在黑尔斯顿街上的大牌子上就能看到他们的名字。贾斯廷的哥们儿自称是"年轻的圈里人",我觉得他们还是趁早别这么叫了。即便帕蒂这样一连换了五个丈夫的也不行,仿佛他们还是中学生似的。

  只要帕蒂一出场,再青春靓丽的女人都会黯然失色,而她们好像也很有自知之明。帕蒂一身旅游便装,翩然回到舞厅。刹那间,好几个男人立即贴了上来,好像地板上一堆大头钉被吸进了磁场里一样。帕蒂可不屑跟这帮好色之徒跳舞。他们只好垂头丧气地回到门厅里一个便携电视旁边,看了起来。我站在通往走廊的玻璃门旁,看到几个被球迷丈夫撇在一边的妻子朝着帕蒂走过去,喊道:"哦,快来啊,瞧瞧这月色多迷人!"那口气就好像她们这辈子头回看到月亮,而且过了这村儿就再没这店儿似的。我心中暗想:这不过是她们想把帕蒂从自己丈夫那里支走而耍的小手腕罢了。这些女人们赏月竟赏得如醉如痴,大呼小叫起来,随后从我身边飞跑过去,穿过走廊,赴宴的裙子脱也不脱,就扑通扑通地跳到俱乐部的游泳池里。

  她们的尖叫声立刻把我的朋友布巴·珀西勾了过来。布巴·珀西是何许人也?这位可是《黑尔斯顿明星报》的"招牌记者"(他自己是这么说的)。他身材魁梧,帅气十足,睫毛长长的,毛嘟嘟的,活像小鹿斑比,一张胖乎乎的圆脸,头发乌黑油亮,简直可以去电视广告上一秀风采了。他的大名整个州没有人不知道。可对他来说,让他自豪的不是自己的鼎鼎大名,而是俊朗的外表。看到我之前,他正拿着一把小木梳打理发型呢。

  我一步离开窗边,说道:"我所认识的布巴一向自命不凡,今天竟然能大驾光临，真让我吃惊啊。游泳池被那帮女孩子们弄得水花四溅，老兄可没法去欣赏自己的倒影了。"

布巴对我的话无动于衷，自满地打量着自己的袖扣。"卡迪，你要是有我这么帅气，准会下令让黑尔斯顿所有的停车牌都挂上你的大照。今儿个又抓谁来了？"

"不是，是新娘请我来参加婚宴的。"

布巴面露惊奇地问道："是么？"他解开自己金色的锦缎马甲，一边用翻领闪着风，一边告诉我说："那边实在太热。空调不好使了，冰雕上的那个小东西都快化没了，看来'海鲜大亨'要变成'海鲜皇后'喽！"他俯视着游泳池里四处划水的女人们，看着她们，感叹到："女人们什么都做得出来。"

"差不多。"

我们看到了第三个年轻女子布卢·森德兰，她看上去好像肚子里的孩子再过几个礼拜就要生了。布卢像颗炮弹似的一头扎到深水区里，一时水花飞溅，都拍到了她的两个朋友身上。她们立刻朝着布卢快速地游过去，三人放声大笑起来。布巴雪白的牙齿夹住一支烟，咧嘴一笑："没错，女人什么都做得出。男人就不行啊。你注意到了么？"

"男人实在很没劲。"我随声附和道，"老兄这是来给《明星报》报道社会新闻？"

"我的猪队长，本人宁可放弃跟希拉里·克林顿在被窝里亲热一周的美事，也不会错过帕蒂的任何一次婚礼。我们俩再续前缘了。"

"你是说你和克林顿夫人？"

"不，是我和帕蒂。"他把烟从这头舔到那头，卷了起来，但并没有点燃。"我可没蒙你。有一次在热气球里，帕蒂用嘴跟我干了一场，那叫一个爽啊。游乐场上的那帮人还以为我在上面犯了癫痫病呢。"

布巴说这种话时，我从来就懒得接茬儿。这家伙向来以各种稀奇古怪而又容易伤身的桃色事件出名，可那些事情到底孰真孰假，鬼才知道。其中一个版本居然牵涉到我母亲，这当然是空穴来风。我母亲除了去"施洗礼教堂"和 A&P[①]之外，几乎足不出户，更别说什么跟布巴·珀西搞在一起了。可到了这家伙嘴里，我母亲竟和他在某年除夕跑到帝国大厦的望台上，私会偷欢。

我递给布巴一瓶香槟，他一口气把整瓶都灌了下去。我说："你的话鬼才相信，不过我懒得告诉你。你没注意到么？"

"相信我，我和帕蒂在热气球上的事儿千真万确。"布巴把香槟瓶对着天空，摆出祝酒的姿势："瞧瞧我，钻石王老五。再看看她，不过三十八岁，就结五次婚了。"

我又附和道："毫无疑问，帕蒂即使结一千次婚，也不会影响到她对婚姻幸福的美好憧憬。"

布巴大笑道："听听，我们的猪警长多么伶牙俐齿。你这是参加婚礼来了？"

"是啊。帕蒂可害苦她弟弟了。把老姐送出去五次了，还得老收留她。"

布巴指着里面的一个人说："那家伙看起来也不太开心啊。"

走进舞厅里的不是别人，正是帕斯卡尔。他看上去一副若有所失的神色，不过也没准儿是在物色合适的舞伴。他生得膀大腰圆，身穿一件黑色天鹅绒晚礼服。我不解地问道："他和帕蒂不是双胞胎么？论长相可比不上他姐姐啊。"

"没错。帕斯卡尔有头脑，可帕蒂什么都有，就是没头脑。"我和

---

① A&P：美国历史最悠久的连锁店。

布巴一边喝着香槟,一边冷眼旁观这次宴会。

我想听听布巴的意见,问道:"你觉得五是吉利数字么?帕蒂这回跟乔在一起了,真能像横幅上写的那样'百年好合'么?"

布巴立刻跟我透露了当地的小道消息。帕蒂圈里的人有种预感,帕蒂不出圣诞节,就会再次离婚,可大家尽量往好处想。上次帕蒂跟威尔逊·小特德沃斯分道扬镳,圈里人无论如何也走不出这个阴影。不知出于什么原因,威尔逊一直被人叫做"丁克"。帕蒂又结婚了,可大家对这次婚姻并不看好。据"年轻的圈里人"透露,帕蒂曾对丁克的迷恋到了走火入魔的程度,但真正"走火入魔"的人其实是丁克,这才是问题所在。蜜月过后,丁克一看到哪个男人跟帕蒂搭讪,就要冲过去,非跟人家拼个你死我活不可。这样的事情闹了好几出了。

布巴跟我详细说了来龙去脉。就在我们此时站着的地方,丁克闹了最后一出戏,结果亲手葬送了帕蒂的第四次婚姻。那次是个礼拜天,丁克正在高尔夫球场,不知怎么,突然把自己的电动车开了出去。车子绕过游泳池,开上了游廊,歪歪斜斜地直奔正在吃午饭的人们开过去。一名高尔夫职业球员正在跟帕蒂共饮'血玛丽',丁克的车正撞到他身上,结果把他的后屁股撞碎了。那名球员的打球生涯毁于一旦,丁克和帕蒂的婚姻也因此触了礁,到了头。这事儿闹到了法庭上,结果以丁克被法官严重警告,跟人家郑重致歉而告终。这样的结局当然有内幕:丁克的父亲老特德沃斯在"卡罗来纳中部信托银行"做行长,而那个法官正巧是老特德沃斯的老朋友。

据布巴说,丁克却在自己的离婚协议上跌了大跟头。 特德沃斯家的那个法官朋友在丁克袭击案上放了他一马,这次办理离婚的法官可不理那套,做出了这样的判决:帕蒂不仅重获自由之身,丁克的房子连同在"卡罗来纳中部信托银行"的大笔银子也稳稳地落入她的囊中。

"年轻的圈里人"听说后,却一致认为:丁克自己的全部都被判给了前妻,他竟然心无芥蒂,真是个大气的汉子。他对女士一向彬彬有礼,钱财上也从不小里小气。这两点可是人们大肆推崇的美德。

特德沃斯离婚已有一年之久,可据"年轻的圈里人"说,自从他失去爱妻后,一直是难以释怀。一连几个月来,他们都在兴致勃勃地预言,帕蒂和"海鲜大亨"乔·罗莱特大喜之日一定不会安生。连布巴都亲自出马,想必是看"好戏"来了。结果证明他还真没白来一趟。

我端着一盘小虾回到游廊,发现布巴还在为浑身湿漉漉的孕妇布卢·森德兰的一对酥胸垂涎三尺呢。她的两个死党把她拉出游泳池,三人一起跑到附近的高尔夫绿地上,甩掉各自的胸罩和短裤,伸开四肢,躺在外面。"瞧瞧那边。"布巴将没点燃的那支雪茄弹到夜色中,然后换了个视野更好的角度。"真想和布卢·森德兰大干一场啊。你就不想么?"

"布巴,你还是省省吧。"

"嗨,别这么一本正经。"布巴又贪婪地把另一支烟塞到嘴里。

我直言不讳地说:"那些烟你根本都不点。"

他小心翼翼地摇摇头,生怕把褐色头发上的波浪弄乱了。"说的没错,烟我早戒了。我去的地方多了,可要说出好烟的地方也就属北卡州了。"他回身指了指屋里的人群。屋子里头烟雾缭绕,海神雕像旁水气升腾,帕蒂和现任丈夫正在跳贴面舞,好像是在热带雨林里穿梭。"海鲜大亨"相貌俊朗,颇似那个头发未老先白的泰德·特纳[①],跟留

---

① 泰德·特纳:美国传媒大亨,CNN 创办人

着胡子的克拉克·盖博也有几分相像。

布巴冷不防吹了声尖利的口哨,有几分过火地抓住我的胳膊,把我的香槟都弄洒了。"从风扇旁躲开,"他提醒我说,"特德沃斯来了。"

"你那个叫'丁克'的哥们儿?来参加帕蒂婚礼?真是老套。"

"千真万确。大伙都衣冠楚楚,丁克这家伙竟穿马球衫来了,贾斯廷要看到可又要动怒了。"

布巴把我推出玻璃门,指着海神雕像旁的帕蒂第四任丈夫。我认出来了:他就是那个高个子金发男人,刚开始从树丛走到游廊里,后来站在我旁边看着帕蒂扔吊袜带的那个人。他衣衫单薄,烂醉如泥,冲着帕蒂一把鼻涕一把泪地大声嚷嚷。帕蒂的弟弟帕斯卡尔企图把特德沃斯拽走,可没管用。帕蒂冲着特德沃斯喊道,有种你就像上次那样,把你的高尔夫手推车开过墙,直接撞到我们身上?很显然,这话指的就是"年轻的圈里人",提到的丁克"闹的几出戏"之一。

特德沃斯这一哭让场面比平常更加难以收拾(上次他跟那个高尔夫球员恐怕没有闹成这样)。在美国南部,男人喝得烂醉后开始穷嚷嚷,那不是什么稀奇事,可在大庭广众之下哭哭咧咧,倒是绝无仅有,除非哪个人死了娘,或是母校的保龄球赛打输了。布巴站在我身旁,鄙夷地哼了一声:"瞧瞧他,真没出息,把眼珠子都快哭出来了。"

五个人上来对特德沃斯连拉带拽。特德沃斯把他们拖了半个舞厅,才被他们按到地上。帕蒂见状并没有罢手,反而变本加厉,跑过去吩咐吉米·道格拉斯乐队演奏影片《狮子王》的插曲"今夜你感受到爱了吗"。这首曲子想必内有深意,因为特德沃斯一听到这个曲子,就立刻发起疯来,拿起一只花瓶朝着帕蒂砸过去。花瓶没打中帕蒂,反而砸在了海神雕像上,雕像底下的冰锥被纷纷砸落。六七个人冲上去,把特德沃斯压在下面,像是在踢足球时擒抱四分卫的姿势。帕蒂朝着他们的方向俯下身,对着特德沃斯嘲讽地问道:"今夜我感受到爱了,丁克你呢?"

这时新郎乔·罗莱特赶到事发现场,中途被帕蒂的弟弟拦住了。特德沃斯从那几个人当中挣脱后,又抬起胳膊朝他们打去。众人再次把丁克团团围住,压了上去。我和布巴对视了一下,耸耸肩,跑到人堆里,把压在喝醉的丁克最上面的人拽了下来。我抓着特德沃斯的绿色马球衫把他拽起来,警告说:"丁克,就此打住吧。"他好像稍稍思考了一下。"你没事吧?"我在他的眼前挥了挥手,他点点头。他的神情看上去像一只垂死的公牛,把头从一群呆看着的客人直直地转向另一群客人。他的鼻子在汩汩流着血,怎么擦也止不住。

不知何时,帕蒂绕到我身后,拉住我的一只手,安慰我说:"他没事。"说着她把我的一只胳膊高高举起,好像我赢了拳击比赛一样。"大家都认识咱们的警察长卡迪·曼格姆吧?我连911都不用拨打了。"众人纷纷点头向我致意。帕蒂的丈夫和弟弟上去抓住特德沃斯的胳膊,三人因为厮打脸全都涨得通红,而且余怒未消。

布巴咧嘴一笑,说道:"嘿,帕蒂在男人堆里还是宝刀不老啊。可真有看头!刚才要是丁克有把决斗手枪,那会……"

正在这时,特德沃斯挣脱出来,朝我和帕蒂的方向猛冲过来。他告诉帕蒂,他虽然还像以前一样爱她,可这回恐怕要做对不起她的事,得说抱歉了。说完,他朝我俯下身子,很客气地拍了我几下,以示歉意。这个举动把我弄得一头雾水。

帕蒂把我从他身边拉过来,说:"快点,卡迪,咱们跳舞吧。"她随后又朝着她弟弟喊道:"帕斯卡尔,丁克就交给你了。你看着办吧。"

丁克警告帕斯卡尔不要碰他,可新郎乔·罗莱特抓住他的一只胳膊,帕斯卡尔抓住了另一只。"海鲜大亨"往出走时,督促我好好陪陪他的爱妻:"跟她跳舞吧,曼格姆警长。这没什么大事了。"又朝着宾客们喊道:"没事了,大家接着尽情地玩吧。"新郎紧紧地捏着特德沃斯的一只胳膊,跟新娘的弟弟一道急匆匆地把他架了出去。那副阵势看上去就像是三人要一起跳狐步舞,得马上找个宽敞的地方才施展得开。我不由得对"海鲜大亨"暗暗佩服:他的确是个善于控制场面的人。

自己刚娶了个美娇妻,妻子的前任丈夫竟然跑到婚宴上无理取闹,他怎肯善罢甘休?他们三人钻到了人堆里,消失在视线之外。

布巴提起两瓶香槟,端起一盘大虾,朝着帕蒂甩了一个飞吻,然后出去了。毫无疑问,这老兄是奔高尔夫球场上的那些女人们去了。

帕蒂挽住我的胳膊,引着我慢慢朝乐队走去。"布巴上哪儿去了?"她问道。

"你的三个伴娘正在游泳池里玩儿芭蕾呢,布巴当然是去奔她们去了。"

"哦,她们啊。"帕蒂不屑一顾地哼了一声,"难道您不想跟我共舞一曲么?"

既然帕蒂本人和她老公一致认为这主意不错,我自然是恭敬不如从命了。帕蒂真是舞技高超。我只消把手往她的后背轻轻一放,她就能被我引领着跳上一段高难度的舞步,绝对无懈可击。她的手柔若无骨,却又落落大方,就那么无拘无束地放在我的手里,也许正是因为这样的无拘无束,帕蒂才让人感到一种无法抗拒的魅力。应对男人,她真是如鱼得水。这也难怪,她在娘胎里时就和男人在一起了——帕斯卡尔是她的孪生弟弟,而她自己也有了一对双胞胎儿子。

其他客人们也成双成对地步入舞池,加入到我们当中来。乐队随后演奏起一支柔情似水的曲子。我说,好好的婚宴被丁克·特德沃斯闹得天翻地覆，我真是为她感到遗憾。

"哦，"她耸耸肩，好像在补充这么一句，"对他还能指望什么呢？"

"你知道吗？其实我刚才在外面就看到你的前夫了，可当时不像喝醉的样子，怎么突然就搞得这么狼狈？"

帕蒂再次耸耸肩，把责任推得一干二净。"他平时并不喝酒。"她说道，"听人说您是个舞林高手。"

我想接下去的谈话看来要改变话题了，于是轻松地问道："谁说的？"

帕蒂莞尔一笑，轻巧敏捷地躲开一对客人。那对客人正大声数着舞步，好像一旦乱了步伐，两人就得被送到战地的火线上去。"贾斯廷·萨维尔说的。"帕蒂答道。

"他说的？"

"是啊，他说您是舞林霸主。"我立即跟帕蒂来了个旋转和滑步，她立即朗声大笑起来，"果真名不虚传。"

我四处张望了一下。"萨维尔中尉今晚去哪儿了？你们不是朋友么？"

帕蒂眉头微微一皱，浅浅一笑，说："哦，我当然邀请他了。可他和丁克是老交情了，所以说他很抱歉，不能出席了。"

"哦，"我点点头，"他反对你和丁克·特德沃斯离婚？"

"不是，是反对我和乔结婚。"

"真是糟糕，"我说，"我了解贾斯廷。只要有机会穿上他那双漆皮芭蕾拖鞋，他绝对不会错过。"

帕蒂再次爽声大笑起来。正是这样笑颜如花的一张脸让当年的我萌生出与她一同进餐的念头。她说："贾斯廷的裤子上都不用拉链，只用纽扣就搞定了。"我暗想她怎么连这都知道，不过这一点也许圈内尽人皆知吧。帕蒂的手指在我脖子后面游走。"贾斯廷说您赢了一场重大的舞蹈比赛。"

"是执法大会组织的一场比赛。"

"那跟我跳舞是绰绰有余了。来,卡迪,咱们给他们露一手。"我们已经跳过两支曲子了,我主动提出让别人接替过去,可帕蒂一把将我拉到乐队指挥那里,捏了捏他的手,说道:"亲爱的吉米,给我和警察长来一首快节奏的老歌,好吗?比如《堪萨斯之城》那类的。"

吉米·道格拉斯佯装失望地摇摇头,说道:"帕蒂,今天晚上你到底想让我弹多少白鬼的曲子啊?"

帕蒂在乐师后背轻轻地摩挲了一下。"弹个快曲就行。我可是你最好的客户哦,你知道你对我好的。"

"那倒也是。"他笑了。

"这次我要安下心了,最后一次结婚了。"帕蒂说着,两个手指在胸前画了一个十字。"祝你新婚幸福。"道格拉斯微笑着转向他的乐队。他们赶忙弹起小理查德①的《合奏的福路提》,我和帕蒂随着音乐翩翩起舞。其他跳舞的人纷纷退后,围成一个圈,我们跳完后一起便齐声鼓掌喝彩。看来我们的联袂出演一定完美得无可挑剔。

"再来一支怎么样?"帕蒂喘着气问道。我其实已经上气不接下气,可又不便承认,只好点头默许。乐队又演奏起一首《海上巡洋舰》来。毫无疑问,我们二人配合得天衣无缝,正准备来个完美收场,猛然被人叫停了。不知是谁尖叫起来,声音撕心裂肺。

我朝着尖叫的方向猛地一滑,一不留神就把帕蒂甩了出去,她一下子滑到后面那对客人身上。帕蒂朝上一看,也不由尖叫起来。乐队

---

① 小理查德:二十世纪五十年代摇滚音乐史上杰出的音乐家。

的人慌了神，连竖笛都发出尖厉的声响，演奏也戛然而止。所有人此刻都盯住了天花板。在舞厅尽头的阳台下面，威尔逊·小特德沃斯大头朝下地栽了下来，正栽倒在那个巨大的海神雕像上面。他的脖子被海神王冠上的尖顶扎了个透，脑袋在空中摇来晃去，腹部也被巨大的三叉戟上的两个叉刺穿了。殷红的鲜血透过他绿色的马球衫涌出，顺着海神雕像的侧面流下。整座蓝色的冰雕一下子被染成了紫色。

有那么两三秒钟，人们仿佛产生了这样的错觉：那场面好像是海神把特德沃斯高高举过头顶，要把他抛出似的。特德沃斯的身子在空中停住，整个舞厅陷入了死一般的寂静。这一幕不过是几秒钟的工夫，却让人觉得如此漫长。接着冰雕的头部和一只胳膊"啪"地一声折断了，特德沃斯也猛地从上面坠落下来。冰雕倾斜着轰然倒塌。特德沃斯跌了下来，重重地砸在摆着冷盘的餐桌上，又弹了出去。桌子上几十个玻璃盘、盛满潘趣酒的碗、烛台，还有花瓶，大部分都被砸了个稀巴烂。

大家这个时候才回过神来，急忙冲过去看个究竟。要把他们拉回来是不可能的事了。我刚一走近，就立刻意识到特德沃斯已经死了。他直直地盯着我，目光空洞。我大声喊着有没有医生在场，两个客人自告奋勇地跨步走上前来。我抬头看了看就在头顶的二楼小阳台，上面空无一人。"乔与帕蒂百年好合"的横幅从一根绳子上斜斜地垂下来，这肯定是特德沃斯大头朝下，坠落到下面十英尺的冰雕时，带下来的。两名医生同意我的意见，并断定特德沃斯已经气绝身亡。从上面的栏杆上掉下来不外乎三种可能：要么是他自己失足跌下来的，要么是自己跳下来的，要么就是有人把他推下来的。到底是怎么回事，我定要查个水落石出。

本警察长已经在事发现场，这多少让客人放下心来。他们的情绪稍稍稳定后，替我拨打了911，然后又帮着把通往舞厅的玻璃门关好，不准许任何人随便进出。我当即任命了几个人把门，他们临危受命，立刻满脸严肃地跑去就位。帕蒂走出人群，问我："丁克死了么？"所有人的目光都落到她的脸上。

我点头默认。帕蒂盯了一会儿我的脸，随后向我点点头，在最近的一把椅子上小心翼翼地坐了下来。

我跑到大堂，沿着曲形楼梯登上二楼。俱乐部经理歇斯底里地朝我追来。他不住地跟我说，他是鲍先生，好像那就能把一切都解释明白似的。我们穿过一个灯光昏暗的空餐厅，走过一扇门，踏上特德沃斯坠落的那个小阳台。阳台上空无一人。鲍先生身材矮小，阳刚不足。自己的俱乐部出了人命，他整个人已被吓得半死，还硬要装出若无其事的样子。他喋喋不休地对我说，那个阳台本是音乐家们的艺术走廊，是按照十八世纪时弗吉尼亚州州长宅邸的风格设计的。阳台一年只对外使用一次，接待的顾客也不一般：只有黑尔斯顿刚刚涉足社交界的新人、当地医生的千金小姐，还有商界人士们光临俱乐部时，才会有铜管乐队奏响嘹亮的五重奏短曲。

阳台地板上满是灰尘，我在上面发现了许多肮脏的脚印。俱乐部经理哆里哆嗦地跟我说，整个俱乐部每周就要彻底清扫一次，可只要瞟一眼这里的蜘蛛网，就知道他所谓的"彻底"不包括这个地方。但让人感到蹊跷的是特德沃斯跌下去的栏杆上面却没有半点灰尘。鲍先生信誓旦旦地说，这一定是他的员工在挂横幅时把栏杆上的灰尘擦掉了。

关于特德沃斯的死因，鲍先生强烈反对他在栏杆旁失足跌落这一说法。这让他想到特德沃斯家族可能因此起诉自己，那可将是一场噩梦。他不住地拿缎子手绢按着眼睛，把两只小手抱在一起，催促我考虑一下自杀案的可能性:"恐怕我们得正视这个事实了,可怜的特德沃斯先生是自己跳楼而死的。他的所作所为您也都亲眼看到了,大伙也都看在眼里了。还有别的……咳,俱乐部出一些事故,也是常事。意外事故嘛。"

"没错,我听说那个高尔夫球员的事了。"

"您要是问我的意见,我一直都挺喜欢特德沃斯先生的,他真让人同情。他跳楼身亡,我猜是有意破坏他前妻的婚宴吧。"

"说得没错。"我附和地说。

他边擦拭眼睛,边从手绢后焦躁不安地盯着我,问道:"您不认为是他自己跳下去的么?"

我拿着笔形电筒往四处角落里照过去,说:"没准儿有人把他推下去的。"

这个小个子俱乐部经理顿时脸吓得煞白。"把他推下去的?"他说,要真是那样,就更让他头涨得老大,他得去服一片阿司匹林了。可我觉得他得吃上一大把安定片才管用。

我在地板上其他沾满灰尘的东西里看到一只死老鼠,一块半根火柴人小的皮子,一张质地良好、折叠起来的空白纸,还有一块发霉的三明治。窘迫不安的鲍先生送我下去,我吩咐把全部现场保持原样。当我再次穿过餐厅时,忽然看到窗边有一把掀翻的小红椅子,椅子下面有一个香槟瓶子,里面的酒已洒到了地毯上。经理刚想把椅子扶起来,我忙阻止了他,他差点儿哭了出来。

"鲍先生,什么都不要动,好么?"

鲍经理又吓出了一身冷汗。"为什么?您该不会叫警察吧?"我再一次提醒他,我本人就是警察。他狂躁不安地挥着自己发亮的白色手绢,领着我下了楼,那副样子就好像是一个战战兢兢的护卫在领着一群降兵。

帕蒂和乔·罗莱特的婚宴当然没有邀请小特德沃斯的家人，可他的很多朋友都出席了婚宴，因为他们也同时是帕蒂的朋友。女人们挤在餐桌旁，吓得哭哭啼啼；男人们聚在酒吧里，连珠炮似的互相交谈着刚刚发生的一幕。帕蒂仍然坐在我给她搬来的椅子上，眼睛直直地盯着前方。她丈夫乔一边踱来踱去，打着手机，一边用手扶着肋骨，好像要病倒的模样。而帕斯卡尔·雷福特这时候大汗淋漓，浑身发抖，正帮着把结婚礼物一件件放到购物袋里，偶尔放错了就再换回来。霍尼卡特医生受惊不小，前两天他还跟丁克一起打高尔夫球了呢。他一个劲儿地说着："谁想寻短见，别人可真没法预知。不过要说这是一起自杀案，我可不相信。"他太太卡琳则反唇相讥，把握十足地跟我说，丁克失去了帕蒂后一直无法缓过来，连他最亲近的朋友都开始对他"忧虑重重"。

我在帕蒂身旁坐下。两个女人过来陪着她，她们一直摩挲着她的双手，好像这样能帮着她保证血流畅通。

我朝她探过身去，安慰道："帕蒂，我也很为你难过。可我得问你几个问题。"帕蒂把一个朋友递过来的水喝了下去，对我点点头。"今晚除了我们都听到的话之外，你还跟特德沃斯说过别的话吗？"她说没有。"那他说他'恐怕要做对不起你的事了'，这话什么意思，你明白吗？"她又摇摇头。我继续问道："按照你的理解，他有可能是——"

"自杀？他是自杀的，是吗？"

帕蒂旁边的女人连忙急切地点点头，小声说道："是，当然是自杀了。你可不要自责啊。他没了你，就撑不下去了。他是跟你告别来了。"

帕蒂大哭起来。"我当时对他太凶了，我真该死。"

这时帕斯卡尔·雷福特急匆匆跑过来，一把把姐姐搂到怀里。我请求跟他谈一谈。我们走到一边,我问他当他和乔·罗莱特把丁克·特德沃斯拽出舞厅后,丁克上哪去了。帕斯卡尔告诉我,乔把丁克带到男洗手间处理了流血的鼻子,而丁克从阳台上掉下来之前帕斯卡尔就没再见到他们二人。他和霍尼卡特大夫持同样意见,他也觉着丁克纯粹是意外身亡,并非自寻短见。他也承认丁克近来的确濒于神经崩溃。两人同在银行任副总裁,丁克在银行里言谈举止也一直让人难以捉摸。

乔·罗莱特向我大步走来,指了指表,催促我尽快把客人们放回家去。这时我终于听到了警笛声,于是回答道:很抱歉,我们警方需要知道客人们的姓名和家庭地址,以便录口供。帕蒂新任丈夫竭力让自己的声音听起来悦耳,可他刻意的举动反让他看上去面色苍白。"您自己数数乐队有多少人,这里还有两百号人。大家可都没力气了。"

"特德沃斯没的可是性命。"我让罗莱特坐下说话,"有些事儿我得问问你。帕斯卡尔·雷福特说,当时是你把特德沃斯带到男洗手间——"

罗莱特打断了我,问道:"威尔逊·特德沃斯跑到了我和帕蒂的婚宴上,就是存心要死给我们看的,这不是明摆着的事吗?"

我说:"是不是明摆着的事,我现在还说不好。"地板上有一只完好无损的碗,里面装着蟹腿。我弯下腰,拿起了一对。"是你把他带到男洗手间的,对吗?"

罗莱特十分勉强地承认说,的确有这回事,后来特德沃斯在洗手间里东倒西歪地清理完鼻子后,同意不再惹是生非,马上走人。

"真有这回事么?"我吃了一只蟹腿,说道,"看来丁克自己想开了,心情大变了?"

罗莱特用胳膊抱紧了肚子,说道:"也许他意识到自己当时实在太丢人现眼了。我警告说,他再不出去,我就找人把他抓起来。"

"他走了么?"

罗莱特松了松领带,说:"应该是走了吧。他出洗手间了。"

"你没看着他离开洗手间?"

"我又不是巡逻的门卫。他流鼻血时弄了我一身该死的血迹,我一直在洗手间里清洗。等我出了洗手间,他已经不在大堂里了。"

"然后你就直接回到了舞厅了?"

"没错。"他心不在焉地摇摇头,说,"我想是这样。"

我审视了他一会儿,说:"乔,他把你逼急了吧?"

"一点儿不假。"罗莱特一下子跳了起来,指着游廊说,"那家伙简直是个精神病。你没听说几年前他在那儿干的好事么?"

我点点头。"他开车把一个高尔夫球员撞了。对,我听说这回事了。"

"没错,他就是个疯子。我和帕蒂就得忍受——"他看到帕蒂弟弟把帕蒂领出舞厅,也要走过去。

我又把他按住,让他重新坐下。"稍等片刻。特德沃斯话里话外有没有流露出要自杀的意思?"

罗莱特挣扎了一阵,终于承认了,说:"他只说过自己有多爱帕蒂,我根本配不上她之类的话。"他又气呼呼地补充道:"不过我不会跟他计较这些的。"

"要是把你从栏杆推下去,也许是更好的办法。让特德沃斯跟帕蒂好好过日子去。"我又吃了"海鲜大亨"的一只蟹腿,用小小餐巾纸(上面印着日期还有"乔和帕蒂"的字样)擦了擦手,"你亲眼看到他摔下来了么?"

"没有。我最先听到的就是大伙的尖叫声。"

"那你今晚在阳台上看到谁了么?"

"嗯，就看到帕蒂了，她在上面扔吊袜带来着。可那是在特德沃斯到我们这来惹事之前了。哦，还有鲍先生的手下人在上面挂横幅来着。"

"你自己上过阳台么？"

"没有。我为什么上去？"罗莱特说罢大踏步地走开安慰客人们去了，婚宴砸锅了，他这个东道主实在抱歉得很。

贾斯廷·萨维尔现任谋杀案调查组组长，他和威尔逊·小特德沃斯从幼年起就是同窗。帕蒂这次另嫁他人，他拒不出席。谁料婚宴上闹出了命案，他这个组长不想来也得来了。我把他从被窝里叫出来已过午夜，可仅仅半小时后他就赶到了黑尔斯顿俱乐部。他一身泡泡纱西装三件套，配以十分搭调的蓝色领结和袜子。他抱了抱帕蒂，表达了自己的沉痛之情，然后走过来跟我一起仔细端详丁克鲜血浸透的尸体。

"我就知道，跟乔·罗莱特沾边儿准没好事。"贾斯廷用这样的方式跟我打招呼。他一直坚信自己看人看到骨头里，判案连鬼都得佩服。也许是这样吧。也许他只是个响当当的好侦探。"明白我的意思么？"他举起尸体的一只手，又松开。"你觉得这是意外事故么？"

"我看不像。"我指着阳台的栏杆，"想从那上面失足掉下来，可不太容易。"我盯着尸体，猛然想起了什么，"今晚早些时候，他裤子后兜里别了个信封。后来信封掉了出来，我还提醒了他，可现在——"我检查了尸体所有的衣兜，信封早已不知去向。

贾斯廷看着死去的旧友，满脸哀伤，问道："临终遗言？"

我回答说："也许不是。"

贾斯廷猛地朝我扭过脸来，立刻领会了我的意思，然后拿布蒙上了自己的旧日同窗。

他费力地从大厅里拥挤的客人中间挤出去,这时法医们围了上来,尽最大限度来取证。我心中焦虑,催促他们赶紧拍照。死因正一分一秒地从我们眼前消失:特德沃斯的血虽然在一点点变冷,可刺穿他的颈部和肋骨的冰雕碎片渐渐融化。验尸员迪克·科恩大夫一边做着记录,一边哈欠连天。他搞不懂,黑尔斯顿怎么有这么多人专挑这么烦人的点儿赶去鬼门关。他觉着这是存心跟他这个验尸员过不去。

"迪克,你说得没错。这帮人在这个点儿死了,就是为了半夜把你从被窝里揪出来,让你离开布鲁克林后连八个点的觉都睡不上。"

"真是至理名言。到了南方我就是睡不消停。"

"嗯,那趁你还醒着,跟我说说特德沃斯到底是怎么死的。你可别说什么是块冰把他卡死的。"

迪克·科恩推测特德沃斯死因如下:他的颈动脉被一块四英寸长的三角形冰块刺穿了,肺部和心脏也被两个八英寸长的三叉戟戟尖扎透了。迪克小心翼翼地把尸体上的冰块取出,搁到冰冻的容器里包起来收好。

我问迪克:"他可能是自杀吗?"

他抓了抓自己的黑色短胡。"只有疯子才会选择这种死法。不过一个醉鬼就另当别论了。我还遇到过用环形锯锯掉自个儿脑袋的呢。"他疲惫地直起腰来,"到陈尸所找我吧。"

俱乐部的白痴经理给特德沃斯父母打了电话后,他们立即赶来,看上去心力交瘁。贾斯廷把他们带到办公室百般安慰。

救护车的医护人员把装在袋子里的尸体举到轮床上。这时布巴从游廊那边跑了进来。原来他还在俱乐部外面逗留,我把这码事忘得一干二净。布巴看上去好像在洗衣机里转了好几圈。他光着脚丫,露着前胸,头发和裤子已经彻底湿透,其他的衣服不知去向。我问:"那三位女士把老兄的钱包抢跑了?"

布巴立刻意识到了形势的轻重利害。"我他妈的没赶上,是不是?听说刚刚有人自杀了。到底是谁啊?"他问整个屋子的人,可没有一个人接茬儿。布巴看没人答理他,就自己跑到轮床那里。他浑身湿漉漉的,身后留下了大片大片的水洼。没等到救护人员拦住他,他就一把拉开了装尸体的袋子拉链。我在后面把他猛地拽了回来。

"是丁克·特德沃斯!他妈的!"布巴气呼呼地扭着身子,嚷嚷道,"这样的事儿我他妈的居然没赶上。他怎么死的?在帕蒂面前朝自个儿开枪了?是吗?"

我说,你等着读《罗利之声》的报纸吧。那家报社的一名记者已经离开现场去赶写稿子了。布巴朝我吵嚷了几声,随后就追赶迪克·科恩去了。

我们怎么也找不到那个本该在特德沃斯衣兜里的信封,也没有人说自己看到过。贾斯廷一行人问了一百八十七个人,得到的回答都是一个样。他让所有人都回家去好好醒醒酒。自从威尔逊·小特德沃斯被人架出舞厅就没有人再看到他。直到一个小时以后卡琳·霍尼卡特(大夫的妻子)看到他从空中坠落,便尖叫起来。吉米·道格拉斯乐队的鼓手依稀有这样的感觉:在特德沃斯摔落前不久,吉米不经意间看到了阳台上一对人影,好像在搂脖亲热。不过他也拿不准。小阳台离舞厅有一段距离,而且光线昏暗,更何况又跟他毫不相干。没人承认自己是那对亲热的人影之一。

贾斯廷·萨维尔在黑尔斯顿警察署里可有一号:他能让任何人把心底的秘密和盘托出。就连一个守口如瓶、自觉高人一等的母亲,经过他的一番哄劝后,都能招出自己的种种性幻想。在贾斯廷看来,客人们和俱乐部工作人员对本案并无大用,我没有理由不相信他。在特德沃斯坠落前半个小时,大厅里的确有几个客人,可特德沃斯出了洗手间,从楼梯又爬上二楼阳台,他们谁都没太理会。这些客人都是"波士顿勇士队"的忠实球迷。他们特意把一台电视搬到大厅里,打开电视正好赶上关键时刻,这些球迷们一时什么都顾不上了。哪怕他们的老婆在一边赤身裸体,摇起铃,跳起舞,他们也不会注意到。

客人们一看不用自己当什么目击证人了,就开始七嘴八舌地各说各的理来。他们说,在帕蒂这件事上,"丁克的软肋就是他嫉妒心太强",又把那个高尔夫球员的事提起来。这一点我早已心中有数。我们还听说,丁克和帕蒂一起去圣基茨岛度蜜月,一个男人给帕蒂献殷勤,买了一杯"椰子菠萝鸡尾酒",丁克就把那个人的脑袋往大理石房顶上撞去。这一下害得那个人总共缝了十四针,又花了两万五千美元才彻底痊愈。二人一起过了第一个圣诞节后一周,丁克又砸开了夏洛特的一家宾馆套房,以为会逮着帕蒂和别的陌生男人在那里鬼混。帕蒂跟丁克说自己去萨瓦那看望她姐姐,实际上这话不假。套房里的是以色列来的一个珠宝推销员,正在淋浴,被闯入的丁克吓了个半死。特德沃斯解释说,自己是按照一个匿名电话留言的指示,闯入旅馆的那个房间。当然他还是跟人家郑重道了歉,也一分不少地赔偿了损坏的门。

丁克的朋友们说,帕蒂跟他离婚后立即就跟乔·罗莱特打得火热。更具讽刺意味的是,乔成为黑尔斯顿俱乐部的会员,正是靠了丁克和帕蒂的弟弟帕斯卡尔的赞助,也就是在那家俱乐部,帕蒂结识了乔。丁克事后对自己的引荐当然追悔莫及。一次乔和帕蒂在"松山旅馆"亲密拥吻,被丁克撞见了。丁克当即就要跟乔拼个你死我活,不想被乔一口回绝。于是丁克拿起一盘水饺,就朝着情敌的脸上砸去。当然,事后又是丁克自掏腰包,赔偿了乔的人身伤害。我不解地问贾斯廷:为什么帕蒂不让自己的前夫罢手,不要再惹是生非?贾斯廷耸耸肩:"我想这正是她求之不得的事。她上大学那会儿,就有两个家伙真为她决斗来着,其中一个还——"

"送了命,我听说了。"

客人们并不否认,丁克·特德沃斯因为帕蒂"嫉妒得发了疯"(重点在'发了疯'),"自己的脾气也很成问题"。可另一方面,他们还迫不及待地替他说话,认为丁克的冲动之举是酒后误事。他们还希望别人明白,丁克跟他们自己一样,平时并不喝酒,或者说不常喝酒。有几个客人认为,他今晚一反常态,喝得烂醉如泥,才会从阳台失足,死于非命。还有很多人觉得他是一时精神失常,跳楼身亡。

大多数客人和贾斯廷一样,更喜欢丁克·特德沃斯(丁克是他们圈里人),而不喜欢乔·罗莱特(他是圈外人),虽然他们也说不出后者有什么具体招人厌恶的地方。倒是有一条:乔的卡迪拉克轿车、连锁餐馆,还有腰带,清一色都是亮闪闪的蓝色。在有些客人眼里,乔是一夜骤富的暴发户,而他们的财富可是靠着半个世纪的打拼才挣来的,所以心里扣不接受乔·罗莱特。叫他们对乔真心喜欢帕蒂这一点却毫不怀疑。他们担心,这桩涉及到帕蒂前夫的惨剧会让帕蒂这次婚姻蒙上抹不去的阴影。卡琳·霍尼卡特叹气道,帕蒂好像肯尼迪家族一样,老是生活在诅咒里。算上她老爸,丁克是第三个为她送了性命的人。我从霍尼卡特太太的话里听出了一点儿酸溜溜的味道。

到凌晨三点,我们已允许所有客人回家了。贾斯廷打算把特德沃斯老爸老妈送回一个街区以外的"多铎公馆",过来跟我辞别。我正在一个掀翻了的餐桌底下寻找丁克的那封信。他实在憋不住了,对我劈头说道:你身上的礼服简直像是六十年代出厂的,买回来以后就天天晚上穿着，没离过身。我也懒得分辩，说："那非常可能。"贾斯廷叹了口气，说："卡迪，这又是从'鲁宾租用店'弄来的吧？"说着他掀开我的夹克，看了看标签。果然没逃过他的火眼金睛。"老兄，你就不能自己掏回腰包，买件礼服么？"（贾斯廷的礼服可是特意量身定做的。）

我把他的手拨到一边，说："等你穿上乞丐服，我就买套礼服。"

我送贾斯廷走到大堂时，正看到乔·罗莱特在和鲍先生说话。乔毫不隐讳地告诉后者，黑尔斯顿俱乐部可别在他身上打主意，让他包赔打碎的杯盘碗筷。肇事者是丁克·特德沃斯，又不是罗莱特请来的宾客，所以他可不负任何责任。当然，如果俱乐部不再追究，那是再好不过了。无论如何，他是不会掏一个子儿的。鲍先生涨红了脸，神经兮兮地跑到霍尼卡特夫妇那里，扬起一只花白的半截眉毛，低声咕哝道："特德沃斯先生要是活着的话，看着我受损失，绝不会管都不管。"

我告诉"海鲜大亨"明早不能去度蜜月，而且他要离开本镇，也得等到验尸官的审理结果出来。他一脸惊讶，指责我说，我看他没有特德沃斯一家那么长袖善舞，就存心欺负他。这时帕蒂转过身盯着他，好像眼前熟悉的丈夫忽然变成了陌生人，然后跟他说道："乔，咱们回家吧。大家都累了。"我当然早已疲惫不堪。

我直奔网球场旁边的停车场，布巴·珀西忽然赶了上来。那时月亮已经隐去，一阵黑风裹着热气吹过，遮挡俱乐部的高大橡树一时间叶子纷纷飘落。此时的布巴在赤裸的上身外边披了一件服务生的外衣。他的裤子还是湿漉漉的，让他不住发抖。"丁克不是开枪自杀的？"

"不是。你衣服丢了？"

"兴许也不是跳楼自杀的，没准是他妈的自个儿绊倒了。你当时亲眼看到他了吗？"

"布巴，我也错过了。这话能让你好受了吧？"

布巴从服务生外衣口袋里掏出一盒香烟。这次他真点着了一支，深深地吸了一口。"丁克·特德沃斯以前就惹过是非。"

"没错，"我不耐烦地点点头，"高尔夫球员。圣基茨岛上的那个家伙。对对对。"

布巴倚在一辆宝马车上，打开了话匣子："一天晚上罗莱特正在卡托巴路外面自己的车里跟帕蒂亲热，丁克忽然开着车从他们后面猛压过去。他们紧急跳了车，丁克的宝马把罗莱特的卡迪拉克撞到了一根电线杆子上，结果弄得黑尔斯顿北部断了整整六个小时的电。"

"那我倒没听说。"

他有滋有味地抽了一口烟。"那是自然，想听新鲜事，就找圈里人。"

"花心大萝卜不待在被窝里，反倒为丁克出了名的'红眼病'一事伤脑筋，满世界地跑个不停？"

"猪警长，别人吓唬吓唬你，你还真不让人！哎，我确实琢磨出来了个头条，题目就叫'帕蒂前夫命丧新夫冰雕'。你意下如何？"他一边拧干裤子，一边问我，"我当时在干吗，你不想问问？"

我上下打量着他。"快回家吧，老天可要拉稀了。"

"快点儿问问我。我和布卢·桑德兰做爱了，我发誓说的是真话。"

我把车钥匙拿了出来，说："恭喜老兄了。"

布巴咧嘴一笑，像一只赛特种狗似的甩了甩湿漉漉的头发，然后不厌其烦地讲起来。我把证据袋装到卡车里，理都不理他，可他仍照说不误。"十六号草坪。布卢·桑德兰。我可没逗你玩儿。她的女朋友们就在旁边看着，然后把我推到了游泳池里。我们俩一阵胡闹，后来就坐在游泳池边上，可谁能料到会发生啥事。忽然有人从窗户扔下一块冰，正他妈的打到我的脑袋上，疼死我了。血四下里流，把我的兴致全搅没了。等我正要重振雄风的时候，布卢的老公跑来找她了，吵吵嚷嚷地说什么有人死了。"

我砰地一声把车关上。

他补充道:"我听到了警笛声,还以为哪个老家伙中风了呢。"

"布巴,回见。"

"好。我得叫个摄影的过来。"他的牙齿上下直打战。

"你的车呢?"

他指了指自己崭新的敞篷车,然后伸到裤子里摸车钥匙,忽然骂道:"妈的,我把夹克忘在游泳池边上了。可别让谁把我的金色背心捡了去。那可是在伦敦的'哈罗德'①买的呢。"

我打开车门。"我还以为你上次去'黎伯瑞斯纪念博物馆'时,顺手牵回来的呢。"

布巴又咧嘴一笑,开起了玩笑:"没错,和你妈妈一块儿去的。我们爬到了那儿的小型钢琴底下亲热,你妈妈可真是野性十足啊!"

轰隆隆的雷声滚了过来,黑压压的乌云像被翻了个儿,雨点儿"啪嗒啪嗒"地打下来。天气骤然变色,还像上帝突然改了主意,打算收起为庆祝帕蒂婚礼的那轮圆月。我看见布巴大步朝他那辆崭新的敞篷车跑去,开门的瞬间,车里立刻被注满了雨水,里面白色的真皮车座看来要遭殃了。

黑尔斯顿整夜乌云不散,阴雨连绵。周一早上,坏脾气的大雨点仍在拍打着办公室的窗户,这时贾斯廷拿着验尸官的报告走了进来。

他脱下雨衣,里面露出另一件崭新的外套,一件象牙色的亚麻西

---

①哈罗德:英国皇家御用百货公司,位于伦敦,是欧洲最大、格调最高的百货公司。

装（恐怕不是花工资买的）。我舔着面包圈上的巧克力外皮，问道："贾斯廷，身为北卡州黑尔斯顿镇新千年的一名警察，你不觉得自己这身行头有点儿像'旧日肯塔基家乡主人'吗？"

"你就是看我眼红。不过考虑你对男士服装用品店一贯的盲目忠心，我也就想得通了。"他把自己的巴拿马帽往椅子上一丢，扔给我一沓记录。他发现了丁克·特德沃斯昨晚停在外面的宝马，那辆车简直就像丁克的家一样。车上的储物柜里到处都是帕蒂的玉照，可贾斯廷没有找到遗书之类的东西。

我快速浏览了贾斯廷的记录。阳台上共留有三十二人的指纹和多个鞋印，唯一清楚的鞋印是鲍先生留下的。栏杆上残留着特德沃斯的血迹，可能是早些时候他流的鼻血。地上那张白纸扔在地上时间不长，还没有被弄脏。这可能是有人昨晚在阳台上吸了可卡因所致。贾斯廷还有了另一个发现，让我们眼前一亮：在阳台栏杆上和丢在地毯上的香槟瓶子上并没有留下任何指纹。验尸官认为这些地方的指纹是特意被人擦拭掉了。我问他丁克·特德沃斯是不是吸食可卡因的瘾君子。

"不是。"贾斯廷呷了一口瓷杯里的意大利浓咖啡，递给我一张电脑打印的指纹档案。"这是从那张白纸上撕下来的。帕蒂的弟弟帕斯卡尔有个坏习惯，你猜猜是什么？他对昨晚的事闭口不谈，可当我告诉他，我手头上有他在海军服役时的指纹档案后，他才承认了宴会上他曾经在阳台上——"

"吸毒？"

"恐怕是这么回事，可他不想让他姐姐知道这事。这回帕斯卡尔说，当他吸完毒品后从阳台下来时，发现黑暗中有个人影站在餐厅里。"

"谁？"

"帕斯卡尔说那人影正是丁克。那是他在舞厅里大吵大闹之前的事了。丁克当时正在往肚子里猛灌香槟酒,帕斯卡尔试着跟他攀谈,他却让帕斯卡尔走开,说了些让帕蒂好好活着之类的话。现在帕斯卡尔猜测,丁克当时可能是在跳楼前给自己壮胆,所以他更倾向于认为这是一桩自杀案。"

"跟大多数人一个观点。"我朝窗外看去,落下的雨点儿滴滴答答地敲打在行走着的雨伞上。"这么说丁克就是死给帕蒂看的?"

"看来是这样。"

"我懂了。"我又吃了一个巧克力面包圈。人们为什么要不顾一切让自己伤心,我想不明白,不禁悲从中来。

贾斯廷把一个文件夹递给我。"让丁克头疼的不只是他的前妻帕蒂,真不好意思告诉你。"他告诉我,他曾仔细盘问过帕斯卡尔尔·雷福特,问他"丁克上班时也怪模怪样"这话的意思。帕斯卡尔终于招架不住了,老实交代了丁克最近在"卡罗来纳中部信托银行"卷入了一场"不小的麻烦"。

"昨晚他怎么没有提到这件事?"

"他说这是为了顾全丁克的名声。他还承认自己本来也不想坦白自己上了二楼,怕我们抓到他吸毒的把柄。"贾斯廷用手弹了弹文件夹,"可纸里包不住火,银行的事情到底还是东窗事发了。丁克真是个糊涂虫。"

他确实如此。

贾斯廷解释说,今天早上帕斯卡尔·雷福特把他领到自己和小特德沃斯一同担任副总裁的那家银行。贾斯廷跟老特德沃斯也进行了面谈。原来丁克从不在"卡罗来纳中部信托银行"里长久逗留,他更喜欢到高尔夫球场打发时间,要不就是到处跟踪帕蒂。不过他在银行待的时间足够让他挪用一百万美元,事后还高明地在账目上做了手脚,以至于这事两年来都无人知晓。老父亲对此也毫不隐讳,他儿子的确是明目张胆地抢了他们的银行。"

贾斯廷"哗啦哗啦"地翻着档案。"我个人认为丁克可没长那个'挪用公款'的脑袋。"

我指出:"可他最后还是被人抓住了啊。"

"他挪用公款是在两年之前,可直到上周他才被人揭发。"

事实上,就在六天前,那家银行里闹得天翻地覆,"盗用基金"一事竟然被追查到银行家的亲生儿子头上。银行火速召集几个律师,跟老特德沃斯长谈。长谈的结果是小特德沃斯被即刻从高尔夫球场上拽了回来,直面对他不利的铁证。丁克当即招供,承认自己是一时头脑发热干了蠢事,却又羞愧难当,不敢自首,怕老爸对自己备感失望。当他被勒令归还挪用的那笔基金时,他声称把钱都用来投资了,可投资不利,一百万美金统统赔了个底朝天。他父亲指点他暂时"告假",直到他们把事情查个水落石出。要不是因为老特德沃斯拥有"卡罗来纳中部信托银行"的主要股份,小特德沃斯现在早就锒铛入狱了,当然也就不会送了小命了。

贾斯廷说,当时派去把丁克召回银行问个究竟的人正是帕斯卡尔。"帕斯卡尔说那事对他来说简直是千难万难。帕蒂对此一无所知,他也不希望姐姐知道。"

"帕蒂怎么会在乎?"我问道,"她不是已经跟丁克各奔东西了么?"

"嗯,也许是这样吧,可丁克一直都爱着帕蒂。丁克老爸说,即使是离婚了,他也立下遗嘱,要把一切都留给帕蒂。"贾斯廷像披斗篷一样把雨衣披在肩上,"当然,帕蒂已经拿到了大部分钱。"

"没错。"我把面包圈外的袋子扔到垃圾箱里,"去查一下那笔投资的下落。一百万美金可不会说没就没了。"

"怎么不会?"贾斯廷反驳道,"他的家庭可是老牌富翁,树大根深,可从独立战争到现在,家底已经花了一大半了。"

去陈尸所的路上,我遇到了助手D.A.。她刚刚读到了贾斯廷的报告,比较倾向认为是一起自杀案。她说丁克·特德沃斯历来就爱发脾气,使性子,这回又濒临绝境——爱妻、金钱、事业、名誉统统赔进去了,能看得开吗?再灌了整瓶香槟酒,就更糟糕了。酒里的镇静剂足可以让一只笨重的河马轻而易举地实现跨栏跳,更何况一个人了?她说的这些我全不否认,可阳台栏杆上的指纹被擦得一干二净,那封信件又不翼而飞,这些又该作何解释?真让我想破了脑袋。助手D.A.说,我老是这样思虑重重可不大好,还是该换换心态,不妨请她吃顿饭好了。

陈尸所里验尸员迪克·科恩坐在陈尸台上,俯身对着丁克·特德沃斯。他穿着一件肥大的毛衣,可还是在瑟瑟发抖。这家伙当时离开布鲁克林来到了南方,就是因为他极其讨厌冷天,谁料到了南方却要在一个冻得要死的陈尸所里度日如年!他把特德沃斯的下巴翻到一侧,拿着一个塑料棒把颈部的一个洞指给我看。"冰雕王冠上的一个尖儿直接从这儿扎进去了。"特德沃斯的下巴处确实有一道巨大的伤痕,下嘴唇上也留有牙印。

迪克想让我仔细观察胸腔处的几个伤口。他老是故意让我漏掉些信息,然后在我这露一手。不过这次我可是明察秋毫,一眼就看出胸腔的伤口共有三处。不是两处,而是三处。

迪克日渐谢顶的长脑袋一个劲儿地点着头。他点了点尸体上的两处深切口,说:"这两处伤口是三叉戟上的两个叉造成的。"然后他把塑料棒移到偏离方向的第三处切口上。这处伤口比三叉戟造成的伤口还要宽,还要深,插入胸腔足有八点三八厘米,穿透了心包膜,切断了三尖瓣阀。这处伤口才要了特德沃斯的命。"这是怎么回事呢?"他把眼镜从鼻子上摘下来,来加重自己问题的分量。

我们仔细查看了死亡现场的照片,发现第三处伤口并非出自于三叉戟的第三根叉。从照片上可以看到那第三根叉已经折断,落在倒塌的盛放冷盘的桌子旁边,根本不在尸体附近。我们又再次细心查看了特德沃斯血迹斑斑的马球衫。毫无疑问,马球衫上有三处被撕扯开来,每处都染上了冰雕外蓝色涂料的痕迹。

"那么这些呢?"我指着一张照片,那上面显示的是海神雕像的底座由一圈又高又尖的冰锥围成海浪的形状。地板上散落了许多冰锥。

迪克气呼呼地看着那张照片。"不管用。那些冰锥是从雕塑底座掉下来的。特德沃斯被刺中的部位是在头部和胳膊,离底座有七英尺远呢。他落地的位置距离底座也有一码的距离。"

我把照片扔下去,骂道:"你这个愚蠢的白痴!"

迪克一惊,向后退了几步。"嘿,没必要——"

"我说的不是你,是我自己!"我火速用手机给《黑尔斯顿明星报》的布巴·珀西打了电话。等待接通的时候,我告诉迪克:"这是一起谋杀案。凶器就是底座上的一个大冰锥,用完后就被顺着窗户扔到了下面的游泳池里,却没想到正砸到了布巴·珀西的头上。"

"他那一脑袋头发没被弄乱吧。"迪克打了个喷嚏。

黑尔斯顿俱乐部的富人们看着滂沱的大雨无计可施。他们再有钱也没法让大雨稍作停歇。雨水浸透了高尔夫球场,淹没了网球场,也打蔫了"年轻的圈里人"。他们在休息室里百无聊赖,摇晃着网球拍或是高尔夫球棒,不耐烦地踱来踱去,气哼哼地盯着外面的急雨。心力交瘁的鲍经理在他们之间窜来跑去,赔着不是,一会儿说这鬼天气真是让人郁闷,一会儿又说该死的警察把酒吧外面围了黄色胶带,弄得现在谁都甭想进去。

布巴·珀西竟不知去向,连《明星报》报社也无人知晓。我马上给他留了第四个口信,让他立刻致电给我。我跑到阳台上,忽然撞见一个自称是丁克律师的英俊男人。他向我透露了一个耐人寻味的消息:丁克昨天跟他约好今早面谈,声称"有急事相商"。律师询问了我们的调查情况,我告诉他多数人更倾向认为这是一起自杀案。他摇头一百个不同意:"丁克会跑到帕蒂婚礼上自杀身亡,这绝不可能,绝不可能。"

我问他为什么如此斩钉截铁,他回答道:"简直俗不可耐!"

我拍了拍他的肩膀说:"我们想到一块儿了。"

鲍先生忽然偷偷摸摸地把我拉到他办公室里,低声跟我说,也许他的话跟本案并不相干,可还是觉得不吐不快。罗莱特先生的确是俱乐部新近被吸收进来的会员(也许委员会事后对这个决定有些懊悔)。昨晚鲍先生看到罗莱特躲在厨房里,用冰块儿擦拭肋骨上的难看的伤痕,觉得很纳闷。他猜测我对此也会在心里画个问号:罗莱特先生并没有亲自出马,把特德沃斯制服在地板上,那么又哪儿来的伤痕呢?我点点头,鲍先生也点点头,神经兮兮地走了。

上了二楼,我发现贾斯廷已在等候我了,身旁站着面色苍白的帕斯卡尔·雷福特。白天我看出了这对孪生姐弟更多的相似之处,但显而易见,论相貌还是他姐姐更胜一筹。贾斯廷刚从特德沃斯的银行得知了一个不利的消息:那百万美金丁克到底是怎么挥霍掉的已是无人知晓。他已经毁掉了一切蛛丝马迹。老特德沃斯打算以个人名义垫付上这笔巨款,儿子不能死而复生,可生前犯下的罪过还是不要公诸于众为好。

我低声说道:"亏得有这么一个老爸。"

帕斯卡尔这个时候向我们透露了又一个信息:丁克昨晚上了二楼

后跟他亲口说过他不想活在这个世上了。

我说话开始不客气了:"雷福特先生,这么重大的线索你竟然现在才说,到底是怎么回事?"

这个圆滚滚的银行家更加紧张了,目光转向贾斯廷。"请您想象一下我当时被折磨得有多苦。我真想把一切都和盘托出,可还要顾及到我姐姐帕蒂的面子,又要保全丁克的名声。"

我转向贾斯廷。"老天作证,你姐姐不是早跟特德沃斯离婚了吗?"

贾斯廷没有理会我的问话,让帕斯卡尔原封不动地重复一下丁克说的话。

"丁克说没了我姐姐,他就撑不下去了,也不想活了。"

我问道:"那你说了什么?"

帕斯卡尔咕哝道:"我跟他说'回家睡一觉就什么都好了'。"

我问他:"既然你相信丁克一心想死,为什么当时不把丁克送回家呢?"帕斯卡尔承认道:"我是该那么做啊,上帝啊,我怎么没那么做呢?"我把他打发走,叫他去录口供了。

我从打翻的椅子旁(旁边洒了香槟酒)捡起了一个烟灰缸,探出窗外,把它扔到了下面的游泳池里。这事实在是小菜一碟。贾斯廷割下一块潮气未干的地毯,准备带回实验室去研究。鲍先生见状,又是不依不饶地吵闹了一番。

不经意中又一条线索从天而降。我们下楼时,墙上一张俱乐部合影让贾斯廷忽然停下了脚步。那是几年前一次高尔夫四人对抗赛留下的照片,里面是四名队员擎起一个小小的战利品。中间二人正是乔·罗莱特和威尔逊·小特德沃斯,都是一副春风满面的神情,两旁分别是帕斯卡尔·雷福特和霍尼卡特医生。贾斯廷指着照片中罗莱特穿着的嵌有流苏的高尔夫球鞋,喊道:"就是这个东西!"他懊恼地问我:"还记得你在阳台上看到的那小块皮子么?就是鞋子流苏上的。你知道么——"他打开手提包,翻出昨晚犯罪现场的照片,找到了拍有乔·罗莱特的那张,"妈的,我昨晚就注意到那双鞋了,可就是没把两个往一块儿想。"他用手指戳着罗莱特的球鞋。在放大镜下新郎的鞋子可见一斑:的确配有黑色流苏。这就足以证明一点:昨晚罗莱特上了二楼阳台,后来却矢口否认。

"看来这又是'一个俏脸蛋引起的一场战争'啊!"贾斯廷说道,"Cherchez la femme, mon capitaine.(法语:我的船长,找美女去吧!)"

"能不能说母语?"我命令贾斯廷。

贾斯廷离开后,布巴·珀西快步走进大堂。我劈头便问:"布巴,我一直给你打电话,你怎么不回?"

"听听这个!"布巴刚从帕蒂的死党阿曼达·狄克逊那里打听到了最新内幕。阿曼达是那天晚上跟布卢·桑德兰在一起的另一个伴娘。她说,帕蒂心里爱的仍然是丁克·特德沃斯,嫁给乔完全是出于怄气。今天早上帕蒂给阿曼达打电话时,人都快崩溃了。她一个劲儿地自责,说自己不该折磨丁克,结果把他逼上了死路。(显然,帕蒂的这个死党根本不明白自己应该保护朋友的隐私。)

"怎么折磨他?"我问道。

布巴兴致勃勃地把我拉到一边。"无论什么时候帕蒂看到丁克在跟踪她,她就故意跟一个傻瓜搞在一起,比如那个高尔夫球手,为的就是让丁克发疯。就是帕蒂——卡迪,听我说——"

我本想阻止他,可还是作罢了。

"就是帕蒂本人指使阿曼达,给丁克打了那个匿名电话,留下口信,说她正在夏洛特的一家旅馆里跟某某人在床上颠鸾倒凤。你知道么?就是前年圣诞节她在萨瓦那的时候。帕蒂亲手导演了这出戏,就是想试探一下丁克,看看他会不会真的杀到夏洛特去出尽洋相。"

布巴的话果真激起了我的兴趣。"难道帕蒂嫁给乔·罗莱特就是为了让丁克·特德沃斯乱了阵脚?"布巴点点头。"唉,帕蒂这下满意了。"

"这回你明白了吧?"布巴拿着卷起来的报纸敲了敲我的肩膀。

"等等,我有话跟你说。"我抓住他的胳膊,"昨晚你和那些女人们在游泳池的时候——"

"可真尽兴啊。"

"行了,巴布。你是不是跟我说过有个人往游泳池里扔冰?你说的是冰么?那块冰是不是蓝色的,从海神雕像上掉下来的?"

布巴注视着我。他从我的眼神里看出了点儿门道:这会儿一个天大的秘密正握在他的手心里。他一边仔细地盯着我,一边回顾当时的情形。没错,昨晚他正跟"黑尔斯顿三佳丽"坐在俱乐部游泳池边上,的确不知什么人从某处扔下了一个冰"棒",正好砸中了他的脑袋。那个东西好像是蓝色的,可天太黑,他没太看清楚。那玩意儿看起来像个冰锥,有他拳头那么粗,一英尺长,砸到了他的头骨上后就碎了。反正是个长长的东西插进了他的头发里,当他拔出来时,发现上面满是血迹。那东西差点儿要了他的小命。布巴装出一副伤势不轻的样子,俯下身子,把他浓密的卷发里一个小小的痂指给我看。

我吩咐布巴走出大堂,冒着大雨,把我带到游泳池边,让他把自己坐过的地方,还有冰锥最有可能被扔下的位置指给我看。布巴指了指俱乐部二楼的一侧。"估计就在那一带吧,"他耸耸肩说道,"我哪儿说得准?"

"那块冰你怎么处理的?"

布巴顿时一愣,随即又马上回过神来。"你以为呢?我还能把那东西拿回家,搁到冰箱里留作纪念?当然是丢到游泳池里了。"

巨大的长方形游泳池里空无一人,大大的雨点儿拍着温热的池水。我盯着水面,问到:"布巴,你昨晚到现在没洗过头吧?"

这话可把他惹火了。"我两天就洗一次头呢。不信你自己看看。"

"你抓住冰锥以后又碰什么东西了么?我说的不是女人,而是你的衣服。你擦——"

"行了行了,到底出了什么事儿,曼格姆?这是一起谋杀案,我没说错吧?有人用那个冰锥杀了丁克?"

"你用你的衣服擦血迹了么?"

这回布巴心里有数了:他要是积极配合我的工作,就会对自己更有好处。于是他像演戏一样绞尽脑汁地回忆起来。"我觉着我当时往前一弯腰,等会儿——好像用什么东西擦了擦手……对,是用我的金色背心擦的。擦完我都快晕了,暗暗骂自己:'你他妈的这是在干吗?你花了三百块——'"

我没有再听下去,急匆匆地把布巴拉回俱乐部里。"你跟彭德格拉夫去——"我朝着一个警官喊道:"韦斯,把那件背心拿过来。"

布巴迟迟不动地方。"我今天一大早就把背心送到干洗店了。"

"真该死!赶紧给干洗店的人打电话,别让他们把衣服洗了。"

彭德格拉夫过去催促布巴,可布巴赖在那儿不动。"曼格姆,得了,应该公平点儿。你可欠我个大人情,咱俩私下里再说。"他一脸严肃地盯着我。可我知道无论我有什么事找他,他都会随叫随到,于是我走开了。

布巴在后面朝我喊道:"是帕蒂把丁克杀了,对吗?是帕蒂干的吧?"俱乐部经理忽然走进大堂,正好听到了这话,连忙用自己黄手绢把嘴捂住,一溜小跑地回了办公室。

* * *

我告诉助手D.A.，出了一桩谋杀案，没法请她吃饭了。布巴的织锦背心上染上了冰雕的蓝色植物染剂，而且化验出了A型和O型两种血型——O型是布巴自己的，A型是丁克·特德沃斯的。我们从二楼地毯纤维上也检验出了蓝色染剂和丁克的血液。

这桩命案至此已经有了眉目：丁克跟人打斗时，有人伺机从海神冰雕底座处拿了一根冰锥藏在身上，跟着或是领着丁克上了二楼，刺中了丁克的心脏，然后顺着窗户把凶器扔到了下面的游泳池里，以为冰锥很快就会融化进而毁掉物证。可不料冰锥却砸到了布巴·珀西的脑袋上（这个大记者这辈子总算在第一时间亲临事发现场了）。之后杀人犯把特德沃斯拖到阳台上，把他从栏杆处推下去，正好让他坠落到了冰雕上。（把尸体往栏杆旁搬动的情景在黑暗中看起来就像"一对情侣在拥吻"，就像鼓手吉米·道格拉斯从演奏台看到的那样。）随后杀人犯把香槟酒洒在地毯上，擦去瓶子上的指纹，然后急忙跑到楼下的舞厅，跟其他惊魂未定的客人们一起围在丁克坠落的尸体旁边。

助手D.A.问道："这个人到底是谁呢？"

我坦白说我还说不准，可心里已经有点儿谱了。D.A.说："咱们在波戈见，你得好好跟我说说。"

我说我得先去把一双鞋子弄到手。

雷福特家族拥有十八个房间的豪宅坐落在卡托巴路，帕蒂·雷福特·罗莱特正一个人待在那里。她的两个孪生儿子被送到了新奥尔良的孩子父亲家里，弟弟帕斯卡尔到银行上班去了。

我请求帕蒂让我见见她丈夫乔，她回答说他出去谈生意了。我真是感到不可思议：昨晚刚刚新婚大喜，按计划应该带着娇妻去海滨度蜜月，可他今天居然忙自己的生意去了？更何况他妻子的前夫还在昨晚一命归西了。

帕蒂耸耸肩，说："我能帮上什么忙？"

"我来这是为了您丈夫昨晚那双有流苏装饰的鞋。"

帕蒂看了我一眼，然后把我的雨衣放到织锦料的椅子上，告诉我说："我去去就来。"说着就拿起自己的"血玛丽"酒离开了。

我环视他们巨大的客厅。客厅里摆着古雅而气派的家具，一看便知价格不菲。帕蒂的玉照随处可见，有一张帕斯卡尔的，就有五张帕蒂的，就像帕斯卡尔结一次婚，帕蒂就结了五次婚一样。我听说帕斯卡尔的那次婚姻仅仅维持了六个月。

帕蒂端着"血玛丽"酒，拿着自己丈夫的那双便鞋，回到了客厅。我举起在二楼阳台上发现的那块皮子，跟那双鞋一对，果真分毫不差。我说："我得和您丈夫谈谈。"

帕蒂示意我跟着她走就是了。"嗯，请您稍候。乔的鞋跟您的案子有关系？"

我们穿过一个日光浴室，走上一座平台。我赞叹道："花园真美。"

"谢谢。我这个弟弟没了老家族的收入，却还非摆老家族的谱不可。"（帕蒂甚至不知道自己的弟弟偷着买可卡因呢。）雨停了，我们坐在平台上的遮雨棚下。游泳池里一只绿色的塑料短吻鳄仰在水上，腹部放着一本《时尚》杂志。这时一个女仆突然出现在我们身边，给我倒了一杯冰茶，又给帕蒂斟了一杯酒。帕蒂捏了捏她的手以示谢意，女仆转身离开。这是不是这对主仆之间的暗号？还是那个女仆一直从窗户向外看着，随时待命？

我说："这只鞋表明您丈夫昨晚去了阳台。他说自己根本就没有上去，我当时就怀疑他在撒谎。我还听说他肋骨上有伤痕。这伤痕是哪儿来的，我也很纳闷。很显然不是在地板上厮打造成的。"

帕蒂并没有拐弯抹角。"您认为是乔杀了丁克?"

"您也这么想么?"

"不。我觉得丁克是自杀身亡的。"

我也毫不隐讳。"您的一个朋友跟布巴说,您虽然跟丁克离婚了,可还是一心盘算着让他为您争风吃醋,对么?"

"您说的是阿曼达·狄克逊吧?"帕蒂的朋友在背后这样嚼舌头,可她看上去却好像一点儿都不记恨。

"看上去是这样。如果真是这样,难道您不担心丁克有一天会自杀么?或者您心里更在乎自己在北卡州'舞会皇后'的宝座?那不是您一贯的美名么?"

帕蒂脸红了。"您这么说可不太厚道。"我们对视了一会儿,我等着她再次开口。她神情忧伤地盯着自己的"血玛丽"酒,低声说道:"我从没料到他会自杀。我对上帝发誓,这是真话。"

"那么乔呢?"我举起那只流苏便鞋,"你是在利用乔让丁克吃醋么?"

"雷福特小姐?"刚才那个女仆又回来了,打断了我们的谈话。她手里拿着一只无绳电话,却没有告诉主人电话是谁打来的。帕蒂接过电话说道:"嗨,乔,"然后告诉他警察长求见,让他马上回来,接着挂断了电话,告诉我乔大约二十分钟后赶到。

她用芹菜梗搅着饮料,说:"丁克跳楼自杀了,这都是我的错。"

我纠正道:"他不是自杀,是被谋杀的。布巴·珀西怀疑是您干的。"

"布巴一定觉得自己很有幽默感吧。"

"他说女人什么事都做得出。"

"他说得没错。"她挤出一丝微笑来,"我们女人确实如此。不过丁克的确不是我杀的。"

"你弟弟帕斯卡尔说，丁克昨晚直截了当说他想就此了结生命，可他的律师觉得那不可能。众目睽睽之下，跑到您的婚宴跳楼自杀，太有失身份。您也这样认为么？"

帕蒂点点头说："丁克一向彬彬有礼，这是大家公认的。"

"除了有点儿爱吃醋的毛病。"我戴上太阳镜，这样注视她的脸更容易些，"丁克从栏杆上掉下来之前，就已经被人刺中了心脏。"

帕蒂一下就领会了我的意思，遮住眼睛，看着我。

"您嫁给您丈夫就是为了激怒丁克，这一点您丈夫知道么？任何一个新郎会被这样的事情惹恼的。"

此时的帕蒂可不像跳舞时那么喜欢我了。"您可真会冷嘲热讽。"

"谋杀案总是让本警长心情不爽。"

接下来的半个小时，帕蒂一直在问我这问我那，我偶尔答复她几句。其实我一直在看着表。四十分钟后我马上给值班的小队长打电话，让他派车去搜捕乔·罗莱特。帕蒂跟着我穿过凉爽的豪宅，向我一再重申，乔只不过是遇上塞车给耽搁了。那个女仆拖着门厅的大理石地板，默不作声地示意我绕着她迈过去。我问她刚才打电话来是否真是罗莱特先生，她转身看了看帕蒂，帕蒂微微点头。于是女仆说：没错，电话里正是罗莱特先生。说罢她就接着拖地了。

走到门口帕蒂问道："布巴·珀西真以为丁克是我杀的？"

八月的气温高达一百华氏度，我的雨衣在毒日头底下又黏又沉。我点点头。"不过他还说过您二人在州游乐场上空的热气球里口交呢。"

帕蒂微微一笑，关上了门。

我又咬了一口果冻面包圈。贾斯廷打着哈欠说,"帕蒂把你给耍了,你认了吧。"

果真如此。帕蒂在电话里跟谁通话了,我不得而知,但肯定不是乔·罗莱特。因为他早已动身飞往圣胡安,从那再去什么地方我们就不知道了。贾斯廷盯着我琢磨了一会儿,然后说:"你闷闷不乐,还是因为丁克衣兜里那个愚蠢的信封吧?你觉着那里装的是他该死的电话账单?"

真是不可思议。我们两个毫无共同之处,贾斯廷却比任何人都能看穿我的心思(顺便提一下,我的亲人们都已不在人世,就剩我一个人了)。我说:"你说得对,我是不开心。那封信到底跑哪儿去了?"

"更重要的是,"贾斯廷看着我,"乔·罗莱特跑哪儿去了?"他朝着我的前任富尔彻警长的照片投了一只飞镖。我把照片挂在门上就是这个目的。

我说:"本该度蜜月,却把新娘子丢下不管,真够失礼的。"我马上又杀回了卡托巴路的豪宅。

那个女仆见我又登门,老大不乐意。帕蒂仍旧端着"血玛丽"酒,看上去也很不快。她重申说,乔的确告诉她正往家赶,谁知他竟然已经逃之夭夭。她和我一样吃惊。至于乔的去向,她也一无所知。

我又开始冷嘲热讽起来:"您帮他收拾行李,又跟他在机场招手告别,难道他真没有告诉您他到底要去哪儿么?您却回来跟我一起坐在这里打马虎眼?"

对乔去机场的事情,帕蒂拒不承认自己知情不报。这一点当然也无从查证。她企图牵着我的鼻子往另一个方向走。"您不能管这叫谋杀。乔和丁克为了我的缘故打了起来,结果丁克失足从栏杆上掉了下去,摔死了。掉下去摔死的也完全可能是乔。"

我问道:"死的是谁您在乎么?或者说您这个大赢家被惯坏了?"

"您可不太厚道。"帕蒂又甩给我这句话,然后砰地把我关在了门外。

我给布巴打了电话。《明星报》爆出了有关帕蒂的特大新闻(上面还附有她的巨幅照片):"'海鲜大亨'鸿门宴 帕蒂前任赴黄泉——又一男人殒命 只为昔日校花。"

帕蒂再度回到媒体的视线里——前夫丁克·特德沃斯竟然因为对她的爱而丢了性命,罪魁祸首是现任乔·罗莱特。助手D.A.感到她马上就要接手一桩案子了。俱乐部一名招待回忆说,他曾经看到过罗莱特和特德沃斯一起从大堂上了二楼。在掀翻的椅子旁发现了罗莱特的脚印。一名客人回顾说,罗莱特曾在一家餐馆威胁特德沃斯的性命。帕斯卡尔·雷福特也承认他一直对海鲜大亨心存怀疑。年轻的圈里人却没有一个人对此表示惊讶,毕竟海鲜大亨那条蓝腰带让他们心头不是滋味啊。可我还是闷闷不乐,那种百分之百的成就感我仍然没有找到。罗莱特那样一个硬汉为什么不能好汉做事好汉当呢?为什么不承认跟丁克大打出手,却要谎称丁克从栏杆下失足落下呢?丁克在众目睽睽之下攻击他,像家常便饭一样,全镇男女老幼谁不知道?至于要逃之夭夭吗?

赫尔克里·波洛[①]身材瘦小,其貌不扬,可对自己的头脑颇有自信,甚至有些目中无人。他曾经说过,把谋杀案查个水落石出的往往是那些小小的灰色细胞。可在这次杀人案中,正是那些"灰色细胞"的盲点解决了大问题。我接到了"鲁宾租用店"打来的电话,他们催我把租的礼服还回去。泰德沃思出事那天晚上,我回到家后就把衣服塞到衣柜里,后来竟然把这码事忘了个精光。

我和贾斯廷约好出去吃饭。我告诉他等我一下,我把礼服取来,

[①]赫尔克里·波洛:侦探小说家阿加莎·克里斯蒂笔下的大侦探。

好顺便还回"鲁宾租用店"去。贾斯廷把礼服的衣兜翻了个遍。我告诉他，里面的零钱已被本人搜刮一空，可他要真是囊中羞涩，我可以借他一美元。"真是笑话。"他对我反唇相讥，然后把手伸进上衣里一个斜插的衣兜里。我压根儿不知道那里还会有机关。贾斯廷掏出了一个信封，问道："老兄，你不用烟盒吧？这就是衣兜的用场。"他把那个信封递给我。"给你。看着眼熟吧？"

信封正面用大大的斜体字写着"帕蒂"的名字。那天晚上，从丁克·泰德沃思卡其裤兜里掉出来的就是这个信封，它害得我把黑尔斯顿俱乐部翻了个底朝天，还白费了力气。贾斯廷摇了摇头说："要不是我，恐怕老兄您早就误入歧途了。"我把车停到马路牙旁，说："别说话，让我想想。"我的脑海重新浮现出当时的一幕幕：我把地板上厮打的人们劝开，泰德沃思随后和我撞了个满怀，又跟我道歉，道歉时还拍了我好多下。他一定是在那个时候把信封塞到我上衣兜里的。可他为什么要这么做呢？贾斯廷说了自己的猜想：也许丁克当时吃了药，喝了酒，迷迷糊糊的，误以为那个东西是我掉的，于是捡起来还给我。可我断定丁克把信封放在我兜里，一定有深意。他知道我是警长，委托我把信交给帕蒂肯定万无一失。

我给贾斯廷读了里面的信，然后派他火速赶往"卡罗来纳中部信托银行"把帕蒂的孪生兄弟帕斯卡捉拿归案。他才是谋杀丁克·泰德沃思的元凶。

第二天，帕蒂不请自来，直奔我的办公室，这一次可真是芳容大怒。贾斯廷也在我办公室，可帕蒂连招呼都顾不得打了，劈头便问："帕斯卡进了监狱！他是目击证人么？你们凭什么们不让我见他？"

"哎,帕蒂,"我朝她微微一笑,"猜猜发生了什么事儿?您说得没错,丁克的确不是乔杀的。"帕蒂被我的话吓了一跳,立即不作声了。我说:"但乔去过阳台,还跟丁克动起了手,这可是千真万确。不过他把丁克丢在阳台上的时候,丁克还活得好好的。谋杀您前夫的另有其人。哦,我猜这个您不爱听,可这回真的不是'寻找美女',而完全是另一码事:图财害命。"

这时帕蒂转向贾斯廷,问道:"他的话什么意思?"

我把话茬儿接了过来:"听着,这桩案子牵涉到丁克和您弟弟帕斯卡,他们俩合伙从"卡罗来纳中部信托银行"挪用了一百万美金的公款。亲爱的,这个案子跟您毫无瓜葛。只有一个男人因为您的缘故送了命。"

贾斯廷快步走过去,把帕蒂扶到一把椅子上,然后眉头紧锁地看着我。我让贾斯廷接着讲下去,告诉帕蒂我和她上次见面后调查到的事实。贾斯廷的话可以说是绵里藏针。

真相是这样的:这桩谋杀案的确跟帕蒂有很大干系——丁克在她再婚那天晚上,整个人都丢了魂,以至于闯到婚宴上,就是为着能"看帕蒂最后一眼"。他这么做不是因为想了此一生,而是因为他已经打定主意"早上就挺身而出,直面现实",承认自己挪用公款之罪。这是丁克在信中写到的部分内容。他给帕蒂写信还有另一层目的:帕斯卡是这起挪用公款的同谋者,如果他拒不自首,丁克就打算告发他,让警察把他捉拿归案。

那天早上,贾斯廷审问了帕蒂的弟弟帕斯卡,他对自己的所作所为供认不讳,甚至对自己高明的计谋感到有些扬扬得意。他是整桩事件的罪魁祸首。整整一百万美元从银行里不翼而飞,银行却自始至终都蒙在鼓里,玩转这个电脑巫术的正是帕斯卡。帕斯卡知道,要弄到银行密码,就必须通过小泰德沃思,于是把后者连哄带骗,拖下了水。

其实，丁克心里并不清楚他们的行为已经触犯了法律。帕斯卡凭着三寸不烂之舌，就让丁克轻信了他们的行为不过是纸上谈兵，如有需要，一切都可以恢复到从前的状态。丁克之所以轻而易举地满足了帕斯卡需要的一切，就是因为他是帕蒂的孪生弟弟，帕蒂又那么疼爱她这个弟弟。可他一脚趟进了这摊浑水，就再也无法脱身了。那笔巨款洞大难补，自不必说。担心被他老爸发现的恐惧也日夜纠缠着他。

另一方面，帕斯卡确实急需那笔钱。他在吃穿用度方面肆意挥霍，已是积习难改。他还新结识了一个高尔夫球友乔·罗莱特，在人家遍地开花的"海神连锁餐馆"里投了资。不幸的是这时正赶上丁克跟帕蒂的婚姻触了礁，乔·罗莱特立刻对帕蒂展开攻势，丁克对他恨之入骨。帕斯卡和乔弄到了"卡罗来纳中部信托银行"的公款，开起了"海神连锁餐馆"，企图野心勃勃地大赚一笔。可这些全都瞒着丁克。

帕斯卡跟丁克谎称自己把钱用来投资股票了，可赔了个底朝天。他希望丁克能宽恕他，就当这事从来没有发生过，而且能在银行眼皮底下混过去，那是再好不过了。

可银行还是发现了事情的端倪。挪用公款一案直接就追查到了丁克的头上。银行的董事会肺都要气炸了，火速把帕斯卡找来，命令他直奔高尔夫球场，把丁克揪回来。当时帕斯卡吓坏了，差点儿溜之大吉，所幸的是他没这么干。事态的发展证明，他都无需乞求丁克对自己的涉足守口如瓶，因为丁克把罪过一个人扛下来了！银行从没对帕斯卡起疑，于是丁克自己承担了全部罪过，"为了帕蒂的缘故"让帕斯卡轻而易举地逃脱了法律的惩罚。要不是丁克发现了真相——帕斯卡竟然用这笔钱跟拐跑了自己爱妻的那个"海鲜大亨"合伙同谋，发了黑财，他恐怕还会继续高尚地自我牺牲着。

丁克不惜花上大把的时间跟踪乔·罗莱特，所以才发现了真相。

甚至在乔婚礼头一天晚上,他还冲进乔的卡迪拉克里,看看会有什么发现。他企图能逮着让帕蒂跟这个未来老公反目的蛛丝马迹,可他看到的却是装在公文包里的一个个合同,上面白纸黑字,连他那个榆木脑袋都看得明明白白:帕斯卡尔·雷福特投资七十三点八万美元,买下了"海神连锁餐馆"的百分之十九的股份。

丁克在婚宴上找到了帕斯卡,跟他吵翻了天。帕斯卡竟对他扯下弥天大谎,竟如此背信弃义,以后别再指望自己还会罩着他。他还警告说,帕斯卡不把钱如数奉还,并且投案自首,就别怪他第二天早晨把警察找来。帕斯卡也确实是可怜。在俱乐部那天晚上,他说自己"被折磨得好苦",看来还真不是夸大其词。为了拖延时间,帕斯卡告诉丁克,第二天早晨会照他说的去做,可别让帕蒂的婚礼扫了兴。随后帕斯卡尾随在丁克后面,眼看着他酒喝得越来越迷糊,情绪越来越低沉。当丁克冲到舞池里,抓住帕蒂的时候,帕斯卡真想一把拦住他。万一他酒醉之下就在那个时间地点把真相抖落出来,后果会怎么样?帕斯卡想都不敢想了。

于是帕斯卡吸了可卡因,给自己壮足了胆,然后打算见机行事。这年头就该先下手为强。当乔·罗莱特架着丁克进到洗手间里时,帕斯卡拿起了一支冰锥(丁克朝着帕蒂扔花瓶时砸到了冰雕底座上)。丁克从男洗手间出来跑回到大堂,找到罗莱特,并追着他上了楼。帕斯卡看在眼里,尾随其后,躲在暗处坐山观虎斗。二人打了起来。丁克一脚踢伤了罗莱特的两根肋骨。罗莱特拿起那把红色的小椅子,朝着丁克的脸部砸过去,把他打得昏死过去,然后把他丢在窗户旁边的地板上,扬长而去。

这时,帕斯卡趁机跑过去,用冰锥刺中了丁克的前胸后,把冰锥扔出窗去,再把尸体拖到阳台,从栏杆处抛了下去,然后跑到楼下的人堆里。事情比他希望的还要顺利,尸体不仅仅砸到了冰雕,还被扎在了上面。帕斯卡然后做了下面这一系列动作：先让大家以为丁克是自己失足坠楼身亡；这个伎俩没有奏效，他又让大家以为他是自杀身亡；后来又嫁祸给乔·罗莱特，造成二人为了帕蒂吃醋而以丁克送命告终的假象，作为最后脱身的计谋。黑尔斯顿俱乐部的成员都有如下共识：为了帕蒂，男人们会大打出手，甚至豁出命来。他们早已习惯了这样的思维定式，自己都有些眼红。帕蒂就是因为这个名声在外。靠着这样的思维定式，帕斯卡也就脱了干系。

贾斯廷讲完了案子的来龙去脉，帕蒂静静地坐在那里。她看上去让人觉得一瞬间就苍老了许多。也许她不喜欢这样一种版本的故事吧：这桩杀人案竟然是为了谋财害命，就跟那条天蓝色的腰带或是租借来的礼服一样毫无悬念，平庸之至。她的现任丈夫罗莱特逃出小镇，并非因为害怕被指控，说他为了娇妻跟另一个男人大打出手并置人死地。他对帕斯卡那笔钱的来路心知肚明，却照单全收，而帕斯卡挪用公款一事一旦败露，他也会受到牵连而锒铛入狱。

我不得不告诉帕蒂，我暂时还不能把丁克的信交给她，案子审判时还派得上用场。于是我给了她一份复印稿。贾斯廷送她出门，我嘱咐说："保重，帕蒂！"我并没指望得到她的回应，她也确实没有理睬我。纵使我是舞林高手，可她对我已经不再抱有任何好感。

最后我们把罗莱特从伯利兹①追回。贾斯廷在电话里奉劝他，他只要能回来指控帕斯卡，就能避免一级谋杀的罪名。不过他想回家是不可能了，因为帕蒂已经正式提出了离婚。

就在帕斯卡被审判之前，我在波戈与布巴·珀西不期而遇。我一个人坐在雅座里，等着助手D.A.的到来，而布巴（据他自己声称）

---

①伯利兹：位于中美洲加勒比海岸的神秘国家，距美国两小时的飞行旅程，被称为"美国的后花园"。

在等候布卢·桑德兰。她现在已经生完了小孩儿，背着她的丈夫投到了他布巴的怀抱（也据他自己讲）。《明星报》的大明星没等我邀请，就把餐盘搬了过来，坐到我旁边。

"活着真好啊，猪警官。"他一边吮吸着鸡翅，抹着漂亮的嘴巴，一边说道，"听着，关于帕蒂的情史我得跟你更正一下。眼下她正在跟卡琳·霍尼卡特的丈夫约会，人家两口子还没有正式分居呢。"

我说："布巴，我对这个不感冒。"

"知道布卢跟我说了什么吗？帕蒂跟自己的弟弟还上过床呢。"他在过道对面的镜子里梳理着自己的头发，"我是这么解释的。帕斯卡爱上了姐姐帕蒂，帕蒂每次离婚了就回他那里，所以他还忍受得了那些男人。可帕蒂爱的却是丁克·泰德沃思，帕斯卡实在难以忍受，就把丁克干掉了。什么挪用公款哪，都是他妈的胡扯！这全是爱情惹的祸。"

"布巴，你可真是浪漫得不可救药。'人们一代一代地死去，尸体都给蛆虫吃了，可他们的死绝不会为了爱情。'①这才是真理。"

"这话谁说的？"布巴把梳子插到了我的杯子里，蘸着水。

"罗莎琳德。"

"罗莎琳·卡特？"

"不，《皆大欢喜》里的罗莎琳德。不过罗莎琳·卡特和吉米·卡特②可是相信爱情的一对。"

"老兄不相信爱情？"布巴用梳子梳理着自己的卷发，"人生在世，要是连爱情都没了，所有的恐怖、苦难和暴力就统统没了。那样我还靠什么新闻吃饭呢？"

"你还真把我问住了。"

---

① "人们"一句：出自莎士比亚《皆大欢喜》第四幕台词，出自罗莎琳德之口。
② 吉米·卡特：美国第三十九任总统，和妻子罗莎琳·卡特恩爱非常。

梅瑞狄斯跑进婚姻

多尔顿·朗菲尔德尔在跟我们唯一的客户侃大山，说什么周日驾驶五百六十马力的"野马"①在南部卡罗来纳州开着飞车。他的大吹大擂听了真让人生厌。我倚着陈列室的窗台，吃着双层汉堡，极力不去听多尔顿的胡说八道。就在这一瞬间，一个女子从我身边的窗外飘然而过，我不过用余光扫了一眼，还没来得及一睹芳容，便对她暗自倾心。起初我还以为有个偏执狂或精神病在后面追赶着她，或者抢劫犯之类的，我倒没有想过。七十年代的托梅斯哪会有什么作奸犯科的事？我们这儿的公告板至今还在夸海口，说托梅斯是"北卡州皮德蒙特最安全的工业小镇"。这儿的"工业"指的是州立精神病院和一家鼻烟厂。在我们这儿住上一阵子，人就对鼻烟的味道无知无觉了。

十月里的那个夜晚，那个女孩儿又从我的眼前掠过，我看到身后别无旁人，就在冲动之下追随出去。这种宿命感乍一听起来像天方夜

---

① 野马：二十世纪五六十年代福特公司的一款车型，是当时大多数美国人的汽车梦。

谭，但命中注定的事谁能挣脱得了呢？我祖母跟我说，当年她买了公交车票，要去参加游行，反对死刑，却被我父亲撞见，随后被他送进了医院（是精神病医院）。

我就在不经意的瞬间，毫无来由地爱上了这个朦胧的幻影，想来真让人难以置信。在托梅斯，女人们大都开车，不开车的没几个。要是不开车，就步行赶路，也从不会在街上奔跑。在十月中旬，别管气温是华氏四十度还是八十度，女人们清一色地穿着格子花呢的羊毛裙，肩上围着开襟的羊毛衫。这个姑娘却如此让人耳目一新：印着"玛格丽特·米德"①头像的T恤衫，红色条纹的白色短裤，白色条纹的红色鞋子，一头红色秀发束成马尾辫，如一团火焰在脑后追随着她，从街上一闪即逝。

单单是女孩儿的背影就已经摄人魂魄了。我毫不否认她已经左右了我的视线，因为我已经下定决心，非她不娶。我们温特里普家族的男人有个传统，由来已久：仅凭匆匆一瞥，我们就能果断决定和谁缔结良缘。当然，像我这样选中一个大步奔跑的女孩儿做妻子，还是绝无先例的。我的曾祖父邂逅的是一个站在草垛顶上的女孩子，裙子向上卷起，手持一柄干草叉，正朝着一个欺负人的坏小子扎去。曾祖父一眼看中，认定她是自己未来的妻子。我祖父遇见祖母是在一辆运鼻烟的火车上，她正躲在车上，打算逃离小镇。我父亲第一次看见母亲，是她和她的未婚夫参加了"三角洲烟丝大赛"，大获全胜的时候。而到了我这辈，我对一个北卡州托梅斯镇少见的跑步女子一见倾心。我以前仅仅经历过一次爱情，却以伤心的结局告终。此时此刻，我已经气喘吁吁地追了一路，追到了小镇的尽头。忽然一阵恐惧袭上心头，周

---

①玛格丽特·米德：美国人类学家。

身刺痛起来，仿佛身体一侧有针在扎，后背有锤在打一般。这个女孩儿会不会像我以前的女友贝齐·克里德莫尔那样，弄得我心碎神伤呢？

女孩儿跑到了五十五号公路的第一个坡上，便消失在我的视野之外了。都怪那个双层汉堡，还有那双高腰的马靴，把我的好事搞砸了。我的腿跑得抽了筋，渐渐恢复了常态，感觉没什么大碍了，我才顺原路慢慢返回。到了"温特里普"汽车公司，多尔顿·朗菲尔德尔（我父亲的另一个副总裁）说要给我叫救护车，拉着我去注射狂犬疫苗。拉扯之间我一下子摔在地上，他则站在一边幸灾乐祸。那副嬉皮笑脸的德行简直像一头猪在哼哧哼哧地拱着饭桌上的残羹剩饭。他也看到了我邂逅的那个女孩儿，"那小妞长得还真不赖！"他就会说这么一句。

多尔顿跟我一个性别，一个年龄，一个种族，都在"温特里普"汽车公司任副总裁。可除此以外，我们再无半点儿相同之处。他的脑子愚不可及，像一团混沌的浆糊。他穿着一件48码的紫红色夹克衫，蓄着板刷头，鼻孔里支出脏乎乎的长鼻毛。我父亲跟多尔顿倒是挺投脾气。夏天时俩人在车底下并排躺着，伸出腿去，那副模样简直就像两个希腊士兵在搞同性恋。他们还都喜欢汽车、热衷踢球。他们说，在托梅斯"老虎队"（一支高中球队）踢球时，他们都踢后卫，特别投入，连软骨都踢得嘎巴作响。父亲恨不得多尔顿是他儿子，其实我也巴不得这样呢。我对高中的那些团体运动向来不感兴趣，不过要是谈到围棋赛、辩论赛、单车赛这些运动来，我可是既有天分，又有热情。这些在我父亲眼里，却是一文不值。

我念大四的时候认识了贝齐·克里德莫尔，从此生活就被她搅成一团乱麻。也是在那年，长跑教练把我领进了跑步的天地。事实证明，我还真是这块料。其实这么多年来，我一直都在跑步。从童年起，我无论到哪儿，都是跑着去的；我什么都敢跟着跑。校车在我眼前，我就跟着校车跑。父亲总在后院跟我踢足球,我就追着足球跑。我跑得像风一样飞快。

那个时候我上学老是迟到。我常出去看电影,或啃着自己的书,或瞪眼做着白日梦,幻想着自己像当年的祖母那样,揣着拯救世界的憧憬,离开家到远方去。一帮附近街区的恶棍时常杀出树丛,奔我冲来,叫嚣着要把我打成废人。他们脸上写满那种糊涂虫对聪明人抱有的嫉妒与恼怒。我十二岁时,多尔顿·朗菲尔德尔绕着浸礼会教友的托儿所操场,到处追我。他手里举着一根有毒的漆树树枝,说要弄瞎我的双眼。情急之下,我一下子跃过好几个两三岁的孩子,就像跨栏一样腾空而过。

可以说,这样的成长经历把我摔打成了一个飞人。我现在就要依靠这个本领,赢得娇妻了。周日晚上,我从床底下翻出网球鞋,周一就把它穿上,密切关注我未来娇妻的行踪。通常我得先忙完"另一份差事",然后再步履匆匆地赶到"温特里普"汽车公司上班。我的工作时间是平时的早五点到晚八点,外加星期六的整个白天。我给我老爸卖命,一来是因为我时常囊中羞涩,二来是由于母命难违。母亲觉着要是父亲的独苗不听话,在"温特里普"汽车公司做副总裁都不干,那么他肯定会把我扔到精神病院去,跟他当年对自己的母亲做的那样。

父亲第一次听说我的"另一份差事"(这是他的措辞),得知我给社区里做什么社会福利事务,就说我小子纯粹是脑子有病。然后就开始给我大谈道理,口口声声说什么"社会福利"就是"社会主义","工人"就是"红场"。他自认头脑绝对清醒,不会看错形势。当时我的父母刚参加完我的大学毕业典礼,开车回家。父亲猛地把车子倒回来停下,然后暴跳如雷,发狠地说,我满脑子都是他妈的一派胡言,他恨不得用枪托把它们都砸出来。

没等他打开贮物箱，我早以四秒钟跑出二十五米的速度跑得没影了。这个成绩远远高于老教练对我的最高期望，而且我还是穿着学士服冲出去的呢。母亲站在公路旁对我喊道："他不是这个意思！"我弄不清这个"他"指的是我还是父亲，也懒得弄个清楚。

现在已是七十年代了，可我父亲还是一副五十年代的老脑筋。要说五十年代，托梅斯和别的地方一样，人们谈"共"色变，满心恐慌。大家生怕共产党人会上台执政，给自己洗脑，让人们（尤其是对共产党怕得要死的那些人）心安理得地觉着个人财产该大家共同拥有。我父母所熟识的人几乎都是这样惴惴不安，唯恐自己的孩子也沾染上"共产主义"这玩意儿。在他们眼里，这玩意儿就像小儿麻痹症一样可怕，而且连疫苗都淘弄不到。所以我九岁时，父亲就命令我挨家挨户地卖那种涂着金粉的圣诞卡，赚来的钱用来协助消除"红色威胁"。在父亲眼里，我显然没有竭尽全力。最后还是俄罗斯降伏了我的思想，使我对"温特里普"汽车公司陈列室的工作不屑一顾，而一心扑在公益事业上。我在"温特里普"汽车公司做兼职，一来是为了宽慰母亲的一番苦心（她恳求我说："就让你爸在托梅斯挺起腰板来吧"），二来是为自己能装满腰包，有朝一日搬出去住，能付得起房租。

现在我真是庆幸自己给父亲打工了："温特里普"汽车公司独占了主街的半壁江山，而梅瑞狄斯·克兰茨斯基就在这一带跑步。哦，她的芳名是"梅瑞狄斯·克兰茨斯基"。拜多尔顿所赐，我才得知女孩儿的名字，也是靠着他的引见，我才跟梅瑞狄斯相识，想起来真是窝火。要想再见到她，我得亲自出马了。可没想到，我单枪匹马的行动却被祖母的好朋友搞砸了。

周一清早六点，我穿上运动鞋，不动声色地蹲伏在陈列室门后。就在那个瞬间，我的那个她忽然在帕里特餐馆的拐角处闪现，朝着我的方向飞奔而来。当她跑到街区的尽头，我甚至看得见她绿宝石一样的两眼中闪着清晨的点点金光。她美得动人心魄，跟我在朦胧恍惚中对她的第一印象一模一样。

我快步上前，装出一副漫不经心的样子。"可以跟你一道跑一会儿吗？"

女孩儿转过头，扬起一只棕色的眉毛，盯着看我的泡泡纱夹克衫和最时髦的毛织领带。

我在她身旁一边跑，一边自报家门："我叫布莱克·温特里普。我——也想——运——"这时，一辆婴儿车迎面而来，车辘辘冷不防地把我绊了个跟头。我身子打着转，极力找着平衡。这时年迈苍苍的卡夏格小姐从汽车站的长椅上一把拽住我，使我停了下来。她唠唠叨叨地跟我说，她早上去精神病院看望了我祖母。我心里着急，可要想过去，非得把卡夏格小姐打翻在地不可。等我把她钳子一样的手掰开，我的梦中娇妻像夕阳西沉一样，马上就要消逝在枫树街和主街的交叉路口了。这时她忽地转身，朝我嫣然一笑，继续跑远了。我的心刹那间乐开了花。

卡夏格小姐扒开我的眼皮，盯着我的瞳孔。"布莱克，你没事吧？老天，你这是怎么了？瞧瞧你的小脸儿，紫得跟鸡血石似的！"她是个业余画家，自从"南方原始主义"风行后，她的画作已经卖出几十幅，而且价格不菲呢。她的全名是洛维尼娅·卡撒格。每次当她完成大作，她就像文森特·梵·高一样，大笔一挥，签上"洛维尼娅"。我祖母管她叫"维恩"，她称呼祖母"弗朗基"。这两个女人共同创建了"巾帼艺术团"，我母亲现在也跻身其中。艺术团的成员们完成帆布画作后，卡夏格小姐就驾着车把作品送到阿巴拉契亚山地区的艺术馆，再由他们把画作卖给来往观光的游客。卡夏格小姐戳戳我的肋骨，问道："宝贝儿,你哪儿不舒服吗?"

"我恋爱了,"我对她也不遮掩,"而且马上就会向她求婚。"

"太好啦!弗朗基心里的石头总算要落地了。她老是说,你当年那个贝齐比她更应该进'慈善院'。"(精神病院莫名其妙地被称作"慈善院"。人们为了回避"精神病"这个字眼,也就这么叫开了。)"是哪个姑娘这么有福气啊?"

"就是那个啊。"我叹息着用手一指,望见那个火红的马尾辫跳跃着消失在地平线上。

卡夏格小姐不合时宜地提起了我的旧日女友,勾起了我的无限伤感。这种愁绪历经了时间的打磨和无意中探明的真相后,才最终在我心头化解。贝齐·克里德莫尔是我高中时的女友,在念高中时曾一度装疯卖傻。迫于她母亲的高压,她才特意装出一副傻里傻气的模样,以此博得众人的同情。其实贝齐是个冰雪聪明的女孩儿,可七十年代在我们镇里,"女子无才便是德"(其实男子也一样)。贝齐常常一连几个小时地在托梅斯高中外面傻坐着,把赤裸的小脚丫伸进排水沟里,拿口红往自己的大腿上乱涂瞎画。可她这副潦倒不堪的模样却像一支爱神之箭射中了我,让我心甘情愿放弃无忧的生活。看到了贝齐美丽动人却空洞无神的眼睛,我就从"少年不知愁滋味"的乐园中自我放逐,开始了为那些被称为"堕落天使"的孩子们谋求幸福的生涯。

我对贝齐的事儿不知该如何是好,于是跑到"慈善院"向祖母取经。她坐在画架旁,轻轻地哼着一首名叫"胜利属于我们"的行军老歌,把我的事情想了许久。最后祖母对我说,我和贝齐都得自己摸索命运。"一切交付给时间吧,布莱克。最后你也许会输得很惨,也许会如愿以偿,也许你再也不会在意了。"

我告诉祖母,我要上州立大学,去探究世间的不平之事。她很赞同我的选择，不过她让我尽早打消这世界就该公正合理的念头。祖母自己的遭遇便是明证。你看看，她的神志多么清醒，却被关在精神病院里，去编织餐具垫，摆弄破纸牌，孤孤单单。再看看贝齐·克里德莫尔。她堕落得无药可救，除了浑蛋拉丁语之外，什么语言都不肯说。我恳求她母亲对自己的宝贝女儿进行医疗救助，她母亲却指责我铁石心肠。

"我说布莱克啊，布莱克，"克里德莫尔夫人大声叫嚷着，"你怎么能忍心这样折磨我和我的贝齐？你非要把我的宝贝女儿关在狼窝虎穴里，跟一帮疯疯癫癫的老东西们在一块儿，你到底安的什么心？从五年级开始，你就像个跟屁虫似的跟着我女儿！她没跟你在一起的时候，多么开心，有谁不喜欢她？！"

克里德莫尔夫人对我从来就没有好感。我对她又何尝不是？这个女人的头发竟然是两种颜色，两只褐色的胳膊看上去像她的高尔夫球杆袋子。对她来说，一天抽四包香烟根本不在话下。就连她洗碗时两手满是泡沫的时候，都不忘捏着烟卷，不时地把烟屁股往水槽上方的贝壳形烟灰缸里一戳。我告诉克里德莫尔夫人，她的女儿可能有狂躁抑郁倾向。我好言相劝，却换来她一声长叹："唉，你说话怎么这样不中听呢？我女儿不过是学习太用功了，才把自己弄成了书呆子，像你一样傻乎乎的。"她说这话的时候，她芳龄十六岁的女儿已经一连几个小时地对着镜子，呆呆地站立着，看着自己的模样而傻傻地流着泪，还把自己的嘴巴左拉右拽，做出龇牙咧嘴的古怪模样。

贝齐因为神经崩溃落下了很多功课，学习成绩总算降到了正常水准，这还真为她赢来了别人的好感。她退出了辩论协会，中午也不再跟我一起下棋。相反，她跟其他的女孩子们混在一起，在操场上闲逛，身边惹来了一大帮四肢发达、头脑简单的男朋友们，多尔顿·朗菲尔德尔就在其列。

多尔顿·朗菲尔德得到了贝齐母亲的鼓励,俨然保镖一样护送着贝齐去参加高中舞会。她扮作《冰雪女王》的银铃。在一片朦胧恍惚的幻境中,贝齐走过我身边,好像根本不认识我一样。到了午夜,她在多尔顿的福特车后座里像一条银鱼似的翻来滚去(一个自称"朋友"的人告诉我,这些都是他亲眼所见)。毕业前夕,贝齐果然赢得了"最具人气女生"的殊荣。我一直有种清醒的意识,尽管周围的人们都知道贝齐曾失去理智,可他们却对此并不往心里去。就连最后娶了贝齐的大酒鬼西格玛·齐也丝毫没有察觉到她有什么不对劲儿。直到后来他们的孩子出生,贝齐彻底患上了紧张性精神病,他才恍然大悟。

我最终念上了州立大学,遂了祖母的愿望,却逆了父亲的意志。父亲翻出托梅斯当地报纸上的一篇社论,扔给我看。社论里充满了对州立大学的谩骂,说我们学校聚集了"一群乌合之众,一帮激进之徒,他们不是左派分子,就是同性恋者,拉帮结伙,企图隐藏耻辱,躲过上帝无所不见的眼睛"。其实这一百年来,托梅斯镇已落后于时代有十年之久。在六十年代,关于嬉皮士的新闻已成旧闻,而我们这儿却是披头一族的天下。当新左派们撕下破布条,绑在头上,游街示众的时候,我们还躺在校园的绿地上敲着小手鼓,哼着皮特·西格的乡村歌曲。快到八十年代了,州政府终于下了狠心烧毁海军征兵的宣传板,可别的地方又回到了托加袍舞会①和"内衣偷袭战"②。

念州立大学时,我不再像从前一样爱跑步了,除非是内急的时候。

---

①托加袍舞会:流行于美国大学校园的一种特殊化装舞会,人人都穿上肥大宽松的托加袍,常用床单做成。
②内衣偷袭战:始于二十世纪四十年代的一种社交闹剧,男大学生们潜入女生宿舍偷走她们的内衣。

我的时间不是用来研究社会公平，就是花在喝啤酒上了。我跟三个女孩儿上过床，却没有动过真情。当时我还是对贝齐·克里德莫尔旧情难了。唯一让我感到欣慰的事就是贝齐最终还是跟多尔顿·朗菲尔德尔分道扬镳了。取而代之的是那个未来的牙医西格玛·齐，他常常穿着浅色针织衫（左胸处印有短吻鳄），拖着高尔夫工具袋来上课。据贝齐的母亲说，贝齐也考入了州立大学，攻读她的 M.R.S. 学位①。

整整大学四年里，贝齐只跟我说过两次话。一次是我站在四方广场上，听一个著名的老社会主义者做讲演。他一直在雄心勃勃地竞选总统职位，也因此遭到政府的追捕。我们十二名听众正在为他欢呼时，贝齐跟一名校队的举重运动员从旁边缓缓走过。她跟我说："别活得那么较真儿，我跟你说正经的。"她就这两句话，别的什么话都没有。另一次是大学的最后一学期，我从一个乌烟瘴气，名叫"第五屠宰场"的校园酒吧里出来，正好从贝齐身边挤过去。这次她跟我说："哥们儿，将你——一军！"可她都没有正眼瞧我一下，也许她压根就不是在跟我说话。

祖母总说"把一切交给时间"。现在我毕业刚好三年，如果贝齐和多尔顿·朗菲尔德尔一起喝酒庆祝周年纪念，那倒是我巴不得的事了。可要真是这样，我也不会在帕里特餐馆旁遭遇到让我心痛的一幕了。我和梦寐以求的女孩儿刚刚相识几天，就看到她和多尔顿一起坐在餐馆的雅座里。多尔顿穿着那件笨重的栗色上衣，靠在她身边，俩人中间仅仅隔着多尔顿涂着辣酱的热狗。这次她的打扮不似往常，而是一袭长裙，静静地坐在那里，可我还是一眼就认出了她。多尔顿向她大献殷勤，给她讲奇闻轶事，哄她开心。他说，理查德·佩蒂加油站的

---

① M.R.S. 学位：即英语"Mrs"，意指女孩儿们上大学是以寻觅到最佳的未来老公为终极目标。

员工们换下两个轮胎,再加满一箱油,只需要十二点五秒的时间。这时多尔顿突然看到了我,故作友好地朝我肚子打了一拳。我刚刚缓过气来,这家伙又把手指伸到我的头发里。我使劲地抓着桌角,强压怒火,否则我会拿起叉子,戳到他卷心菜大小的手爪子上。

"梅瑞狄斯·克兰茨斯基偶遇布莱克·温特里普,然后就把他甩了。布莱克结了婚,生了六个孩子,变得性无能,脾气古怪,又染上了花柳病。哈哈哈。再见,布莱克。"多尔顿自以为诙谐文雅,很是得意。

"我们算是见过面了。"梅瑞狄斯把金枪鱼色拉挪到一边,抬起头说:"我对你可有点儿意见。你的祖母弗兰基·温特里普我认识,还跟她一起待了很长时间,而且——"

我的心忽生恐惧,一阵发紧。她看起来不像神志不清啊。不过话又说回来,可怜的贝齐·克里德莫尔这辈子不也被放任自流了么?

梅瑞狄斯接着说:"我在慈善院工作。我是精神科医生,也从事社会福利这行。你的祖母不该被关在慈善院里。"

我回答说:"我不知道谁就该关在那里。幸会,我是社会福利协调员。"

梅瑞狄斯冲我莞尔一笑。我立刻有种预感:她最终很可能喜欢的是我。

多尔顿把辣热狗贴到篮球一样的大脸上吃着,嘴里还不闲着:"她——搬到——托梅——"

"他说什么?"

梅瑞狄斯递给多尔顿一大把餐巾。"他说我从孟菲斯搬到了托梅斯。其实是搬到了亚特兰大。"

多尔顿一只手举着两个辣酱热狗,边吃边接着说。他说自己曾经开车去过亚特兰大,还在那吃过牛排,只是那地方的名字记不得了。

事后我才知道是多尔顿自己厚着脸皮，蹭到梅瑞狄斯的座位上来的，人家并没有邀请他（他自己牛皮吹大了，露了馅）。她根本就没有主动邀请他，真是谢天谢地！

那天傍晚，我穿上高中时的田径短裤，特意跑到帕里特餐馆门前去做屈膝运动。我事先已经在电话里向汽车公司请了病假。接电话的是多尔顿，我就告诉他我的花柳病又犯了。

我终于在人行道上等到了梅瑞狄斯·克兰茨斯基。她朝着我的方向跑过来，从红黄相间的林荫之间穿过，弄得树叶沙沙作响。闯入我视线的不仅仅有她，还有跟在她身后的托梅斯"巾帼艺术团"的十一名成员。她们穿插地跑着，一起大声呼喊着，抽着鼻子。那个白发苍苍的卡夏格小姐也在其中，居然还拿着秒表，看上去像一只长腿朱鹭。我的母亲就在她身旁，穿着印有百慕大图案的短裤和统一要求的对襟羊毛衫。我蹲在餐厅门口假装换鞋，直到这支不同寻常的大部队从我旁边呼啦啦过去，才站起身来。后来我从母亲那里得知艺术团的女士们"简直爱死梅瑞狄斯"了。早在她们邀请梅瑞狄斯出席"新人见面会"时，她就把慢跑运动推荐给她们，现在大家都爱上了这项运动，竟然欲罢不能了。

现在母亲每天晚上都要出去，在托梅斯的大街小巷里慢步跑，一群上了年纪的业余女画家们也常加入其中。这一事件可惹出了不少街谈巷议，最后传到了父亲耳朵里。他当时的反应强烈到仿佛有人用空手道劈了他似的。母亲收拾烤鱼和生花椰菜准备着晚饭，父亲没有任何寒暄，劈头就是一句："伊丽莎白，你疯了。"

"要真是那样的话，我倒挺走运，我的慢跑教练正好是个精神病专家。"母亲穿着崭新的阿迪达斯鞋，把双脚伸进长沙发底下，在地板上做着仰卧起坐，咯咯地笑着回答。

父亲在冰箱里胡乱翻找着什么,那副模样简直像只灰熊。"那个丫头叫什么'克兰茨斯基',名字听起来就让人讨厌。你们知不知道那意味着什么?她是个'你们心里明白',我敢赌十块钱。"他把灰色的头从冰箱里探出来,嘴里嚼着一只鸡腿。"她在精神病院上班,我没说错吧?又是个左翼的精神病。"

我把桌子清理干净,回敬道:"既然你对精神病院这么有偏见,当初为什么还要把祖母送到那儿?"

"先生,你说话出格了。"他还击我说。他说话的口吻老是那样,好像我们大伙在演什么西部电影似的。

我说:"我打算向梅瑞狄斯·克兰茨斯基求婚。"

"哦,布莱克,我太中意她了!"母亲挑剔地看了我一眼,补充道,"不过她肯定得建议你注意饮食,多多锻炼!"

"为她付出这种代价,小菜一碟!"我不以为然地说。

"你要她,就别要饭碗!"我老爸说话毫不含糊。

我一边跳着退到门旁,一边向父亲喊道:"嘿,老爸,你最好别告诉多尔顿她是个'你们心里明白'。他也正打算跟她约会呢。"

别看我一副成竹在胸的样子,自从我第一次遇到我的未婚妻,已有三周之久,我们连一次共坐的机会都没有过,更别提什么订婚了。不过我们每晚都约好一起跑步。只要能赢得爱情,即便让我接受"魔鬼训练",我也在所不惜。我像母亲一样节食,我从此滴酒不沾。金秋十月,层林尽染,树叶光灿灿的,宛如梅瑞狄斯闪亮的秀发。晚秋的天气更是助我一臂之力,仿佛寒意为我放慢了脚步,夜晚空气也清新舒缓,慢跑成了一种享受。我们并肩跑在南方悠长的薄暮里,推心置腹地聊天。梅瑞狄斯跟我讲了很多:她眼里的贝齐·克里德莫尔完全是另一个女孩儿;她认识过一个长笛手,名叫马修,因为走私墨斯卡药剂被逮捕,从此便再无消息;在她念的大学里,随处可见愤世嫉俗的危险分子。要是我父亲知道了这些,恐怕又要扬言拿着枪收拾人家了。她喜爱看电影,也喜欢下棋。

一天晚上我们跑到了慈善院,正赶上见到祖母和卡夏格小姐。她们一边在草坪上慢跑,一边筹划着远足到阿巴拉契亚山一带的赠品艺术馆(艺术馆买下了祖母她们的民间艺术作品)。我抓起梅瑞狄斯的手,问祖母:"您觉得她怎么样?"

"跟她结婚吧。"祖母答道。

梅瑞狄斯笑了:"弗兰基,您真是快人快语。"

"说得没错。"洛维尼娅·卡撒格也有同感,"可别人竟然管你祖母叫疯子!这是什么世道!"

梅瑞狄斯征求她们的意见:"我应该嫁给布莱克么?"两位老画家不约而同地点头赞许。我亲吻了两位老人,又亲吻了我美丽的未婚妻。

随后的那个星期六,多尔顿在帕里特餐厅里坐到了我的座位前。他难看的大爪子一把抓住了我的二头肌。这时梅瑞狄斯出现在我们的视线里,多尔顿说道:"看看那个从孟菲斯来的女孩儿。她叫什么来着?梅瑞,是的,梅瑞。你这个傻瓜还挺知道留一手呢!"

我一把将多尔顿推回他的座位上。"我要是再逮着你纠缠她,看我不把你的下巴打到你的脑门上去,你这个愚蠢的浑球!"

多尔顿瞪着我,好像在看一个从飞碟上降落的天外来客。二十多年以来,这家伙一直欺负我,侮辱我,今天我竟然对他发了威!他先是像只蠢猪一样哼了一声,随后喘起粗气,朝我抡了过来。我头一低,躲过了他肥大的拳头,然后挥拳朝着他的肚子擂去。我把这辈子受过的窝囊气一股脑地发泄了出来。等到多尔顿终于爬起来,我早已奔到门口梅瑞狄斯的身旁,热烈地亲吻她了。

离开多尔顿,我们爬上了五十五号公路漫长的斜坡。我一路上都在暗笑这个家伙,他根本没敢追到坡上来。

我和梅瑞狄斯·克兰茨斯基在那年的七月终于缔结良缘。我们的婚礼一直等到了弗兰基祖母从慈善院回到家中,重获自由的时候。婚礼怎么可以没有她?我们给她买了一栋有两个卧室的房子。母亲有时会和我们住上一阵子。等到我们的宝贝儿出生,我们就得换个更宽敞的房子了。

父亲总是跟我引用乔·纳玛什[①]的话:"没有什么能伤害到成功者。"看来此言不虚。

[①]乔·纳玛什:美国橄榄球运动员,有史最佳四分卫之一,两次最有价值球员。

安吉实在太迷人

这个故事要从"夜獾"的奇谈怪论开始说起。我们初次见面,他就把自己那套理论全讲给我听。在米克酒吧,戴着帽子的他一下子就吸引了我的注意。在南方,无论室内还是户外,很少有戴帽子的。即使在三十年前的北方,戴帽子的人也是寥寥无几。说到帽子,我想起了父亲。他一辈子淡泊金钱,唯独对帽子情有独钟,自己还开了一家帽子店。可生意一直少人问津,最后以破产告终。他的经历教会了我一个道理:一个人的喜好归喜好,可不能因为这个让自己做赔本的买卖。后来我的前妻,还有她的律师,更让我擦亮眼睛,认清了这个道理。离婚以后,我不再苛求什么天长地久的爱情。对我而言,品尝完法式蜗牛,欣赏够杰里·刘易斯[①]的电影,爱情也就可以随之交还给浪漫的法国人了。

就是由于父亲对帽子的钟情,那个头戴复古巴拿马帽,帽檐低垂

---

① 杰里·刘易斯:美国喜剧电影明星。

的"夜獾"一下子就闯入了我的视线。他一副瘦骨嶙峋的样子,一边读着什么东西,一边在吧台旁边扭来扭去。零零碎碎的报纸胡乱堆在吧台上,他穿着的夹克口袋里也塞着报纸。那件夹克是马海毛的,上面疙疙瘩瘩地打着结,好像是刚从旧货店的箱底翻出来的一样。他一边把烟灰弹进一个空烟盒里,一边读着平装的《对话柏拉图》。那本书后面的标价只有五十美分,看来是老古董了。

"夜獾"长得不算难看,也就大我十来岁的样子,可那身行头让人觉得他的年龄是我的两倍。不过这副打扮跟米克酒吧的格调倒是不谋而合。"米克酒吧"这个名字源于一个叫"米奇·曼特尔"的体育明星。酒吧里洋溢着五十年代的怀旧情调。在卡罗来纳州的这个小镇,只有运动健将们才是米克酒吧的常客。我是个体育经纪人,否则我哪会到这种地方消磨时间?这家酒吧坐落在一栋用砖砌成的烟草色的破楼里。里面常常噪音弥漫,烟雾缭绕,酒水也不便宜。可尽管如此,还是有很多人光顾,因为它的对面就是一个旧体育场,对于那些运动健将们来说,可算得上是近水楼台。在这个地盘上当家的人名叫"塔普·厄普丘奇",五十年代末被派到北方去参加一个赛季的比赛,可始终都是当替补。于是他索性搬回南方,开起了酒吧,取名为"米克酒吧"(用他的偶像"米奇·曼特尔"来命名的)。也许塔普跟人家搭过几句话吧。曼特尔曾经获得九个本垒打,塔普把他的球棒搞到了手。他还弄到了曼特尔擦汗用的一条毛巾。他太崇拜曼特尔了,以至于把那条毛巾放到一只透明的盒子里,供到自己酒吧的上方。

自从一九五九年,总有一些农场工人出身的队员在这家酒吧流连,等待时来运转。最近还有几个女人单独出入这里,后来得知她们原来是"娱乐体育节目网络"的特约记者。可大多数时候,那家酒吧是男人扎堆的地方。不变的米克酒吧,不变的老顾客,跟那个不变的老酒保吹着不变的陈年旧事。酒吧里煮好的鸡蛋总是在盐水里漂来荡去；点唱机里还是萝丝玛丽·克鲁尼①的支支金曲；自动售烟机里香烟换了牌子，价格也涨到了三美元，可上面写的还是"未过滤的骆驼牌香烟，二十五美分一包"。现在的北卡州，吸烟的人仍不在少数，他们声称自己这是在帮着搞活经济。坦白地说，我自己到了这个地方后，也把抽烟的习惯捡起来了。但本地烟民们没有谁会特意跑到人声嘈杂的体育酒吧来抽上一根，也不会戴上巴拿马帽子，更不会读什么柏拉图的书。所以我一眼就从人堆里注意到那个另类的"夜獾"，也就不足为奇了。我们认识没多久，"夜獾"就开始给我讲起他那套有关玛丽莲·梦露和迪马乔②之间恩怨的理论。

后来我才看明白一件事，"夜獾"这个词本来指的是爱尔兰人的吉祥物，用它来保佑能找到零工做做。十年前，他孤身一人从纽约来到这里。塔普直到现在都认为"夜獾"曾经在什么地方教过书，后来"遇到点儿个人问题"，把工作丢了。当初他刚来时，塔普并不知道他的底细，甚至连他的真名实姓都不知道，其实没有人知道。"夜獾"不跑差事的时候，就乐得闲下来，钻到古代哲学家们的旧纸堆里，思考关于"人生意义"之类的问题。这些问题在他眼里可是"人生的本源问题"。他还会问别人怎么看。他一旦抓住什么问题，就不松手，这种劲头也难怪人们用"夜獾"这个词来称呼他。他要是缠上你，就好像你是一台自动售货机，他就是不松开把手。他问人家的问题不是"你觉着'勇士队'能不能进棒球联赛"这类的。他会问："整个宇宙在上帝眼里只是一场春梦吗？"你想想，在喧闹的酒吧里，谁愿意一边喝着啤酒，一边还为这类问题烦心呢？我第一次看到他时，他左右两边的板凳没

①萝丝玛丽·克鲁尼：美国女爵士歌手。
②迪马乔：玛丽莲·梦露的丈夫。

人去坐,看来就不足为奇了。

那天晚上,我跟"夜獾"寒暄了一句"你这顶巴拿马帽子真不赖",然后坐到了他旁边。为什么这样做,连我自己也说不清楚。也许是因为我老爸痴迷于帽子;也许是因为我到南方的时间还不够长。镇子里的大部分人我都不认识。我只认识两个打3A[①]棒球的客户,其中一个滴酒不沾,另一个也是对酒很有把持。也或许是因为"夜獾"当时在读一本平装书吧,母亲生前就爱看书。不管出于什么原因,我坐到了他的身边。这个怪怪的小个子冲我豪爽地一笑,然后毫无来由地问了我一句:"你相信挡不住的冲动吗?"

"举个例子我听听。"我说。

"夜獾"说:"还记得吉米·斯图尔特[②]吗?在《桃色血案》中本·加扎拉[③]被控谋杀酒保,吉米是他的辩护律师。"

"后来不是说那个家伙骗了吉米·斯图尔特吗?这跟'挡不住的冲动'有什么关系啊?""夜獾"回答道:"靠后,杰克。"我不明白他的意思,也许他还说了"真是一语中的"。接着他转过身。身后是那个旧售烟机,上面贴着一幅玛丽莲·梦露的画。那张画的格调跟米克酒吧十分吻合:画里的玛丽莲有着五十年代的性感红唇,站在曼哈顿的地铁旁。呼啸而过的地铁掀起她一袭白色的长裙,她的玉腿若隐若现。"夜獾"轻轻敲了瞧那幅画。

"这不是玛丽莲·梦露么?"我说。

"夜獾"答道:"没错。她就是让人挡不住的冲动。被乔撞上了。"

[①] 3A:美国职业棒球大联盟的球队共分六个级别,从高到低依次为:3A,2A,1A(分为高A和低A)以及新军(两支)。
[②] 吉米·斯图尔特(1908—1997):美国影星,曾在《桃色血案》中出演律师。
[③] 本·加扎拉:美国影星,曾在《桃色血案》中出演。

接着他就开始讲起他那套理论来：玛丽莲·梦露伤透了乔·迪马乔的心，可乔还是死心塌地爱着她，可当他看到梦露跟另一个男人出双入对，气得都快发疯了，所以就把梦露杀了。其中还有另一层原因：当时乔为梦露痴迷，她正值"美貌如日中天"，这让乔如何抗拒爱的潮水呢？"夜獾"还和我说，他能找出各种证据，来支持自己的解释。说罢，他从口袋里掏出一些剪报，抻平捋好，看来是要给我个现身说法。他装在口袋里的几个棒球被带了出来，滚到了滑溜溜的吧台上，塔普·厄普丘奇连眼皮都没抬一下，就直接把球骨碌回来。后来我才知道"夜獾"随身带着这些棒球的玄机：他这是有备而来，一旦遇上打棒球的明星大腕，就让人家在他的球上大笔一挥，然后到马路对面的那个体育场上捞上一笔。可要是没碰上这等运气，他就亲自"动手"了。

我当时要是脑子灵光些，就该寒暄两句，掉头离开。可我没那么做。我给他买了一杯啤酒，又跟他聊起我最近看的一本书来。书上说，玛丽莲·梦露是被肯尼迪兄弟害死的。"夜獾"对此早有准备。"对，我也看过这本书。你知道那些谣言是怎么传开的吗？"

我姑且一猜："是埃德加·胡佛①吗？"

"不，是迪马乔。他在洛杉矶警局里有哥们儿，他们帮他捏造了约翰和鲍比·肯尼迪哥儿俩作案的证据。这两个人真是一对卑鄙小人。乔之所以这么干，说到底也是因为这哥儿俩在某种意义上讲，也确实是杀害梦露的凶手。乔对这一点很清楚。"

"夜獾"紧紧地抓着我的领子，说道："乔可是个君子，是个大好人，难道就不该恨那两个自以为是的浑蛋？他那么爱的女人到了那哥儿俩手里，却他妈的成了妓女！我说得不对么，里奇？"他的眼睛里充满

---

① 埃德加·胡佛：美国联邦调查局局长，任期长达四十八年。

了怒火,简直都能把煤气点着。

我实在按捺不住好奇心,问道:"你怎么叫我'里奇'?我叫'乔丹'。"

他带着欣赏的神情轻轻拍了拍我的脸,说:"我看着你,就想起了里奇·里卡多①。我是说,他是个多么年轻帅气的好小伙啊!嘿,埃塞尔,嘿,爱德,露西跑到哪儿去了?"我本可以拔腿就走,可还是坐在凳子上,没有动地方。这种情形也许就像当初老爸老妈那阵子吧:老爸的生意一败涂地,老妈没少打击他:"卡里诺,你永远都不知道什么时候道晚安。"我还是没有朝门口走去,反而却接着询问"夜獾":"迪马乔的如意算盘为什么没能奏效?我的意思是,既然他和洛杉矶警方关系那么铁,为什么他们对肯尼迪兄弟的指控没能成功呢?直到他们去世三四十年后,才有人怀疑到他们头上。""夜獾"拍拍我的手,好像我是他的铁哥们儿,可他连我的名字叫"小乔丹·柯尔"都不知道。"这个你应该很清楚。""夜獾"的眉毛扬起来又放下,那副神态好像在说:这里的门道不是明摆着的吗?"肯尼迪哥儿俩用钱摆平了这件事。就像是坐在车后头的玛丽·乔②,你明白我的意思吧?"

其实我老爸也不喜欢肯尼迪兄弟。他老说自己的帽子生意就是毁在约翰·F.肯尼迪的头发上。也许因为这一点吧,我又给"夜獾"点了一份小瓶装啤酒。我问他,既然他那么佩服了不起的迪马乔,怎么还会指控他是杀人犯呢?"夜獾"说:"这就是挡不住的冲动,不能怪迪马乔。"

"你的意思是玛丽莲被杀,是咎由自取了?"

---

①里奇·里卡多:美国二十世纪五十年代情景喜剧《我爱露西》中的男主角,露西的丈夫。
②玛丽·乔:美国教师、秘书和行政官员,一九六九年乘坐美国参议员特德·肯尼迪的车而丧生。

"夜獾"听了我的话,思索了一会儿,然后摇摇头。"我们也不能怪玛丽莲。哥们儿,你可不能低估了爱情的力量,简直可以扭转乾坤。"说着他拍了拍那本平装书,"他的《论文集》里就讲到了。他居然是提出这个见解的第一人,真让人难以想象。爱情是法力无边的,古希腊人都知道这一点。"

"扭转乾坤的威力?"

"谁要是像玛丽莲当年那样魅力如日中天,那简直就像山崩地裂。连摩天大楼都得摇摇欲坠。"

"就像尼亚加拉瀑布!"我说。

他笑得嘴都咧到了耳根。"哈哈!"他又扔给我几张剪报,"在狭义上讲,玛丽莲也好,'洋基舰艇'①也罢,跟O.J.辛普森②和妮科儿的事情没啥本质区别。"他用手拍了拍报纸,上面有一个关于审判辛普森杀人案的头条新闻,"一回事,是吧?"

"你的话我没太明白。"

"夜獾"不耐烦地拍了拍我的肩膀,说:"妮科儿,那可绝对是个大美人。她也是'魅力如日中天'呢。"

"所以辛普森就跌进情网了?"

"所有人都会跌进去。就像美狄亚③跟伊阿宋说的那样。欧里庇得斯——"

"夜獾"等我做出反应,我只好不懂装懂地点点头。他的眼睛突然一亮:"美狄亚跟伊阿宋说,她已经无法自拔了。'我的爱情战胜了理

---

① "洋基舰艇":棒球明星迪马乔的昵称。
② O.J.辛普森:前美式橄榄球运动员,一九九四年涉嫌杀害妻子妮科儿·布朗。
③ 美狄亚:希腊神话中人物。她扶持伊阿宋盗取金羊毛,并嫁给他。后因伊阿宋移情别恋,便亲手杀死自己的两个儿子及其新欢。

智,我为了你不惜离家,我为了你宁愿杀人,你还敢离开我?你这个最卑鄙无耻的小人!'"

"听起来美狄亚受了不少苦啊。"

"夜獾"小心翼翼地卷起了剪报。"简·拉塞尔①说得好:爱情错了,其他什么都不对。"

我对此深表赞同,对"夜獾"说:"你说得对,找爱就是找烦恼,所以我和爱情是井水不犯河水。"

"那可没准。"他斜了斜帽檐,告诫我。

上述这些都是四月份的事了,现在已是八月。我的事业蒸蒸日上。现在我正坐在米克酒吧里,和一个精力超级旺盛的客户谈一笔大买卖。他是个3A级球队投球手,名叫朗尼·拉马尔·罗梅。我身旁自然少不了"夜獾"。现在我们可说是形影不离了。他这人的确有点儿怪癖,可起码要是跟他聊起来"八号大街地铁"、纽约西村或是贝尔蒙特小镇,你完全不用担心自己在对牛弹琴。认识几个月了,我给"夜獾"买过几次啤酒,请他下过几次饭馆,也让他跑过几趟腿。结果他就整天黏着我,好像他得了肺气肿,我是他的氧气瓶一样。后来他被人从公寓里撵了出来,搬到了一个单人间,我让他把东西寄存到我的车库里。从那以后,"夜獾"在心里就觉得我们已经是亲密无间的好哥们儿了。我还听他跟米克酒吧里的常客说,我是他最好的哥们儿。我心想:嗨,那也没什么坏处。他在这举目无亲的。起码你问起他的家人时,他从不做声,而是指着天,好像是说他们都已经进了天堂。他觉得我们两

---

①简·拉塞尔:美国女演员,被成为"美胸女神"。

个有很多共同点：我俩都出去旅行过（镇里一辈子没有迈出北卡州半步的大有人在）；我俩都看电影频道（在这一带还能干什么呢）；我俩（按他的话说）都是"脱离地球引力，天马行空"的人，管它什么意思呢。"夜獾"可是个相当有头脑的人，我是说，连柏拉图用希腊文写的书他都能读进去。我亲眼看到过的。

五月份我去了趟马德里。我的母亲生在墨西哥，跟我父亲相识却是在马德里。当时母亲在马德里度假，父亲正好也驻扎在那里。他就是在那儿的时候开始喜欢各种帽子的。我父母总是回顾他们在马德里相识相知的日子，于是我想：管它三七二十一，我得亲眼见识一下那个地方。在我逗留马德里期间，一次"夜獾"竟然揣着一口袋零钱，跑去公用投币电话亭，给我打来了长途，告诉我有几家博物馆不能不看。我在伦敦换机时，给他买了件印着"小心空隙"的T恤衫。事后他告诉我，我这么记挂他，他对此一直念念不忘。那件T恤衫他一直穿在身上。今天晚上他还戴上了我送他的那顶褐色软呢帽。我车库里放了一大箱帽子，都是老爸没卖出去的，那顶软呢帽就是从那里面翻出来的。这阵子我打算找个时间，把那些帽子都卖到旧货店去。

八月里，晚上十点钟时，投球手朗尼·拉马尔·罗梅跟几个喝得醉醺醺的男校友出去合影了。我和"夜獾"在聊天。他说，在美国，只有棒球能跟希腊戏剧相提并论。"棒球比赛和古希腊戏剧都说明一个道理：什么东西一旦你碰上了，就躲不掉。俄狄浦斯竟然娶了自己的母亲，可他哪知道那是他母亲？"我又不懂装懂地点头，可手里却打算收拾东西走人。这时"夜獾"冷不防使劲扯了一下我的袖子，指了指门口。我朝那边看过去，只见安吉·舒伦迈耶正站在那里。"夜獾"摇了摇头，情绪显得很激动。"嘿，乔丹，还记得当时我跟你说过的话么？爱神怎么造成山崩地裂的？"

"不太记得了。"我说。

"你肯定记得,你还认为肯尼迪哥儿俩杀了梦露——"

"我可没说——"

"我说是乔干的。当女人们魅力锐不可挡的时候,小伙子们可要挺住,因为你们乘坐的可是'核粒子加速器'。你记得罗克卫游乐场里的'核粒子加速器'吗?"

"不大记得了。罗克卫海滩的游乐场吗?皇后区的?"

"对,伍迪·艾伦①待过的地方,我就是在那儿长大的。爱情就像是过山车,坐上去就别想再下来。"

然后他又开始说起玛丽莲·梦露和"洋基快艇"来。到现在为止,这位老兄有关"爱的无边法力"的奇谈怪论,我已经听到了成百上千个版本了,可迪马乔谋杀玛丽莲这一事件是他最津津乐道的。"挡不住的冲动。"我接着他的话说。

"夜獾"笑了笑。"哈哈。哎,你看那边的安吉,"他把头转向门那边,"她就有那种法力。"

我又打量了一下正走进米克酒吧的女人,问道:"那是赞恩·舒伦迈耶的老婆,这点你不会不知道吧。"

"我当然知道。就像你说的尼亚加拉瀑布。每小时五点五亿加仑的水降落到你头上,即使乘坐'雾中少女'号②,也不能逗留太久。"

"你说得我一头雾水。"

"夜獾"脸上又现出强烈得能点燃煤气的那种表情。"这种大瀑布浇到头上,可不是小事。你必须跟朗尼·拉马尔·罗梅讲清这点,否

---

①伍迪·艾伦:美国喜剧影星。
②"雾中少女"号:游客用来乘坐观赏尼亚加拉瀑布的蒸汽船。

则……"

这个小个子怪人突然拿起一个虚拟的高尔夫球棒，朝着桌面上虚拟的人身上猛击下去，直到我拽住他的胳膊，他才停下来。他那副架势简直跟一个完全失控的杀人狂毫无两样。光顾米克酒吧的很多人都对他敬而远之，知道为什么了吧？

我问他："朗尼和安吉之间有什么猫腻么？"他不做声，只是用手一指。

我顺着他指的方向，看到了我的投球高手朗尼·拉马尔·罗梅。他从自己那帮校友堆里转过身来，眼睛像是长在了安吉身上。且看安吉的招牌动作——她走起路来，好像在提醒别人："别走神，看看我的胯骨是怎么掉下来的。"她就这么一步三摇地走到我们的台前，然后停下脚步，直直地盯着我。（她还要搞什么花样？）朗尼马上来到我们台前，安吉见状马上绕过柜台，跑到朗尼身后，然后伸出一只手来，在他的腿上来回游走。我立刻意识到自己碰到棘手的状况了。忽然我看不到朗尼的双手了。我看到的是舒伦迈耶夫人一下子转过来，坐到了朗尼身上，好像在骑一头公牛。我看到这一幕，心想：这样的场面绝对不是头一遭。这回我不用"夜獾"贴着耳朵告诉我"靠后，杰克"，提醒我把弄掉了的棒球赶紧捡起来，扔回场上去。

我手头有一笔买卖："坦帕湾魔鬼鱼队"队长即将飞往罗利市的达勒姆，跟我代理的两个3A级球队的客户签约，可人家要求亲眼目睹一下二人在一场决赛上的表现，才会考虑签约，这笔买卖才算最终搞定。这两名客户一个是投球手朗尼·拉马尔·罗梅（投球手防御率为1.85），另一个是接球员赞恩，而此时此刻朗尼正把两只手伸进赞恩·舒伦迈耶老婆的裙子底下。真是麻烦！可如果赞恩·舒伦迈耶和朗尼合作，朗尼本赛季扔出三个"封锁对方打击"和两个"无安打"，那么形势也不容乐观。我正在想着，忽然看到了赞恩走进酒吧，这可不是我急得看花了眼。这个酒吧里谁不认识谁呢？在我们这个偏远的小镇里，哪还会有第二个棒球运动员扎堆的酒吧？安吉的老公不到这个酒吧来找她，还能到哪去呢？

要是赞恩直奔我们这来，肯定能撞上自己的老婆正坐在自己哥们朗尼的大腿上扭来扭去呢。就在这个节骨眼儿上，只见"夜獾"火速冲出酒吧间，站到了门口，身子正好挡住了赞恩，使他看不到我们这边的事情。真是有惊无险！随后，"夜獾"把这个人高马大的接球员拉到一个角落里，请他给自己的棒球签名。我赶紧趁此时机，跟赞恩那个跳大腿舞的老婆讲道理。安吉是个南方姑娘，一头红色的秀发。她的脸蛋该怎么形容才好呢？按照"夜獾"的说法，叫做"有失检点"。她的身段修长而不失丰满，简直让人无法把目光移开。不仅如此，这个丫头还相当有个性。我告诫她说："安吉，我看到赞恩朝这边来了，你从朗尼的腿上下来吧。"猜猜她怎么回敬我？"乔丹，你说的是能让你捞到百分之十五酬金的赞恩吧？"说得不错，我的确指望着那些酬金过活，上帝作证，本人可是凭着自己的本事吃饭的。可赞恩起码也是安吉百分之八十五的老公啊！可要是她真能这么想，不用旁人说，自己就会从朗尼大腿上下来了。

今天晚上，安吉好像为了特意配合米克酒吧的怀旧情调，浑身上下一副五十年代的打扮：一件露背的红色背心（上面印着白衣飘飘的赛车手的图案），一双细高跟的白色凉鞋。听到了我的话，她一下旋出红色塑胶吧台，身上那件背心都快贴到朗尼的脸上了。"我得去便便了。"她说话的腔调好像是在邀请朗尼同赴天堂。随后她和着萝丝玛丽·克鲁尼唱的"意大利曼波"的歌声，跳着萨尔萨舞，一步三摇地走开了。朗尼早已把身子探出老远，直勾勾地盯着她离开。这家伙看来是想脱离地球引力啊。要不是我两手攥住他,并扭过一只手腕(不投球的那只手),他就能一溜烟地跟着安吉进女洗手间。

"哎哟——"他一脸惊讶地看着我。

"朗尼,人家是赞恩的老婆,你不会不知道吧?"

"你说安吉?嗯,知道,那又怎样?"他耸耸肩,拨弄起自己的头发来。他的头发被染成黄绿色,发型也好像睡得一塌糊涂,刚刚爬起来似的。说到相貌,朗尼·罗梅绝对算得上"性感十足"。他声称自己跟一千个女人上过床。他走起路来悠然自得的样子,天生一双褐色的大眼睛,目光闪烁迷离,向女人们偶一顾盼,就电光四射。有时候一个女人刚从前门进来,因为他一个眼光流转,就会跟正要出去的另一个女人撞个满怀。他这样子,害得我常常要亲自出马,帮他摆平情场上的麻烦。

"是啊,那又怎样,安吉嘛。"我说,"朗尼,看着我!明天你就要上场投球了,而负责接球的是赞恩,你们两个必须通力合作。只有这样,那些大老远从坦帕飞过来的绅士们才愿意为你们大掏腰包。朗尼,那可是几百万美元啊!当然我要从中收取百分之十五的佣金,再加上你欠我的一万七千美元。"

"随便你吧。"

"安吉·舒伦迈耶是禁果、危险品,碰不得。你明白吗?"

朗尼得意地冲我笑笑:"嘿,这话跟她说去吧。她是自由身,她是白种人,她才芳龄二十一岁。"

我也得意地笑笑。"不对。她已经是有夫之妇,而且已经二十七岁了。更何况,赞恩不光是你朋友,还是你的搭档,这才是最要命的。"

"随便你怎么说。"朗尼根本没有听进去,他的舌头在杯子沿上舔来舔去,好像舔的是安吉。

"知道克里斯蒂在哪儿吗?朗尼?"

"谁啊?"

克里斯蒂是他的前任女友,可前任就是前任,已时过境迁了。她是当地的一个模特,体育场的棒球外场上就有她做的巨幅广告,是推销地毯的。就在几个月前,朗尼还央求我出马,帮他跟这个模特安排一次约会。我立刻出马,手到擒来。就像"夜獾"说的那样,做一个经纪人可有得是事儿。

我深知自己必须先下手为强。在这偏僻的小镇,时间哪里是一动不动啊?简直是躺下打盹。在这时候让我火速行动,我绝对做得到。我固然是在南方出生,可在九岁时就随老爸去了纽约。他想考察下北方人喜不喜欢戴帽子,哪知他们也没兴趣。我在曼哈顿中部的一个镇子长大,那个镇子就在老爸开的第三家"柯氏帽店"附近。就是那个小镇让我养成了雷厉风行的作风,而对我老妈来说,纽约的节奏可赶不上马德里快,也比不了墨西哥城。这一点我可不敢妄下断言。但比起眼下这巴掌大的地方来,曼哈顿可是个庞大的花花世界,一旦旋转起来,就让你眼花缭乱。我当初要不是走投无路,说什么也不会再回到南方。按我老妈的话说,这个地方的生活节奏实在太慢,慢得像一团糖浆,可这的人们却很享受这样的慢节奏。老妈说,她要没了自己那些书作伴,非被这个地方逼疯不可。她从墨西哥来,说话自然有那里的口音,于是南方的那些乡下佬们对她冷眼相看。让他们见鬼去吧!

我这辈子只有一个目标:有朝一日能杀回纽约去。我说过,我是个体育经纪人,就像杰里·马奎尔[①],可我手里有小古巴·古丁[②]么?不,我手里攥着的是朗尼·拉马尔·罗梅。这家伙正猫在酒吧的吧台

[①] 杰里·马奎尔:国际体育运动管理公司的一名顶级经纪人。他代表许多体育大明星,为他们争取高额的体育和广告合同。
[②] 小古巴·古丁:演员。在电影《甜心先生》中饰演一个足球明星。

底下，暗藏鬼胎，想把自己接球员的老婆拐跑呢！本该混得更好：我的工作对我来说是轻车熟路。事实上，用我前妻的话说（她是个网球明星），我在事业上比在生活上更驾轻就熟。我对我的客户们绝对是倾囊而出，毫无保留。去年我那个馋嘴的滑冰运动员在商店里小偷小摸，结果被小报大肆渲染。最后还是由我出面，挽回了局势，让她重新得以参加巡回赛了。她偷的是巧克力。人们在她的帆布袋里还发现了十二磅，零售价值三百七十五美元的"千禧大礼包"。

去年我时运不佳，无奈之下，生活的重心也转移到了南方。先是母亲与世长辞，两个月后父亲像急着赶车似的也随她去了。除了帽子之外，这世上他唯一钟爱的就是母亲了。这还没完，连我妻子也跟我分道扬镳了。代理处的新老板埃米尔·米勒·邓恩（"埃米利"，不是"埃米莉"）告诉我公司正在裁员，打算把我调到南方的分部，负责那的市场。这个人跟我说，既然我最近"没什么牵绊"了，把我调离纽约，想必我本人也不会有什么意见。他这话不仅是指我父母相继下世，还指我妻子要跟我离婚的事。离婚？还不是因为他——埃米尔·米勒·邓恩跟我妻子有一腿么？反正对我——小乔丹·科尔来说，去年一整年简直喝口凉水都塞牙，倒霉透了。

可不管怎么说，我也得有口饭吃啊，于是我开着父亲苹果绿的"庞迪克"①来到了南方，连纽约的车牌都没顾得上换掉。有天晚上当我从米克酒吧出来，不知道是哪个浑球在我车的保险杠上贴了一张纸，上面写着："你在北方做什么，我们他妈的不在乎。"嘿，兄弟，你懂什么？醒过来闻闻我们那儿的意式咖啡。你们这的人哪有这种口福？读过《纽约时报》吗？

---

① "庞迪克"：美国通用汽车旗下的一个轿车品牌。

几个月后，我来到了卡罗来纳州的这个地方，遇到了现在的两个3A级球队球员，也就是舒伦迈耶和罗梅二人。他们上一任经纪人去世了，在葬礼上我和他们结识了。在这以后，我就整天掰着手指头，盼着杀回曼哈顿。我要亲口告诉米勒·邓恩，我如今可是今非昔比了，再也不在那个破代理处给她跑腿了。于是我毫不犹豫地跟他们签下合同，心里盘算着有朝一日把这二人送进"职业棒球联合总会"，我就立刻飞回纽约。那个接球手赞恩·舒伦迈耶结婚了。而投球手朗尼·拉马尔·罗梅能投出每小时一百五十公里的快球。要是由赞恩负责接球，朗尼就能在一场比赛中发挥到十七个到十八个三振的水平。可如果没有赞恩这个接球手，朗尼没准儿会把球扔给裁判。跟以前那个馋嘴的滑冰选手比起来，朗尼带给我的麻烦更多，更让我头疼。

朗尼经常给我打这样的电话："乔，有件事替我摆平，行吗？"大多数情况下，他指的是帮他甩掉某个女孩儿。可他第一次瞄上安吉·舒伦迈耶时，却一直没有打电话给我，现在看来情况不妙。我早该告诉朗尼关于赞恩的一件大事。当朗尼还在佐治亚州时，赞恩已是"二流职业棒球联合总会"最好的接球手。在一次派对上，有个游击手①把手伸进了安吉的比基尼里，结果被赞恩收拾了一顿，从此一辈子都要坐轮椅。其实当时俩人都抡起了拳头，大家都说这是意外事件，可这次意外害得那个家伙再也当不了游击手了。

赞恩在佐治亚州的一个小镇上长大。那个镇上人口少得可怜，还不及我在纽约时一个公寓的人口多。他身上健壮的肌肉块像爱因斯坦聪明的脑细胞一样多，可要说到他的脑细胞，就不必数了。他今年三十二岁，身高六尺五，身板结实得像充了气。他那身肌肉可不是吃

---

①游击手：棒球赛中第二垒和第三垒之间的球员。

什么灵丹妙药吃出来的,而是靠自己锻炼出来的。他不抽烟,不喝酒,除了维他命之外也从不服用任何药物。据我所知,他除了爱妻如命之外,没有任何不良嗜好。他和安吉在高中时代就结婚了。他们之间连一丁点儿雷同之处都找不出来。除了一点:他俩都觉得安吉是镇上最靓的招牌。当然这么想的不只是他们俩。

等到赞恩看到我和朗尼时,安吉刚好拐进洗手间,真是谢天谢地!赞恩慢悠悠地走过来,我招呼到:"嘿,赞恩,明天可要大显身手了,是吧?"

可显然赞恩并不把自己的大好前途放在心上。他一门心思想着安吉。"你们看到我的小猫咪了吗?"他管他妻子叫"小猫咪",我想,要是愿意,连一只孟加拉虎都可以叫做"小猫咪"。

"夜獾"突然冒出了一句:"其实你的'小猫咪'刚刚到这来找过你。"

"她来过?"赞恩皱了皱眉。我屏住了呼吸。

"对。安吉在家里等你,等的太着急了,索性就来这找你了。她说,要是我们看到你了,就告诉你她已经回家了。乔丹,朗尼,是这样吧?"

"夜獾"这个疯子撒了这么个弥天大谎后,朝着朗尼笑了笑。我只能赶紧插话道:"是啊。朗尼,对吧?"说着使劲儿踩了朗尼一脚,示意他闭嘴。他这家伙正张着嘴呢,谁知道他要说什么话。

"朗尼,安吉真回家了?"赞恩问道。

"爱回哪儿回哪儿。"朗尼耸耸肩,看都没看他一眼。

"她要是回去就再好不过了,我这就回去。"赞恩跟我们说完这话,安吉刚好推开洗手间的门,像跳着曼波舞似的扭着腰肢出来了。真是谢天谢地!可是赞恩并没有马上离开,反倒站在那皱着眉头。

我赶紧上前拉住赞恩。"赞恩,过来。'夜獾',咱们一起把赞恩送出去吧。"

我们俩推推搡搡地把赞恩·舒伦迈耶送到米克酒吧外,我把他扶到他的白色卡迪车里,跟他挥手告别。随后我一把将"夜獾"摁到墙上,质问道:"你疯啦?赞恩不喝酒,安吉为什么要到酒吧来找他呢?他起了疑心怎么办?"

"夜獾"抱了抱我,意味深长地笑笑。"哥们儿,我真是爱死你了。你得看到人心里去。赞恩没长那么聪明的脑子。"

我又晃了晃他的肩膀,问道:"那么安吉溜出厕所之后呢?"

"夜獾"扭动身子挣脱了,随后捡起帽子,抚平衣领,说道:"她已经溜出去了。赞恩和你说话的时候,她就从后门出去了。现在她正在万豪酒店和朗尼幽会呢。"

我吓了一跳,瞪着他问:"你听谁说的?"

"Cogito ergo sum(我思故我在),里奇。"他咧嘴一笑。

我一把抓住他身上那件T恤衫(我买的那件,上面印着伦敦地铁),喝道:"你别和我耍花招!"

他把一只手放到我的拳头上,拍了拍,说:"安吉去洗手间时,把万豪酒店的房门卡偷偷地塞进朗尼的衬衫口袋里了。"

我又瞪了他好一会儿,他肯定地点点头。

"妈的!"我骂道。

他指了指自己T恤衫,说:"勿越雷池,对吗?"

有一次"夜獾"缠着我,让我给他说说我做体育经纪人的哲学。(他竟然以为我还有时间仔细考虑什么"哲学"!我当时正在帮朗尼把一台五十二寸的电视搬到他母亲家去)。我告诉他,经纪人所做的就是写在他T恤衫上的那句话"小心空隙"。一个出色的经纪人应该确保客户"小心空隙",来实现客户的最大利益。我们做这些,并非出于爱心,而仅仅为了拿到该拿的百分之十五的报酬。一旦客户做出对经纪人不利的事情(比如偷商店的巧克力,或是在大伙都互相熟悉的酒吧里,和队友的老婆调情),就是"逾越雷池"了。要是严重到了无法挽救的地步时,客户就会完蛋,我这个经纪人的买卖也就随之泡汤了,也就别想去什么纽约了。

"一切就都完了。"我边说边点上一支"万宝路",忽然感到一种挫败感向我袭来。

"夜獾"从我这讨了一支烟,也抽了起来。"乔丹,你该把烟戒了,"他说,"你可是有前途的人啊。"

"什么前途?"

"你还爱着打网球的那个女人,你的前妻。你也许可以让她回心转意呢。"

"你别跟我提这茬儿。你不想强迫我在你和烟之间做选择吧。要是赞恩已经回去了,却发现安吉不在家,一切就都完了。"

"夜獾"说:"不用考虑那么多。"他心里想什么,我看只有鬼才知道。

然后他拿出一个随身带着的小玩意儿,好像是瑞士军队用的,让我看。他身上的家什从尺子到刀子,真是要啥有啥。"你尽可以放宽心。你把赞恩推上车时,我把他的后车胎划开了,他要好一阵子才会到家。哈哈!"

这么长时间以来,我一直在忍受着这个怪怪的小个子,现在我真是暗自庆幸。我让他立刻开上我的车,去万豪酒店找安吉,让她赶在赞恩前回家,而我自己则去拦住朗尼。

于是我们分头行动了。我告诉朗尼安吉今晚不能见他了。朗尼听后操起一罐番茄酱,以时速九十五米的速度朝墙上扔去,打到了米奇·曼特尔的球棒,番茄酱溅到了上面。塔普·厄普丘奇见状,大为光火,把朗尼轰出了酒吧。我把朗尼送到了他暂时的住处,他自己把那称作"爱巢"。那个地方是在树林里一个深湖边上,非常隐蔽。他喜欢清静,而且还可以"在星空下一丝不挂地寻欢作乐"。朗尼嘱咐我一定要出马,帮他把美事搞定:他既可以跟赞恩的妻子上床亲热,又不被人家知道。"我要定她了。"他跟我信誓旦旦地说,"这次我可是真的恋爱了。"我把他的车连同车钥匙一起弄走了,他甭想离开这个小屋。(深更半夜在这么僻静的地方,别指望吹个口哨就能叫到出租车。)

"夜獾"早已在我住的地方等我。他给我讲了他的一番作为:他赶到万豪酒店截住了安吉,还让她捎了一些棒球叫赞恩签名,然后把她送回了家。赞恩总算换完车胎,赶回了家,正好"夜獾"也在场。他对赞恩说,安吉曾经去过米克酒吧找赞恩。这一切都似乎天衣无缝。只有一件事不如人意:"夜獾"说,当时为了让安吉离开万豪酒店,他不得不模仿朗尼的笔迹,给安吉写了一张便条。(连他棒球上的签名都是他伪造的,他很擅长来这手。)便条内容如下:"安吉:我非常爱你。我们明天见。"这话让我坐立不安。"明天?明天坦帕来的星探就要来看比赛了。你怎么不说'我们要亲热,也要等到星期五',或者干脆就说'等到下辈子'呢?"

"夜獾"又搬出他的奇谈怪论:"爱情就像欧几里德的杠杆,可以撬起整个地球。"我一把将这家伙推出门外。

可想而知,我这一夜都在提心吊胆:赞恩会不会发现那封"朗尼"写的信,然后趁安吉睡着时把她杀了?明天的比赛也许他不会上场了。没准朗尼也不能参加了,因为他已经被大卸八块,死在床上了。我的办事处设在小镇中部,我刚刚设计好了蓝图:"柯尔代理处——今天你仰望星空;明天你就是明星。"看来也要白忙活了。

凌晨四点，我实在忍不住了，开上车直奔舒伦迈耶家。可在他们家的车道上并没有看到一辆警车或救护车。

这儿的人有一句口头禅："明天又是新的开始。"赛前热身开始了，赞恩到场了。"夜獾"把朗尼的车和车钥匙还给了他，于是朗尼也如期而至。到场的还有那两个从"坦帕湾魔鬼鱼队"来的大人物。这两个家伙视我如同草芥，不过管它呢，合同能签就签，不签拉倒。赞恩眉头紧锁，问我安吉是不是有什么地方不对劲儿。我说绝对没有，信我的准没错。于是赞恩在上半场就来了个本垒打，他把这个战绩献给自己的小猫咪（他所有的本垒打不是献给他的爱妻，就是他的母亲，要不就是上帝。）打到第三场时，赞恩的三垒打威力无边，竖在中外野上的巨幅广告牌（里面是朗尼前女友的那个）都被他的球弹了下来。朗尼到第五场时已经投中了十一个三振。从坦帕来的那两个家伙看到这个阵势，立刻把签字笔的笔帽取了下来。

正在那时，"夜獾"忽然拽住我，伸出食指。我转过身，看到安吉正从体育场上大踏步穿过。她的秀发飘飞，在明媚的阳光下熠熠生辉，她的双眸碧绿，隔着二十排座位都能望见。她上身一件男式的白衬衫，衬衫系到胸脯底下，下面一件白色超短裙，露出晒成棕色的肚皮。她走路的姿势真是让人过目不忘。我想起父亲在三十四号街的帽店里有一幅旧画，画上是大萧条时期在曼哈顿上班的女孩儿们。那时候的女孩儿们都戴着帽子，漫无目的地走在大街上。透过她们薄薄的衣裙，你看得到她们结实有力的长腿。安吉周身散发的就是那种风韵，浓得像蜂蜜，在炉子上溶化开，可以倒出来。

安吉朝着球员休息的场地走去。赞恩在那里捡球，朗尼坐在长凳上嚼着口香糖，吹着大大的粉色泡泡，又缓缓地把泡泡吸回去，就像嘴里的泡泡是安吉·舒伦迈耶。安吉朝那里走的时候，吸引了半个体育场观众的眼球,连"坦帕湾魔鬼鱼队"来的人也不例外。

人们都想知道这个姑娘的来历。"她是赞恩的夫人。"我一边跟他们解释,一边踢开黏在我旁边的"夜獾"。他老是跟在我左右,像一条湿漉漉、光溜溜的大腿,贴在皮车座上一样。今天他戴着我父亲店里的一顶黑色毡帽,穿着印有亚里士多德的T恤衫。他用双手捂着帽子,忽然把手放下来。这个动作的深意我明白,他发现敌情了!安吉还在五十英尺开外时,"夜獾"赶紧跑了过去,把她叫住。我看到安吉把一张纸条交给他,然后又指了指朗尼。朗尼一眼就看到了她,立刻手脚并用,从休息区后面朝着安吉爬去。天啊,他这是要干吗?该死的比赛还没完呢!

赞恩也看到了安吉,可安吉没有理会他,反倒向体育场外走去。赞恩追了出来,可他的小猫咪已经无影无踪了。他气得把球棒朝着休息区抛去,也许他想砸的是朗尼的脑袋吧。上一局结束了,他们二人又要上场了。朗尼朝着赞恩投出了一个曲线球,结果砸到了赞恩的面罩上。坦帕来的一个头儿立刻问到:"那是怎么回事?"

"没事,没事。"我跟他打着包票,起身离开。我似乎看到了我的未来正在眼前消逝,仿佛在大雾弥漫的夜晚,曼哈顿隐没在大边。我奔向露天看台,质问"夜獾":"这到底是怎么回事?"他手里正拿着那张安吉给他的纸条。我一把抢过来,纸条写着:致我的"大宝贝"。哼,明明是男女苟合,却要充什么真情挚爱。纸条上的内容如下:朗尼比赛后直接回到他湖边的那个住处,安吉将躺在床上等他回来。"可别洗澡,我就喜欢你刚打完球的味儿。"

我玩儿了命地跳过露天看台,朝着安吉一路狂追。她开着那辆崭新的浅灰蓝色折篷"宝马",眼看就要没影儿(我现在开的还是老爸的那辆苹果绿"庞迪克",她的车比我的帅多了)。要是该死的合同能够顺利签下来,赞恩自己就能买得起一辆这样的车了。我一个箭步冲到安吉的车前,"夜獾"就跟在我后头。

安吉好歹是把车停了下来。我极力克制自己的怒火,生怕自己喊出来。"安吉,你能不能动动脑子啊?你希望朗尼跟佐治亚的那个游击手一样,一辈子坐轮椅吗?"

安吉看着我。好戏开始了。她说:"乔丹,你过来一下。"

我一步跨到前车门旁。她在里面坐着,如此光彩夺目,让人不敢直视,真是莫名其妙。她说:"我需要你帮我个大忙。"

我顿时一脸不悦,问道:"什么忙?"

安吉突然站起身,一把抓过我的领带,开始亲吻我的嘴唇。我好像被电击了一样,猛地闪身躲开。刚才感觉像触了电似的,真的。她随后说道:"我要离开赞恩,跟朗尼在一起了。你帮我好好照顾赞恩,行吗?"

我简直都喘不过气来:"你不能这样!你会把整桩生意都毁了,这两个家伙的百分之八十五,无论是谁的,你都得不到!"

"嘿,金钱可买不到幸福。"安吉这么说话,我怀疑她自己都不信。

"安吉,我告诉你,那个叫'朗尼·拉马尔·罗梅'的家伙也不会给你幸福的。"

她又盯了我一会儿,问道:"有没有人跟你说过,你长得像《我爱露西》里的那个人?"

我没有料到她会说这个,答道:"有啊,'夜獾'说过这样的话。"

她朝我身后的"夜獾"笑着挥挥手。"'夜獾'是个聪明人,我真为他着迷。因为他清楚一个女人想出人头地的愿望。乔丹,你知道吗?要是换了一个长得帅的男人,可就一窍不通喽。"说罢,安吉从胸罩中间拿下太阳镜戴上。

"你到底想说什么？"

安吉大笑起来，重新启动引擎。"明白我的意思了么？"

要不是我及时闪开，她肯定会直接从我身上轧过去。她以时速五十英里的速度驶出停车场，又是一个急刹车，猛地停在了米克酒吧门前。

我呆立在原处，满脑子想的都是一件事：要是赞恩得知自己的妻子正在和自己的投球手在一起，在湖边的什么"爱巢"寻欢作乐，会做何反应？他们俩考虑过后果吗？这时"夜獾"忽然从后面拍了拍我的肩膀，把我吓了一跳。

这家伙从来都是这样偷偷摸摸地靠近你，好像靠这个本事混口饭吃似的。"这就是安吉的魅力所在，我跟你说过的。"他接着说道，"现在是行动的时候了，有两个家伙在轨道上，现在又来了个银色彗星，正面冲突，我的朋友，你要躲远远的才好。好在他们都尚在掌控之中。"

我点了一支烟，试着让自己呼吸平缓。没错，"夜獾"说得有道理，是该采取行动了。我脑子飞转，忽然想出了计策："夜獾"对付安吉，我来搞定赞恩和朗尼那两个家伙，我们二人敲定了具体事宜。

安吉用薰衣草味的私人信纸给朗尼写了长达四页的黄色情书，最后一页上写着："加油！加油！胜利属于你！你的奖品就在床上——吻你千百遍，爱你一万年！安——"我看到这样的话，真是大喜过望。

我叫"夜獾"在最后一页信纸的背面模仿安吉的笔迹写上开头，然后交给赞恩。他做得简直是天衣无缝，看不出来任何丝毫破绽。

亲爱的赞恩——

还记得塔比，我高中时的死党么？她的妈妈给我打了电话，说她出了车祸，伤势严重。我得开车到田纳西去看望她。她现在正待在重症病房。不要为我担心，我很快就会回来，到时候给你打电话——（信就写到了这里。）

加油！加油！胜利属于你！你的奖品就在床上——吻你千百遍，爱你一万年！安——

我是这么推理的：赞恩肯定记不得安吉有个搬到田纳西的老朋友，连"塔比"这个名字都是"夜獾"编造出来的。不过他可能会想，过去这么多年了，他自己的漏勺脑袋估计把人家给忘了。而且他也没法去核实真相：在偌大的田纳西州寻找一个人，简直是大海捞针。再说，赞恩根本就不知道塔比姓什么。至于床上的奖品，安吉指的当然是她自己躺在朗尼的爱巢里，一丝不挂，娇喘微微，等他得胜而归了。我使了"偷梁换柱"的招术，把另一种战利品放在赞恩的床上。我家的仓库里存放了结婚时收到的各种礼物。我翻出了一个杯子，上面印着"世上最好的丈夫"的字样。那是我前妻在四年前送给我的。（当然是在她跟我离婚、投向埃米尔·米勒·邓恩的怀抱之前的事了。）那个杯子送给赞恩做奖品，是再合适不过了。

我把这主意告诉了"夜獾"，他只说了一声"行"。我还告诉他，要是我们的计划成功了，我将把自己那百分之十五的酬金分给他百分之十。他斜了一下黑色毡帽，摇着头说："我看重的不是钱，而是我们的情分。你是我最好的哥们儿，哈哈！"说罢还拥抱了我一下。唉，随他的便吧！

"夜獾"开着我的车急驰而去。他可是重任在肩：先要开着我的"庞迪克"到我家拿到那个奖品，然后再火速赶到赞恩·舒伦迈耶的家，溜进屋去，把那个"世上最好的丈夫"的杯子放在他们家的大床上。（我提醒他，要警惕安吉那条叫"小爱人"的狗。）这个任务办妥后，他还要立刻穿过镇子走小路，前往朗尼的湖畔小屋。他要说服安吉出去躲一个星期，至于找什么借口，他可以见机行事。他可以告诉她朗尼在亚特兰大等她，或者谎称她的母亲就要不行了，或者他爱说什么就说什么好了。只要能把安吉引开，就算大功告成。

如果一切顺利，这个周末，我将和"坦帕湾魔鬼鱼队"签下两份合同。而那时候朗尼（现在患上了严重的"注意力缺损症"）可能也已经把安吉忘在脑后了，因为我抢在安吉再现之前，先给他安排一个火辣性感的小妞儿。

"夜獾"开车走后，我急忙赶回体育场。场上局势相当紧张。我告诉"魔鬼鱼队"的那两个大人物，压轴好戏还在后头——我的队员总是把绝招留在最后。他们看上去将信将疑。我把朗尼单独叫到休息场地，把安吉写给他的性爱宣言的前三页拿给他看。他看着散发着薰衣草香味的来信，像是达里尔·斯塔比雷见了可卡因似的，看个没够。

我告诉朗尼，我给他和安吉做了如下安排：安吉非常爱他，但不能到他的小屋那里跟她相会。她会赶往万豪酒店，以朗尼的名字预订一个有热腾腾浴缸的套房，等他赶来，共度一个销魂之夜。

"我想让她去我的湖边小屋。"朗尼还是那么固执己见。

"太冒险了。她还叫你躲着点儿赞恩。对了，她还留了个口信。"我告诉朗尼，安吉说了，要是他能在本次比赛中投中二十个满贯的话，她一定像天使般飞到万豪酒店，好让他在第一时间就能看着她，仿佛置身于天堂一般。（和朗尼说话，你得像西部乡村歌曲里唱的那样令人神往才行。）

"嘿，多谢了，乔。"他咧嘴一笑，又拍了拍我的背。我告诉他，要想赢得二十个三振的话，剩下的三场中他就得再打出九个三振来。"没问题。"他耸了耸肩。

过了一会儿，赞恩从更衣室的洗手间里走出来，我又单独把他叫到一边。赞恩想知道安吉给"夜獾"的是什么东西，我把安吉用薰衣草信纸写的最后一页信递给他，还补充了"夜獾"编造的关于塔比出车祸的谎言。

"安吉不希望在你比赛的时候分心。她叫'夜獾'把这个交给你。"我耐着性子，听赞恩读信。他先是皱着眉头默念，后来干脆就大声读了出来："塔比，我高中时的死党。"赞恩摇了摇头，一脸糊涂地问道："塔比，哪个塔比？"

我装出一副帮他解围的模样："塔比？……哦，等一下，是有这么回事。安吉好像有一次和我提过，她的一个老朋友叫'塔比'，还好像说过她搬到了田纳西州什么的。"

赞恩绞尽脑汁地回忆着，那副模样真是惨不忍睹。"啊，塔比，我想起来了！"他长着雀斑的大脸一下子变得既悲伤又温柔，"可怜的小猫咪，她的朋友塔比出了车祸，而她还得开车去田纳西忙前忙后。"

我握紧赞恩的手臂，感觉像抓着阿拉斯加的管道。"你的安吉就是这样。"我说，"总是为别人着想。"

赞恩皱着眉说："是啊，她的心大得就像……就像……"

我赶紧接茬儿说道："没错，她心胸宽广。"

赞恩微笑着说："一点儿不错。"

"你有这样一个妻子，真是太福气了。"

"乔丹，知道吗？我下一个大满贯要献给塔比，保佑她渡过难关！"

"好样的，赞恩！"

我返回看台，在"坦帕湾魔鬼鱼队"旁边坐下。那个秃头的家伙看看手表，问到："你上哪儿了，去了二十分钟？"他好奇地刨根问底。

我告诉他："小心空隙。"

赞恩在第八场中接中了两个,在第九场中又来了一个全垒打,这是他本次赛季第二个全垒打了。这时更刺激的好戏上演了:一个球猛然飞来,差点儿飞到了观众席上(看台上的观众们都站了起来),可赞恩照例把这个险球稳稳接住。

至于跟我们对垒的九名对手,也纷纷被朗尼击溃,由此他已经获得了二十个三振。我们的对手都被朗尼击败了。他又一鼓作气投了五个快球。当朗尼离开投球区的土墩时,全场观众立刻起立为他鼓掌欢呼。

跟"魔鬼鱼"的合同终于到了手。

我们在米克酒吧大摆庆功宴。可席间"夜獾"却一直没有露面,但我老爸那辆绿色"庞迪克"却停在酒吧前,钥匙插在车上,车还没有熄火。我把赞恩送回家时,还是连"夜獾"的人影都没见着。赞恩回到家,看到安吉收拾了东西(当然是匆匆忙忙),还把她的拉萨阿普索犬也一同抱走后的场面,失落得不得了。而当他看到床上那个印着"世界上最好的丈夫"的杯子时,不禁热泪盈眶,跟我念叨着:"安吉真是世上最善解人意的女孩儿。"我完全同意。

朗尼·拉马尔·罗梅兴冲冲地来到我为他预定的万豪酒店,走进设有热腾腾浴缸的套房。他一心以为会看到这世上最曼妙的女孩儿安吉,正在床上一丝不挂地盼着他的到来,可哪儿有安吉的影子呢?朗尼气急败坏,脱下一只鞋,狠命地朝电话砸去。不过几分钟后,我及时赶到了万豪酒店,并且把我安排的客房服务也带了过来。所谓的"客房服务",就是一个外国舞女,名叫"谢拉琳"。她走路的时候身子笔直,像一个真人大小的芭比娃娃。我花了三百美元雇了辆豪华轿车,把她从夏洛特请到这里来的。去年春天,朗尼在一个名叫"地狱俱乐部"的地方见过她一面。我跟朗尼说了这样一番话:我知道你对安吉是认真的,可安吉暂时还不想让赞恩知道你们的感情,所以你要有些耐心,再等等。现在谢拉琳从夏洛特赶来,特意给老兄你庆功,你可要以礼相待。我的话朗尼听进去了,开始给她示范如何只用一个大拇指开香槟。于是我识相地走开了。

万一谢拉琳这一招行不通,我手里还有一个名叫"凯莉"的候补。她可是坦帕电视台炙手可热的红人。

一切进展得十分顺利。我给埃米尔·米勒·邓恩发去传真,正式提出辞职。他却给我打来了私人电话(这可是破天荒头一遭),告诉我,我的前妻也把他甩了。哎,今天对于小乔丹·柯尔真是大喜之日啊!

一周过去了,赞恩的"小猫咪"毫无音信,连一个电话都没有,而他今天就要动身去坦帕了。赞恩都快急疯了。于是我对他撒谎说,安吉从纳什维尔给我打来电话了,说她怎么也联系不上赞恩,一定是家里的电话出了什么毛病。我告诉赞恩,他的小猫咪很好,他尽可放心。

随后我就开始急迫地寻找"夜獾"。自从我派他去朗尼的湖畔小屋搞定安吉后,就再也没见过他。这个家伙在搞什么,我觉得我心里得有谱。于是我去米克酒吧里问了一圈,可是那的人都说自从那次"大赛"下午就再也没看到"夜獾"了。顺便提一句,那次比赛使罗梅和舒伦迈耶一举入主"大联盟"。这时忽然有个人告诉我,他记得曾在一个雅座里看到"夜獾"和安吉·舒伦迈耶在一起。塔普·厄普丘奇可不关心"夜獾"的下落,他自己正为一桩事烦心呢:他那个有米奇·曼特尔签名的球棒不翼而飞了,那个球棒价值足有一万八千美元呢。我正想从塔普那里打听"夜獾"的住址,赞恩突然急三火四地闯了进来,说他正找我呢。他眉头紧锁,把一封信拿给我看。那是他的"小猫咪"给他寄来的,上面盖着纳什维尔的邮戳。

信中写到:在车祸当中,塔比从挡风玻璃那里跳了出去,结果被玻璃毁了容。现在安吉、她的爱犬还有塔比的母亲要带塔比北上,那有个外科医生可以给塔比做面部整容手术。(信纸还是带有薰衣草香味的那种。我猜这一定是"夜獾"把那个奖杯放在他们家床上时,顺手牵来的。我看着这封伪造信,几乎快喘不过气来。赞恩却为我这个样子感到过意不去。我的大脑飞速旋转,想着对策。我建议赞恩明天仍旧按计划飞往坦帕,我替他全权负责寻找安吉。我安慰赞恩,虽然信上没有说明塔比做手术的确切地点,可安吉一定会尽快打来电话的。我告诉赞恩回去赶紧把电话修好,他说他已经在电话里装了留言功能。他皱着眉头,念着:"安吉应该一直打电话才是啊。"

"或许是安吉想跟塔比寸步不离吧,"我提醒他,"她从来都是那么热心,你又不是不知道。"

赞恩的眉头皱得更紧了。这个家伙头脑再迟钝愚笨,也迟早会对整个事件生疑的。

我也察觉出事情有些不对头。当晚回到家后,我发现一封"夜獾"写给我的信,信上也卡着纳什维尔的邮戳。他在信里向我表示祝贺:他已经在报纸上看到我和"魔鬼鱼"队签了合同,给舒伦迈耶和罗梅二人赚到了一笔大买卖。他深知这个合同对我来说意义多么重大。信的附言上还说,安吉的事没问题,我不必再为此费心。之后他还补充道:"我要到西部去了。如果迫不得已,你就告诉当局说我偷了你的车跑了。当然,如果能避免这种情形,我感激不尽。记住:已经有人勇闯过了尼亚加拉瀑布,并且毫发无损。你的朋友,柯蒂斯·道森。"

三天以后,我开始收拾行装,打算回纽约。可我心里还是直犯嘀咕:安吉到底下落如何;那个怪鸟说的什么"如果迫不得已,你就告诉当局说我偷了你的车跑了",什么"勇闯过了尼亚加拉瀑布,并且毫发无损",到底是什么意思。还有,这是我第一次知道"夜獾"的真名实姓。我恍惚记起了什么,可怎么也弄不明白这其中的奥妙。那天晚上我接到了赞恩·舒伦迈耶打来的电话。他在电话里哭得稀里哗啦，简直伤心欲绝。他说安吉把他抛弃了，他需要我赶紧去佛罗里达找他。我问："你是怎么知道的？"赞恩说是从车上安吉留给他的信里得知的。赞恩是我的二号主顾（罗尼位居第一），作为经纪人的我第二天便火速赶往佛罗里达。

到了坦帕，我得知了如下情况：昨天早上赞恩在租用的房子里起床后，发现他妻子那辆蓝色"宝马"停在他的私人车道上。方向盘上粘着一封安吉写的信。（当然只有我知道那根本不是她写的，是"夜獾"仿造的。）信里安吉说，她忽然感到了一种"挡不住的冲动"，还说自己没有权利占有这辆车，所以就把车开回到赞恩的住处。安吉声称自己是从我这里得知赞恩的地址。她本打算和赞恩面对面把一切澄清，可在敲门前的瞬间忽然没了勇气，就作罢了。于是她徒步走回了车站，坐上了"西行"的公交车。安吉希望赞恩能够原谅她不辞而别，并且能够试着体谅她的苦衷——她要追求自己的自由。她离开赞恩，就是因为这个缘由，而并不是另有了心上人而移情别恋了，她从来没有爱过别人。这完全是她个人的决定。赞恩什么时候准备好离婚了，安吉听他的，并且为他祝福。安吉还嘱咐他好好生活，一定要成为一名超级明星，她会为他加油打气。最后的签名是"吻你千百遍，爱你一万年！——小猫咪和爱犬。"车里除了这封信之外，就干干净净，空空荡荡了。

面对爱妻（还有爱犬）的离去，赞恩的精神全线崩溃了。好在下一场对"波士顿红袜队"的比赛还有三天，还来得及帮他重整旗鼓。

朗尼·拉马尔·罗梅在这个时候绝对帮了大忙。"朋友妻不可欺"，他以往的所作所为正好相反：对朋友的妻子垂涎三尺不说，还暗地里盘算把人家拐走。可在现在这个节骨眼儿上，他却把自己的嘴巴管得死死的，还不厌其烦地跟赞恩说，这无论对赞恩，还是对安吉，都是最好的结局,说得连赞恩这个家伙都开始慢慢相信了。同时朗尼还向我吐露说,当初安吉说好在万豪酒店等他,带他一起赶赴天堂之旅,后来却爽约了,他现在总算弄明白了。安吉是去寻找什么女人的"个体身份"了。也许此时像《末路狂花》里的女人一样,正在环游全国呢。安吉离开赞恩,说是为了呼吸自由的空气,这套说辞朗尼还真买账。我可不这么认为。

从坦帕飞回卡罗来纳的旅途中,我的脑子挥之不去的是这一年来从"夜獾"那里听来的奇谈怪论,关于"爱能扭转乾坤的威力",关于迪马乔害死玛丽莲·梦露的内幕,还有其他种种。想着这些问题,我彻夜未眠。第二天一早,我到车库里把"夜獾"存放在这的大大小小的箱子全都倒腾出来。其中两个箱子里装的是他破旧过时的衣服,第三个箱子里放的大部分是他的哲学书。我在其中发现了一本由"柯蒂斯·道森博士"撰写的书,名叫《柏拉图对话中的"爱加倍"和"菲利亚"》,共有五卷,是大约十五年前由中西部的某所大学出版的。(后来我在网上查到了那两个希腊词,意思是"爱情与友情"。想必在书中"夜獾"试图要解开什么谜团吧。在这些书的底下,我发现了一个名叫"尼娜"的女人写来的信,还有很多黑白照片(就是当时演员们试镜时用的那种)。照片里是个漂亮女人,脸上挂着迷人的笑容。我在箱底还发现了一张折叠在一起的泛黄的纽约小报。我打开小报,在第一页上便赫然见到了青年时代的"夜獾"。我记得我听说过他的真名,现在看了报纸,我才如梦方醒。

接着我把电脑打开,输入"罪犯实录"的网址,试图搜索在纽约州范围内关于柯蒂斯·道森的信息。那个网站提供了一些详细资料,又推荐了其他一些相关链接。原来那个名叫"尼娜"的女人就是"夜獾"的妻子,是一名演员,或者说立志要成为一名演员。当时"夜獾"刚刚找到一份教授哲学的工作,他上班的地方就在九十二号街道附近。尼娜在那条街上的一家餐馆上班,后来却跟餐馆的一个酒保上了床。一天在凌晨三点时,那个酒保送尼娜回家,这时得知真相的"夜獾"早已潜伏在公寓的楼梯口处。他从路边的垃圾箱里捡到了一根铅管子,用这根管子把他妻子和那个酒保都打死了。一个路人正好经过那里,把"夜獾"从现场拉开,并用那个管子把他的脑壳砸破了,才把他稳定下来。

就是因为这桩命案,"夜獾"在一个偏远的罪犯精神病医院里度过了二十载漫长的时光。就是在这期间,他完成了那本关于柏拉图的书。在他的案子开庭时,控方律师并不认可"夜獾"因为精神失常而杀人的说辞,一直据理力争。他认为,谁要是声称"爱神"能够使人做出违背意志的事情,他真是一派胡言。可显然,陪审团却持有不同意见(几十年后,米克酒吧里的很多常客也是这么想的):"夜獾"大谈特谈什么"爱能扭转乾坤的威力",足可证明这家伙脑子出了问题。陪审团也因此断定"夜獾"并非早有预谋,而只是出于"挡不住的冲动",才会动手杀人。

我考虑片刻,然后把照片、信件、旧报纸连同我自己的一些废品统统都丢进了垃圾堆里。"勿越雷池",不是吗?如果我估计不错的话,"夜獾"这一走,不会有人再对他念念不忘。别人也无从得知我才是幕后主使。二十分钟内从体育场到朗尼的住处,再返回来,这事绝无可能,更别说在你缺席的时候又去杀什么人了。(那天"魔鬼鱼"队的人还真指着表,质问我这二十分钟跑到哪里去了。)

我把"夜獾"其他的东西重新放回箱子里。等我再回纽约时,我要把它们连同父亲的帽子,母亲的西班牙语书籍,还有离婚时妻子不要的东西都一起带回去。从某种意义上讲,这些箱子像我家人留下的纪念物一样。这么说会不会让人觉得怪怪的?没准儿我真的会把它们保留起来,别人爱怎么想就怎么想吧。

回到客厅,我打开包裹,取出一个精美的水晶杯,给自己斟上了一杯苏格兰威士忌,"坦帕湾魔鬼鱼队"送了我不少瓶这种酒。我坐下来,琢磨着那天我让"夜獾"去应付安吉·舒伦迈耶后,到底发生了什么事情。也许我当时不该用"应付"这个词吧。我猜想,安吉此时已经沉到了朗尼的爱巢附近的那个湖底,已有三个星期之久。还有那个有"米奇·曼特尔"签名的那个球棒(据塔普说,价值足有一万八千美元),恐怕也已早已沉入湖底了。也许那天下午安吉跟"夜獾"说起了自己要离开赞恩,奔向朗尼怀抱,结果勾起了"夜獾"往日痛苦的回忆,心里难受。也许安吉自知魅力如日中天,就会这样移情别恋。也许"夜獾"觉得,我是他最好的哥们儿,他不能让我失望吧。

我猜想,"夜獾"一定是自己开着那辆蓝色的宝马,赶到纳什维尔后给我和赞恩寄来了信件,然后又回到坦帕,把车还给了赞恩,在车上还附上一封告别信。我不明白他所说的"西行"到底是去哪儿,不过要是他去了加利福尼亚,那可有无数疯疯癫癫的人,他在那儿一定不会觉得孤单了。

查看"夜獾"个人物品几天后,我收到了一封他从佛罗里达州坦帕寄来的告别信。我猜他一定是在公交车站邮过来的,因为里面那种长条型的照片只有公车站特有的机器才拍得出来。他坐在座位上,看着一个镜子。在每张照片上"夜獾"都带着我送给他的各式各样的帽子——褐色浅顶软泥帽,宽檐毛毡帽,男用软毡帽,还有格子花呢的高尔夫鸭舌帽。每张照片上的"夜獾"都露出灿烂的笑容。我第一次在米克酒吧看到他,坐在他旁边时,他就是这样。他还抱着安吉的那只爱犬。

那封信并不长:

乔丹：

  我的朋友！我写这封信，希望你知道我对你的深情厚谊，你对我那么友善而慷慨！我为回报你所做的一切也许有些过头，我请求你的宽恕。也许有朝一日，她会转变心意回到他身边。爱是杠杆，会把整个世界都撬起。去纽约吧，那可是看网球赛的好去处。

柯蒂斯·道森

  我留下了那些长条的照片，把那封信烧掉了。行，完全可以，"夜獾"，你是不会从湖底冒出来的。

  飞往曼哈顿的前一天晚上，我又去了米克酒吧，跟一些常客告别。他们居然为我举行了一个饯行晚会，有气球，有蛋糕，还有一张有大家签名的米克酒吧的照片，真是让我又惊又喜。大家送给我一个北卡州形状的大块儿奶酪，还说了不少玩笑话，说我现在可是大人物了，眼睛里恐怕再没有他们这些旧日的老哥们儿了。他们还打趣说，我这一走，就再也不会回来了。或许是这样吧，我的确再也不会回头了。然后有人跟我问起"夜獾"的情况，我的谎话竟然张口就来：前几天他给我来信了，说自己在芝加哥找到了失散多年的家人，现在已经搬到那跟他们团聚。米克酒吧的人听说以后都感到很惊讶，他们一直认为"夜獾"除了我就再没有什么亲戚了。

  一时间大家开始聊起"夜獾"来，说起他有关"爱的魔力"的奇谈怪论，说起他竟然看得懂希腊语写的书，还说他头上有道伤疤，为了避免尴尬，所以无时无刻不戴着帽子。他们很好奇地问我有没有从"夜獾"嘴里得知他的真名实姓和人生经历，我只是装傻充愣。

  我刚要离开酒吧，忽然注意到塔普·厄普丘奇的收银台上面多了一个朗尼·拉马尔·罗梅签过名的棒球，心想这准又是出自"夜獾"

的手笔。我正盯着看的时候，塔普走了过来，用手一指。原来那个米奇·曼特尔签过名的球棒又回来了，挨着那条装在塑料盒里的毛巾，挂在墙上。塔普解释说，几天前他正在清扫，忽然发现这个球棒滚落到了酒吧的一个角落里。他肯定在此之前从没留神那里。

那个球棒完好无损，只是上面残留了一点番茄酱的污渍，是那次朗尼扔酱瓶时弄上的。他问我："乔丹，还记得那天晚上吗？"我嘴上说当然记得，可早已心不在焉。我脑子里蹦出各种各样的问号：难道是我错了？"夜獾"压根就没动过那个球棒？难道朗尼说得对？难道安吉真想到了什么"女性的个人身份"的问题？或许是那天下午"夜獾"就在米克酒吧或是在朗尼的"爱巢"岸边给她灌输了这样的思想？还是安吉自己想通了，铁了心要追求自己的自由？再或者"夜獾"和安吉一起开着她的蓝色折篷宝马出了镇子，边走边讨论什么"人生的本源问题"？也许她说自己为"夜獾"心醉神迷，并不是在夸大其词，因为"夜獾"懂得如何欣赏一个女人？也许那天晚上他们在米克酒吧里渐渐聊起了柏拉图，于是就决定一起度过余生，一起探究哲学？

我和大家挥手告别，塔普忽然叫住了我，把手伸进了下面。他觉得应该送我点儿什么礼物，我当初不就是这样对待"夜獾"的么？他拿出一顶黑毡帽，那顶帽子正是我最后一次见到"夜獾"，让他去对付安吉时他戴的帽子。

我问塔普他是从哪儿弄来那顶帽子的。

塔普回答说："就在那个球棒旁边，回去想想它是怎么来的吧。"

"好，我回去想想。"我接过帽子，掸掸帽檐。塔普说："我说小子，乔丹，那个小个子'夜獾'可真是个怪鸟，满口胡说八道，你说呢？"

我说："唉，咱们知道什么？或许整个宇宙在上帝眼里只是一场春梦吧。"我把那顶帽子戴上，整了一整，向纽约进发了。

莫娜喝退劫匪

两个抢劫犯闯进我们银行仅仅半个小时后，这件事就已经是尽人皆知了。不妨告诉您，在塞莫皮莱镇，一有什么事，没人不知道，新闻很快就不新了。首先这两个人的车牌子露了馅：再蒙着灰尘，也看得出车不是北卡州这一带的。车身下面可以看到"花园之州"的字样，也就是新泽西州。我觉得这算得上北方式的幽默了。我们西维坦俱乐部的成员去纽约时，乘坐快轨从新泽西州穿过，独独没有见到那儿有什么花园。

露出马脚的第二个原因是他们那辆破旧不堪的"大众"车，车上涂抹得一塌糊涂。要是交警牛顿那天中午坚守岗位的话（当然他不在岗），两个劫匪毫无疑问会在别人的地盘上被拿下。罪名是"对三十三号公路Z形转弯处那棵糖槭树下面'20米／小时'的大牌子熟视无睹"。牛顿会以超速行驶、消音器失灵或是牌照来路不明等违规行为，毫不客气地给这俩人开出罚单。不过事态要是那么发展的话，订了婚的莫娜·莱格特女士和斯凯法官就会结婚，拖了这么多年，他们的朋友总算能来婚礼上热闹热闹了。而且莫娜小姐也会如她自己说的那样，回归家庭，做全职太太。我也就有机会晋升，成为银行经理霍顿·考德威尔，不会像现在这样，还是个可怜巴巴的小职员。

可惜那天牛顿并不在岗。这个该死的家伙跑到"海湾汽车修理站"，去免费给他的破车连清洗再打蜡，结果让那两个劫匪一路畅通地溜进了我们镇。

据洛维·克莱事后说，她那天在主街交通灯旁停车时，正巧从劫匪的车旁边经过。那两个人摇下车窗，粗着嗓门问她："喂，这附近有啥地方能垫垫肚子么？"洛维模仿别人的口音真是不一般，我学不来。那句话到她嘴里，听起来像是《法律与秩序》①里头的台词。

洛维把二人领到一个叫"大厨三人行"小吃店的午饭窗口（她姐姐就是其中的一个大厨）。其实在此之前，俩人去过九州饭店的"老山胡桃"雅座，想随便吃点儿午餐，可那里下午五点才开始营业。再说，二人中那个年龄稍大的劫匪的衣着打扮可实在不雅。他打的那条领带黑不溜秋，肥肥大大，上面的图案还是一群粉色女人。这还不算，他的粉色衬衫油光锃亮，黑白格子的运动夹克破旧不堪，裤子也是脏得看不清颜色，一个裤脚松松垮垮，在尖头鞋上蹭来蹭去。鞋子里头只有脚丫，没有袜子。他手指上戴着两只玻璃戒指，脑袋上顶着套叠式的平顶帽，上面还插着一支白色羽毛。这个人大概五六十岁，身材瘦小，脸色苍白而忧郁。事情看上去仿佛是他先下了车到"大厨三人行"去的，在那里进行了长时间的观察，然后再从"大厨三人行"出来，进入银行抢劫。

---

① 《法律与秩序》：首播于一九九〇年的美国电视史上最长的犯罪剧。

年轻些的那个劫匪个子高挑,身材健壮,淡黄色的头发油乎乎的,都垂到了肩上。下身一条蓝色牛仔裤,掖到黄色的工作靴里头。上身一件橙色T恤衫,上面印着五个吸毒者的图案,和裤子倒是挺搭调。后来,他在法庭上解释说,这可是英国著名的乐队,用他自己的话说叫"另类摇滚"。"另类摇滚"?这玩意儿,比起塞莫皮莱镇里司空见惯的东西,还真是个"另类"。我是在农场里长大的,可也知道外面有个更大的花花世界。

事后洛维大言不惭地说:"我马上就对那两个人起了疑心。"其实像她这么想的不只她一个。我听说,他俩在"大厨三人行"刚一坐下,别的顾客就立时变得鸦雀无声。洛维跟在两个人的后面,走了进去。只要能让别人竖起耳朵,听她讲奇闻轶事,她连跟踪松鼠,偷看它们埋坚果的事儿都做得出来。

年轻劫匪点的是黑麦牛肉。

"我们这里没有。"洛维的姐姐里巴回答说。

"黑麦和牛肉,那种没有?"他带着嘲讽的口气问道。

里巴一脸不悦:"两种都没有。"随后拽出一个破旧的菜单来。年轻的劫匪只好将就着吃了一份火腿莴苣番茄三明治,年老的劫匪则喝了杯咖啡,还从身后货架上拿下情人节糖果,吃了半盒。

"这小镇还真不赖。"年轻的劫匪说道。

这时洛维冷不丁地来了一句:"你们俩只是路过这儿?"她向来这么说话。要说他们俩打算在塞莫皮莱镇定居,摆摊卖烟熏牛肉,没人相信。洛维不过就是探探他们的口风罢了。他们回答说,没错,不过偶尔经过这儿,然后付了账,走到街角,打上了洗劫莫娜小姐的银行的如意算盘。

说是"莫娜小姐的银行",不太准确。它不是莫娜·莱格特一个人的,也不再是莱格特家族任何人的。过去,银行是她祖父和父亲的。可如今时代变了,银行都改成连锁经营了。我们这家银行也成了分行,由黑尔斯顿来的韦弗利先生担任行长。不过此人有名无实:二十五年来,一直都是由莫娜小姐坐着经理的位置。韦弗利先生之所以由着她的性子来,是因为他清楚莱格特家族的渊源。南北战争中,珀西·莱格特上校中弹阵亡后,家族里就再没了男丁,只有一个妹妹,就是莫娜,她当时还是襁褓中的婴儿。现在这个家族只剩下莫娜小姐一人在世了。这么多年过去了,她一直不肯将自己嫁出去。其实她跟斯凯法官订婚已有十五年之久,可她到底还在期待着什么,没人能说得明白。

莫娜小姐简直是为银行而活着,可她是活在历史的影子里。在她的银行里,除了灯泡,其他一丝一毫都不能换,她本人对此毫不隐讳。谁要是灵光一现,想出了什么现代化管理的点子,最好还是免开尊口。只要不触犯法律,她宁可守着自己的金科玉律。一九七五年"第一储蓄所"走了下坡路,顾客们想销户,莫娜小姐一概不从。"我绝不允许顾客们在我这儿一起把钱提走,绝不允许。"三年前,我接手"第一储蓄所"后,她又跟我讲起那套说辞来,我听了能有一千遍。不过我们的银行最终起死回生了,这也的确要归功于莫娜小姐。在我们镇上有谁敢跟她叫板?想把存在她那里的钱拿回来,恐怕门儿都没有。我跟这位经理大人提出了一些营销理念,比如搞些赠送的小活动。她说我的想法太离谱。连给孩子们送个气球的主意,她都一口回绝,更别说给新开户的顾客赠送烘烤机了。我的那些点子其实很平常,谈不上什么奇思妙想,可个个都被她泼了冷水,胎死腹中了。莫娜小姐对此还振振有词:"霍顿,咱们这儿不是器材店,也不是什么游乐场,而是早九点晚四点的银行。谁要是在这个时间以外守不住自己的钱,钱没了也是活该!"

提到我占了莫娜小姐上风的时候,恐怕只有一次。那次我们在罗利"第一储蓄所"遭人抢劫,韦弗利先生总算开了金口,同意我按警报器向警察局呼救。事后,他挨到莫娜小姐去萨瓦那①度假后,才斗胆把保险公司请来。他对莫娜小姐怕得要命。哪怕她活到一百岁,脑袋顶上杂草丛生,上班时候衣冠不整,韦弗利也不敢对她提出"退休"二字。当然这样的假设是不成立的。莫娜小姐从不允许自己头顶上有一丝凌乱。每个周六,她都会去黑尔斯顿做头型,每个月。她会去把头发染成蓝色,这是绝对雷打不动的时间表。洛维·克莱说,莫娜小姐看上去就像"老山胡桃雅座酒吧"老照片里的安德鲁·杰克逊②,连她一辈子没变过的大波浪发型都酷似杰克逊。后来有些人开始管她叫"老山胡桃",当然是背着她才敢这样的。

所以那天下午两点三十五分,新泽西州来的两个劫匪闯入银行时,起码按响警报器的"大权"暂时在我的手里。当时莫娜小姐身穿一件红色胸衣(红得像斯凯法官情人节时送她的玫瑰花),正在为维尔玛·哈维克办理业务。巴勒斯特牧师的遗孀排在后面,正忙着将小钱包里的东西抖搂出来倒在桌子上。而我在给霍勒斯·克里夫开现金收据,吉米·科德斯特里姆排在他后面。当那两个劫匪每人提着一个沃尔玛购物袋,吹着口哨,溜溜达达走进银行时,大伙全都停下了手里的活计。

蓄着长发的年轻劫匪晃荡着守在门口的位置,而那个系着裸女图案领带,看上去鬼鬼祟祟的老劫匪则在威尔玛身后排起了队。威尔玛是"馅饼屋"的女服务生,分分角角地攒了不少小费,装到了一个袋子里。莫娜小姐花了好一会儿工夫,来来回回数了两遍,才把这些零

---

① 萨瓦那:美国十大历史名城之一,佐治亚州第一城。
② 安德鲁·杰克逊:美国第七任总统,在第二次美英战争中坚韧不拔,肯与士兵共甘苦,被誉为"老胡桃"。

钱数清楚。

莫娜小姐数完了威尔玛的银币,说道:"下一位!"我看得出,她对这两名劫匪早已"另眼相待":年老的戴着套叠式平顶帽,年轻的嘴里叼着没点的烟卷,她银行里的人可没有这副尊容的。这时老劫匪递给莫娜小姐一个折着的纸条,她当即就把纸条扔了回去,尖声问道:"你想让我读出来不成?"莫娜小姐说起话来永远都是这副架势,好像身后有千军万马在为她撑腰。她的衬衫领口是浆洗过的,硬邦邦的,像冰一般惨白。这时年轻的劫匪点燃了嘴里的烟卷。莫娜小姐似乎就等这个时候,转身向他喝道:"把烟掐了!本银行禁止吸烟!"年轻劫匪把烟屁股丢到斑驳的大理石地面上,用脚碾碎了,像是在讽刺莫娜小姐一样。

莫娜小姐把他叫住,说道:"年轻人,请把那支烟丢到合适的地方。"她的手指着地上一个破旧的铜痰盂(估计是她祖父留下来的)。年轻人立时瞪起眼珠,企图以此压下她的气焰,但最终还是败下阵来,灰溜溜地把烟屁股捡起来,丢到痰盂里。随后莫娜小姐把老劫匪的纸条一字一句,清清楚楚地念出来:"把抽屉里所有钞票都乖乖交出来。我身上有枪,他也有一把。"然后,她把自己的双光眼镜从鼻梁上滑下来,质问道:"'把所有钞票都乖乖交出来',这话什么意思?"

"我说这位女士,别跟我耍滑头!"老劫匪冲她打了一个响指,然后迅速从随身携带的沃尔玛购物袋里掏出一把自动手枪来,"大伙都听着!打劫了!"

威尔玛立刻尖叫起来:"我的妈呀,妈呀,救命啊!"她直奔巴勒斯特老太太跑去,一把抱住她,可巴勒斯特太太却拿自己的大提包把她推了出去。威尔玛见状,忙又攀到霍勒斯·克里夫身上,那副模样活像一只猫在上树。霍勒斯和吉米二人早就把胳膊举得高高,我也是同样反应。巴勒斯特太太冷眼瞧着现场,活像在欣赏《纽约重案组之蓝色出击》①中的一幕。

年轻劫匪也迅速从沃尔玛购物袋里掏出枪,喊道:"不许动,不许嚷。"威尔玛一屁股坐到大理石地上,开始号啕大哭。

"女士,你还是照办吧!"老劫匪一边说,一边把袋子从出纳窗口的铁栅栏底下塞给莫娜小姐。整个这段时间我在干吗?当然是拼死地伸长腿,去踩那个嵌入地板里的蜂鸣报警器了!那个报警器就在莫娜小姐眼皮底下,可她好像全然不记得这码事了。我伸出去的腿都快抽筋了。这时那个老劫匪朝我挥动手枪,喝道:"给我老实点儿,你这杂种,别乱动!"万般无奈,我只好直起了腰,却并没就此善罢甘休。我朝着莫娜小姐使劲地清嗓子、扬眉毛、捏手指、踢单脚,使出了浑身解数,就为了暗示她踩脚下的报警器。银行里的人个个都在盯着我看,可莫娜小姐就是不瞅我一下。

只见莫娜小姐把老劫匪的购物袋从铁栅栏底下推了回去,脸上流露出鄙夷的神情,好像他刚才存到银行的是一袋牛粪。她把双臂交叉在胸前,说道:"把枪收起来,从我的银行出去!"

年轻劫匪鼻子一哼,笑出声来。他的同伙喊道:"杰克,闭嘴!"老劫匪原本苍白的脸忽然变得通红,活像一只番茄。他把脸凑近铁栅栏,命令道:"女士,给我听好!你他妈的最好死了这条心,我他妈的在抢银行,明白么?不是逗你玩儿,明白么?这是动真格的,这是真枪,你明白么?"他把枪对准莫娜小姐。

威尔玛从地上爬起来,又开始嚷嚷:"他会要了我们所有人的命的!别朝我们开枪,求求你!上帝啊,大家赶紧想个法子啊!"这次她又

---

① 《纽约重案之蓝色出击》:二〇〇三年美国电视剧,讲述了发生在纽约市中种种犯罪案件。

朝着吉米·科德斯特里姆身上攀去。她一把拽下吉米举到半空中的胳膊，把他衬衫袖子都撕裂了。就在威尔玛大出洋相时，我迅速滑过一只脚，用一个脚趾踩下了警报器。这一下子害得我一身大汗，可我似乎听到了警察局里铃声大作，看到了救兵从天而降。我心里只有一个祈求：救兵来临之前，莫娜小姐可别把我们的命葬送了。

吉米·科德斯特里姆使劲地把威尔玛从自己身上甩开，冲着莫娜小姐喊道："你就照他说的做，不行么？"

"当然不行。"莫娜小姐斩钉截铁地说。

年轻劫匪尖声喊道："伯尼，咱们撤吧！"他的枪在手里猛然一动，好像要从他手里挣脱。

伯尼朝着他转过身，说道："这个老东西说的话，你他妈的还真信？"

莫娜小姐把手举过头顶，巴掌拍得山响。"威尔玛，安静点儿！"威尔玛立刻没了动静，又倒在了地上，躺在那儿安抚自己。巴勒斯特太太在一旁观望着。

莫娜小姐朝着老家伙伯尼打了个响指，好像伯尼是个蹩脚的服务生，让她等得不耐烦了。她说："请注意你的措辞。我告诉你，这家银行由我掌管，已经有二十五年，从没少过一个子儿。现在我也不打算'把所有钞票都乖乖交出来'。你要真愚蠢到被处死都不眨眼的地步，就尽管开枪好了。不然的话，你怎么来的，就怎么回去，就在现在。年轻人，你也不例外。"她指着门口那边的杰克。"你要走就走，要开枪就开枪。"

伯尼目不转睛地盯了莫娜小姐好一会儿，连呼吸也忘了，眼睛瞪得鼓鼓的。莫娜小姐也盯着他，那架势仿佛在说她有得是时间。伯尼终于扛不住了，在她面前长出了一口气，转身走开。杰克这时忽然跑到我的窗口,把枪顺着铁栏杆伸进来,喝道:"行,那我们就要你的钱!"

莫娜小姐一个箭步走到我跟前,把我往回一推,跟杰克说:"这家银行只有我的抽屉里有钞票。这孩子可没有现金给你。"

这真让人忍无可忍。什么"这孩子"?!我已经二十四岁了,我的抽屉里也塞满了钞票呢!莫娜小姐直直地盯着杰克,让人觉得她的话不容置疑。杰克脸色沉了下来,好像一个小孩儿把冰棒儿掉到了泥巴里。他和伯尼对视了一会儿,问道:"咱们怎么办?"

老劫匪耸了耸肩,骂了一声:"他奶奶的!"

杰克随声附和道:"他妈的!"

两人退到了门口,然后走掉了。 整桩事件不过持续了大约五分钟,我们却觉得像过了五小时。他们消失后,威尔玛立刻像工厂吹哨一样尖叫起来,都快喘不上气了。巴勒斯特太太一溜儿小跑,把门推开,望着两个劫匪跑掉的方向。"他们就在主街上。"她回身通知大家。

我对霍勒斯和吉米两人喊道:"去抓住他们。"两人竟动都没动。

"霍顿!"莫娜小姐拦住我,命令道,"你去把牛顿找来。"她腰杆挺直,不动声色,像一位英雄端坐马上。可是她的脸也已变得通红。

"我已经按报警器了。"我对她喊道,"是我按的。警报器就在你脚底下。"

"不必管那么多。到'热帽子烧烤店'把牛顿叫来。他要不在那儿,就到'海湾加油站'去找他。霍勒斯,你马上到外面去找找,有没有目击者看到他们的车。"莫娜小姐说话的阵势好像是一个人从战场上得胜回来,对谁都可以发号施令。"吉米,把威尔玛带回家去。威尔玛,回家后躺下。"

他们全都雀跃起来,好像莫娜小姐真是安德鲁·杰克逊似的。巴勒斯特太太还亲吻了她的手,柔声细语地说道:"莫娜,你真是太了不起了。我真以你为荣。我差点儿等到明天再到这来呢。"

"你的存折还在钱包里吧?"莫娜小姐用她一贯公事公办的语气问道。

牛顿的巡逻车在外面喊着他,他却在不慌不忙地翻着一本本脏兮兮的杂志。这样一个家伙竟然被推举到公仆的职位,即使在塞莫皮莱这样的穷乡僻壤,也不是什么光彩的事情。我把杂志从牛顿手里拿开,扔到一边,告诉他,我们那里遭遇了抢劫案。他立即跳起来,要马上去行动,好像有人正给他拍电影似的。他把大部分轮胎都放在主街上,然后拉响警笛,打开警灯。警笛呼啸、警灯闪烁的那副阵势把全镇人都吓得半死,还以为镇子里失了火。牛顿跳过马路牙子,差点儿把车撞到了银行窗户上。他端着枪,踢开门,闯了进去,我拦都没拦住。

"他们跑到哪儿去了?"他喊道。

"径直往主街去了。"巴勒斯特太太回答道。

霍勒斯·克里夫跑了回来,说道:"他们从南面三十三号公路跑了,上了一辆黄色厢式货车,车上四处涂着道道。"

"他们抢走了多少钱?"牛顿问莫娜小姐。

"一分也没有抢走。"莫娜小姐回答,"可他们是存心打劫的。收起枪,把他们抓回来。霍顿跟你一道去认人。"

在小镇南面约六英里远的紧急停车道上,我们发现了那辆抛锚的厢式货车。我们在他们后面停下。杰克在车篷底下跳来跳去,正费力地徒手拧下散热器的盖子,而伯尼正藏在车后面几条脏兮兮的毯子底下。我这辈子没见过比那辆车更肮脏凌乱的机动车了。这两个人跟我们说,车的确是烂了点儿,却是他们的身家性命。他们这副尊容恐怕只有猪愿意与之为伍。牛顿将二人戴上手铐逮捕,并警告说,要是他们企图逃跑,他可有权利要了他们的小命。伯尼骂了一声:"见他妈的鬼！"

那天晚上在"老山胡桃"酒吧，我跟大伙讲了白天的银行抢劫案。不过滔滔不绝的不是我，倒是根本不在现场的洛维·克莱。在回家的路上，我经过警察局，忽然听到杰克站在牢房的窗旁，边弹吉他，边哼着一支缠绵的情歌，歌声还真是很动听。后来我才得知，原来杰克是名职业歌手，准确地说，要是找到活计，他会努力成为一名职业歌手。伯尼是杰克的键盘手，兼经理或是经纪人，负责给他寻找出路，可老是力不从心。被逮捕后的第二天，他们在斯凯法官面前把事情都交代了个利索。他们说，在美国北方，演艺圈早就大局已定了，像他们那样的菜鸟别指望在那儿有出头之日。于是二人来到佛罗里达州的一个度假胜地，游人用餐时他们负责吹拉弹唱。后来在迈阿密市，伯尼总算给杰克签了三周的演出合同，可到了北卡州，二人弹尽粮绝，混不下去了。结果他们头脑一热，就起了抢银行的念头，也不过想弄点儿小钱够买汽油罢了。他们说自己对自己的行为追悔莫及，说得都要痛哭流涕。伯尼甚至还信誓旦旦地说，只要哥儿俩在迈阿密能闯出点儿名堂，就会把我们的钱邮寄回来。

洛维·克莱一听说这两名劫匪原来是娱乐圈的，乐得一蹦老高，赶紧要了杰克的亲笔签名。没准儿人家哪天咸鱼翻身，一跃成了大腕呢！她自己一直做着百老汇的明星梦，甚至还订阅了《综艺》[①]杂志。可她那两下子，顶多能在"老山胡桃酒吧"弹两下钢琴罢了。可别逼着我听她再唱一遍什么"生命被你点燃"。

两个劫匪在斯凯法官面前低头认罪。他们的公设辩护律师[②]大讲

[①]《综艺》：美国历史最悠久的好莱坞专业杂志，最权威的娱乐杂志。
[②]公设辩护律师：由政府出钱，为付不起律师费的被告请来的律师。

特讲，两人一直都是良民，绝无犯罪前科。这次试图抢银行，居然被莫娜小姐震慑住而放弃了原来的念头，显然证明二人是初犯。就连他们携带的家伙都不是真枪实弹，不过是从沃尔玛超市里偷出来的玩具枪，他俩只是用它来喷水玩儿罢了。话虽如此，那枪单凭肉眼还真让人真假难辨。

那天早上，莫娜·莱格特二十五年来头一次不惜浪费时间，端坐在斯凯法官面前。可斯凯法官这次宣判的结果却让人费解，一时间人们议论纷纷。主要有三种猜测：第一，法官对莫娜小姐的爱情已经烟消云散，于是打算快刀斩乱麻。第二，他想给莫娜点儿颜色，让她在结婚之前变得安分守己，日后不会像对待镇子里其他人那样颐指气使。第三，他觉着自己的宣判会博莫娜小姐一笑。要是出于第三个原因，斯凯法官可真该辞职了。谁要是觉得莫娜小姐银行被人拿着喷水枪打劫了，她会一笑了之，那他根本就没有在法庭上宣读判决的资格。

斯凯法官说道："本人以为并无抢劫'第一储蓄所'之事。"他对莫娜小姐眨了眨眼，调侃道："银行经理的眼睛里岂能揉沙子？"

"为她祝福吧！"巴勒斯特太太唱出声来。

法官轻轻敲了一下小木槌，说道："银行经理说她自己误以为他们用的是真枪实弹，但她却坚信自己当时并没有受到惊吓或是攻击。"法官甚至朝着莫娜小姐咧嘴一笑："就是说，没有遭到两名被告的恐吓或是袭击。"

莫娜小姐一直盯着伯尼和杰克，恨不得亲眼目睹二人被并排绑在电椅上的下场。现在她开始用同样的眼神盯着斯凯法官。

法官不得不喝了口水，免得自己笑出声来。"综上所述，本案并非抢劫案，即使是抢劫，也是未遂——"

威尔玛站起来，抗议说："他们可把我吓着了，也把霍顿吓着了。"

她用手指着我说："他都吓得筛糠了。莫娜小姐倒不是这样。"

"为她祝福吧！"巴勒斯特太太喊道，好像自己又回到了亡夫的教堂里。

"威尔玛，安静点。"莫娜小姐越俎代庖地命令道，"巴勒斯特太太，你也一样。"

斯凯法官感谢她为自己安顿秩序，然后拿出自己所谓的宣判。他宣判杰克和伯尼在下两个月里每天下午要到敬老院去报到，给那里的人演出，并且警告他们说如果不能每天到位，将受到监禁两年的惩罚。

两名劫匪高兴得都快趴下了，连声谢着法官，好像他是比利·格雷厄姆[①]似的。之前，牛顿曾对二人说，他俩将沦为囚犯，用铁链子栓在一块儿服劳役。其实镇子上这样的事早已取消有半个世纪了，可那两个劫匪并不知情。以前在有线电视上看到关于南方的电影，受了不小的惊吓。

"现在休庭。"法官站起身，我也站了起来。牛顿却喊道："可是法官大人——"

莫娜小姐还是坐在那里，像是银行地板的大理石雕出来的一样。

据洛维·克莱透露，斯凯法官仅仅在一个小时后就收到了被退回的婚戒。婚戒被装在银行存款信封里，一个字条都没有留下。洛维说，莫娜小姐派吉米·科德斯特里姆开车，把它投到了法官家的邮筒里。我心里清楚，她老人家是不会亲自出马的，她正在银行里对我发号施令呢——命令我不准给五年内存款满两万五千美元的前五位顾客赠送烤肉炉。她身上那件别着玫瑰花的胸衣早已被丢到了桌子旁边的垃圾箱里。

[①] 比利·格雷厄姆：美国著名福音传道者。

我从未听莫娜小姐再提起过那桩抢劫案或是斯凯法官。

洛维老是对银行抢劫案津津乐道——两名劫匪在敬老院的档期结束后,伯尼给杰克在"老山胡桃"酒吧找到了晚上演唱的工作,后来两人又南下去了佛罗里达州,第二年圣诞节给酒吧寄来一大箱西柚。她每次都是这么开头的:"我记得他们打劫莫娜小姐银行那天……"每到这时,塞莫皮莱镇就立刻有人站出来纠正她说:"洛维,你说的是'他们企图打劫的那天'吧。"

莫娜小姐还是老样子,斯凯法官对她已成了前尘往事,而本人还是一介职员。我只有把希望寄托在分行行长韦弗利先生了。他的妻子已经去世多年了。在一次银行举行的圣诞派对,我见到他和莫娜小姐在一起跳着狐步舞。领舞的是谁?不用说,是莫娜小姐。

贝蒂恨极了那只鹿

二十二年来,埃德·格莱泽夫人一直想弃丈夫而去,可总觉着有点儿说不过去,毕竟丈夫给了她衣食无忧的安适生活。不过,这个当丈夫的对妻子的感受却全然不知。很久以来,贝蒂到底是否真想离开他,连她自己都有些糊涂了。说到养家糊口,埃德没得挑。他在北卡罗来纳州的一个小镇开了一家超市,自己做经理。在柴米油盐方面,贝蒂全部合情合理的指望都算得上实现了:家里有一台可以自由出入的深度冷冻箱,"家庭影院"也不缺,她不出门就可以欣赏各种电影。她可以一年两次飞往佛罗里达,去看他们唯一的孩子拉娜,虽说这个孩子想见母亲的心情远没那么迫切。贝蒂还有一条纯种长卷毛狗和一个兼职女佣。尽管埃德说这个女佣"头脑迟钝",可对贝蒂来说还算是屋里屋外的帮手,同时也是她的一个伴儿。

房子、女佣、轿车,这些贝蒂·格莱泽都挺喜欢,按说日子过得还算不赖。可她就是不喜欢埃德这个丈夫,这才是问题的症结所在。

结婚那天，贝蒂以为自己喜欢他，可她被自己蒙蔽了眼睛。后来贝蒂才意识到，人在十八岁时会犯很多错误。就拿她三个哥哥中最年轻的一个来说吧。他十八岁那年出去钓鱼，之前喝了一品脱的波旁威士忌，结果把自己的汽船一下子撞到桥桩上。船爆炸了，他的小命也葬送了。贝蒂现在觉得，自己的人生也是在十八岁时爆炸的，埃德就是那根桥桩。她嫁给埃德，是因为他们从高中时代就是一对恋人，在年鉴上还当选为"最靓情侣"。毕业前就有人开始问他们："你们什么时候举行婚礼啊？"而他俩也回答说"快了"。在贝蒂记忆当中，紧接着做的事情就是穿着稀里糊涂买下的礼服，走在教堂的过道上，还没有深思熟虑，就许下那些海誓山盟。

后来的婚姻生活证明，贝蒂对埃德就是喜欢不起来。埃德肥头大耳的模样让她讨厌。他非把花里胡哨的衬衫放在紧巴巴的衣柜里，跟自己的裙子抢地盘。他每清一次嗓子，就要咳三声，在楼下家庭活动室里也听得一清二楚。他一叉子扎起食物，一把夺过电话，还吓唬她养的宠物，这一切贝蒂都厌烦透顶。他看电视时会把粉色的长脚趾头搁到地毯绒里头，拱来拱去，贝蒂一瞅见他这副样子就觉得头疼，还得强忍住不要冲出屋去。可经历了那件家人说是"意外事故"的事情后，贝蒂再也不自欺欺人了，再也不觉得她对这么个丈夫还有丝毫爱意了。在她看来，他们小儿子的死就是她丈夫的过错。尽管这样，近二十年来贝蒂还是对现状不思改变的，直到去年秋天又发生了一件事。那时，埃德射死了一头体格庞大的鹿，做成标本后立在了前面的院子里。贝蒂猛然感到，那次"意外事故"带来的伤痛一直像静默而隐秘的余烬，如今这个不速之客的到来就像在余烬上浇上了煤油，一下子使她心头火起，并且熊熊燃烧起来。她恨透了埃德，也恨透了那头鹿。

其实在他们那一带，房前摆放标本的不止他们一家。几个邻居在房前的空地上竖了好多样动物标本，鸭子、天鹅，还有驴，鞍上都爬了喇叭花。草坪上放着鹿标本的也有一家，但那不过是只石膏做的假鹿，做成后涂上五彩斑斓的色彩。埃德·格莱泽的鹿是真的，是一头长角的成年雄鹿。他射死这只鹿后，把里面填充好，又涂上了优力胶，然后就安放在院子的草坪上。这是埃德到现在为止射杀的最大一只猎物。他骄傲得不得了，跟贝蒂的哥哥们一起找来专门的人，把这只鹿做成了不怕风吹雨淋的标本，可以供他在人前炫耀。这个标本活灵活现，路人经过时总要放慢脚步，探看个究竟。

埃德出门时，贝蒂别提多喜欢待在屋子里了。她一看爱情老片时，埃德就会把毛乎乎的脚趾头伸进地毯里，朝她慢慢蹭过来。所以每次埃德想跟她的哥哥们外出打猎，她马上就高兴地同意。埃德觉得，贝蒂即使一个人被留在家里，也能乐乐呵呵，真是好样的。他很热衷打猎，把能用得上的工具都买了回来，甚至买了一辆红白相间的"温尼贝戈"房车。每年秋天，他都驾着这辆车，开到附近山里的一座小屋，跟贝蒂的哥哥们在那里聚齐。埃德拥有六支来复枪，一张弩弓，三件橘黄色隔热夹克衫。他就喜欢把他那些家什收拾得利利索索，也喜欢跟贝蒂的哥哥们在电话里商量这商量那。

埃德和她哥哥们打猎前常会讲些相关的故事，可翻来覆去的，总是老一套，贝蒂厌烦透了。埃德总爱讲下面这个故事：一个有钱的得州人在黄石国家公园射杀了十八只驼鹿，那里的管理员要把他拖去坐牢，他竟然说坐牢也值。贝蒂哥哥们津津乐道的是关于一个缺心眼儿的城里人的故事。那人把一头奶牛绑在汽车挡泥板上，结果在州际公路上被巡逻员截住，他居然告诉人家他车上拉的是头北美驼鹿。他们还喜欢另一个故事：一个愚蠢的猎人朝一只大头朝下绑在柱子上的雄鹿开枪，竟然把在前端扛柱子的人给射死了。还有一个傻帽儿猎人居然朝着涂成紫色的一匹假马开枪。他们讲的时候，差点儿笑掉大牙。

贝蒂对这些老掉牙的故事腻烦死了。埃德觉得她太多愁善感，实在是妇人之仁。贝蒂会为一只死去的小鸟哭上整晚。她不喜欢身形巨大的动物，而喜欢小巧的动物，像小猫、小狗、小仓鼠什么的。她尤其喜欢新生的小东西。她爱她的孪生宝贝儿女胜过世上一切。他们的模样总是那么精致娇嫩，他们的小手跟粉色的小鱼一般大小。贝蒂和埃德的小儿子拉里永远都没有长大，因为他在两岁时被一辆汽车撞死了。那就是他们两人都不愿提起的"意外事故"。

那次事故就发生在他们家门前的街道上。拉里跑到一辆汽车跟前，开车的老人没有看到这个小家伙，结果出了事。贝蒂不责怪那位老人。她从窗子里把前因后果看得明明白白。当时埃德在院子里拿着水枪，朝儿子拉里射击。拉里一边大声喊着，一边躲着埃德，迈着小腿飞跑，正好跑到了街中央老人的车前面。警察说这事谁都不应负有责任。可贝蒂觉得他们说得没有道理。

如今他们的女儿拉娜已经长到二十二岁了，大高个儿，身体也好，个子比她妈妈还猛，两只手又宽大又厚实。提到弟弟拉里，她说她都记不起来了，还怎么可能想他呢？拉娜搬到了佛罗里达州，跟她丈夫皮特一起跑长途客运，忙得不可开交，根本抽不出功夫到北卡州去看望父母。为了混口饭吃，俩人只要一睁开眼睛，就得在路上奔波。他们告诉贝蒂，他们哪儿有空生孩子？贝蒂听到这个消息，知道自己盼星星盼月亮似的，可盼不来小外孙了，简直心痛极了。她竟然发了疯似的动了跟埃德马上离婚的念头，然后第一眼瞅见谁就嫁给谁。那样她还有时间再生个女儿，好能让自己抱上孩子。再也不会有一双短短的，胖胖的粉色小手搂着她的脖子了，贝蒂想到这个，心都要碎了。可埃德和她做了这么多年夫妻，人家供她吃供她住，就这么撇下他，好像名不正言不顺啊。

贝蒂养的宠物可不少,有沙鼠、长尾鹦鹉,还有几条热带鱼,可她最宠爱的还是那条小长卷毛狗,名叫"罗伯特·古莱"。她管它叫"罗比",而她丈夫称它为"古古"。罗比和埃德互相讨厌。它常守在门口朝着埃德汪汪叫,不让他进卧室,贝蒂就觉得特别高兴。埃德从教堂给贝蒂雇了一个女佣,名叫"杰基·路易斯",智力有点儿障碍。小狗罗比不喜欢这个女佣,杰基·路易斯也被它吓坏了,不过除了贝蒂外,差不多什么都能把这个女人吓个好歹。

杰基·路易斯熨衣服时,总要看着肥皂剧。演员哭,她跟着哭;演员笑,她也跟着笑。埃德嘲笑说,电视里演的是啥,杰基根本就是一头雾水。贝蒂觉得杰基·路易斯是个勤勤恳恳,尽职尽责的女佣。她干活时特别卖力气,出着汗、咬着牙,甚至干得眼泪汪汪的。她给埃德熨短袖衫时,把每一件都熨得特别仔细。每遇到领口和前兜处的小不点纽扣时,就小心翼翼地把熨斗从中间挤过去。要是贝蒂亲自出马,她会怒火中烧,不管三七二十一,拿起熨斗,直接在小纽扣上压下去。杰基·路易斯的耐心简直是无穷无尽,光是熨衣服就能耗上一天。到最后,埃德的衬衫左一件右一件,每个门把手上面,每一把椅子后面,都挂了个遍。贝蒂看着,仿佛看见成百上千个埃德·格莱泽,一起闯到自己错层式的家里,像挟持人质一样挟持了她。

一个暮春的早晨,杰基·路易斯又在熨衣服,贝蒂站在观景窗前,盯着草坪上的那只鹿发呆。雨水"劈劈啪啪"地敲打着窗户,已经足足下了四天。贝蒂暗地里诅咒着:但愿这场大雨能把埃德那只鹿的外壳浇个透,把它化成一大堆湿漉漉的垃圾。这时罗比跑进来,跳着等待主人把它拥入怀里。小狗被贝蒂抱起来时,头转向窗外的那只鹿大声汪汪,它也恨透了那只鹿。一次罗比咬了鹿腿,埃德就在鹿的脚踝周围撒上了灭蟑螂药,害得罗比大病一场。它把贝蒂和埃德的床罩弄得一塌糊涂,埃德一气之下又把它摔到了墙上。

那只鹿的角上长了十四根叉。去年秋天,埃德往鹿角上喷了一罐母鹿发情水,很快就引来了不少只公鹿。据说,一个猎人在帐篷里睡觉,他的哥儿们往他身上撒了两罐发情水,竟然把那只公鹿惹来,在深更半夜里欲行交配。埃德说起这个故事来眉飞色舞的。

跟埃德隔着两户的那个人家也有只鹿,可他们是把鹿的脑袋砍下,挂在娱乐室电视上面的墙壁上。埃德可不这样。他把整只鹿都摆放在草坪上。贝蒂觉得,她丈夫在左邻右舍眼里肯定是个精神错乱的疯子。埃德从自己超市里连拖带拽,拿回来几大片牛肉,存放在贝蒂的冷藏库里。那只鹿的心肝脾肺也被他堆放在里面,一放就是整个冬天。贝蒂说什么也不肯把鹿肉做成鹿排。这是她第一次拒绝履行为人妻的职责。冷藏库里那个冻了的鹿心大得吓人,贝蒂瞅上一眼,就要作呕。埃德没办法,只好把所有的鹿肉都给了贝蒂的哥哥们。她的嫂子们做了顿大餐,还说那是美味佳肴。可为了让贝蒂心里好受,她们安慰她,说这不过是个人口味问题,萝卜白菜各有所爱嘛。

贝蒂把罗比放下,它跑开去追起正要出门的埃德。微波炉里正在将一大块碾压的烤肉解冻,贝蒂却心不在焉,只是呆呆地盯着窗外,心里别无他想,因为她想不明白。窗外她的水仙花在雨打风吹中全打了蔫,好像惨遭埃德那只鹿脚的践踏蹂躏一样。看着站在草坪里的那只鹿,贝蒂忽然联想起电视上那些人寿保险的广告。如果家里的丈夫去了,就会出现一只大鹿,像死去丈夫的幽灵一般,在整个院子里和屋子里徘徊不去,支棱着鹿角在房间里进进出出,保护着男人的妻儿老小。就在那一刻,贝蒂忽然觉得站在雨中草坪上的是埃德,他正用大理石般的眼睛盯着她。看来,这个家永远都不会是她一个人了的。

电视节目好像就总有这样一种思维定势，觉着女人时时刻刻都要有男人随伺左右：她们需要体格健壮，脸颊刮得很干净的男人，一会儿从洗衣机里伸出健硕的臂膀，一会儿从厨房窗户飞快递进来应急的塑料袋，一会儿在墙上钻个洞，给她们秀一秀新出的清洁剂，一会儿把刚洗好的衣服一撕两半来说明一个问题，一会儿又在卫生间里忙着安装除臭剂。其实女人也许不需要这些，而是逃离这一切，哪怕一会儿也好。贝蒂现在就是这样。

忽然一个刺耳的声音让贝蒂一惊，她以为是她的小沙鼠在"玩乐轮"上蹬着脚发出的声音。可事实上是罗伯特·古莱跑到前门来了。它浑身湿漉漉的，狗毛光溜溜的（像只白色小豚鼠），不住地打着哆嗦，雨水抖了一地。它怎么出去了？贝蒂赶忙飞扑过去，把它搂在怀里，冲着杰基·路易斯高声叫嚷起来。自从她们认识，这还是贝蒂第一次对她喊。"你瞧瞧它浇的！你怎么让它自己出去了？"贝蒂简直不能自控。女佣手里还拿着刚刚给丈夫熨好的衬衫，被贝蒂吓傻了。贝蒂一把抢过衬衫，包在呜呜叫的爱犬身上。杰基·路易斯惊恐之中张大了嘴，却发出像罗比一样的呜咽声。这时电话忽然狂响起来，贝蒂把狗塞给她的女佣，吩咐道："让它暖和点。"

电话是埃德在卡车上打来的。他说他忽然记起来今天是他们结婚周年纪念日，他不想让贝蒂亲自下厨了，打算带她去"庞皮酒吧"吃顿大餐。贝蒂回答说自己现在已经顾不得跟他说话了，杰基·路易斯和罗比都等着自己照看呢。埃德这才想起来他出门时把"古古"放了出去，忙说他忘了把狗带回家了。他低声说："宝贝儿，不过是条狗嘛。"

贝蒂放下电话，转过身，发现杰基·路易斯正两眼直勾勾地盯着微波炉。那块烤肉在里面加热时间太长，油开始从里向外沸腾，像猎兽中了铅弹一样涨开，爆炸了。微波炉玻璃上四处都是迸溅的碎肉块。

杰基·路易斯见到这番情景,不住地尖叫。这时小狗又猛地从埃德乱做一团的衬衫里窜了出去,跑掉了。贝蒂朝她的女佣跑过去,一下子踩到丈夫那件湿漉漉的衬衫上,摔在了干净的地板上。她的脑袋重重地磕到地上,头骨似乎都碎裂了。

那天下午埃德很晚才回来,发现贝蒂躺在地板上,头发沾满血污,不省人事。罗比蜷缩在她旁边。原来女佣当时根本就没有叫救护车,也没有找人来帮忙。相反,她自己冲到大雨里,走到五英里外艾森豪威尔大道上的一家诊所。当初埃德就是从那里,通过教堂把杰基领回家的。杰基躲在地下室的破金属床下,不肯出来。

在加护病房里,埃德简直泣不成声。他不住地清嗓子,跟贝蒂的哥哥们哭诉着,说从高中时候贝蒂就是自己的心肝宝贝儿,他一心一意地爱着她,不能没有她。他还给贝蒂买了十二支玫瑰和一大盒巧克力,来庆祝他们的结婚纪念日,可现在他的贝蒂却无福消受了。这让埃德无法接受。大夫安慰埃德不必过于悲伤。贝蒂不过是轻微骨折,脑震荡也无大碍,很快就会康复。大夫们只需要看护她几日,确保她安然无恙就行了。

贝蒂该出院了,大夫提醒埃德,她尚有些情绪不稳,还需儿大的关怀和照顾。埃德却不以为然,觉着贝蒂一回到家就会跟从前一样了。可贝蒂回到家中却像变了个人一样。

杰基·路易斯在格莱泽家里待不下去了。贝蒂曾两次开车把她领回家,但都于事无补。只要杰基一看到草坪上的那只鹿,就开始大喊大叫。她似乎觉着自己会被放在微波炉里或是电视机里炸飞了。在福利院诊所里,只要有人打开电视,杰基·路易斯就会哭天喊地。大家没法子,只好把她换了地方。她再喜欢欣赏那里的艺术陈列品,也得走了。

贝蒂的嫂子们又给她请了一个女佣，可她似乎对家里的变化没看见，或者说根本不在意。大夫让埃德睡在沙发上，"给妻子点时间"，可埃德只熬了一个礼拜，就熬不住了，非要贝蒂给他点儿"甜头"不可。贝蒂倒是同意了，可哭个不停。埃德终于按捺不住怒火，对贝蒂和大夫大喊大叫。后来大夫建议给贝蒂换换环境。于是埃德把她送到海边跟她的嫂子们待上一阵子。可海边一直阴雨连绵，她的嫂子们打起了桥牌。贝蒂只是抱着罗比坐在阳台上，望着大海发呆。

贝蒂回家后，发现埃德忘了给她的热带鱼喂食，小鱼全都翻白了。贝蒂埋葬自己心爱的小鱼时突然下了狠心，很快地来了精神。她买了康乃馨，到墓地去看了小儿子拉里，想出了一个周详的计划。第二天早晨，贝蒂像变了个人一样，埃德以为过去的日子回来了。她把家里里外外清扫个遍，又亲手下厨给埃德做了一顿美味大餐，还给他熨烫衬衫，又去买这买那，整个人都春风满面。埃德简直喜出望外。他告诉贝蒂的哥哥们，他的宝贝儿终于又回来了。

贝蒂整个一周都神采奕奕。又到了打猎的季节，埃德跟贝蒂的哥哥们在山上的小屋聚齐，盘算着上山再打一只鹿回来。贝蒂帮着他把"温尼贝戈"准备好。天空开始飘雪，可贝蒂还是催促埃德尽管出去。埃德又要把妻子一个人留在家里，觉着很过意不去。贝蒂笑着安慰他，没问题，去好好玩儿吧，再打只鹿回来，放在咱们的草坪上。

埃德的车出镇子只有三十公里，忽然在一个马蹄型转弯处向旁边一栽，连滚带翻地跌进了深谷，爆炸了。第二天早上，人们发现了埃德，身上橘红色的夹克衫已经焦烂不堪。贝蒂的哥哥是北卡州的装甲兵，说车子着火后事故的原委就很难判断了，但看上去好像是埃德的刹车出了什么毛病，也可能是机油耗干了。调查员们也声称这是起意外事故，没有责任方。他不知道该怎么跟贝蒂开口，难受极了。

他知道妹妹、妹夫在高中时候就是一对亲密恋人，被公认为是班上的"最佳情侣"。贝蒂却回答说，自己已经麻木了。人们都说，她这是惊吓过度所致。

拉娜和皮特开着他们的货车，回到北卡州来参加父亲的葬礼。车里装满了一整车洗碗机，得运送到里士满去，所以他们不能在家里过夜。

贝蒂抱着罗比和刚买的波斯猫，向拉娜和皮特挥手告别，目送他们的货车驶出车道，消失在转弯处。拉娜把那只公鹿带走了，用来缅怀父亲。曾经被践踏过的青草地，如今被空出来了。贝蒂站在那里，思绪飞到了明年。等到大地回春，她就种棵果树，树上开满了花，该多好啊！贝蒂望着，草坪那么敞亮，那么开阔。那只公鹿曾一度站在草坪中央，用没有眼皮的眼睛盯着贝蒂，现在终于走了。

玛蒂杀夫致富

"晚宴的邀请一旦被接受,就是个神圣的义务。如果你在晚宴前死去,那你的刽子手就得代劳。"

——沃德·麦卡利斯特,社会名流

塔格·怀特洛是钱勒的铁哥们儿。一天,马克跟塔格说,他俩非得采取点儿行动不可了。马克总算物色了一个无可挑剔的女孩儿,来解决眼下棘手的问题。他一直都在提醒塔格:钱勒这几个月来不大对劲——这家伙居然被"诗坛"俱乐部里一幅油画上的女人弄得神魂颠倒。等到塔格亲眼见到了钱勒的所作所为,他同意跟马克联手行动。

后来,塔格跟未婚妻一顿自责,说自己早该看出整桩事情苗头不对。马克给钱勒找的是个南方女孩儿,塔格自己也是南方人,他本该看穿这个女孩儿的心思。"我们是查尔斯顿人,"他的未婚妻替他辩解到,"可玛蒂是新奥尔良人。游戏规则可是天差地别。"

塔格看着这个善解人意的女人，说道："玛蒂是海盗做派，她可不遵守任何游戏规则。"

话还要从头说起。"诗坛"俱乐部的酒吧里，天花板吊得高高的，墙壁镶着橡树的嵌板。马克和塔格发现他俩的朋友钱勒正坐在画着罗林斯夫人的那幅油画前。这三个年轻人都是私人艺术俱乐部的成员，可其实他们并不是从事艺术的。不过俱乐部里也没有几个真正的业内人士。"诗坛"俱乐部从第五大街拐出来，马克他们那个圈子的成员从市中心的经纪行和律师事务所出来，轻轻松松就可以走到目的地。俱乐部提供的大杯老式鸡尾酒像磁铁般地吸引着他们。

钱勒坐在真人大小的画像前。马克把塔格领到钱勒跟前，说道："钱尼，咱们谈谈吧。"

钱勒一边拨弄着自己沙色的头发，一边正了正价格不菲的薄片眼镜，问马克："出了什么事情，还要这么郑重其事地谈谈？"

塔格脾气极好地说，自从他们三个一块儿上了预科，又上了耶鲁大学，他们一直谈论的就是马克的问题。他相貌俊朗，却老是招风。情绪忽高忽低，说变就变。远没另两个哥们儿那么多金，花钱却大手大脚。出于上述原因，马克常常麻烦不断。

可这次马克竟然说是钱勒出了问题，哥几个得好好谈谈。

钱勒问："到底是什么问题？"

"钱尼，"马克品着马丁尼，开始发话了，"我们俩挺担心你的，对吧，塔？"

"一点儿不假。"塔格笑了笑，表明他对自己最好哥们儿的关心可完全出于一片好心。

钱勒又把脸转回到他一直注视的那幅画上,问道:"担心什么?"

"担心这个。"马克指了指壁炉架上方的那幅女士画像。"你现在跟《罗兰秘记》里头的达纳·安德鲁斯①可有一拼。是吧,塔?"

塔格缓缓地点点头,努力表现出对马克的支援。

钱勒吃了一惊,问道:"你是说那部老片?"

"没错。达纳·安德鲁斯爱上了罗兰的画像,记得吗?"马克说着还哼起一句歌词来。

塔格嘴里一边"嘎嘣嘎嘣"地嚼着腰果,一边帮腔:"金·诺瓦克②扮演的。"

马克可是个铁杆影迷,听了这话,他抓过银色的干果盘,不耐烦地说:"不是《迷魂计》③,笨蛋!"塔格竟然这么孤陋寡闻,马克生气地瞪了他一眼,说道:演罗兰的是吉恩·蒂尔尼④。这部片子里的警察竟然被劳拉的画像弄得魂不守舍。就跟你一个样,钱尼,承认吧?你跟这个德威特·罗林斯老夫人待的时间太长了。"

钱勒盯着面前壁炉架上方罗林斯夫人的画像,想了想,说道:"我对任何一个女人都没有魂不守舍,我想这才是我的问题。"

钱勒·斯温是年轻人堆里交际最广的,也因此声明远扬。这一点有目共睹。他的朋友们常跟他说,他对物欲总是那么淡泊。当然,也正是这种闲庭信步的风格让人觉得,有他在身边简直如沐春风。钱勒·斯温出生在经营信托基金的家庭,令人艳羡,还有天赐不凡的相貌和头脑,所以他看上去总是给人以"这般人生,夫复何求"的印象。

---

①达纳·安德鲁斯:美国演员,在一九四四年电影《罗兰秘记》中出演一个不可靠的、陷入情网的私人侦探。
②金·诺瓦克:好莱坞二十世纪五十年代性感女明星,代表作有《迷魂计》、《欢喜冤家》。
③《迷魂计》:一九五八年由希区柯克执导的电影。
④吉恩·蒂尔尼:美国影星,和达纳·安德鲁斯合演《罗兰秘记》。

这样的心态如果不是他故意为之,实在是高人一等。即便是富得流油的人,不也一样利欲熏心么?即便是事业有成的人,不也一样野心勃勃么?即便是天生丽质的人,不也一样费尽心机,想美得更上一层楼么?他的朋友们可都不满现状。塔格一心想着减肥,娶到查尔斯顿的心上人。马克一头乌黑的卷发,一双慑人魂魄的蓝色眼睛,只要出现在公共场合,就会有女人盯着他看,可他心里盘算的却是如何更加多金。而钱勒却大相径庭,他好像对生活一无所求。当他修长的手指轻柔地掠过钢琴键,漫不经心地弹起旧日舒缓悠长的曲调,他对人生轻微的嘲讽便随之流淌出来。人生赛场中的得失成败他似乎浑然不觉,也毫不关心。也许人们觉得钱勒过得如此闲散,可他却因此拥有了诸多美德,他的朋友们也因此纷纷奔他而来。他曾是一个翩翩美少年,温柔慷慨。如今,他已长成一个铮铮男子汉,依旧温柔慷慨。只有一个方面除外:他从未坠入爱河。

直到现在。钱勒突然之间对德威特·罗林斯夫人,或者是她的画像,产生了难以名状的迷恋。这幅画像挂在"诗坛"俱乐部的绿色大理石壁炉架上方,画中那位"让人心驰神往"的罗林斯夫人(这一赞誉出自十九世纪社会名流沃德·麦卡利斯特)站在楼梯的拐角,穿着金色礼服,朝着赏画者侧过身来,仿佛要低声暗语。这绝对是一幅名画,也是这家俱乐部诸多珍贵的藏品之一。这幅肖像画出自赞斯基·赞斯基之手。让人觉得荒唐的是,他在一八八七年申请加入俱乐部,不料却被拒之门外。钱勒如今已经跻身俱乐部的"会员委员会",在翻看档案里的旧卷宗时,发现了其中的玄机:原来赞斯基是个移民到美国的犹太人。钱勒带着他静默的嘲讽感叹到:即使是在一百年前,那些社会偏见竟也如此这般大行其道。

事情发生的那天晚上,钱勒面对着罗林斯夫人的画像坐着。她绿色的双眸，低垂着眼睑，奇异难测而又充满魅惑，直直地盯着他的双眼。这个女人比钱勒早生了一百年，可却让他无法将目光移开。钱勒一边品着"戴安娜"香槟（这是一种不甜的香槟，加了一片酸橙和少许橘味白酒。特意以罗林斯夫人的名字命名的），一边对朋友夸赞罗林斯夫人美丽的耳朵。塔格原本对马克的提醒还有些异议，看到这里，也开始担心起来。

塔格对自己的朋友说道："我们说让你找个女朋友，可不是希望你像现在这样。"

钱勒心里祈求着：这俩人可别是又要给他牵线搭桥了。他们圈子里除了马克和塔格之外，就剩下钱勒这唯一的单身汉了（塔格正打算把青梅竹马的恋人从查尔斯顿调到纽约来，可是颇有难度）。以前钱勒差点儿向一个从事债券交易，名叫贝琳达的女孩儿求婚，可那早是时过境迁了。别人问起其中的缘由来，他坦言承认说，只要他跟贝琳达一分开，他就记不得人家长什么样子了。可现在，正像马克说的那样，钱勒为了了解这位"镀金时代"的罗林斯夫人生前的逸闻轶事，完全忘了时间的长短。他在那幅画像前凝神注视，久久徘徊不去。如果说钱勒能在大雾天从人堆里一眼辨认出罗林斯夫人的耳垂，恐怕也毫不过分。"我们俩真有点儿替你担忧啊，对吧，塔？"马克催促着塔格。

"是有点儿担忧。"塔格也附和着，友好地摩擦着钱勒的胳膊。"我是说，马克喜欢过去的电影，我喜欢过去的音乐剧，可太沉迷于过去，就不太明智了。钱尼，咱们为什么参加这个俱乐部，连我自己都说不清。这里的那帮老家伙们不是打着呼噜大睡，就是嚷嚷自己性无能。"

其实对从前的时代，钱勒朋友圈的年轻人并没有心存芥蒂，他们还甚至自认为是品位不凡的重建者。和他们的祖父母一样，他们知道怎么穿着打扮，如何跳狐步舞。他们甚至学着自己太祖父母的做法，举办化装舞会来筹集善款。塔格喜欢百老汇重演的剧目和小饭馆的牛排;马克喜欢写实电影、背带裤、巴拿马帽、马丁尼酒还有雪茄烟。可钱尼竟然爱上了十九世纪末油画上的一名女人,实在把社会上风行的新古典主义搞过了头。

"我欣赏罗林斯夫人有什么错么?"钱勒问道。

"嗯,"塔格于心不忍地耸了耸肩,"她是作古的人了。"

马克急切地表示赞同:"你挑来选去,居然看中了死了一个世纪的一个女人。钱尼,这回你明白自己的问题了吧?"

"她不过死于一九五一年。"钱勒微微一笑。

"对,是死了半个世纪,可那还是个问题。"马克用自己精心修剪过的发了黑的手指摩挲着刚刚留出的八字胡,接着说,"我也不是说你该娶贝琳达,我的意思是她是个彻头彻尾的恶婆娘。我得赶紧帮你找到最适合的人选。现在能不能把你那位罗林斯夫人暂放一边,跟哥们儿吃点儿寿司去啊?"

这话并没奏效。钱勒让马克和塔格自便,他就在俱乐部里用餐了。于是他们走了,留下钱勒继续呆呆地盯着画像。

当晚马克就给塔格打来电话。"怎么样,塔?我说得不错吧?"

塔格终于承认钱勒真的爱上一个画中人了。要是马克真认识什么"无可挑剔的女孩儿",也许应该把她请来,跟他们俩的哥们儿见上一见。就在随后的一周,马克果真让塔格找个时间把钱勒约到俱乐部来,见一见他选好的那个女孩儿。

塔格和钱勒在约好的时间来到俱乐部,在罗林斯夫人的画像前面坐下。这时马克走过来,假装跟他们俩不期而遇,对钱勒说:"今晚我想让你见个人。你可得好好谢我。"

钱勒摆手谢绝了。"马克,你就别再给我牵线搭桥了。还是给塔格张罗张罗吧。"

塔格说道:"可别给我张罗。等我再苗条点儿我就跟南希求婚。"可马克早已一溜烟地跑下楼去,想必是带那个女孩儿上来。他还等着钱勒好好谢他呢。

钱勒问塔格:"他在衣帽间藏了个女孩儿?"

"没准儿你会喜欢她呢。"

钱勒坦白说,时下没有哪个女孩儿能跟罗林斯夫人相媲美。

塔格仔细地端详了那幅油画中的女子,赞叹道:"嗯,她的确是很有魅力。缝在她裙子上的珠宝首饰是真的么?"

钱勒解释说,她的丈夫德威特·罗林斯曾经继承了一座非常大的铜矿,那个年代还不必上税。"绝对是真的。"他补充道,"你还没看到同一场晚会上爱丽丝·范德比尔特那身行头呢。她化装成'电灯'的样子,整个头上缀满了钻石。"

"什么晚会?"塔格问道。钱勒指了指那幅肖像画的标题,说:"一八八三年,范德比尔特夫人舞会。罗林斯夫人扮成'黛朵'[①]。"钱勒跟塔格解释说,那是一次化妆舞会。罗林斯夫人以迦太基女王黛朵的形象在舞会闪亮登场,或者说,是按照拉努埃特(那个紧追时尚的服装设计师)关于古代皇后的奇思怪想亮相的。就是在纽约市最吸引人眼球的那次舞会上,罗林斯夫人大出风头,一鸣惊人。于是一年之后就有了这幅画的问世,借此庆祝她的成功亮相。阿尔瓦·范德比尔特为了跻身上流社会,不惜斥资二十五万美元举办那次舞会。钱勒告

[①]黛朵:泰雅国公主,公元前十二世纪来到迦太基地区,在此建城,以聪慧著称。

诉塔格，一八八三年的二十五万美元相当于现在的四千五百万美元。

塔格听得目瞪口呆。"花四千五百万美元，就为了一次舞会？"

钱勒也承认，那笔钱即便对于一个范德比尔特家族的人来说，也绝不是个小数目。可对于一门心思向上流社会进军的范德比尔特夫人来说，每一分钱都不会白花。这样的大手笔必定会把阿斯特夫人引来造访，而阿斯特夫人所到之处，定会有社会名流前呼后拥。（她对一个名叫"沃德·麦卡利斯特"的男人言听计从，他说去哪儿，她就去哪儿。）

"可罗林斯夫人到底有什么东西让你那么着迷呢？"塔格还是不依不饶地问。

钱勒的回答让塔格大跌眼镜。"因为她是个海盗。"

"你是说她像个小偷一样？"

钱勒摇摇头。"我不是那个意思。我是说她像个海盗船船长，扬起大旗，把规则统统颠覆。正跟我相反。"

"也许和我，和这儿所有人都正相反。"塔格表示赞同。他用手指了指这个私人俱乐部周围。俱乐部自从斯坦福·怀特设计后，就没变过样。会员们聚在一个房间里，侃着大山。那帮男人几乎全是老朽不堪，一样的嘴脸，一样的穿着，一样的腔调。"这里没有一个敢颠覆规则的人。"

钱勒点点头，跟塔格解释说，上流社会有一条最厉害的规矩：谁要是犯了戒，就别指望能逃脱严惩。他把自己的长腿搭到对面的一把皮椅上，补充道："不过那些规矩只对那些循规蹈矩的人有效。"这时过道对面一个胖乎乎的家伙气呼呼地皱起眉头，瞪着钱勒的双脚。钱勒赶忙把脚挪开。"明白我的意思了吧？海盗们就不这样，他们做事既做得出，又逃得脱。"

塔格问："可戴安娜·罗林斯哪方面像个海盗呢？"

"谋杀亲夫。"钱勒微微一笑。

塔格还以为他在开玩笑,问道:"她怎么了?"

"她把自己丈夫杀了。我现在还无法证实,可我一直在调查这事,我敢肯定就是她干的,而且还逃脱了惩罚。"钱勒把胳膊抱在胸前,灰色的眼睛目光温和,却熠熠放光。"正是由于这个她才让人神魂颠倒。"

"你简直疯了!"塔格皱起了眉头。看来马克说得一点儿不错:他们的这个哥们儿果真是中了邪,被感情弄昏了头。"她因为杀了人才让人神魂颠倒?"

钱勒想了想,说:"她就是想让你知道,她想做什么,就一定会做到。你看看她直视你的眼神,就能看得出来。"

"没太看出来。"塔格口里答着,心里祈求着马克赶紧带着那个女孩儿回来。

钱勒从口袋里拿出一样东西,递给塔格看。那个东西是他从古玩市场上淘来的。它是一个小小的镶着框的影印照片,是在戴安娜·罗林斯在她丈夫亡故十年后为报纸上的社会版拍摄的。照片里的她跟萨拉托加的一群时髦人士坐在一起。钱勒指了指站在她身后的人,告诉塔格,那人就是名叫赞斯基·赞斯基的画家。"赞斯基·赞斯基一开始就看出了戴安娜的海盗本性,把这种本性画到了他的画里。"

钱勒给塔格一一点出画像种种细微之处,塔格听得目瞪口呆。画中的这个女人身着一件金光闪闪的礼服,礼服上点缀着成百上千颗小小的红宝石、绿宝石还有珍珠,胸口开得很低,也没有肩带,只有两条细细的红宝石链绕在罗林斯夫人肩上。她赤褐色的秀发高高挽起,如同火焰在头顶熊熊燃烧,红宝石星星点点地镶嵌在她的秀发中。她没有佩戴项链,赤裸的颈部和胳膊白皙诱人,即使是今天的人见了,也会心如鹿撞。她的右手搭在大理石楼梯扶栏上,上面佩戴了一条精工细做的红宝石手镯,上面还有黄金的丝缕缠绕其间。那件礼服耗资巨大得让人咂舌。即使一八八三年一千名磨坊工人在一千台织布机前加班加点,不顾死活地干上一年,挣到的钱也不够这件礼服的价钱。

钱勒说,戴安娜·罗林斯穿着这件礼服在范德比尔特夫人的舞会上一亮相,便引起巨大轰动。未列名流之列的戴安娜没有身为名流的丈夫的陪同,独自出席宴会,更是刹那间掀起轩然大波。事实上,她成为德威特·罗林斯夫人仅仅六个月,在此之前社会名流们根本就没有听说过她的名字。德威特家族对这桩婚事大为震动,也深为不满,所以极力低调处理。他们觉得像德威特这样的业余考古学家不会娶任何人,更别说是年龄只有他一半大的女售货员了,再漂亮又能怎么样?

戴安娜出席范德比尔特家族举行的宴会,固然是不请自来。可陪同她前往的是两位名流:一位是第五大道上一座教堂的牧师,名叫"德兰西",化妆成"埃尔·熙德"①,另一位是他的夫人,一个木材厂的继承人,化妆成"牧羊女芭比娃娃"。罗林斯夫人走在这两位有头有脸的人物中间,走过一个个守卫,走进白色石灰石砌成的豪华别墅,走上大理石楼梯。楼梯两旁身穿栗色齐膝马裤、戴着假发的男仆列队迎接。罗林斯夫人昂首阔步地踏进舞池,汇入成千上万的如云宾客之中。他们在玫瑰花海的华盖下面翩翩起舞,那一天整个纽约城的每一朵玫瑰都汇聚在这里。在壁画装饰的环形天花板下,罗林斯夫人向阿尔瓦·范德比尔特抬起一只玉臂,自然得仿佛数年里的习惯动作。阿尔瓦挽过她的手臂。戴安娜解释说,自己的丈夫希腊考古归来,却没有料到在路上耽搁了,不能前来赴宴,对此深感歉意。她除了独自前往,还能怎么办呢?戴安娜袒胸露肩的礼服震惊四座,她的底细来路也无人知

---

①埃尔·熙德:十二世纪西班牙史诗中的英雄。

晓,可这位"女王"跟牧师和牧师夫人都打成了一片,还有什么可挑剔的呢?

钱勒跟塔格解释说,戴安娜正是借了那次宴会的东风,成功地跃入上流社会,并在随后漫长的六十年里保持着不可摇撼的地位,直至离开人世。她从那天晚上开始就一直待在宴会上,直到第二天她的丈夫被人发现死在家里乡间庄园的地面上。人们推测他是从阳台跳下来的或是跌下来的。钱勒却持不同意见:"根本不是这么回事。是戴安娜赴宴前把他给杀了。"

塔格说:"钱尼,你听起来怪怪的,你意识到了吗?"

"其实在那个时候就有谋杀的传言,可没有人——"

就在这时,马克打断了他们的谈话。"钱尼,我想给你介绍个人。"

钱勒和塔格同时转身,看到了那个年轻女子。她站在楼梯顶端马克的身旁。尽管她穿着利落的黑色套装,留着向内弯曲的卷发,可就连塔格都看得出她跟一个人有惊人的相似:修长的腰肢,凝脂般的肌肤,赤褐色的秀发,绿莹莹的双眼,难以琢磨的回眸,这一切跟画上的罗林斯夫人都毫无二致。钱勒刹那间定住了眼睛,无法移开目光,然后才站起身来,把塔格也一并拽了起来。马克咧嘴一笑,说道:"玛蒂,这位是塔格·怀特洛。"

"叫我蒂姆就行。"塔格坚持说。

"这位就是钱勒·斯温,我一直跟你说的那个家伙。这位是玛蒂。"

玛蒂微微一笑,"马克跟我说,您对我的曾祖母了如指掌。"说罢,便伸出一只手来。钱勒一下子就注意到了她带的手镯,心里更是凛然一惊。玛蒂笑了起来,说道:"唉,我倒什么都不知道。"她的笑声低低的,似乎藏着一丝诡诈。她说话带着南方的口音。

"你的曾祖母?"钱勒一直盯着她看。

"我是玛蒂·罗林斯。"说着她指了指那幅肖像画,"你们看看,那只手镯是我的。马克,正像你说的那样。"她旋转着那个黄金缠绕的红宝石手镯,给大家看。塔格询问她那个手镯的来历。

玛蒂朝着塔格微微一笑。"是我父亲给我的。他告诉我,这个手镯是祖上传下来的。可他从没跟我提过手镯被画到肖像画里这回事。我可怜的老爸真是一点儿都不怀旧。"她请大家一起落座。"钱勒,关于祖母的一切,你能把我该知道的都讲给我听么?"

钱勒告诉玛蒂刚才他正和塔格说起她祖母呢。她的祖父在范德比尔特舞会后的第二天清晨被发现气绝身亡,有传闻说是她的祖母红杏出墙,以至于亲手杀害了自己的丈夫。

玛蒂听罢大笑起来。"为什么男人们总认为只要一个女人跟人私通,就会谋杀亲夫呢?"

马克、塔格、玛蒂和钱勒一起走进俱乐部餐厅。马克咧嘴一笑,对塔格说:"怎么样,塔格?玛蒂跟他是绝配吧?这简直是梦寐以求的事儿啊。你看看钱尼!"钱勒跟那个年轻女子聊着,从未有过如此生龙活虎的兴致。他们在一起走着,玛蒂频频微笑点头。

"我觉得,"塔格疑虑重重地说道,"我说不好。我总觉着咱们的点子是让他离那幅破画远点儿,不是把画变成真人。"

钱勒·斯温是"义举舞会"筹备委员会的主席。每逢圣诞节,就会举行一次这种正式的舞会。义举内容不尽相同,可每次出席的客人却基本不变,纽约二三十岁的社会名流们对舞会趋之若鹜。钱勒和玛蒂·罗林斯第一次共进晚餐后几周,他便邀请玛蒂做自己本年度舞会的舞伴。玛蒂满口答应了,并在舞会上一鸣惊人。在这之后,钱勒更加频繁地邀请她。塔格看到马克给钱勒物色到了如此无可挑剔的女友,很为钱勒感到欣慰。这对年轻情侣相处得极其融洽,钱勒喜欢什么,玛蒂也喜欢什么。无论是去餐馆吃饭,还是挑选家具,或是结交朋友,玛蒂跟钱勒的品位都如出一辙。她喜欢卡巴莱①歌手,喜欢漫步公园,喜欢"历史频道",她也收集名人签字和漆器。事实上,即使从童年起,玛蒂就按照钱勒梦中情人的目标,像"琪琪"一样接受训练,也不可能跟他如此天造地设,尽管二人性格迥异。就连每周一次跟钱勒母亲用餐,玛蒂都毫不介意。他的母亲惯于冷嘲热讽,把他前任的诸多女友都弄得眼泪汪汪。玛蒂则不然:在曼哈顿东区联排别墅里,她似乎很享受那种明枪暗箭、火药味儿十足的场面。

不过玛蒂也有自己的生活。事实上,她偶尔会出去享受夜生活,或是外出度周末,抑或是和马克·托拉尔及他们那个圈子里喜欢运动的家伙共度时光,在贝尔蒙特跑道上消磨一个下午。斯温太太跟塔格说,玛蒂的特立独行让她感到很心安。钱勒家产丰厚,想借结婚大发横财的女人可不是没有。

一天晚上塔格跟钱勒一起喝酒时问道:"玛蒂也是一个海盗么?"

没想到这话问得钱勒一头雾水。"什么海盗?"他好像不记得自己关于德威特·罗林斯夫人的那套理论了。事实上他早已把那个画中美女忘得一干二净,是玛蒂把她从钱勒脑海里抹去了。

那天晚上晚些时候,马克来到俱乐部,莫名其妙地开始跟钱勒找茬儿打架。等钱勒离开去接玛蒂,马克坐在酒吧里一边喝酒,一边跟塔格数落钱勒的不是。"钱尼懂什么叫生活么?上帝都没他有钱!"

"不是这样。"塔格淡淡地反驳道。

---

① 卡巴莱:有歌舞厅的餐厅和夜总会。

"不是这样?"马克嘲讽地说,"他的每一张钞票都直接交给了他老妈。"

塔格渐渐注意到,马克谈起钱勒时不知不觉地流露出冷嘲热讽的语气。他感到颇为惊讶,于是站在钱勒朋友的立场上回击马克。结果二人打了一架,塔格跟马克之间也出现了裂痕,以至于钱勒不得不出面调和。一周后,他跟塔格说,他们的朋友马克也不容易,工作压力太大,手头又不宽裕。他请求塔格对马克的刻薄不要理会。

"他从来就这样。你为什么老替他辩护?"塔格反问道。

钱勒微微一笑。"也许就因为一点吧。是他把玛蒂介绍给了我。"

二人坐在俱乐部酒吧间里,塔格看了看罗林斯夫人的画像,终于问道:"马克有没有告诉你他在哪认识的玛蒂?"

"耶鲁大学的俱乐部。"

"玛蒂上过耶鲁大学?啥时候?"

"没上过,只是碰巧在那里。"钱勒边说边用手指在椅子的皮质扶手上拨弄,好像在弹奏一首节奏缓慢的曲子。"真是谢天谢地。"

塔格摇了摇头。"她是从新奥尔良来的。马克曾在那里一家银行上班,记得么?"

"塔格,你到底想说什么?"

"也许他们是在那认识的。"

"那又怎样?"

塔格用手指了指那幅画像。"你对罗林斯家族的了解比玛蒂还多。"

"老天,你和我妈一样,老是揪住家族的事不松手。"

"你打算娶玛蒂为妻么?"

钱勒停下自己无声的曲子,朝着他的朋友转过身来。"那还用问么?"

塔格盯着他,说道:"我可不希望这样。"

三个月后,钱勒向玛蒂求了婚。

钱勒的母亲以和蔼可亲的方式向玛蒂透露了她的顾虑:总有女人为了他们的家产才想嫁给钱勒的。玛蒂也同样柔声细语回答,自己希望斯温夫人竭尽所能阻止发生这样的悲剧。斯温夫人基于上东城①的出身,毫不掩饰自己就是个势利小人。她对于儿子按照门第选择伴侣也毫无异议。她对于罗林斯这个名字有所耳闻。当然这个姓氏后来家道中落,于是在社会上也渐渐隐匿无声了,也是属实。罗林斯家族在五十三号大街的府第也已经颓败萧条,乡间的庄园也被改造成女子学校,至于"黛朵女王"那件珠光宝气的金色礼服,更是不知去向。尽管如此,罗林斯这个名字仍位列名流。起码对于像斯温夫人这样的纽约人来说,仍然是死而不僵,不可小觑的。斯温夫人还在固守"造就一个绅士需要四代人的努力"这一观念,而玛蒂的父亲——德威特·罗林斯四世正是一位难得的绅士。家族开采铜矿留下来的财富幸好没有在一个股市狂跌的世纪里统统葬送,可罗林斯四世把那些钱也挥霍得差不多了,最后在新奥尔良一间接着一间寒酸的房间里,喝得醉醺醺,喝得送了命。

斯温夫人对玛蒂的身世进行了严格盘查,结果玛蒂无懈可击。按照她自己的说法,她是罗林斯家族最后一代传人,是她父亲在中年后期留下的独苗。父亲晚景十分落魄,她对此直言不讳。自己现在家境贫寒,她也坦率明朗地承认。她说,父亲去世后,她便来到纽约,眼下正在苏富比拍卖行②任职,在切尔西一座没有电梯的公寓跟两个年轻女孩儿合租一室。她还告诉斯温夫人,她非常清楚她们之间的贫富差

---

①上东城(Upper East Side):纽约市曼哈顿的一片区域,拥有美国最昂贵的住宅。
②苏富比拍卖行:一七四四年于伦敦设立,是全世界历史最悠久的艺术品拍卖商之一。

距。她说钱勒已经向她求过三次婚,可她都一一谢绝。她说自己现在还在犹豫是否该答应钱勒的求婚。

正是玛蒂这样举棋不定的态度赢得了钱勒母亲的认可。钱勒母亲后来跟塔格吐露,她一开始的确以为玛蒂是个以色骗财的女人,可过了那么长时间,玛蒂都一直分文未动。玛蒂这代贪财爱富的女人哪个会有如此耐心,这么久按兵不动呢?塔格试图说服自己钱勒的母亲没有看走眼,毕竟钱勒是他最要好的朋友。

又一个圣诞节来临了。钱勒和玛蒂结识整整一年后,在"义举舞会"上公开举行了订婚仪式。舞会上他们扮成德威特和戴安娜·罗林斯的模样,在公众面前亮相。斯温太太的朋友们惊诧于玛蒂的绝世美貌,纷纷赞叹钱勒眼光独到。

塔格的女朋友也从查尔斯顿乘飞机赶来,出席这桩喜事。她和塔格二人装扮成尼克·查尔斯和诺拉·查尔斯夫妇[①]的模样,大伙本以为他们会以弗雷德·阿斯泰尔和珍姬·罗杰斯[②]的形象露面呢。

马克是一个人来的,在舞会上嚷嚷自己工作没了,喝得烂醉如泥。客人们被弄得尴尬不已。

最终在斯温太太的坚持下,这对情侣在第五大道那个宽敞的教堂里正式举行了婚礼(婚礼是由斯温太太出资操办的,玛蒂可一个子儿都拿不起)。斯温太太还出钱在"诗坛"俱乐部大宴宾客。她把一个街区外的一套连排别墅送给儿子,作为新婚礼物。她说等他们从为期一个月的地中海蜜月航游回来后,别墅就会为小两口准备好。她还委派一个著名的艺术家为玛蒂量身定做了一幅肖像画,等到再举行"义举舞会"时,把画像作为新的罗林斯夫人展示在大家面前。

[①]尼克·查尔斯、诺拉·查尔斯夫妇:喜剧电影里的搞笑夫妻侦探。
[②]弗雷德·阿斯泰尔、珍姬·罗杰斯:好莱坞歌舞片黄金时代的金童玉女。

塔格的女朋友来到北方，跟他一起出席钱勒的婚礼。他告诉他的女朋友，她要是愿意嫁给自己，他情愿搬到查尔斯顿，从此不再离分。他的女朋友终于开了金口，同意结婚。说到钱勒和玛蒂的婚礼，一切尽如人意，可在招待宴会上，却出了乱子。塔格作为伴郎致祝酒辞，其中却充满了对好友未来幸福的隐忧，令人不解，惹得宾客们议论纷纷。宾客们还注意到马克在一个角落里跟新娘发生了口角（可没人知道其中的缘由）。塔格阻止了他们的争吵，不料马克又跟他嚷嚷起来。随后塔格和女友没有等到抛吊袜带、扔花束等仪式就双双离去。

席间还出现了另一个火药味儿浓重的瞬间。钱勒不经意听到年老的斯温太太跟年轻的斯温太太关于钱财的一番话：钱勒的母亲说自己儿子的全部财产都在她的掌控下。万一将来二人离婚，或是玛蒂言行失检，玛蒂要分文不取地离开这个家门，就像她分文没拿地进入这个家门一样。钱勒告诉自己的母亲这话是在侮辱他的新娘。玛蒂赶忙为新近的婆母辩解，跟新近的丈夫说自己一点儿都没有生气。

后来又上演了第三出戏。酒气熏天的马克几次像个野蛮人一样地把新娘抢过去跳舞，弄得钱勒不得不叫上另外两个朋友把他送回家去。马克被他们拖出去时还砸坏了一个椅子。钱勒的母亲指责马克·托拉尔这个朋友看上去文质彬彬，可根本就不是个绅士。她说，这个时代一个人出身不佳也无所谓，还可以凭着一副英俊的外貌在社会上混得不赖，可起码得保证自己脑子清醒，不会胡来才行得通。

马克刚刚被撵了出去，玛蒂就发现自己的传家宝——那个红宝石手镯不翼而飞了。她简直都快急疯了，以前她可从没有这样过。大家把舞厅找了个遍，可还是一无所获。这只手镯尽管价格不菲，却没有上过保险，真是雪上加霜。

第二天早晨，这对新婚夫妇飞往雅典时，玛蒂却恢复了她一贯的沉着与冷静。塔格赶到机场，为自己在婚宴上的行为向玛蒂致歉。玛蒂对塔格一副"冤家宜解不宜结"的态度，还吻了一下他的脸颊，然后特意走开去买杂志，好让这两个多年的校友单独谈谈。就在那个时候，塔格送了钱勒一个别出心裁的新婚礼物：塔格从一个个人签名交易商那里发现了一张德威特·罗林斯夫人的照片，是用达盖尔银版法拍的。照片上面的日期是范德比尔特舞会的时间，实际上是在舞会进行中拍摄的。那张照片跟"诗坛"俱乐部里赞斯基创作的那幅肖像画极其相似，无论是戴安娜一袭"黛朵女王"的金色礼服，还是点缀秀发的红宝石，或是手腕上的红宝石手镯，全都如出一辙。

收到这样别致的礼物，钱勒大为感动，和塔格抱在一起，又和好如初，口里还念着他们永远都是好哥们儿。

在飞往雅典的旅途中，钱勒没有跟玛蒂说起塔格用心良苦的礼物。他感觉到自己跟塔格和马克之间的联系让玛蒂心中不快。同样，他也没有问起玛蒂、马克以及塔格在婚宴上究竟为何事争吵。钱勒向来就不愿意探听他人的隐私。

二人蜜月旅行的航船从雅典出发，一周后玛蒂送给了钱勒一份结婚礼物。他们一起去提洛斯岛①遗迹游历了一番，度过了一个美妙的上午，然后钱勒回到船上看书，玛蒂一个人去米克诺斯镇②逛街。她去了那么长时间，差点儿错过了返回船上的最后一班汽艇。这对新婚夫妇从私人阳台上向远方眺望，群山上点缀着白色的房子，游轮渐行渐远。

---

①提洛斯岛：位于希腊，希腊和罗马风格的遗迹遍布大部分地区，是考古学家的天堂。
②米克诺斯镇：米克诺斯岛是希腊最受欢迎的度假岛屿，小镇里弄有各种各样的小玩意儿，是购物的好去处。

他们并肩躺在甲板的椅子上，椅子上的靠垫有着蓝天碧海一样的颜色。

"斯温先生，你幸福吗？"玛蒂向钱勒举起细长的香槟杯问。钱勒点点头，说他一生都从未感到如此幸福。

玛蒂向钱勒举杯。"要是爸爸还在人世，能认识你，知道你会给我带来多大的幸福，那该多好！"

钱勒拉过玛蒂的手，吻了吻她曾经戴着红宝石手镯的手腕，心想：她一定还在为遗失的手镯而闷闷不乐吧。毕竟她的家族留给她的可供缅怀的纪念物太少了。他在玛蒂的公寓里只看到几件和她的家族有关的东西：两张照片、几本旧书、以及她父亲的手表、袖扣和往来书信。玛蒂很少谈起她的父亲，她有一次甚至把"缅怀往事"说成"噩梦重温"。

玛蒂俯下身亲了一下钱勒，然后把一个包装精美的包裹递给他。"亲爱的，这个送给你，新婚幸福！"她送给钱勒的结婚礼物跟她的过去有关，正是这个特殊的媒人他们才得以走到一起。她说一次整理父亲零零碎碎的旧物，发现了一个旧箱子。她觉得钱勒会对里面的东西感兴趣，所以就拿来当做新婚礼物送给他。

钱勒小心翼翼地打开那个包裹，拿出了一本残破不堪的旅行日志。日志的皮制封面早已干裂，上面用退了色的墨水和细长工整的字迹写着"1883年，德威特·罗林斯，第三本"。这是戴安娜·罗林斯丈夫的东西。钱勒抬头望望玛蒂，兴奋不已。他翻开第一段文字，朗读起来：

> 迈锡尼遗址让人过目难忘。再踏上厄琉西斯镇[①]，真是感到大失所望。话虽如此，这对我们而言，仍不失为一个全新的领土，

[①] 厄琉西斯镇：古希腊一个镇，在雅典西北，当时在此举行的秘密仪式影响很大。

特里默深信我们一定会不虚此行。我对戴安娜的思念之情无以言表。我们短短相聚又匆匆分手,真是太难为她了。

"不错,那就是我曾祖父留下的。"玛蒂给钱勒做了一番详细的解释。那本日志是他去希腊考古挖掘时候写的。这个业余考古学家不得不撇下自己刚刚成婚的娇妻,去古老的遗址亲身考察,于是在地中海的航行中写了这本日志。他的新婚之喜仅仅过了六个月,他就离开了家。这件事让纽约的上流社会大为震惊,也让罗林斯家族的人惊慌失措。

戴安娜明白这趟旅行我非去不可。为了履行家庭的责任,我的研究已经中断了这么长的时间。特里默这个团队无疑是考古研究方面数一数二的,我的学问在这里进步飞快。连他都跟我善意地开玩笑说,我父亲开采出来的新铜矿差点儿把一个出色的古青铜挖掘专家给葬送了。

钱勒赞叹道:"这个礼物真是太完美了。"
玛蒂微微一笑。"完美的妻子还会送不完美的礼物么?钱尼,别在这待太长时间了。皮肤晒伤了,会着凉的。再说暴风雨也要来了。"
"谢谢你。"钱勒也笑着回答道。
玛蒂转过身给了钱勒一个飞吻,地中海的微风拂起她雪白的长裙。她的转身使钱勒蓦然回忆起画像中的戴安娜。在她身后,地中海的太阳仿佛一只血红的大橘子,落在大海蓝色的盘子里。玛蒂转眼离开,说自己回船舱做美容去了,晚上船长的晚宴,她要让自己更光彩照人。钱勒开玩笑地说,玛蒂已经是天生丽质,每天花那么多时间做美容真是浪费。

玛蒂走后，钱勒独自靠在甲板的躺椅上，兴致勃勃地重新翻开戴安娜·罗林斯丈夫的日志。从表面上看，德威特是个沉稳内敛又善于冷嘲热讽的男人。他日记的大部分都是对伯罗奔尼撒半岛上那些陶瓷碎片之类的细致描述，但在那些泛黄的纸页间仍不时地涌动着他对新婚妻子如火的热情。

戴安娜说，我们家没有一个人去看过她。他们竟然这样势利狠心，真让我瞧不起。他们为什么看不到她的闪光点？我知道他们还是认为我神经错乱了，所以才会娶她。要不是父亲在我遇到她之前就过世了，我这一行为毫无疑问会让他赔了整个家产。可即使让我用全世界的铜矿，甚至更加价值连城的东西去交换戴安娜，我也心甘情愿。遇到她之前一切皆空，没有了她，一切又会成空。

钱勒读着读着，渐渐觉得德威特对他妻子的种种缺点，比如爱虚荣、有野心以及进攻性强，并非视而不见。尽管如此，他还是死心塌地爱着她，她本性中的一切都让他着迷。

戴安娜遇到了一位叫"赞斯基"的画家。他的百般恭维终于让戴安娜同意他给自己画像。旁人赞美她的天生丽质，她听着受用，又有什么不对呢？她从雅典寄来的信送到了旅馆，等着我的回复。她信里只是提到阿尔瓦·范德比尔特要举行一次什么浑蛋舞会。天知道要花掉可怜的威利多少钱！显然我的小宝贝即使豁出命也要出席。我离家这么远，她也非让我帮她弄进舞会不可。不用说，她要像灰姑娘一样，穿上艳惊四座的礼服。拉努埃特得宰她两倍价钱！我决定写信给泰德·德兰西，让他帮我这个忙。哪个地方都少不了他们夫妇。这么好的牧师还会有时间准备布道词么？真让人纳闷。不管这么说，他们夫妇会带她出席舞会的。

今天早上一面青铜镜被我们挖掘出土，几乎完好无损，底部还有爱神的图案。真让我们大喜过望。

钱勒被这本日志牢牢地吸引住了。在他刚开始追踪戴安娜画像背后的内幕时，日志里的人物在公开记录中被蜻蜓点水般地提过，在旧报纸的微缩胶片里也是被三言两语地带过。他一页接着一页地读着这个已经作古的人的亲笔日志，在列出的古文物清单的字里行间，感受到了德威特对他妻子浓浓的爱意。

就在钱勒就要看完日志的时候，他忽然读到了一页，顿时浑身冰冷。他重读了好几次。太阳早已西沉，晒伤的皮肤在渐凉的空气里隐隐作痛。他刚刚读到的内容霎时间颠覆了一切。

钱勒匆匆穿好衣服，把塔格在机场交给他的那张银版照片翻了出来，拿到船上的图书馆。他曾经在一个地球仪旁看到一只放大镜。他拿起放大镜，小心翼翼地检查身穿礼服的戴安娜·罗林斯的红褐色身影。钱勒之前的猜测完全正确。她在出席舞会时佩戴着那副手镯。

他已经找到了戴安娜·罗林斯撒谎的证据，进而可以证明她犯有谋杀罪。法医给她丈夫验尸时，她一口咬定德威特的船在她去出席范德比尔特舞会前就已经停靠码头。她还言辞灼灼地说，在她离开家参加舞会期间，她丈夫根本就没有回到他们二人在第五大道的联排别墅。她说她以为德威特从码头出来直接回到他们乡间的那个家了，结果走夜路不慎跌倒，丢了性命。她说，直到警察第二天赶到告诉了她这一意外事件时，她才知道她丈夫已经回国。

但事实上，德威特在戴安娜动身参加舞会前就已经回到五大道的房子里了。钱勒完全可以证明这一点。

钱勒匆匆来到驾驶台,询问了船长能否确认过去的一个具体航海信息:一八八三年某天纽约港口列出了船只到港时间,到底是预期到港时间还是实际到港时间呢?钱勒住在这艘游轮最豪华的套房里,船长当然欣然效劳。事实上,他只花了十五分钟便在电脑上查到了当时的情形:一八八三年的那艘游轮比预计时间早了三个小时到达港口。

钱勒拿着打印出来的结果,沿着走廊匆匆回到自己的套房。预报中的大雨果然刮了进来,海水也开始颠簸不已,他必须一边扶着防水壁一边往前走,才能保持平衡。在一个拐角处,钱勒忽然发现一个深色头发的男人进了电梯,两个从电梯里走出的女人回头看了看那个男人。一刹那间钱勒产生了最难以名状的感觉:他认得那个男人的后脑勺。

钱勒回到大客厅后,立刻给纽约的塔格·怀特洛打了的电话。他忘了两地的时差,结果把塔格从酣睡中叫醒了。电话受到了很大的静电干扰。钱勒让塔格帮他查找一下有关戴安娜·罗林斯涉嫌谋杀亲夫的信息,塔格很痛快地答应了。他们还约定等斯温夫妇的游轮归航后,单独在"诗坛"俱乐部共进午餐,就他们两个。

钱勒还询问了马克的近况。塔格说他们这个哥们儿最近是有些神秘兮兮。俱乐部的人透露说,马克去什么地方度假了。塔格毫不隐讳地说,自从钱勒婚礼后就再也没有跟马克说过话。"我们俩发生了点儿口角。"

"是么?"钱勒问到,"为了什么?"

"跟你说实话吧,为了玛蒂。"塔格把实情脱口而出。

钱勒说他再也不想听到别人对他妻子的指指点点。

"钱尼,对不起。我不管你想不想听,这件事跟玛蒂那副手镯有关,我必须告诉你。"钱勒不想听,塔格好说歹说,想让他听进去。塔格讲完后,又补充说,"我可以把蒂凡内珠宝店的信给你看。"

电话那端沉默了好一会儿。钱勒终于轻声说道:"他们搞错了。"

塔格说:"他们没错。要是连蒂凡内珠宝店都不知道,还有谁会知道呢?你别老抓一百年前戴安娜·罗林斯的事不放,好好想想你妻子在干什么吧。"

钱勒把自己船上的号码给了塔格,让他把蒂凡内珠宝店的信通过传真发过来。随后暴风雨突然把电话线切断了,接线员再怎么努力也接不通电话了。

钱勒坐在床上,努力寻思着该跟玛蒂说些什么。最后他决定闭口不言。

一个小时后,玛蒂终于做完美容回来了,钱勒仍旧穿着T恤衫和卡其布裤子,坐在床上,仍在看着罗林斯留下来的日志。

"你喜欢这个礼物吧?"玛蒂问道。

"是啊,谢谢你。"钱勒边说边通过自己圆圆的眼镜仰头盯着她。"你看过日记了么?"

"浏览过,"玛蒂说着走到钱勒近前,"实在是乏味。怎么还不穿礼服?"

钱勒举起日记本。"并不乏味。给德威特验尸时,戴安娜说了谎。我现在能证明这一点了。"

玛蒂俯下身,摘下他的眼镜,亲了亲他。"知道么?马克的话真是没错。一提到我的家世,你就有点儿疯魔。"

钱勒又把眼镜戴上,说道:"而且我还知道她为什么说谎。"

玛蒂照着镜子,问到:"为什么?"

"因为她杀害了她丈夫。我现在非常肯定。"

玛蒂迅速把头扭过来,劝说道:"哦,钱尼,算了!你不知道的就别……"

"我知道,我现在知道了。戴安娜·罗林斯杀了你曾祖父。"他长长地呼吸了一下,"如果他真是你曾祖父的话。"

玛蒂忽然转过身,盯着钱勒。她的眼神难以捉摸,直逼而来,跟画中罗林斯夫人的眼神毫无二致。"你说这话是什么意思?"钱勒默不作声,玛蒂最后摇摇头,说:"戴安娜·罗林斯先是你着迷的对象,现在又成了杀人犯。她不过就是一幅油画罢了。"说着玛蒂缓缓地绽开笑容,耸耸肩。"好吧。你为什么这么肯定是她杀了丈夫?我们去换衣服,你跟我说说。"

钱勒跟着玛蒂进了卧室。"她红杏出墙,被德威特发现了。"

玛蒂从衣柜里取出一件红色裙子,问道:"是吗?……和谁啊?"

"赞斯基·赞斯基。"

"他是谁?"玛蒂坐在梳妆台旁,开始上妆。

"那个油画家。想起来了么?"

"哦,想起来了。那个画家。"

"没错。他就是赞斯基·赞斯基。他们是情人关系。听听这段话。"钱勒坐在床边,开始给玛蒂读德威特的日志。

科琳娜的来信让我坐卧不安。她竟然含沙射影地说戴安娜和这个名叫"赞斯基"的家伙……真让我反感极了。她跟赞斯基在公园散步,在湖边野炊,就一定是为了做那件事吗?其实科琳娜难以接受的是这件事:父亲的大部分家产会落到戴安娜手中,我们要是有孩子,就会让孩子继承。我已经写信给姐姐,她如此卑劣的念头还是省省吧。

玛蒂看着梳妆台镜子中站在她身后的钱勒，皱皱眉头，问道："就凭这些吗？"二人都对着镜子里的对方说话。"这就是你的凭证？这只能说明德威特的姐姐想让他以为戴安娜跟人私通，并不能证明确有其事。我的老天，他们在什么公园里野炊又有什么错么？就算她跟那个画家上床了，又能怎样？"

钱勒看着镜子里的玛蒂，说道："她嫁给你曾祖父还不到一年。"

"亲爱的，你应该明白我的意思。"玛蒂递给钱勒一串珍珠，那是在他们婚礼头一天晚上钱勒的母亲送给她的。钱勒接过珍珠，紧攥在手里。玛蒂问道："就凭着这些，你就能证明戴安娜谋杀亲夫吗？"

钱勒举起日记本，接着说："因为这个。你听听。'今天晚上在普拉卡的一家商店，我遇到了一款最独具匠心的手镯，红宝石上缠绕着金丝线，拜占庭的风格。'"钱勒稍稍停顿了一下，看了看玛蒂。"玛蒂，就是你的手镯，在婚宴上丢的那只，想起来了么？"他接着读下去："'那家商店的售货员身材臃肿，目光如电，说话可真离谱，硬说自己是阿伽门农的直系传人，很快就把我拿下了。我乖乖地买下了那只手镯，打算送给戴安娜。我依依不舍地离开了考察地。特里默真是善解人意，对我的离开没有丝毫不悦。我们早上便启航了。我要回家，一定要让科琳娜不再散布流言。我会亲自带着戴安娜去参加阿尔瓦和威利·范德比尔特举行的舞会。'"读完后，钱勒正了正眼镜，盯着玛蒂。

玛蒂对着镜中的钱勒，耸了耸肩。"我还是不明白你的意思。"

钱勒灰色的眼睛温和地打量着玛蒂，从她无可挑剔的颈部到凝脂一般的双肩。"你真不明白吗？你记不记得戴安娜跟所有人说，她出席范德比尔特舞会之前，连德威特已经回到美国都不知道？她怎么能不知道？她出席舞会戴的手镯就是德威特从希腊给她买回来的。也就是说，她动身之前，已经见过德威特了。"

玛蒂提醒钱勒，罗林斯夫人扮成"黛朵"的画像是在那次舞会整整一年后创作的，这是钱勒亲口告诉她的。很显然，有人在德威特的遗物中找到了那条手镯，把它交还给他孀居的妻子。每当她坐下来让人画像时，就把手镯跟那身礼服配在一起穿戴。她这么做，也许就是为了缅怀她亡故的丈夫呢。"

钱勒摇摇头。"不是这么回事。她出席阿尔瓦·范德比尔特舞会的时候就戴上手镯了。"

"你怎么知道？"

"塔格告诉我的。"

玛蒂不耐烦地转过身去。"原来是塔格说的，亲爱的，好啊。"

钱勒接着给玛蒂看了罗林斯夫人在舞会上拍的银版照片。玛蒂还没有见过塔格送的这份礼物。钱勒指了指了戴安娜的手腕，红宝石手镯清晰可见。

玛蒂恼怒地皱了皱眉，质问钱勒："这是塔格在机场给你的照片？你当时怎么不给我看？"

钱勒连忙表示歉意，解释说：他没跟玛蒂提起塔格，是不想让她回想起她和他朋友之间发生的不快。钱勒慢慢地拿出自己的晚礼服。"戴安娜是怎么把她丈夫害死的，我已经想明白了。"玛蒂把她的红色裙子穿上，钱勒看着她。

玛蒂转过身，让钱勒帮她拉上拉链。"你待会儿再告诉我吧。"她说，"我们要赶不上晚餐了。"

钱勒去了洗手间，这时电话铃响了。玛蒂从另一个房间告诉钱勒尽管冲淋浴好了，电话她去接。钱勒出来时，玛蒂已经打扮停当，心平气和地等着他。她说刚才服务员打来电话,提醒他们赶快去跟船长一起用餐。

晚餐时,玛蒂曼妙之至,无人能及。人们纷纷恭喜钱勒娶到这样一位俏佳人,羡慕他艳福不浅。"您过奖了,"钱勒对坐在他右侧的大使夫人说道,"我还没遇到她的时候,就已经爱上她了。爱上了你的幽灵了,对吗,亲爱的?"他隔着餐桌对玛蒂说道。

玛蒂对他微微一笑:"哦,亲爱的,别说得这么吓人。"

说罢玛蒂很快就离了席。她说自己想一个人去赌场待一会儿。钱勒不喜欢赌博,就跟别人打打桥牌,然后他们在桥牌室碰头。

大约一个小时以后,玛蒂在桥牌室找到了钱勒。她建议他们到船尾的"英仙座酒吧"去喝两杯。天色已晚,酒吧比较清静,她想听钱勒在白色的小型钢琴上弹几支浪漫的怀旧金曲。

他们一直待到酒吧关门。暴风雨越来越凶了,其他的旅客早就回到自己的船舱里了。海浪拍打着甲板,水花四溅。冷风吹得玻璃门窗咯咯作响。玛蒂已经冻得浑身发抖,可还是不想回去。她把钱勒的晚礼服上衣披在肩上,一杯接着一杯地给钱勒倒满香槟。她问钱勒为什么如此肯定戴安娜·罗林斯谋杀了自己的丈夫。钱勒对于这个话题说起来就收不住。

钱勒给玛蒂讲了自己的一番道理:他调查戴安娜的历史已有一年之久,非常肯定她和那个肖像画家有不正当关系。钱勒甚至怀疑戴安娜在嫁给德威特·罗林斯之前就已经和赞斯基相好了。她在一家女帽店工作,赞斯基的工作室就在对面。后来戴安娜跟德威特相识后结了婚。借着丈夫的财富和名声,戴安娜使自己和她的艺术家情人都成功跻身于社会名流。赞斯基的确才华出众,可没钱没势。戴安娜既要画家的人,又要丈夫的财。

可这个如意算盘并没有那么如意。首先是德威特的姐姐科琳娜看到了那对情人厮混，赶忙写信告诉了弟弟。更始料未及的是，戴安娜发现自己怀孕了，她心里清楚要是哪个有心人仔细琢磨，肯定会看出破绽：自己的丈夫还在大西洋对岸搞他的考古挖掘，她怎么就怀上孩子呢？很显然她怀的孩子不是罗林斯的，而是赞斯基的。（当年并没有哪个有心人，是一百年以后钱勒做了这道算术题。）

钱勒说，其实德威特对戴安娜爱得如此痴迷，她想摆脱自己的尴尬处境按说也不是难事。可就在范德比尔特举行舞会的那天晚上，灾难降临了。这个遭到爱妻背叛的丈夫提前回到了纽约，结果撞到了让自己没法装糊涂的一幕。

钱勒给玛蒂看了电脑打印出来的资料：一八八三年三月二十六日，德威特乘坐的轮船抵达纽约港口，比戴安娜跟德兰西夫妇到达五十二号街道范德比尔特家的时间整整早了六个小时。

"也就是说——"玛蒂一边问，一边着给他倒上香槟。

"也就是说德威特到家完全是意料之外。他正好撞见赞斯基和戴安娜一起躺在床上，或者在做一个丈夫无法视而不见的事情。这也就说明他姐姐科琳娜不是在造谣，并且意味着两人肯定会就此离婚，今后各奔东西。"

这时冷风猛地把一扇玻璃门朝着甲板的方向鼓开了。窗帘也被风掀起来，在雨中上下翻飞。玛蒂猛地跳到一边，钱勒不得不扑到门上，把门关好。他告诉玛蒂他有些醉了，而且忽然感到一阵睡意。他提议他俩回到船舱里去。

"先把你的故事讲完，"玛蒂微笑着说，"让我听得入迷。那天晚上德威特回到家，撞到那对情人在一起，是么？"

钱勒摘下眼镜，揉揉眼睛，点点头。"没错。我是这么推理的：德威特当面质问二人,随后赞斯基离开了房间。德威特明明白白地告诉戴安娜,他们俩的婚姻走到头了。也许他压不住怒火,把那只红宝石手镯朝戴安娜砸去。戴安娜一下子意识到自己马上要一无所有了:社会地位、万贯家财、自己的未来,赞斯基和她未出世的孩子的未来,都要瞬间化为乌有。我觉得她一定是一不做二不休。只要没人知道德威特回来过,就是事情最大的转机。也许当时仆人们正巧不在家,也许戴安娜避开了他们的耳目,也或许她把他们都买通了。总之她把自己的丈夫推到了楼下,或者用什么东西把他砸死了。"

玛蒂点点头。"她为什么要这样?就为了不离婚吗?"

"为了避免离婚使她遭受任何损失。"

玛蒂注视着黑漆漆的夜色。冷风把甲板上的一把椅子吹坏了,并且甩到了玻璃上,把他们吓了一大跳。玛蒂接着说:"那么后来呢?戴安娜叫来一辆出租马车,让人赶紧把她丈夫的尸体带到他们乡下的庄园,然后把尸体从阳台上扔下去。随后她又匆匆赶回去梳妆打扮,去参加了舞会。我分析得对吗,亲爱的?快告诉我。"

钱勒神情忧伤地对妻子笑笑。"不是,我觉得是赞斯基·赞斯基帮她做了所有卑劣的事情。赞斯基帮她收拾残局的时候,戴安娜穿上金色礼服,把红宝石别在头发上,然后跟德兰西牧师夫妇一同去出席范德比尔特的舞会。说来挺可笑的,她要是没那么爱慕虚荣,当时没有戴上那条希腊产的手镯,恐怕她的秘密就会永远石沉大海了。"

玛蒂大笑起来。"亲爱的,有时候我觉得你对戴安娜·罗林斯比对自己都更关注。"说着她打了个哈欠,把空了的香槟酒瓶倒着放到酒桶里。"然后戴安娜就跨过自己丈夫的尸体,直奔范德比尔特家去了。真是个敢作敢为的女子。"

"的确敢作敢为。"钱勒附和道。

玛蒂拨弄了一下头发，说道："那次应邀参加舞会对她一定是意义重大吧。你从来都不会那么野心勃勃，对吗？"

钱勒神情严肃地望着玛蒂。"除了你，我什么都不想要。"

"亲爱的，你不是已经得到我了么？"她给钱勒看了看他们在蒂凡内珠宝店买的那只好几克拉的钻戒。"可怜的戴安娜。你觉得经过了这么大的变故，她还能在舞会上尽兴么？"

钱勒说，他觉得戴安娜·罗林斯在舞会上过得相当痛快，而且大出风头。第二天黎明时，她赶回自己的联排别墅，平心静气地等待着人们赶来，告诉她关于她丈夫死于乡间的噩耗。其实当时众说纷纭，很多传闻都认为她跟人通奸。可到头来，德威特的死亡仍被认定为一次不幸的意外事件。科琳娜·罗林斯一直在打官司，试图更改自己弟弟的遗嘱，可最终还是戴安娜和她刚出生的婴儿（也就是德威特·罗林斯二世），继承了全部遗产。戴安娜一辈子都没有嫁给赞斯基·赞斯基，他们的儿子也根本不知道自己的父亲不是德威特·罗林斯，而是一个移民到美国来的肖像画家。这样的结果也许是因为这对情人不敢正式结婚，也许俩人的感情因为一同隐瞒了杀人罪行变味了，破裂了，也或许是感情自然而然冷却了。

钱勒晃晃悠悠地站起来，总结道："这就是故事的结局。罗林斯夫人显贵一生，最后以九十岁高龄老死在床上。可到了一九二九年，她的孙子德威特三世那一辈时，企业倒闭了，家产也都赔了大半，而他的儿子德威特四世酗酒成性，最后是落到了倾家荡产的地步。"

"也就是我父亲。"

"你是这么跟我说的。"钱勒松了松领带。

玛蒂马上转过身来。"钱勒，你跟我说话总是这么话里有话，含沙射影。不过话说回来，你一向就是这样。"

钱勒走到船尾，望着风雨中的巨浪拍打着栏杆，泛起朵朵泡沫。忽然他觉得自己看到一个男人的身影，出现在电缆房后面的了望甲板上。可这样的鬼天气还会有人出来，似乎讲不通。当他再次张望时，刚才的人影早已不见。

玛蒂问钱勒："现在你证明了罗林斯夫人是个杀人犯，这有没有改变你对她的痴迷呢？"

钱勒转过身，盯着玛蒂的眼睛。"没有，一点儿都没有。真是不可思议。"

玛蒂幽幽地说："家族的人都不在世了，钱也没了。我一分钱都没有继承到。"

"你当然没有继承到一分钱。只有那条手镯，你还把它弄丢了。"他等着玛蒂说点儿什么，可玛蒂只是看着他，流露出猫一样的眼神，专注静默，难以参透。最后钱勒补充道："玛蒂，荒唐的事情还在后头。赞斯基四十几岁就死了。在遗嘱中他把好几幅画都留给了'自己的儿子'。可大家都知道，他没有儿子，戴安娜也不会主动承认她的儿子是赞斯基的。赞斯基所有的作品全都落入他在波兰的一个远房表兄手里。知道他的最后一幅肖像画在'苏富比'卖到多高的价么？"

玛蒂不耐烦地摇摇头。

"卖到了三百五十万美元。"钱勒说，"你在那里上班，应该清楚得很。我在你的公寓里发现'苏富比'的一个商品目录，在目录上看到了那个数字。"

玛蒂耸耸肩，说道："也许那幅画没有正式标价吧。卖到三百五十万美元？"

钱勒点点头，说："可赞斯基生前穷困潦倒，戴安娜根本不想下嫁于他。多么大的讽刺！"

玛蒂微微一笑,问道:"这么说来,也许我该和赞斯基家族的人取得联系才是?"

"那不正是你的如意算盘么?"钱勒接过玛蒂递过来的晚礼服上衣,身子微微地晃了晃。他今天比平常多喝了不少香槟酒。"你心里清楚,必须先挤进罗林斯家族,才能跨进赞斯基家族。"

"钱勒,我真不明白你在说些什么。"

钱勒朝她笑了笑,说道:"你当然明白。玛蒂,我不是个白痴。我只是太爱你了。"

"你喝多了,说起胡话来了。"玛蒂身子朝着钱勒凑过来,拉着他靠在玻璃门上,亲了亲他,说道,"我回赌场去了。别等我睡觉。"钱勒拉过玛蒂的一只胳膊,忽然感到一阵恶心,身子一沉,坐回到座位上。"去呼吸点儿新鲜空气吧。"玛蒂把钱勒掉落的上衣捡起来,递给他,又帮他使劲地推开玻璃门。可她并没有跟着钱勒走上甲板。她回到了自己常常得意的赌场。那里围了一堆人,等着看她不凡的出手。

第二天清早,暴风雨终于远去了。游轮刚刚停靠在圣托里尼岛①,人们就听到惊恐万状的玛蒂发了疯似的召唤服务员。她的丈夫不知去向了!

玛蒂说昨晚她走时,丈夫在"英仙座酒吧"。她从赌场回来,不见丈夫,以为他还逗留在酒吧。她有点儿晕船,于是就服了些镇静药,然后很快就睡着了。等到第二天早上醒来,玛蒂没有见到他,还以为

---

①圣托里尼岛:希腊大陆东南两百公里的爱琴海上由一群火山组成的岛环,最著名的岛屿之一,旅游胜地。

他下去用早餐了,或者去圣托里尼岛散步去了。可钱勒并不在餐厅用餐。当时也没有补给船上岸。再说他的登船牌还搁在五斗橱上,他怎么可能不带它就出去呢?玛蒂告诉服务员,她没有找到任何证明她丈夫回到套房的蛛丝马迹,她越来越心惊肉跳了。

大家到处呼喊钱勒的名字,找遍了船上的十二层甲板,问遍了一千五百名乘客,可还是不见钱勒的任何踪迹。他们询问了一个早上在"英仙座酒吧"当班的服务生。他说他发现一个空的香槟酒瓶倒扣在冰桶里,在右侧门上,湿漉漉的门帘被夹到通向了望甲板的门里。也许斯温先生昨晚顶着暴风雨跑到了甲板上。于是人们向附近其他所有船只发出无线信号,可并没有听说哪艘船救起过一名落水乘客。

神情严肃的船长在一名医生的陪同下,来找年轻的斯温夫人问话。船长深表忧虑地问她,她丈夫有没有可能自寻短见。他说那名服务员提供了如下信息:昨晚当斯温夫人站在套房门口跟一个陌生男子说话,这时服务员拿来了一封从纽约发给斯温先生的传真,交给了斯温夫人。船长心里纳闷那张传真上是不是有什么不祥之事,以至于让斯温先生想不开,"干了傻事"。斯温夫人说根本没有那样的可能。她说自己确实回了一趟套房,是为了拿放在保险箱里的赌场筹码。也的确有个男人跟她说话,不过他是同船的乘客,向她打听方向来着。正在这个时候,服务员走过来交给她一封传真。可那里面根本不是什么要紧的事,不过是关于一只已丢失手镯的保险事宜罢了。她在酒吧时就把传真给钱尼了。玛蒂越说越伤心,越气愤,完全不承认丈夫自杀的可能性。

下午三点钟时,一个船员发现了钱勒的晚礼服上衣。上衣已然湿透了,乱做一团,挂在了望甲板扶手旁边的舱壁底下。人们还在电缆房发现了血迹。黄昏时分,圣托里尼岛警方赶到,带来了一只冲上岸的男式漆皮鞋。玛蒂认出了这只鞋正是钱勒的。

船长告诉斯温夫人做好心理准备,她的丈夫可能是这样丧命的:昨晚他比平日多喝了几杯,走到甲板上透透气,结果不慎绊倒了,把头摔到了电缆房上,一下子迷失了方向。后来他好像迷迷糊糊地爬到了栏杆上(尽管上面张贴着警示),在恶劣的天气里失去了平衡,结果从船上掉了下去。他呼喊救命,可没人听到,结果被海浪冲走了,直至葬身大海。斯温夫人听罢,全身剧烈地发起抖来,医生忙递给她镇静剂,可她婉言谢绝了。船长说游轮得向下一个港口启程了。于是圣托里尼岛警方鞠了个躬,下船了。

钱勒的母亲乘坐了下一航班飞到了雅典,玛蒂乘坐一架直升飞机从船上直奔雅典,跟婆婆会和。这两个女人此时真是同病相怜。一周后,两人不得不接受了希腊警方的断言:钱勒死亡的消息确凿无疑。只有一件事尚能给钱勒的母亲些许慰藉:她的儿媳此时已经怀上了她儿子的孩子。她对玛蒂体贴入微,生怕儿媳由于悲痛过度而流产。

玛蒂给钱勒最铁的哥们儿塔格·怀特洛打了电话,告知了钱勒的死讯,并邀请他前来致悼词。她刚一挂断电话,塔格马上给一个专攻刑法的朋友打去电话,这个朋友给塔格推荐了一名专门调查谋杀案的侦探。

钱勒葬礼举行两个月后,一名从皇后区来的英俊男子前来拜访住在东区联排别墅的年轻新寡的斯温夫人。他在客厅等候,边等边看着玛蒂穿着金色礼服的画像(为"义举舞会"准备的)。那幅画挂在大理石壁炉架的正上方,是钱勒的母亲特意摆放在那里的,打算等儿子蜜月旅行回来给他一个惊喜。

艾森伯格侦探夸赞说,那幅画真是惟妙惟肖。又致歉说,玛蒂气色不大好,他前来打搅,真是不好意思。他只想问她几个问题。玛蒂让他尽管问。

侦探说，一位名叫"蒂莫西·怀特洛"的先生对玛蒂提出指控，他觉得有必要让她知道这一点。

玛蒂泰然自若地看着他，问道："他指控我什么？"

侦探回答，塔格（怀特洛先生）指控说钱勒的死亡并非意外，玛蒂本人难脱干系。

玛蒂坦白地说，这些话真是让她感到意外。她心里清楚，塔格对她的确全无好感。也许她把钱勒从他身边抢走，他对此还在耿耿于怀。塔格也从不掩饰对朋友的这桩婚事的反对态度。可怀特洛先生离她丈夫出事地点隔了三千英里远，玛蒂真想不明白他有什么资格在这件事上胡乱猜疑。

艾森伯格侦探附和说，也许是这样，可还是觉得斯温夫人清楚事情的来龙去脉，甚至还包括一些也许不太有用的事实。

玛蒂明白了侦探的来意，问到：要我帮什么忙？

侦探首先让斯温夫人谈谈自己的家世，比如：她和父亲德威特四世在新奥尔良时住在什么地方，她上过什么学校，什么时候第一次来到纽约等等。

玛蒂说她不明白追究这些问题有什么意义，不过还是笑容可掬地一一作答，可回答轻描淡写，还有点儿模棱两可。她随后推说自己情绪仍然很紧张，感觉有些不适（她有孕在身），希望艾森伯格能允许她先行告退。

"当然没问题，"艾森伯格温和地回答道，"我就几个小问题了。"

玛蒂彬彬有礼地重新坐下来。

艾森伯格盯了她好一会儿，然后问道："请告诉我您和马克·托拉尔是什么关系。"

玛蒂也盯了对方好一会儿，然后耸耸肩，说："我和马克偶然会聚一聚，不过那是几年前的事了。没什么可较真儿的。"

"我的意思是，您婚后跟他的关系？"

玛蒂一下子站了起来。"艾森伯格先生，您这样含沙射影，我可不喜欢。"

艾森伯格扬起头来，琢磨着面前的这个女人。"怎么含沙射影了？"

"您别这么吞吞吐吐的。您这话想必是从塔格·怀特洛那里听来的吧。从我结婚那天起，我就再也没有见过马克·托拉尔。"

艾森伯格把视线从玛蒂身上移走，开始注视壁炉架上方的那幅画像。"您肯定吗？"

"当然肯定。"

"可马克·托拉尔跟我们说的话可有点儿出入。他现在被拘留了，我刚才没跟您提起过吧。"

斯温夫人只眨了一下眼睛，然后说：托拉尔先生跟他们说什么，她没有兴趣。

"为什么没有兴趣呢？"艾森伯格问到，"我要是换了您，肯定会大大好奇的。"说罢，他站起身，在自己的夹克衣兜里一顿翻找。他摸出了一个盖着警察印章的塑料袋子，然后小心翼翼地拿出那只缠绕着金链的红宝石手镯，递给玛蒂看。"塔格在您的婚宴上找到了您的这只手镯。"艾森伯格目光转向壁炉架上方玛蒂的画像，指了指她手腕上戴着的那款一模一样的手镯。

玛蒂伸手接过那件首饰。"找到的？我看是他偷的吧。要是他找到了，为什么不马上还给我？"

艾森伯格侦探耸了耸肩。"你说道点子上了。他承认他很想要那只手镯。他心里有个想法，您猜猜是什么？怀特洛先生说——"

玛蒂打断了他的话。"那个手镯是赝品。"说罢她直直地盯着艾森伯格侦探，镇定自若地等待着对方的回答，"是这个想法么？没错，它确实是假的。"

艾森伯格侦探没有料到玛蒂会不打自招，一下子有点儿乱了方寸。他说："可您跟大家说，这是您父亲从一个世纪之交名叫'戴安娜·罗林斯'的女人那里继承来的，有这回事吧？"

"不错。"

"可你并没有说实话，对吗？"

"对，我是没说实话。"玛蒂还是那样镇定自若地等待着。

艾森伯格把手镯收了回去。"怀特洛先生派人到'蒂凡尼珠宝店'做过鉴定，这个手镯历史不过几年，还是用铅质玻璃做成的。"

"很有可能。"玛蒂冷静地看着这个年轻警察。最后她说："所以？"

"所以，"艾森伯格微微一笑，"那么您应该明白我的来意了。"

"不，我还是不明白。这跟钱勒落水而死有什么关系？"

"我跟您的朋友马克交谈过好几次，他承认自己上过您和您丈夫蜜月旅行的游轮。对他来说，三角关系实在是糟糕。"

"艾森伯格先生，您到底要指控我什么具体罪名？"

"请先告诉我您的真名实姓。"

"钱勒·斯温夫人。"她回答道。

"对，"艾森伯格朝着她缓缓地点点头，"我想您说得对。"

玛蒂走到门口。"我想把我的律师请来，您能容我一分钟时间么？"

"您请便。"艾森伯格朝着那幅画像坐下来，"我哪儿也不去。"

事情到了最后，定罪的只有谋杀钱勒一桩事情。马克没等他的律师及时阻拦，就供认不讳了。过了一阵子，塔格去监狱探望马克。从马克喜欢看写实电影这一点，他早该看出马克根本没有玛蒂·罗林斯·斯温（真名叫"马德琳·加特"）的胆量。玛蒂为了保全自己，会毫不客气地把马克丢在一边，不闻不问。

马克还在信誓旦旦为玛蒂辩护，说她是清白的，玛蒂对此也不否认。她承认了好几件根本构不成犯罪的事情，而在谋杀钱勒这一问题上，无论事前还是事后都声称自己毫不知情。她还是被指控涉嫌谋杀，可她请来的律师已经安排好给她单独过堂。

在整个玛蒂落难期间，钱勒"义举舞会"圈的许多朋友都站出来支持她。她让大家原谅塔格对她抱有的敌意。他失去了最好的朋友，悲痛过度，以至于头脑糊涂，也是情有可原。她自己已经是悲痛欲绝了，所以塔格的心情她完全能够体谅。

玛蒂的审讯被安排在马克之前。在审判期间，年老的斯温夫人对自己的儿媳是寸步不离。她全部的利益，无论是经济上的还是社会上的，现在都掌控在她的儿媳手里。她还能为谁活着呢？自己的独生子已经不在了，但玛蒂身上怀着她唯一的孙子。等到开庭陈词的时候，玛蒂已经有了七个月的身孕。她穿着庄重的黑色孕妇服，坐在审判室里，像麦当娜一样凛然难犯。她的律师对她说："您看上去棒极了。"

报纸上把这个案子称为"蜜月惊魂案"。塔格每天都坐在法庭的第一排，一字不漏地记着笔记。玛蒂被宣到证人席上。州立法院的调查结果证明，马德琳·加特（即玛蒂的真名）原来是个用花言巧语引人上钩的骗子，并非天真清纯的女子。她蓄意骗取赞斯基·赞斯基的财产，已有一年之久，转而又想出了诱骗多金的斯温先生这一更加胆大的阴谋。原告律师声称：最骗钱有术的人就有这样的本事——既善于咬牙耐住性子，又深谙出手要雷厉风行，两种性格水乳交融在一个人身上。用他的话说，就是"像蛇一样善于等待，又像蛇一样出其不意"。

控方认为，玛蒂在新奥尔良的一家俱乐部与马克结识，并很快开始在一起鬼混。马克原本在他叔叔的股票交易所上班。他的一个朋友首次公开募股，他便怂恿他叔叔的客户从那个朋友手中购买大批股票。他跟人家打包票说股票会翻一番，结果并非如此。于是他被他叔叔开除了。而当时玛蒂在新奥尔良州"法国区"的一家商店上班。商店总有许多头脑简单的百万富翁光顾，来寻找自己祖上的遗物。玛蒂就把考古得来的照片图画和亲笔签名之类的东西高价出手，痛宰他们一顿。其实卖出的东西大都是赝品，有一些甚至是玛蒂自己亲自动手做的。她对这样的事情相当有一套。

有一天，一个酗酒成性，七十多岁的孤老头子（也就是德威特·罗林斯四世）来到玛蒂的商店。他说要把自己过去零七碎八的东西卖掉，换些酒钱，了此残生。玛蒂从德威特家族这最后一个传人那里得知了如下信息：她与这个老头的祖母戴安娜的一幅肖像画惊人地相似。他说那幅画就挂在纽约市的"诗坛"俱乐部的墙上，并建议玛蒂哪一天一定要去亲眼看看。罗林斯请玛蒂出去喝一杯，玛蒂隐约感到此举有可能钓上来一条大鱼，所以答应了他。

这个穷困潦倒的老头对玛蒂一见倾心，这里面有他对年轻姑娘的迷恋，对强者的依赖，还有一个孤老头子对儿女亲情的渴望。马克得知玛蒂把相当多的时间花在罗林斯身上后，醋意大发。玛蒂感到忍无可忍，于是跟他提出分手。可马克不依不饶。一天深夜，他竟然跑到玛蒂的公寓来砸门，闹得她不得不让邻居报警来吓唬马克，才算了事。后来马克打来电话连赔不是，可玛蒂一概不接。于是马克开始酗酒，然后把工作也折腾没了。他乞求玛蒂跟他一起去纽约，可玛蒂一口回绝了他。

此时的玛蒂心中早已布好了另一盘棋。一连好几个小时，她倾听着德威特讲述他从前显赫的家史，甚至包括关于戴安娜跟赞斯基·赞斯基之间风流韵事的种种传言。一天德威特给玛蒂拿来自己祖父的"地中海日志"。玛蒂仔细地读了一遍，当然不是冲着暗示罗林斯夫人杀人的内容去的，那些东西引不起她的兴趣。她更关心的是罗林斯夫人跟赞斯基·赞斯基私通的事情。

于是玛蒂精心设计了一个骗局：如果她可以"证明"戴安娜的儿子德威特·罗林斯二世也是赞斯基·赞斯基的儿子，而她自己是德威特·罗林斯四世的独生女，那么她就是赞斯基唯一的直系传人，进而就可以名正言顺地继承赞斯基家族极其丰厚的财产了。罗林斯家族已经分文皆无，没有油水可捞。她暗自庆幸这个极具讽刺意味的事件：曾经显赫一时的罗林斯家族现在已经落魄潦倒，而当年一贫如洗的犹太移民赞斯基的后代们却一跃成为百万富翁。这个家族手里还握着好几幅赞斯基创作的肖像画，每幅画都价值连城。

终日酗酒的罗林斯在苟活的最后几个月里越来越离不开玛蒂了。玛蒂是唯一每天都来悉心照料他的人。她跟他合了很多影，在他寒酸的家里随心所欲。罗林斯睡觉时，玛蒂就把他的个人信件照片等所有纪念物统统翻个了遍。等他终于咽了气，玛蒂把她想要的东西全都席卷一空。这又有什么错呢？从某种意义上说，玛蒂是他的唯一继承人嘛。

根据控方的推测（钱勒·斯温临死的那天晚上也得出了相同的结论），玛蒂首先声称自己是已故的罗林斯的亲生女儿，从而跨入了赞斯基家族。她花了一年时间精心地策划了这个如意算盘，伪造了所有必不可少的法律文件和个人信函，以自圆其说。

控方律师在总结陈词中说，这就是马德琳·加特这类江湖骗子的龌龊心肠。可等她精心策划，摇身变成赞斯基真正的继承人后，她却把全盘计划弃之东流。原因何在？

因为玛蒂看到了另外一条大鱼，那就是钱勒·斯温。这个计划省却了很多法律上的繁文缛节，来得更迅速简单。

这时，马克·托拉尔已经来到纽约工作，可他还是没有忘情于玛蒂。他给玛蒂打电话，送玫瑰，并告诉她自己已经开始走运：耶鲁大学的一个朋友（就是钱勒）已经帮他在曼哈顿最好的一家银行谋到了一个职位。他希望玛蒂离开新奥尔良北上，跟他结婚。玛蒂并没有马上应允，不过她也没有挂断马克的电话。

第二天，玛蒂告诉马克自己已决定搬到纽约，想跟他重新开始。这让马克大喜过望。玛蒂在"苏富比"拍卖行找到了一份工作（她给自己伪造了大量对自己有利的推荐材料）。很快他们又再续旧情，搞到了一起。可玛蒂拒绝跟马克同居，但他们几乎每天晚上都一起出去。二人都有极其奢侈的嗜好，甚至不顾一切把大把的钞票用来赌马，连胜算机会最小的马都敢冒险一试。没过多久，马克不得不投机倒把来弥补自己账户上的亏空，可债务还是越堆越多。

就在马克经济上的窘境无法收拾的时候，玛蒂跟他透露自己已想出了一个锦囊妙计。说来又极其简单：钱勒对戴安娜肖像画疯狂迷恋，而玛蒂又跟画像惊人的相似。基于这两点，马克先把"玛蒂·罗林斯"介绍给钱勒·斯温。等玛蒂骗得钱勒的欢心，就跟他结婚，然后再跟他离婚。这样她就分到钱勒的一半财产，过上一阵子，就重新回到马克的怀抱。

马克听到玛蒂要先嫁给钱勒，很是不悦，可现在他对玛蒂已经达到了言听计从的地步。

玛蒂让马克带她去了"诗坛"俱乐部，仔细研究了戴安娜·罗林斯的肖像，并拍下了一张手镯的近距离照片，以便回去伪造一个便宜的赝品。于是她戴着伪造好的手镯去见了钱勒·斯温。钱勒见到她的那一刻简直灵魂出窍。事情进展得跟玛蒂预谋的一样顺利：钱勒终于向她求了婚，她也同意了。她考虑得滴水不漏，而且丝毫不乱方寸。起初玛蒂只面临两个微不足道的难题：塔格的疑心和马克的醋意。后来则遇到了一个十分棘手的大难题：钱勒的母亲在他们婚礼当晚告诉她，钱勒的钱不由他自己支配，要是她哪天跟钱勒提出离婚，或是钱勒因为她不忠而提出离婚，她就别指望得到一分钱。

控方律师说，现在玛蒂不得不动用情人马克·托拉尔，巧妙地把自己的丈夫干掉。她首先在婚宴上跟马克说，自己打算好好经营自己的婚姻，他们俩的事就此结束。果然不出所料，马克听罢大发雷霆。

玛蒂跟钱勒一起蜜月旅行去了，可饱受嫉妒折磨的马克开始给他们的游轮打电话，可玛蒂就是不理睬他，于是他亲自飞往雅典。据马克自己的供词，他开始追踪那艘游轮，在各个停靠港打探玛蒂的下落。最后找到米克诺斯岛，玛蒂终于同意跟他见面。玛蒂说自己去"上街购物"，不用钱勒陪着，其实是去见马克了。二人见面时，她告诉马克，钱勒已经开始起疑，他们俩再也不能铤而走险了，他们俩的关系就此结束。然后她开始动情地亲吻马克，在他耳边柔声细语：她这么爱他，叫她怎么能斩断情丝？然后玛蒂把钱勒的登船牌偷着给了马克，这样他就可以溜进船上，当晚跟玛蒂重见，一同拔掉钱勒这根眼中钉。

控方律师还说，玛蒂十分清楚案发当晚自己的所作所为。她趁着钱勒打桥牌的时候，一个人回到套房，而这时妒火中烧的马克就等在走廊。（据过来送传真的那个服务员和一个女乘客说，他们从照片中都认出在船上看到的那个男人就是马克。他实在是太帅了，让人过目难忘。）于是二人一番男欢女爱，之后玛蒂回到桥牌室找钱勒，谎称自己刚从赌场回来。

案子讲到这里，当然只有下面的问题尚不明朗：那就是当玛蒂把钱勒拉到空无一人的英仙座雅座酒吧时，是否知道马克正藏身在船尾甲板上。她是不是蓄意把钱勒灌醉，然后把他诱骗到风狂雨横的甲板上呢？但有一件事情已经明朗：马克打中钱勒的头部，然后把他推下栏杆，随后自己在第二天清早混在去圣托里尼岛的人堆里，溜之大吉。这一点毫无疑问，因为马克自己已经跟艾森伯格侦探供认不讳。

控方律师提醒陪审团不要也被玛蒂蒙蔽了双眼。她已经欺骗了钱勒和马克，天知道还有多少其他男人曾经被她玩弄于股掌之上。

可轮到了年轻的斯温夫人的辩护团陈述时，他们对这桩案子提出了大相径庭的说法。他们提醒陪审团不要听信控方的"如此恶意中伤的谎言"。可怜的斯温夫人非但不是谋杀犯，反而是受害者。她正是因为自己的仁爱心肠，才蒙冤受审。辩方说，玛蒂本是一个心地单纯而又踏实肯干的姑娘，后来受到了风流潇洒的情场老手马克的引诱，在他的朋友钱勒·斯温身上搞了一个恶作剧。她是在马克的教唆下，才谎称自己是戴安娜·罗林斯的后代的。用石膏伪造那只手镯也是马克所为。塔格·怀特洛在蒂凡尼珠宝店追查到的那个收据写的不正是马克的名字么？

按辩方的说法，这本来是场恶作剧，可玛蒂却在这个过程中出乎意料地爱上了钱勒，于是就跟马克一刀两断了。可她羞于承认自己当初对钱勒撒了谎，于是将错就错，让他继续把她当做罗林斯家族的后代了。出于负罪感，她感到自己配不上钱勒，一次次拒绝他的求婚。可她又是如此深爱着他，最终还是没能放弃追求幸福的愿望。在交叉询问中，玛蒂痛哭失声，说自己那么全心全意地爱着钱勒。她恳求控方律师不要再用那些罪名来折磨自己了。事后她的辩护律师称赞她说："您在证人席上的表现真是太棒了。"

玛蒂告诉陪审团：马克对她死缠烂打，不是她的错；马克大闹婚宴，以至于自己不得不把他赶走，不是她的错；马克跟踪她到了希腊，在圣托里尼岛溜到船上，也不是她的错，更不是她帮的忙。她怎能料到马克对自己的迷恋竟然狂热到谋杀她丈夫的地步？玛蒂已经哭得撑不住了，跑下证人席，扑倒在后面坐着的婆婆怀里。

正如辩方引导的那样，陪审团纷纷向玛蒂投以同情的目光。这么年纪轻轻就失去了丈夫，还怀着没见过父亲的孩子，真是苦命的姑娘。陪审团经过几个小时的斟酌，终于判定玛蒂无罪。马克没有指控玛蒂，显然这一点帮了她大忙。塔格一直没能让马克明白他是怎样被她利用的，甚至一直以为自己和玛蒂还在深爱对方。

重获自由之身（而且变得富有）的玛蒂走出法庭时，停下脚步看了看塔格。塔格给了她一个冷冷的后背。

在几天后的一个单独审判中，马克因犯有二级谋杀罪被判以有期徒刑十年。州立法院也很犯难：没有其他人证，也缺乏有力物证，更不见死者尸首。马克的陪审团也认为他并非蓄意谋杀。他们说马克是被自己的嫉妒之心冲昏了头脑，才犯下杀人的大罪。没有人相信玛蒂和马克串通一气谋杀了钱勒，还有另一层原因：没人相信马克会图财害命，他的堂堂仪表让人觉得他只会为情杀人。

玛蒂卖掉了自己的房子，搬到了斯温家的联排别墅，跟自己的婆婆住在一起。上了年纪的斯温夫人终于盼到了自己梦寐以求的孙子降生，可遗憾的是，她的丧子之痛太强烈了，仅仅一年后就患上中风，撒手而去了。新生的婴儿黑油油的头发，蓝汪汪的眼睛。第二年圣诞节，塔格去探视了监狱中的老友马克。马克还不知道玛蒂生了个儿子，玛蒂一直都没有跟他通过任何音信。马克想玛蒂一定是为了免得旁人生疑才这么做的。塔格告诉马克，那个孩子长得很像马克。马克一下子变得痛苦不堪。

在那段时间，塔格跟老家的昔日恋人结了婚，婚后搬到了查尔斯顿，在他父亲的律师事务所做事。塔格偶尔携妻子南希回到纽约，去看望"诗坛"俱乐部的老朋友，可南希跟他们并不太投缘，塔格也就渐渐地疏远了自己的老朋友。

有一年秋天，他们来到纽约。塔格带自己的妻子去"诗坛"俱乐部用餐。刚要从餐厅出来时，他竟与玛蒂不期而遇。她现在又嫁了人，现任丈夫是塔格大学时的一个校友，名叫布拉德胡克。这个人是当年老朋友圈中的一个，而且是最有钱的一个。这个年轻人在玛蒂审判期间一直是她的铁杆后盾，坚信她是无辜的，跟马克的"疯狂行径"毫无瓜葛。不仅如此，他还因为塔格"恶意攻击"玛蒂而跟塔格断了交情，两人此后再未谋面。玛蒂和布拉德胡克正在俱乐部大宴宾客，计划着即将来临的"义举舞会"。

塔格看到了玛蒂，可还是拉住妻子，一声不吭地从餐桌走过去。没想到玛蒂从后面主动喊了一声"塔格·怀特洛"，他只好停下脚步。大家全都若无其事地跟他寒暄，好像钱勒并未丧生，马克也不曾入狱一样。他们也跟塔格的新娘打招呼，跟她讲起塔格的逸闻趣事。这时，玛蒂让塔格陪她到酒吧坐坐。"你看上去气色好极了，"她说，"看来是托结婚的福啊。"

"我瘦了，"塔格答道，"你的气色也不错，也是托几次结婚的福吧？小钱勒怎么样？"

"很好。'麻烦的两岁'[①]啊！"

"或许就像马克的脾气吧。"塔格说。

[①] "麻烦的两岁"：婴儿在两岁时开始有个体意识，接触周围世界，自有主张，不听话。

玛蒂冷冷地看着他。

"玛蒂,你应该去看看马克,我是说,毕竟是他替你除掉了钱尼。你起码应该去看看他吧。"

玛蒂对他微微一笑。"塔格,你就不能不提这码事么?"

塔格摇摇头说:"不能。"

玛蒂这回戴了一只钻石手镯。看上去是真货,也的确是真货(当然不像那只红宝石手镯)。她指着俱乐部那幅戴安娜·罗林斯肖像画,正是那幅画引出了这一切风波。"你给船上的钱勒发了一封传真,想证明我伪造了戴安娜·罗林斯的手镯。你还记得吗?我只是纳闷,你在发传真之前是不是就已经告诉他这回事了?"

玛蒂竟然自己提起了话头,塔格很是惊讶。他看着玛蒂,说:"没错。他那天晚上就给我打电话了。"

"我已经猜到了,"玛蒂点点头,"因为钱勒言行很奇怪。"

塔格摇摇头。"难道你因为他发现了你的底细,就把他杀了吗?"

玛蒂再次微微一笑。"别说傻话了。你以为他知道了关于我的'邪恶心肠'的'底细',就会有什么不同吗?他正是因为这一点才爱我的。"

塔格又是一惊,猛然记起钱勒关于海盗的那番怪话来。玛蒂又指了指绿色大理石壁炉架上的那幅肖像画:一八八三年,戴安娜扮成"黛朵"的模样,出席范德比尔特家举行的舞会,由赞斯基创作。"钱尼就是因为这一点才爱戴安娜的。塔格,这才是其中的全部奥秘。可亲爱的,你还是没弄明白。"玛蒂说着靠近塔格的身体,摸了摸他的脸庞。

塔格赶紧向后退了一步。"我想连马克也没有搞懂。"

她再次点点头。"马克老是爱冲动,一点儿耐心都没有。想得到什么,就非要得到不可,半点儿都等不得。"

塔格又笑了。"没错。而且我觉得他还想要回自己的儿子,也急得等不得了。噢,顺便提一下,我告诉他那孩子长得跟他一样,他很痛苦。他的脾气你还记得吧。"说着塔格走了,留下玛蒂站在原处。

塔格的妻子刚刚从那些朋友中出来,等着他来接。"玛蒂跟那幅肖像画真是太像了。"她说,"蒂姆,你跟我讲了她那么多的事,现在又看到她,感觉怪怪的。她怎么利用戴安娜来对付可怜的钱勒,我现在终于明白了。这两个女人是一丘之貉啊。"

塔格把她领出酒吧,一把搂过她。"说得一点儿没错。"

塔格回头又看了看玛蒂,她仍旧独自站在戴安娜的那幅画前。他相信自己已经触动了她的内心。也许这种触动并不强烈,也不持久,可这已经足够了。

图书在版编目（CIP）数据

史黛拉不说，谁也不知道／（美）马隆著；王春，芦莹译.
—北京：新星出版社，2009.10
ISBN 978-7-80225-779-5

Ⅰ.史… Ⅱ.①马…②王…③芦… Ⅲ.短篇小说-作品集-美国-现代 Ⅳ.I712.45

中国版本图书馆CIP数据核字（2009）第182824号

Red clay, blue cadillac
By Michael Malone
Copyright © 2002 by Michael Malone
This edition published by agreement with Sourcebooks, Inc.
Through the Chinese Connection Agency, a division of The Yao Enterprises, LLC.
Simplified Chinese edition copyright © 2009 New Star press
All rights reserved.

著作权合同登记图字：01-2006-9993

史黛拉不说，谁也不知道

（美）迈克尔·马隆 著；王春 芦莹 译

责任编辑：金　辉
责任印制：韦　舰
装帧设计：设计·邱特聪　yp2010@yahoo.cn

出版发行：新星出版社
出 版 人：谢　刚
社　　址：北京市东城区金宝街67号隆基大厦　100005
网　　址：www.newstarpress.com
电　　话：010-65270477
传　　真：010-65270449
法律顾问：北京建元律师事务所

读者服务：010-65267400　service@newstarpress.com
邮购地址：北京市东城区金宝街67号隆基大厦　100005

印　　刷：北京凯达印务有限公司
开　　本：910×1230　1/32
印　　张：9.625
字　　数：230千字
版　　次：2009年10月第一版　2009年10月第一次印刷
书　　号：ISBN 978-7-80225-779-5
定　　价：25.00元

版权专有，侵权必究；如有质量问题，请与出版社联系更换。